Ullrich/Creutzfeldt
Gesundheit und Tierschutz

TO THOSE WHO GIVE THEIR LIVES
FOR THE WELFARE OF MANKIND

Karl Julius Ullrich
Otto Detlev Creutzfeldt

Gesundheit und Tierschutz

Wissenschaftler melden sich zu Wort

ECON Verlag
Düsseldorf · Wien

Das auf Seite 2 abgebildete Relief von Amelia Peabody hängt seit 1964 in der Eingangshalle des Elliot P. Joslin Research Laboratory zur Erforschung des Diabetes in Boston, Masachusetts USA. Es ist »denen gewidmet, die ihr Leben für das Wohl der Menschheit geben« und verdeutlicht die Ehrfurcht vor dem Leben, die die Wissenschaftler bei der Erforschung der Lebenszusammenhänge von Mensch und Natur leitet.

1. Auflage 1985

Gesetzt aus der Times der Fa. Hell
Papier: Papierfabrik Schleipen GmbH, Bad Dürkheim
Gesamtherstellung: Bercker, Kevelaer
Printed in Germany
ISBN 3 430 19229 3

Inhaltsverzeichnis

III.
Tierschutz und gesetzliche Bestimmungen

IV.
Anhang

Vorwort

In dem hier vorgelegten Buch stellen Wissenschaftler *ethische* und *praktische* Aspekte des Einsatzes von Versuchstieren in den verschiedenen Bereichen der Grundlagen- und angewandten biomedizinischen Forschung dar. Sie wollen damit ihrer Pflicht zur Aufklärung nachkommen und einen sachlichen Beitrag zu der andauernden Diskussion über die Legitimität von Tierversuchen leisten, nachdem sich die Meinungen darüber immer mehr polarisiert haben.

Wir wissen und erkennen an, daß es hier um grundsätzliche Fragen der *ethischen Einstellung* geht, die auf seiten der Befürworter und der Gegner der wissenschaftlichen Tierversuche letztlich von der *Ehrfurcht vor dem Leben* getragen werden. Es ist gut, wenn sich die Öffentlichkeit der Konflikte bewußt wird, die sich aus der besonderen Stellung des Menschen in der Natur ergeben. Diese Konflikte haben von jeher bestanden, nämlich seitdem sich der Mensch das Tier als Nutztier für Nahrung, Kleidung und Arbeit untertan gemacht hat. Sie treten aber erst in neuerer Zeit wieder stärker ins Bewußtsein, nachdem es dem Menschen in der modernen Zivilisation aus seiner sicheren Position heraus möglich geworden ist, die Not der Natur in seine Reflexion mit aufzunehmen. Diese Reflexion muß aber in einem größeren Zusammenhang erfolgen und kann nicht an der Tatsache vorbeigehen, daß der Mensch auf die Nutzung der Natur angewiesen ist. Und dies schließt im wissenschaftlich-technischen Zeitalter den Einsatz von Versuchstieren für wissenschaftlich-technische Zwecke ein.

Wir hoffen, daß sich durch dieses Buch der Komplex Tierschutz und Tiernutzung im wissenschaftlich-technischen Bereich differenzierter darstellt. Wir möchten dazu beitragen, die Diskussion auf die Ebene einer ernsthaften und fairen Auseinandersetzung zwischen den verschiedenen Betrachtungsweisen zu bringen, indem wir dem Tierversuch seine Notwendigkeit und moralische Berechtigung im Rahmen der Lebensbedingungen unserer wissenschaftlich-technischen Welt einräumen. Letztendlich möchten wir davor warnen, durch einseitige Diskriminierung dieses Bereiches unserer Gesellschaft und der Natur größeren Schaden zuzufügen.

Die Herausgeber

O. D. Creutzfeldt K. J. Ullrich

Einleitung

Otto Detlev Creutzfeldt

Ethik, Wissenschaft und Tierversuche

I
Der ethische Konflikt

Diesem Beitrag soll das Postulat einer *radikalen Ethik* vorangestellt werden, wie Albert Schweitzer sie auf dem Prinzip der Ehrfurcht vor dem Leben zu gründen versucht hat. Der sich hieraus ergebende moralische Konflikt, den Albert Schweitzer natürlich gesehen und zu lösen versucht hat, wird uns bei allen Erörterungen dieses einleitenden Kapitels begleiten. Ich zitiere:

»Die Notwendigkeit, Leben zu zerstören und zu verletzen, ist mir auferlegt. Wenn ich auf einem einsamen Wege gehe, bringt mein Fuß den winzigen Lebewesen, die auf ihm leben, Zerstörung und Schmerz. Um mein eigenes Leben zu erhalten, muß ich mich gegen das Leben wehren, das es verletzt. Ich verfolge die kleine Maus, die mein Haus bewohnt, ich werde zum Mörder an dem Insekt, das sein Netz hier bauen möchte... Ich gewinne meine Nahrung, indem ich Pflanzen und Tiere zerstöre. Mein Glück baut auf dem Leid auf, das ich anderen Menschen zufüge.

Wie kann eine Ethik aufrechterhalten werden im Angesicht der schrecklichen Notwendigkeit, der ich unterworfen bin infolge dieses Widerspruches zwischen dem Willen zum Leben gegen das Leben? Die praktische Ethik sucht Kompromisse ... die Ethik der Ehrfurcht vor dem Leben kennt keine (solche) relative Ethik. Für sie ist nur die Erhaltung und Förderung des Lebens gut. Sie verdammt als Übel alle Zerstörung und Verletzung des Lebens...

Die Anpassung von Ethik und Notwendigkeit ... enthebt (den Menschen) nicht aller ethischen Konflikte, sondern zwingt ihn dazu, in jedem Fall für sich selbst zu entscheiden, wie weit er ethisch bleiben kann und wie weit er sich der Notwendigkeit zur Zerstörung und Verletzung von Leben unterwerfen muß und damit schuldig wird... *Das gute Gewissen ist eine Erfindung des Teufels.*

Wenn immer ich Leben irgendeiner Art verletze, muß ich mir immer darüber klar sein, ob es notwendig ist...

Diejenigen, die mit Operationen oder Medikamenten an Tieren experimentieren oder ihnen Krankheiten zufügen, um mit den daraus gewonnenen Ergebnissen der Menschheit zu helfen, sollen niemals den inneren Vorwurf beruhigen, den sie dabei empfinden, wenn sie ihr grausames Vorgehen zu den wichtigen Ergebnissen in Beziehung setzen. Sie müssen zuerst, in jedem einzelnen Fall, überlegt haben, ob eine Notwendigkeit besteht, einem Tier das Opfer zuzumuten zum Vorteil der Menschheit. Und sie müssen die größte Sorge tragen, soweit wie möglich den zugefügten Schmerz zu mildern.«

Albert Schweitzer fährt dann fort: »Ethische Konflikte zwischen der Gesellschaft und dem einzelnen entstehen dadurch, daß die Einzelperson nicht nur eine persönliche, sondern auch eine überpersönliche Verantwortung trägt. Wenn es um mich selber geht, kann ich immer geduldig sein, kann immer vergeben, kann immer Nachsicht üben und immer barmherzig sein. Aber jeder von uns kommt in eine Situation, in der er nicht nur für sich selbst, sondern für eine Sache verantwortlich ist, und da wird er zu Entscheidungen gezwungen, welche mit seiner persönlichen Moral in Konflikt geraten... Ich muß zwischen dem Ethischen und dem Notwendigen (im Hinblick auf die Erhaltung meines Lebens und des von anderen) wählen, und wenn ich mich für das letztere entscheide, muß ich es auf mich nehmen, Schuld auf mich zu laden durch die (notwendige) Verletzung von Leben... In jedem einzelnen Fall müssen wir dafür kämpfen, soviel Menschlichkeit wie möglich zu bewahren, und im Zweifelsfall wagen wir einen Fehler im Hinblick auf die Menschlichkeit eher als auf das Ziel... (Als Menschen mit einer Verantwortung über die eigene Person hinaus) dienen wir der Gesellschaft. Aber wir erlauben der Gesellschaft nicht, unser Wächter in bezug auf Ethik zu sein... Wir wissen, daß die Gesellschaft voller Torheiten ist und uns täuscht in Hinblick auf die Menschlichkeit...« (A. Schweitzer, »Die Zivilisation der Menschheit«, 1959; Rückübersetzung des Autors aus der ersten amerikanischen Ausgabe, S. 316–326, Auslassungen durch Punkte gekennzeichnet, Zufügungen in Klammern.)

Ich stelle diesen Text von Albert Schweitzer, den er zwischen 1914 und 1917 »in der Stille des Urwaldes von Äquatorialafrika« geschrieben hat, an den Anfang dieses Buches. Hier versucht der einsame Rufer von Lambarene, während in Europa der Erste Weltkrieg tobt und mordet, in seinem philosophischen Hauptwerk »Die Zivilisation der Menschheit«, eine Ethik auf der Ehrfurcht vor dem Leben zu begründen und den Konflikt zwischen einer solchen radikalen Ethik und der Notwendigkeit, durch Lebenszerstörung Leben zu erhalten, darzustellen und zu lösen. Wer wollte nicht seiner Einsicht folgen, daß unser Leben nur möglich ist, indem wir die Prinzipien einer solchen radikalen Ethik verletzen müssen. Doch ist dieser Konflikt unausweichlich, seine Spannung prägt unser tägliches Leben, unser Denken, unser gesellschaftliches Leben und unser politisches Handeln. Auch in den neueren Überlegungen zur Begründung einer stärker rational geprägten »Ökologischen Ethik« (Jonas 1979, Patzig 1983, Maier-Abich 1984) oder speziell zum Tierversuch (Höffe 1984) kehrt dieser Gedanke wieder, nun erweitert durch das rationale Argument und die Erkenntnis einer faktischen Bedrohung der Natur insgesamt und der Menschheit insbesondere durch die modernen technischen Möglichkeiten der Naturbeherrschung und -zerstörung durch den Menschen selbst. Wie man auch immer die ethische Problematik sehen mag, als den Widerspruch zwischen Gut und Böse, den das Christentum – und auch andere Religionen – durch die Begriffe der Schuld, Sühne und Vergebung aufzuheben versuchte, oder als reine »praktische Vernunft« im Sinne Kants, erweitert durch die Einsicht in ökologische Zusammenhänge, wir müssen uns ihr täglich stellen und müssen uns ihrer bewußt sein (weiteres hierzu s. Kap. Riecker, Seite 82 ff.).

Dieser Einsicht fügen sich auch die Autoren des hier vorgelegten Buches, das die speziellen ethischen und praktischen Probleme der Verwendung von Tieren zu wissenschaftlichen Zwecken darzustellen versucht. Der Sinn dieser Darstellung ist es, über Tierversuche, ihre Notwendigkeit und ihre Problematik aufzuklären, wo Aufklärung notwendig und noch möglich ist.

II

Der Widerstand gegen und die Verpflichtung zum Tierversuch

Der Widerstand gegen Tierversuche ist so alt wie der Tierversuch selbst. Im Mittelalter steht dem skeptischen Empiriker Friedrich II. von Hohenstaufen, der mit – nach unseren heutigen Maßstäben in der Tat grausamen, dem Vernehmen nach an Sklaven durchgeführten – Experimenten nach den Prozessen der Verdauung und nach der Substanz des Lebens, der Seele suchte (und sie nicht fand), der heilige Franz von Assisi gegenüber, der der moralischen Korruption von Kirche und Gesellschaft im 13. Jahrhundert bereits eine radikale Ethik, basierend auf der Ehrfurcht vor dem Lebendigen, entgegenhielt. Dem offenbar weniger zartbesaiteten Gemüt der Aufklärung und der französischen Revolutionsjahre, dem es unterhaltsam war, den Hinrichtungen auf der Guillotine zuzusehen, war es kein Ärgernis, Lavoisiers öffentlich vorgeführtem Versuch der Wirkung des Sauerstoffmangels auf Tiere, die im hypoxischen Krampf starben, zuzusehen. Aber dem Auftreten einer wissenschaftlich begründeten, experimentellen Medizin im 19. Jahrhundert trat gleichzeitig eine vehemente Kritik an ihren Methoden, die sie mit dem Wort »Vivisektion« brandmarkte, entgegen, dramatisch illustriert am Konflikt zwischen dem französischen Physiologen Claude Bernard (1813–1878) und seiner Frau, die sich von ihm scheiden ließ und sich den Antivivisektionisten anschloß (Seite 128). Über den Parteienkonflikt hinweg kämpften die Antivivisektionisten zu Bismarcks Zeiten im Reichstag gegen den Tierversuch, den der berühmte Pathologe und Liberale Rudolf von Virchow als Reichstagsabgeordneter (1880–1893) ebenso vehement verteidigte. Die Protokolle jener Reichstagssitzungen und die sie begleitende publizistische Diskussion sind von den gleichen Argumenten und der gleichen moralischen Radikalität gekennzeichnet, damals wie heute.

Im sogenannten Dritten Reich verabschiedete der Reichstag etwa gleichzeitig mit den Judengesetzen zum Schutz der Rasse das Reichstierschutzgesetz, wie sich übrigens gerade der Nationalsozialismus die Tierliebe und den Tierschutz gerne als moralisches Aushängeschild umhängte. Denn Tierliebe und Menschenverachtung sind eigenartigerweise keine Gegensätze. Im Gegenteil, sie gehen nicht selten zusammen, wie die menschenverachtende Kritik und Aggressivität einiger Gegner von Tierexperimenten gegen tierexperimentell arbeitende einzelne Wissenschaftler immer wieder erkennen lassen. Und im Zeitalter der Sensationspresse ist der Gruselbericht über Tierversuche zum beliebten Gegenstand fotografischer Repräsentation geworden, ohne Rücksicht auf Wahrheitsgehalt der Bildbeschreibungen, da ja die Berichterstattung einem vermeintlich guten Zweck dient und die Tendenz mit der Zustimmung (fast) aller Menschen rechnen kann. In der Tat erzeugt die diskriminierende Propaganda gelegentlich eine Progromstimmung gegen tierexperimentell arbeitende Wissenschaftler.

Die Diskussion ist auch nicht auf nationale Regionen begrenzt, spiegelt aber hier und dort nationale Charakteristika und historische Entwicklungen wider. So fanden sich in England die ersten öffentlich auftretenden Anwälte der Tiere (Jeremy Bentham 1780). Allerdings bezogen sich die oft zitierten Bemerkungen von Bentham, eine Fußnote im 7. Kapitel seines Buches »On the principles of morals and legislation«, nur auf die damals übliche Ausnutzung der Tiere für Arbeit, nicht dagegen auf die Verwendung für die Nahrung und gewiß nicht auf die Verwendung für wissenschaftliche Zwecke, die zu seiner Zeit praktisch noch nicht existierte. Aus seiner ganz auf das Axiom der Nützlichkeit *(utility)* aufgebauten Ethik ließe sich die wissenschaftlich-technische Tierverwendung durchaus rechtfertigen, ebenso wie ja auch die Schweitzersche Ethik diese Art der Tierverwendung anerkennt, wenn ihre Notwendigkeit erwiesen ist.

Das Experimentieren mit Tieren steht in England seit langem unter starker kritischer Beobachtung der Öffentlichkeit, mit klaren und transparenten Regelungen (siehe Seamer, 1983). In den USA werden von den heutigen Tierversuchsgegnern Parallelen zur Menschenrechtsbewegung gezogen: Nach der Befreiung der Sklaven und Gleichberechtigung der Frauen und der Schwarzen nun »Liberation of animals« (Singer 1975), eine Analogie, die übrigens schon bei Bentham mit Hinweis auf die Französische Revolution auftaucht. Theologische, philosophische, juristische und ökologische Erörterungen stehen in der gegenwärtigen deutschen, aber auch der internationalen Diskussion im Vordergrund (Teutsch 1983, Händel 1984, Clark 1984). Und wie radikale Bürgerrechtsbewegungen im Interesse einer vermeintlich oder wirklich höheren Sittlichkeit nicht vor Gewaltmaßnahmen zurückschrecken, so schrecken Tierversuchsgegner nicht vor Gewalt, Einschüchterung und Diffamierung zurück. Wie in der Terrorszene gibt es Anweisungen für die Durchführung wirkungsvoller Aktionen (siehe z. B. Morgan 1980).[1]

In der Bundesrepublik, in den USA und in anderen Staaten stehen in den Parlamenten neue Tierschutzgesetze zur Beratung, deren wesentlicher Inhalt eine strengere Reglementierung der Tierversuche ist. Die implizite und häufig sogar explizit geäußerte Annahme des Gesetzgebers ist, daß die tierexperimentelle Forschung bisher in Mißachtung der Ehrfurcht vor dem Leben und ohne Notwendigkeit Tiere gequält und vernichtet habe. Hier werden die angewandte und die Grundlagenwissenschaft vom moralischen

[1] Ein guter und nüchterner Bericht über die Diskussion und Aktivitäten der Tierversuchsgegner in Großbritannien erschien in der »Londoner Times« am 21. und 22. Mai 1985.

Standpunkt aus global angeklagt, allerdings ohne objektive Prüfung der Anklagepunkte (z. B. durch eine unabhängige Untersuchungskommission).

Das besondere Mißtrauen gegenüber wissenschaftlicher Nutztierverwendung kommt unter anderem auch darin zum Ausdruck, daß sich das Tierschutzgesetz und die anstehenden Änderungsvorschläge ganz vorwiegend mit der Regelung von Tierversuchen beschäftigen. Die allgemeinen Aspekte des Tierschutzes (Tierhaltung und -pflege, Verwendung für Nahrung und Kleidung, Tierhandel, Haustierhaltung, Jagd etc.) werden nur relativ kurz erwähnt oder unter Hinweis auf andere Bestimmungen abgehandelt, als wenn der Konflikt zwischen Notwendigkeit und radikaler Ethik hier dem allgemeinen Konsens entsprechend gelöst sei. Interessanterweise befassen sich auch elf von zwölf Aufsätzen in dem Sammelband »Tierschutz. Testfall unserer Menschlichkeit« (Händel 1984) mit Tierexperimenten und nur ein kurzer Artikel mit dem Gesamtkomplex der Nutztierhaltung (H. Sommer). Der Skandal ist also das Experimentieren an Tieren, nicht die Nutzung, Ausnutzung und Tötung von Tieren allgemein.

Dabei stehen die Gesetzgeber vor dem Dilemma, daß sie die Verwendung von Tieren für die Sicherheit und das Wohl der Menschen zu tierexperimentellen Prüfungen und zur tierexperimentellen Forschung verlangen müssen. Denn »ein generelles Verbot (von Tierversuchen) widerspricht ebenso dem Postulat der Minimierung von Leid wie eine unbeschränkte Erlaubnis« (Frank Böckle, S. 57 in: Händel 1984). Es mag dahingestellt bleiben, ob sich die Gesetzgeber ihres Dilemmas voll bewußt sind, wenn sie einerseits die Verwendung von Tieren zum Wohl, zur Sicherheit und zur Gesundheit verlangen und andererseits die tierexperimentelle Forschung selbst in den Grenzbereich der Kriminalität stellen müssen. Möchte sich das schlechte Gewissen, das aus dem Konflikt zwischen einer radikalen Ethik der Ehrfurcht vor dem Leben und der Notwendigkeit (des Überlebens) entsteht, durch die Diskriminierung der Tierversuche beruhigen? Ich erinnere hier an Albert Schweitzers Satz (s. S. 11): *»Das gute Gewissen ist eine Erfindung des Teufels.«*

III
Exkurs über die Ursache der besonderen Kritikanfälligkeit der wissenschaftlich-technischen Nutztierverwendung

Man mag sich hier die Frage stellen, warum gerade die wissenschaftlich-technische Nutztierverwendung in besonderem Maße zum Skandalon wird und vielen anrüchig erscheint. Auf den historischen Zusammenhang dieser Kritik mit anderen Zivilisationsentwicklungen wird von Tröhler (Seite 47 ff.) und Gärtner (Seite 94 ff.) eingegangen. Eine allgemeinere Erklärung mag die folgende grundsätzliche Überlegung bieten: Im Fall der Verwendung von Tieren für Nahrung, Kleidung und Arbeit werden die Tiere unmittelbar für den betreffenden Zweck verwendet, sie sind sozusagen identisch mit dem Produkt. Das Fleisch des geschlachteten Tieres wird direkt zur Befriedigung des Nahrungsbedürfnisses verwandt, *ist* also die Nahrung. Die Haut des geschlachteten und die Wolle des geschorenen Tieres dienen, nach entsprechender Bearbeitung, unmittelbar dem Schutz vor der Witterung, *sind* also Kleidung. Das Arbeitstier leistet unmittelbar das, wofür es eingespannt ist, es *produziert direkt* Arbeit. Der Mensch nutzt in diesen Fällen also das Tier zur unmittelbaren Befriedigung seiner natürlichen Bedürfnisse in dem gleichen Maße, wie ein Raubtier ein Beutetier zur Befriedigung seines Bedürfnisses nach Nahrung tötet. So läßt sich dies Verhalten des Menschen dem Tier gegenüber moralisch durch die Einsicht in seine »Raubtiernatur« rechtfertigen.

Demgegenüber ist das Tier im wissenschaftlich-technischen Nutztierbereich nicht mit dem Produkt identisch. Seine Verwendung schafft lediglich die Grundlage für die Schaffung oder auch die Anwendung des benötigten Produktes. Das verwendete Tier selbst ist Abfall. Der Mensch tötet hier also ein Tier oder unterwirft es einer Einschränkung seiner natürlichen Lebensbedingungen, um die Voraussetzungen, also Wissen zu erarbeiten für seine Gesundheit, Leben und Überleben. Die hierfür benötigten Produkte werden erst in einem zweiten oder noch späteren Schritt erzeugt, der im Fall der Grundlagenforschung zeitlich manchmal um mehrere Jahre verzögert sein kann, wenn es überhaupt zu einer einfach erkennbaren und ableitbaren Nutzanwendung kommt. Aber auch das Produkt selbst ist nicht mehr ein »natürliches«, unmittelbar aus der Natur bezogenes (wie das Schlachttier), sondern wird vom Menschen erst aus verschiedenen natürlich vorkommenden Grundstoffen hergestellt. Die natürliche Herkunft dieser Grundstoffe wird durch den Prozeß der

Herstellung verfremdet und nicht mehr als Naturprodukt verstanden. Indem diese Produkte der menschlichen Zivilisation die Chancen des Überlebens und der Befreiung von Not, somit das Wohlbefinden des einzelnen Menschen, verbessern, erweisen sie sich in zunehmendem Maß als unentbehrlich für die Aufrechterhaltung des nun einmal erreichten Zustandes. Was zuerst eine unerwartete Segnung war (z. B. das Insulin), wird nun zur Notwendigkeit (für Millionen Diabetiker). Der Mensch wird also abhängig von seinen Produkten.

Der Eingriff in das Verhalten und Befinden eines Tieres und seine Tötung bei der wissenschaftlich-technischen Nutztierverwendung ist also ein Glied in einem abstrakten funktionalen Zusammenhang, an dessen fernem Ende das Produkt steht, das zum Überleben und zur Verbesserung bzw. zur Erhaltung der Lebensqualität notwendig ist. Der Wissenschaftler, der den Eingriff durchführt, ist nicht identisch mit dem Produzenten, sondern seine Tätigkeit ist auf das eine Glied beschränkt. Wenn man seine Tätigkeit aus diesem funktionalen Zusammenhang nimmt und sie nur an der Tatsache mißt, daß ein Tier einer Prozedur unterzogen wird, die nicht zu seiner Stellung im Rahmen der Schöpfung, also dem vorgefundenen Wirkungsgefüge der Natur, und zu seiner natürlichen Umwelt gehört, verliert sie ihre moralische Rechtfertigung.

Die Tatsache, daß die wissenschaftlich-technische Tierverwendung als Eingriff in die Natur so leicht zum Anlaß des moralischen Abscheus, zum Skandalon, wird, wäre also aufgrund dieser Überlegungen in der Schwierigkeit zu sehen, ihre Bedeutung als funktionales Glied im komplexen Gefüge der arbeitsteiligen Daseinsbewältigung des Menschen in seiner Welt zu verstehen. Statt dessen treten die vordergründigen Aspekte der nicht naturgemäßen Tierbehandlung – ausgeführt von Spezialisten und einem speziell hierfür entwickelten Apparat – isoliert zur Diskussion und werden nicht mehr durch das moralisch noch akzeptierbare Argument der unmittelbaren Bedürfnisbefriedigung des Raubtiers Mensch gerechtfertigt. Der Tierversuch läßt sich somit leicht als »Entfremdung« des Tieres von seiner Bestimmung denunzieren. Die Zahl der Schlachttiere ist durch den Bedarf eindeutig bestimmt, während bei der abstrakten Beziehung des Versuchstiers zum endgültigen Produkt die Zahl der verwendeten Tiere abstrakten wissenschaftlichen Kriterien der Statistik etc. unterworfen ist, die ihren eigenen Gesetzen unterworfen sind und nicht in unmittelbare Korrespondenz zum Nutzwert gesetzt werden können.

IV
Naturwissenschaftliche Erkenntnis und Ehrfurcht vor dem Leben

Um eine vernünftige und dem Gegenstand angemessene Diskussion führen zu können, muß davon ausgegangen werden, daß diejenigen, die Tiere zu wissenschaftlichen Zwecken verwenden, eine gleich hohe ethische Einstellung zum Leben und damit auch zum Tier haben, wie die Tierschützer. Gerade die Ehrfurcht und die Bewunderung des Lebendigen ist eine wesentliche Triebfeder der biologischen und medizinischen Forschung. Der Wunsch, in die Geheimnisse der Natur einzudringen, die Gesetzmäßigkeiten im Wirkungsgefüge des lebendigen Organismus aufzufinden und das Lebendige zu verstehen, gehört zur Natur des Menschen. Mit dem zunehmenden Verständnis dieser Gesetzmäßigkeiten vermindert sich nicht die Ehrfurcht vor dem Lebendigen, im Gegenteil, sie nimmt zu. Die Pflanze, das Tier und auch der Mensch werden verstehbar aus den Gesetzmäßigkeiten und den Materialien, die ihr Leben ermöglichen. Selbst Moral und Ethik werden zum Vernunftprinzip, zum »contrat social«, zum »moralischen Imperativ« oder zur »ökologischen Ethik«, nunmehr das Leben des übergeordneten Organismus Menschheit und Natur einbeziehend. Diese Einsichten heben die Moral auf eine rationale, dem Menschen seiner Bestimmung gemäße Ebene. Und die Einsicht in das Wirkungsgefüge des Lebendigen hebt auch die Ehrfurcht vor dem Leben auf eine höhere, jedoch rational begründbare Ebene.

Jeder forschende Arzt und Biologe weiß, daß ein Tier Schmerz empfinden kann. Er weiß, daß ein Tier in Gefangenschaft leiden kann. Er weiß aber auch, daß eine gute Tierhaltung im Käfig und eine artgemäße Pflege Tieren angenehm sein können und von ihnen bevorzugt werden. Ein Zurück in die Wildnis muß nicht notwendigerweise ein Zurück in die Glückseligkeit bedeuten. Wie der moderne Mensch auf die Annehmlichkeiten der Zivilisation ungern verzichtet, zieht auch das Tier Lebensbedingungen vor, die ihm Angst, Kälte und Hunger ersparen. Die Käfighaltung als solche, wenn sie gewissenhaft und nach wissenschaftlichen Gesichtspunkten und Erkenntnissen durchgeführt wird, ist also, *per se,* keine Tierquälerei. Es sei denn, man verschreibt sich dem absoluten Standpunkt, daß jeder Eingriff in die Urnatur mit ihren naturhistorisch entstandenen ethologischen, ökologischen und biologischen Gegebenheiten eine Sünde wäre. Dieser Standpunkt allerdings müßte alle menschliche Kultur und Zivilisation verdammen und führt sich selbst *ad absurdum.*

Die Begeisterung für das Lebendige möchte der Wissenschaftler anderen Menschen mitteilen, und die Menschen sind dankbar für die neuen Einsichten, da sie ihnen ihre eigene Existenz verständlicher und deswegen auch weniger bedrohlich machen. Mit der gleichen Begeisterung und Spannung hören und sehen junge Menschen, wenn ihnen die Geheimnisse der Natur mit wissenschaftlicher Methode aufgezeigt werden, im Mikroskop, im Aquarium, beim Haustier und in der Natur. Der Wissenschaftler möchte sehen und zeigen, was andere vor ihm noch nicht gesehen haben. Er möchte Neues entdecken, möchte auch gerne unter den ersten sein, die es entdecken. Er fühlt sich hierbei getragen von dem Streben der Menschheit nach Einsicht und Verständnis, teilt die Entdeckerfreude mit anderen Menschen und weiß sich mit anderen einig in der Gewißheit, daß neue Erkenntnis unser Leben zu bereichern und ihm neue Perspektiven zu geben vermag. Dieses Streben nach Erkenntnis als eine Eigenschaft des menschlichen Geistes kann nicht nur mit dem Maße der Zweckmäßigkeit gemessen werden, selbst wenn der einzelne und die Gesellschaft an den Fortschritt der Erkenntnis mit Recht große Hoffnungen knüpfen. Neue Erkenntnis kann dem Lebendigen insgesamt zum Guten gereichen und das Leiden der Natur, des Menschen, des Tieres und der Pflanzen vermindern. So beruhen die Errungenschaften der modernen Medizin auf dem ständigen Kontakt zwischen klinischer Erfahrung am Krankenbett und dem Erkenntniszuwachs der weitgehend tierexperimentell arbeitenden Grundlagenforschung. Das gleiche gilt für die Veterinärmedizin, also die Gesundheit und Pflege der Tiere.

Gleichzeitig ist sich der Naturforscher, wie viele Menschen unserer Zeit, dessen bewußt, daß das zunehmende Wissen um die Zusammenhänge der Natur auch gegen die Natur, also gegen das Lebendige, speziell auch gegen den Menschen selbst gekehrt werden kann. Dies betrifft nicht nur die Verwendung wissenschaftlicher Erkenntnis zum speziellen Zweck der kriegerischen Vernichtung oder zur Vernichtung von »schädlichen« Lebewesen, sondern schließt vor allem auch den ganzen Bereich der Störungen ökologischer Zusammenhänge ein, die entweder bewußt in Kauf genommen werden oder sich unerwartet einstellen. Nur zu leicht wird hier die Schuld an den negativen Folgen unserer wissenschaftlich-technischen Zivilisation der Wissenschaft zugeschrieben. Unterschwellig vereinigt sich hier die Kritik am »Tierversuch« mit dem ausgesprochenen oder unausgesprochenen Vorwurf gegen die Wissenschaft, schuld an der drohenden Zerstörung der Natur zu sein.

Die Schuld des Wissenschaftlers an diesen negativen Folgen der Erkenntnis ist ebenso groß wie, aber auch nicht größer als die derjenigen, die diese Erkenntisse nutzen. Und das sind wir alle in unserem Streben nach mehr Glück, nach Befreiung von einschränkender Not, nach mehr Sicherheit in unserem persönlichen und sozialen Bereich, nach mehr Freiheit zur Erfüllung unserer Wünsche, alles in allem: nach einem leichteren und besseren Leben. Sollte hieraus aber gefolgert werden, daß Wissenschaft an sich böse und für alle Folgen, auch die negativen, verantwortlich ist? Soll und kann wissenschaftliche Erkenntnis reglementiert werden aus Sorge, daß sie den Menschen aus der Beschränktheit des Unwissens in die Verantwortung des Wissens drängt und weil Einsichten in die Natur sowohl zum Guten der Natur als auch in ihr Gegenteil verkehrt werden können? Ist das wissenschaftliche Vorgehen des menschlichen Intellektes deshalb zu verdammen, weil seine Ergebnisse dem einzelnen und der Allgemeinheit jetzt größere Verantwortung aufbürden, da sie von ihnen nunmehr eine bewußte statt einer natur- oder gottgegebenen Beschränkung seiner Wünsche verlangen?

Das wissenschaftliche Fragen der Menschheit hat dem Menschen Einsichten in die Zusammenhänge der Natur gegeben und ihm verständlich gemacht, in welchem Ausmaß er Teil der Natur ist. Dieses Wissen kann nicht rückgängig gemacht werden, und die Möglichkeiten des Menschen, die er dadurch selbst erworben hat, können nur mit demselben Wissen kontrolliert werden.

V

Das Nutztier in der wissenschaftlich-technischen Welt

Unter dem Begriff Nutztier fassen wir alle Tiere zusammen, die vom Menschen zu Nahrung, Arbeit und Vergnügen (z. B. Reitsport, Hundedressur etc.) gehalten und gezüchtet werden. Unter dem Begriff Jagdtier werden alle jene Tiere zusammengefaßt, die vom Menschen in der freien Natur der Nahrung, der Kleidung und des Schmuckes wegen getötet werden. Als Spieltiere mögen wir alle jene Tiere bezeichnen, mit denen sich Menschen zur Unterhaltung und Geselligkeit umgeben, also Fische, Reptilien, Vögel und Säugetiere, vor allem Katzen und Hunde. Bei Katzen und Hunden ist der Übergang vom Nutz- zum Spieltier gleitend, da diese Tiere wohl ursprünglich als Nutztiere (Schädlingsbekämpfung, Jagd-, Wach- und Lasthund) gehalten wurden und erst in neuerer Zeit –

mit der zunehmenden Verstädterung und Naturentfremdung – fast ausschließlich die Funktion von Unterhaltungs- und Gesellschaftstieren bekommen haben (siehe Kap. Gärtner, Seite 94 ff.).

Als Nutztiere werden in den verschiedenen Kulturen zum Teil unterschiedliche Tiere verwandt, von den Meerschweinchen der amerikanischen Indianer über die Elefanten in Indien und Kamele in Afrika bis zu den am weitesten verbreiteten Schafen, Schweinen, Rindern und Pferden in den meisten Kulturen.

Die Entwicklung der Technik hat viele Nutztierarten, vor allem die Pferde und Esel, von der Fron der Arbeit erlöst, die nun von Maschinen geleistet wird. Doch ist mit der wissenschaftlich-technischen Entwicklung *ein neuer Typ des Nutztieres* in Erscheinung getreten, nämlich *das Versuchstier.* Es handelt sich hierbei in der großen Überzahl (nach verläßlichen Angaben und Schätzungen aus den USA, Großbritannien und der Bundesrepublik zwischen 95 und 99%) um Nager (Ratten, Mäuse, Meerschweinchen), Kaninchen und Submamallier (Fische, Reptilien [z. B. Frösche] und auch Vögel), die fast ausschließlich für diesen Zweck gezüchtet werden. Bei allen Zahlenangaben ist zu berücksichtigen, daß nach Erhebungen in der Schweiz nur bei 20% der verwendeten Tiere experimentelle Prozeduren im Sinne des Tierschutzgesetzes durchgeführt wurden. In der Max-Planck-Gesellschaft, die die Zahl der in ihren Instituten verwendeten Tiere veröffentlicht, wurden 1981 110786 Versuchstiere verbraucht. Davon waren insgesamt 1213 Affen, Katzen und Hunde (also 1,1%), der Rest waren Mäuse, Ratten und andere Säuger sowie Vögel und verschiedene Kaltblüter (siehe Hess, 1982). Die pharmazeutische Industrie hat für das Jahr 1979 eine Gesamtzahl von 3,5 Millionen verbrauchten Versuchstieren in der Bundesrepublik angegeben (siehe Tiere in der Arzneimittelforschung, 1982). Davon waren 96% kleine Nager und Kaninchen, 2,6% Vögel, 0,8% Kaltblüter, zusammen 0,8% (= 28094) Hunde, Katzen und Affen und die restlichen 0,6% verschiedene andere höhere Säugetiere. Die Zahlen aus England (1970 mehr als 5,5 Millionen Tierversuche, zitiert nach Höffe 1984) und den USA (1978: 20 Millionen nach einer Schätzung des Institute of Laboratory Animal Resources, ILAR, National Academy of Sciences) sind relativ zur jeweiligen Einwohnerzahl vergleichbar. In den drei Ländern liegen die Angaben der Tierschützer jeweils um das Zwei- bis Vierfache über diesen Zahlen (siehe z. B. Rowan, nach Loew, 1982).

Die Zahl der Tierversuche ist zwar in den ersten zwei Dritteln dieses Jahrhunderts, vor allem mit der explosiven Ausdehnung der biomedizinischen Forschung und der zunehmenden Entwicklung von synthetischen Materialien, stark angewachsen (in England z. B. 1910: 100000, 1950: 1,8 Millionen, 1970: über 5,5 Millionen, siehe Seite 80), doch zeigen die Angaben des ILAR, daß in den USA die Zahl der verwendeten Tiere seit 1968, jedenfalls im Bereich der Forschung, im Abnehmen begriffen ist. Von 1968 bis 1978 wurden von amerikanischen Forschungseinrichtungen 35% weniger Versuchstiere gekauft, die Zahl der Katzen und Hunde ging um 32%, die der Primaten um 47% herunter. In den USA werden demgegenüber auf *jede* im Experiment getötete Katze oder Hund zwischen fünfzig und sechzig verlassene und aufgelesene Katzen bzw. Hunde in Tierheimen getötet oder »euthanasiert«. Die Angaben aus der Bundesrepublik sind vergleichbar, wenn nicht noch höher, wenn man die von Jägern erschossenen wildernden Katzen und Hunde hinzurechnet (s. Seite 121). In den USA wurden 1982 3,334 Milliarden Warmblüter für die Nahrung getötet, gegenüber 20 Millionen getöteten Versuchstieren, von denen 95 bis 99% Ratten, Mäuse und Kaninchen waren. Es wurden also in den USA 1982 auf jeden Einwohner pro Jahr etwa vierzehn Schlachttiere (einschließlich Großtiere) geschlachtet, 0,04 verlassene Haustiere gefangen und eingeschläfert und 0,08 Versuchstiere getötet (also etwa eine Ratte oder Maus pro zwölf Einwohner, ein Hund pro tausend und ein Affe pro 5000 Einwohner). Diese Berechnung beruht auf Zahlenangaben der Tierschutzorganisation ISAF (Rowan 1982). Für die Bundesrepublik Deutschland ergeben sich ähnliche Zahlen: etwa 0,06 kleinere Nager pro Einwohner (oder etwa eine Ratte, Maus *oder* ein Meerschweinchen pro sechzehn Einwohner) sowie ein höheres Säugetier auf etwa 2000 Einwohner pro Jahr. Da Industrienationen wie die USA und die Bundesrepublik pharmazeutische und synthetische Produkte auch für industriell weniger entwickelte Länder produzieren, vermindern sich die tatsächlichen relativen Nutzzahlen um mehrere Größenordnungen.

Diese Zahlen sind wichtig zu wissen, wenn mit ihnen argumentiert wird. Dennoch muß man jeder dieser Zahlen entgegenhalten, daß jedes einzelne sinnlos getötete Tier zuviel ist. Die Frage lautet also, ob man die Verwendung eines Tieres für wissenschaftlich-technische Zwecke überhaupt und speziell für die Entwicklung von Arznei-, Nahrungsmitteln und Verbrauchsgütern als Nutztierverwendung anzuerkennen bereit ist. Um diese Frage nicht nur grundsätzlich, wie in den vorhergehenden Abschnitten, sondern spezifisch beantworten zu können, sollen die Bereiche der wissenschaftlich-technischen Tierverwendung umrissen werden. Einzelheiten zu den verschiedenen Kategorien finden sich in Teil 2 des Buches.

Die verschiedenen *Nutzungsbereiche* bezeichnen auch gleichzeitig den *Nutzen* für Mensch und Natur. Obwohl sich die Bereiche sowohl hinsichtlich ihrer Methoden als auch der Anwendung weitgehend überlappen und ergänzen, können wir grob einteilen in experimentelle Nutztierverwendung zur *Verbesserung der Lebensqualität,* experimentelle Nutztierverwendung zur *Sicherheit* und experimentelle Nutztierverwendung in der *Grundlagenforschung.*

Va
Experimentelle Nutztierverwendung zur Verbesserung der Lebensqualität

Im Bereich »Verbesserung der Lebensqualität« werden Tiere bei der Entwicklung von *Nahrungsmitteln* für Menschen und Tiere, bei der Entwicklung von *Arzneimitteln* für Menschen und Tiere und für die Entwicklung neuer *Operationsmethoden* einschließlich der Entwicklung von *Ersatzorganen* benötigt. Bei der Mehrzahl dieser Untersuchungen werden die Tiere (in der überwiegenden Mehrzahl wiederum kleine Nagetiere) bestimmten Diäten unterworfen, mit deren Hilfe die Wirkung von Nahrungsmitteln oder Medikamenten auf den Körper und das Verhalten allgemein oder auf spezielle Krankheitsbilder geprüft werden soll. Der »experimentelle« Teil besteht hier im wesentlichen darin, daß die Tiere klar definierten Fütterungs- und Verhaltensregimen unterworfen werden, vergleichbar der kontrollierten Tierhaltung in der modernen Landwirtschaft. Untersucht werden Ausscheidungen und Blutproben. Blutentnahme ist, wenn sie fachgerecht durchgeführt wird, bei den verwendeten Tieren, wenn überhaupt, weniger schmerzhaft als bei Menschen, da die Venenpunktionen in Körperbereichen durchgeführt werden, die nur eine geringe Dichte von Schmerzpunkten haben. Wer einer Schafschur beigewohnt hat und diese Prozedur mit der Punktion eines Blutgefäßes bei einem Kaninchen oder einer Ratte vergleicht, wird bezeugen können, daß ein Tier weniger »Angst« bei der Punktion als bei der Schur äußert.

Häufig ist es nötig, die Wirkung von Arzneimitteln auf innere Organe zu untersuchen, und zu diesem Zweck müssen die Tiere nach einer bestimmten Periode getötet und seziert werden. Diese Tötung erfolgt nach veterinärärztlichen Regeln schmerzlos. Ob dann die einzelnen Organe anatomisch, biochemisch oder mit physiologischen Methoden untersucht werden, braucht dann nicht mehr Gegenstand der moralischen Sorge zu sein.

Experimentelle Eingriffe im eigentlichen Sinne sind notwendig, wenn die Wirkung von Diät und Medikamenten auf bestimmte Krankheitsbilder zu prüfen ist. Hier müssen diese Krankheitsbilder experimentell erzeugt werden, wenn die Natur nicht selber bestimmte genetische Varianten anbietet, bei denen diese Krankheitsbilder vorliegen (s. Seite 140 ff.). Beispiele für genetische Erkrankungen sind erbliche Formen der Epilepsie bei Mäusen, Beagle-Hunden oder zentralafrikanischen Pavianen, Mißbildungen des Nervensystems und bestimmte Krebsformen bei Mäusen etc. Als experimentell verursachte Krankheiten mögen einige Beispiele genannt werden: Diabetes nach operativer Entfernung der Bauchspeicheldrüse oder Zerstörung der insulinproduzierenden Zellen in der Bauchspeicheldrüse durch eine toxische Substanz, Transplantation von Tumorgewebe zur Erzeugung von bestimmten Krebsarten, operative oder medikamentöse Zerstörung dopaminproduzierender Zellen im Gehirn zur Erzeugung einer Parkinson-Erkrankung, Erzeugung von hormonellen Störungen durch toxische oder operative Entfernung der endokrinen Drüsen, Implantation geringer Mengen einer toxischen Substanz zur Erzeugung einer Epilepsie, Bluthochdruckerkrankungen nach Entfernung oder Schädigung der Nieren, experimentell erzeugte Arteriosklerose, und vieles andere. Die hierzu notwendigen experimentellen Eingriffe sind in der Regel minimal und werden unter Narkose durchgeführt. Die postoperative Leidensperiode ist bei Tieren in der Regel kürzer und offensichtlich weniger von Schmerzen geprägt als bei Menschen, wie jeder Katzen- oder Hundebesitzer weiß, der sein Haustier vom Tierarzt operativ sterilisieren läßt.

Ein ganz wesentlicher Bereich ist weiterhin die Erzeugung von Krankheitszuständen zur Erzeugung von *Antikörpern*. Seit Einführung der passiven Immunisierung durch Emil von Behring, der hierfür 1901 den ersten Nobelpreis überhaupt erhielt, hat sich die Immunologie zu einer der tragenden Wissenschaften der praktischen und experimentellen Medizin entwickelt. Mit Recht wird man von ihrer Anwendung über den Segen hinaus, den sie bisher Mensch und Tier durch die fast vollständige Ausrottung oder effektive Behandlungsmöglichkeit von tödlichen oder verkrüppelnden Infektionskrankheiten von der Diphtherie über die Kinderlähmung bis zum Wundstarrkrampf, geleistet hat, noch viel erwarten dürfen, vor allem auch in der Krebsbehandlung. In der experimentellen Chirurgie müssen neue Operationsverfahren (z. B. Organtransplantation, Organersatz, Knochenersatz etc.) an größeren Tieren getestet werden, um den anatomischen Verhältnissen des Menschen näherzukommen (s. Seite 150 ff.). Diese Operationen werden selbstverständlich nach den Regeln der Humanchirurgie, -anästhesiologie und Schmerzbehandlung durchgeführt.

Da die Folge der experimentellen Eingriffe *Krankheiten* sind, wird man sich die Frage stellen müssen, ob diese Krankheitsbilder auch Leiden verursachen. Was ist aber *Leiden*? Im Fall des *Schmerzes* wird man davon ausgehen, daß die meisten krankhaften Veränderungen, die dem Menschen Schmerzen bereiten, auch für das Tier schmerzhaft sind, wenn auch in der Regel in geringerem Maße. Denn die Funktion des Schmerzes ist nicht primär, Leiden zu verursachen, sondern den betroffenen Körperteil zu schonen und die weitere Verursachung von Schmerzen zu vermeiden (siehe Struppler und Schmidt 1983). Der Organismus von Tieren »weiß« dies und verhält sich entsprechend. Gerade dies angeborene Schmerzvermeidungsverhalten wird wissenschaftlich genutzt bei der Prüfung von Schmerzmitteln oder in der experimentellen Psychologie bei der Erforschung der Mechanismen des Lernens und des Gedächtnisses. Wenn das Tier (wie auch der Mensch) unter dem Einfluß eines Medikamentes einem schmerzerzeugenden Reiz nicht mehr ausweicht oder durch ein bestimmtes, in der Regel erlerntes Verhalten vermeidet, dürfen wir davon ausgehen, daß es den Schmerz nicht mehr empfindet. Dies gilt auch für die oft in der polemischen Literatur zitierten Versuche, bei denen vom Tier vermeidbare elektrische Reize auf die Fußsohlen oder eine Erwärmung des Schwanzes (bei Ratten) o. ä. zur Prüfung von Schmerzmitteln verwendet werden (s. Seite 175).

Abgesehen vom Schmerz ist das *Leiden* bei Menschen unter einer Krankheit im wesentlichen davon bestimmt, inwieweit der Betroffene durch die Krankheit an der Ausübung der sein Leben erfüllenden Tätigkeit und in seiner Bewegungs- und Handlungsfreiheit behindert wird, inwieweit er durch die Krankheit sozial von seiner Familie und seinen Mitmenschen isoliert wird, inwieweit sein Sorgevermögen für die ihm anvertrauten Menschen eingeschränkt ist und inwieweit er durch die Krankheit in wirtschaftliche Not gerät. Ein weiterer wesentlicher Leidenskomplex ist die Angst vor dem vorzeitigen Lebensende. All diese Bereiche des Leidens setzen ein Wissen und Reflexion über das Leben, seine Bestimmung und sein Ende voraus. Es gibt keinen Anhalt dafür, daß Tiere bewußt über dieses Wissen und über die Fähigkeit der Reflexion darüber verfügen. Die übrigen Kriterien des Leidens sind – wenn sie überhaupt existieren – durch die Pflege der Tiere behoben, also die Tatsache, daß sie trotz der ihnen angeborenen oder experimentell zugefügten Krankheit keinen Mangel an ihren Bedürfnissen, also an Nahrung, Schlaf und in der Regel auch an sozialem Kontakt, zu erleiden haben. Der Autor weiß, daß er mit diesen Feststellungen den vehementen Widerspruch von vielen Tierliebhabern und von vielen Tierschützern hervorruft. *Er stellt damit bewußt den Begriff der leidenden Natur oder des Leidens der Natur in Frage, insofern dieser Begriff eine unreflektierte Projektion menschlicher Leidensvorstellung und Leidensfähigkeit auf das Tierreich oder die Natur beinhaltet.* Der Autor ist sich aber gleichzeitig dessen bewußt, daß die Anerkennung einer solchen unreflektierten Ausweitung des Leidensbegriffes jegliche, aber auch wirklich jegliche Nutz-, Spiel- und Jagdtierverwendung und -haltung verbieten müßte.

Dennoch, aus Ehrfurcht vor dem Leben muß man sich weiter die Frage stellen, ob denn all diese Anwendungen wissenschaftlicher Methoden bei der Entwicklung von Nahrungs- und Arzneimitteln wirklich Nutzen bringen und notwendig sind. Haben wir nicht genug? Hierauf gibt es eine einfache Antwort: Solange die Behandlung von Krankheit und Leiden bei Menschen, Tieren und auch Pflanzen noch verbessert werden können, wird der Mensch in seinem Streben nach Verbesserung der Lebensqualität seiner Mitmenschen und aller Mitlebewesen nicht zugeben können und dürfen, daß das Ziel erreicht sei. Er ist sich zwar bewußt, daß Nutzen in einem Bereich Schaden in einem anderen erzeugen kann. Er wird hier verantwortlich abzuwägen haben und wird als Nutzen auch die Verhütung von Schaden berücksichtigen müssen, wird aber nicht auf den Nutzen insgesamt verzichten und darf es nicht im Interesse seiner Mitmenschen.

Die *Verbesserung der Lebensqualität* ist in allen Bereichen und so auch in der Lebens- und Heilmittelproduktion einschließlich ihrer Anwendung, der praktizierenden Medizin, zu einem Wirtschaftszweig geworden. Ihre gesellschaftliche Funktion liegt nicht nur in dem Nutzen der von ihr produzierten Güter, also Nahrung und Gesundheit, sondern auch darin, daß die Produktion selber den Lebensunterhalt einer wesentlichen Anzahl von Menschen in den Industrienationen bildet. Dies gilt in ganz besonderem Maße auch für die Bundesrepublik. Wenn unsere Gesellschaft der Auffassung ist, daß des Fortschritts genug sei, wird sie nicht nur ihrem Auftrag untreu, die Lebensqualität von Mensch und Natur zu erhalten und zu verbessern, sondern wird in kurzer Zeit auch den Lebensunterhalt derer in Frage stellen, deren Existenz auf der Produktion und Weiterentwicklung von Gütern zur Verbesserung der Lebensqualität beruht. Hier werden dann die Gesetze einer freien Marktwirtschaft ohne Mitleid durchgreifen, denn Stagnation ist Rezession. Im Zeitalter der Industrialisierung und der Arbeits- und Aufgabenteilung innerhalb einer nationalen Gesellschaft sowie zwischen den Nationen können solche Zusammenhänge nicht außer acht gelassen werden, und auf sie hinzuweisen ist erforderlich. Sonst werden wir zu Heuchlern: »Laß andere die unmoralische Drecksarbeit machen, wir verwenden nur ihre Produkte!«

V b
Tierverwendung zum Verbraucherschutz

Wir wenden uns jetzt dem zweiten größeren Bereich der Verwendung von Tieren zu, nämlich dem Bereich der Sicherheit und des Verbraucherschutzes. Es handelt sich hier um die *Prüfung von Arznei- und Nahrungsmitteln sowie von Materialien aller Art,* mit denen der Mensch in direkten Kontakt kommt oder kommen kann (s. Seiten 167 ff., 178 ff., 217 ff.). Wenn wir auf einem Fleckenreinigungsmittel, einem Farbtopf, einem Lösungsmittel, Klebstoff, Arzneimittel oder was auch immer Angaben über die Giftigkeit und die Aufforderung lesen, den Stoff von Kindern fernzuhalten, oder Anweisungen finden, wie eine Vergiftung mit dieser Substanz zu behandeln ist, dann müssen wir uns auch klarmachen, daß diese Giftigkeit auch im Tierversuch bestimmt und untersucht worden ist. Das gleiche gilt natürlich auch für all jene Substanzen, die als nicht giftig eingestuft werden und die wir täglich als Zusätze zu Nahrungsmitteln zu uns nehmen oder mit denen wir ständig in der Körperpflege, in der Industrie oder Heimwerkerei in Kontakt kommen. Die Prüfungen auf Toxizität sind im Interesse der Sicherheit der Menschen vorgeschrieben, und die Standards der Toxizitätsprüfung sind gesetzlich geregelt (Arzneimittelgesetz, Lebensmittelgesetz etc.). Auch hier sind Versuche, die Schmerzen bereiten, nicht die Regel, obwohl die Belastung des Tierorganismus und damit der krankheitsverursachende Teil der Untersuchungen, ihrem Zweck entsprechend, hier insgesamt höher sein können als bei Untersu-

chungen in der Arzneimittelentwicklung und vor allem in der Grundlagenforschung. Dennoch muß betont werden, daß die Untersuchungen in diesem Bereich auch nicht in dem Maße in das Gruselkabinett gehören, wie dieses gern durch Illustrationen und Beschreibungen suggeriert wird. Das vielzitierte Argument, daß jedem neuen Lippenstift oder Körperpflegemittel die Qual von Tieren oder gar einer Unmenge von Tieren vorausgeht, ist eine demagogische Simplifikation.
Dennoch kann man feststellen, daß der ganze *Bereich der tierexperimentellen Toxizitätsprüfung* durchaus verbesserungsfähig ist im Sinne einer größeren quantitativen und qualitativen Schonung von Tieren (s. Seiten 179 f., 217 ff.). Es wird ständig an Verfahrensverbesserungen gearbeitet. Aber man darf sich hier auch nicht der Illusion hingeben, daß die Toxizitätsprüfung ganz auf die Untersuchung am lebenden Organismus verzichten und sich vollständig auf Gewebekulturen oder isolierte Organe umstellen kann, jedenfalls nicht in absehbarer Zeit und nicht ohne viele weitere, vergleichende Tierversuche (s. Seite 186). Auch die Gewebekulturen fallen nicht vom Himmel, Organkulturen müssen von lebenden Organismen entnommen werden, und die Vergleichbarkeit von Beobachtungen an Gewebekulturen und am intakten Organismus muß wissenschaftlich geklärt werden.

Mit der Kritik an der tierexperimentellen Toxizitätsprüfung verbindet sich häufig der weitergehende Vorwurf gegen die Wissenschaft, Technik und Industrie global, daß sie ja erst die Vielfalt synthetischer Chemikalien auf den Markt gebracht haben und immer weiter bringen. Damit stehen wir in dem Komplex »Segen und Fluch der Technik«, der den unmittelbaren Gegenstand unserer Erörterungen überschreitet. Denn der Einsatz von Tieren im Rahmen der Toxizitätsprüfung ist Teil, hinsichtlich der Quantität nur ein kleiner Teil, dessen, was der Natur und speziell dem Tier mit der technischen Entwicklung des Menschen, seiner Bevölkerungszunahme und seiner Urbanisierung abverlangt wird. Dies rechtfertigt zwar kein einziges zusätzlich und unnötig getötetes Tier, aber stellt doch den Rahmen dar, in dem die Diskussion sowohl im moralischen, im sozialen als auch im gesetzgeberischen Bereich steht.

Vc
Tierversuche in der medizinischen Grundlagenforschung

In diesem Bereich ist das Tierexperiment seit eh und je ein wesentlicher Bestandteil des methodischen Vorgehens zur Wahrheitsfindung (s. Seite 125 ff.). Doch ist gerade in diesem Bereich der Tierversuch gleichzeitig Gegenstand der besonders heftigen Kritik der Tierversuchsgegner, obwohl die *Zahl der in der Grundlagenforschung verwendeten Tiere* – verglichen mit der Zahl der insgesamt für wissenschaftlich-technische Anwendungen benötigten Untersuchungen an Tieren – *gering* ist (wahrscheinlich wesentlich weniger als 5%). Für diese heftige Kritik mögen verschiedene Gründe angeführt werden. Ganz global wirft man der Grundlagenforschung vor, daß sie durch ihre Erkenntnisse ja erst die Möglichkeiten geschaffen habe für die vielfältigen praktischen Anwendungen, die selbst weiterhin auf Untersuchungen an Tieren angewiesen sind. Erwartet man vielleicht, daß durch Verschluß dieser Quelle unseres Wissens auch der Strom der praktischen Anwendung eingedämmt oder ganz zum Versiegen gebracht werden könne? *Die Kritik konzentriert sich weiterhin gerade auf die Grundlagenforschung, da dieser Bereich am meisten geöffnet ist.* Denn Wissenschaftler publizieren die Ergebnisse ihrer Untersuchungen, die wissenschaftlichen Institute berichten als öffentliche Anstalten über ihre Tätigkeit und öffnen ihre Türen für interessierte Besucher. Aber das Verständnis wissenschaftlicher Ergebnisse erfordert umfangreiche Kenntnisse der Problematik und der Zusammenhänge, die nur bei wenigen Laien vorausgesetzt werden können, und ihre Ergebnisse sind nicht immer unmittelbar für den Uneingeweihten erkennbar und als Produkt handgreiflich.

Grundlagenforschung und praktische Medizin: Die tierexperimentelle Grundlagenforschung hat sich nie als unabhängige Forschungsrichtung verstanden und Forschung als Selbstzweck betrieben, sondern sich – im medizinischen Bereich – stets in Verbindung mit der praktischen Medizin und in anderen biologischen Forschungsbereichen – wie der Zoologie – stets in Verbindung mit anderen Methoden der Naturforschung, wie Ethologie (Verhaltensforschung) und Humanphysiologie, verstanden. Diese enge Verknüpfung und gegenseitige Ergänzung der praktischen und der weitgehend tierexperimentell arbeitenden Medizin zieht sich durch die gesamte Geschichte der Medizin und ist in großen Zügen und mit treffenden Beispielen im Beitrag von Ulrich Tröhler (s. Seiten

47–81) dargestellt. *Eine wissenschaftliche Medizin ist einfach undenkbar ohne den Tierversuch.* Dieser Satz mag apodiktisch klingen, aber von ihm sind keine Abstriche möglich, und selbst Tierschützer, Tierrechtler und Tierversuchsgegner erkennen ihn in der allgemeinen Form an (siehe die verschiedenen Aufsätze in dem Sammelband: »Tierschutz. Testfall unserer Menschlichkeit«, Händel 1984).

Die enge Verknüpfung zwischen praktischer klinischer Erfahrung in der Human- und Veterinärmedizin und der biomedizinischen Grundlagenforschung kommt auch darin zum Ausdruck, daß kaum ein Arzt auf den Tierversuch verzichten kann. Von Gegnern der Tierversuche wird gern behauptet, daß tierexperimentelle Forschung aus Motiven wissenschaftlicher Profilierung, letztlich aus Karrieregründen, durchgeführt wird (siehe Beitrag von Peter Gutjahr-Löser, Seite 115). Der Begriff der Karriere wird hier mit dem negativen Beigeschmack verwandt, den dieses Wort übrigens nur in der deutschen Sprache hat und der heutzutage gelegentlich allgemein dem Streben nach Leistung beigelegt wird. Solange aber unser soziales Wertsystem anerkennt, daß die beste Leistung höher einzuschätzen ist als die mittelmäßige und unzureichende, ist es unangemessen, wie Pennäler dem Streben nach guter Leistung den *Hautgout* des karrieristischen Strebertums beizugeben.

Bleibt also nur zu fragen, warum tierexperimentelles Forschen einen so hohen Stellenwert in der Medizin und Biologie hat. Die Antwort ist einfach: weil die Ärzte, die nach einem besseren und tieferen Verständnis der naturgeschichtlichen und naturwissenschaftlichen Grundlagen und Zusammenhänge menschlicher Existenz und ihrer Bedrohung durch Krankheit streben, auf die Notwendigkeit des kontrollierten Experimentes am Tier nicht verzichten können. Dies gilt unabhängig davon, ob der einzelne nun die Untersuchungen selber mit eigener Hand durchführt oder ob er sich auf entsprechende Untersuchungen anderer bezieht.

Die *moderne Medizin ist in den wesentlichen Bereichen eine naturwissenschaftlich geprägte Medizin,* und selbst rein psychologisch orientierte Mediziner und reine Psychologen beziehen einen wesentlichen Teil ihrer Vorstellungen und Hypothesen über psychosomatische Zusammenhänge aus tierexperimentell erarbeiteten Modellen, selbst wenn einige von ihnen dies nicht wahrhaben wollen. Naturwissenschaftliche Methodik setzt aber die Kontrolle der Rahmenbedingungen voraus. Um sie zu erlernen und dann auch auf den Menschen anwenden zu können, bedarf es der eigenen Erfahrung am kontrollierten Modell. Da dies nur in hinreichender Annäherung im Tierversuch oder an Organen oder Geweben, die einem unter kontrollierten Bedingungen gehaltenen Tier entnommen worden sind, möglich ist, ist das tierexperimentelle Arbeiten auch für die praktische Medizin notwendig, wenn sie den Anspruch einer naturwissenschaftlich geprägten Medizin zum Wohl ihrer Patienten aufrechterhalten will.

Das Tierexperiment ist somit eine Aufgabe der Medizin. Es ist übrigens keine angenehme Aufgabe, so wie auch das Zerlegen einer Leiche eine Aufgabe der praktischen Medizin und der Ausbildung zum Arzt ist, aber sicher auch keine angenehme. Selbst bei der schmerzlosen Tötung eines Tieres wird ein innerer Widerstand hervorgerufen, der jedesmal durch Abwägung der Notwendigkeit zu überwinden ist. Dies trifft für Wissenschaftler ebenso zu wie für diejenigen, die vernachlässigte und deshalb umherstreunende Tiere in Tierheimen oder Tierarztpraxen *euthanasieren* müssen (siehe hierzu Owens et al. 1981). Um Tiere zu schonen, werden deshalb unter Dauernarkose die Experimente, wenn nötig, über Tage und Nächte durchgeführt.

Humanitäre Gesichtspunkte im Bereich der Grundlagenforschung: Die von der Grundlagenwissenschaft selbst gestellten Anforderungen an die Einhaltung humanitärer Gesichtspunkte bei der Durchführung von Tierversuchen sind seit jeher hoch gewesen und besonders in den letzten beiden Jahrzehnten zunehmend klarer formuliert worden. Schon Rudolf Virchow konnte in der Reichstagsdebatte 1891 den Antivivisektionisten entgegenhalten, daß Untersuchungen am lebenden Gesamtorganismus, nur unter Narkose durchgeführt werden. So werden auch heute praktisch alle derartigen Untersuchungen unter Vollnarkose durchgeführt, selbst wenn dies in den Bildunterschriften der in Magazinen gern verbreiteten Photographien von geöffneten Tierkörpern nicht ausdrücklich gesagt wird.

In den USA wurde zum ersten Mal 1963 ein »Guide for the Care and Use of Laboratory Animals« (»Leitfaden für die Sorge und die Verwendung von Laboratoriumstieren«) durch das National Institute of Health veröffentlicht, und seitdem sind mehrere Ergänzungen hierzu erschienen (s. Seite 231). Dieser Leitfaden wurde bis 1978 etwa 250000fach verteilt. Alle internationalen wissenschaftlichen Zeitschriften machen diesen Leitfaden, meist unter explizitem Bezug auf ihn, zum Standard, dessen Erfüllung eine Voraussetzung für die Veröffentlichung einer eingereichten Arbeit ist.

Die Deutsche Forschungsgemeinschaft (DFG) unterhält einen ständigen Beratungsausschuß, der die Standards der Tierhaltung nach veterinär- und verhaltensgerechten Gesichtspunkten festsetzt und am Ort überwacht, wo immer sie Forschungsvorhaben unterstützt. In wissenschaftlichen Gesellschaften werden die Prinzipien des »Guide for the Care and Use of Laboratory Animals« zu den eigenen erhoben (siehe Literaturverzeichnis). Wissenschaftler haben sich an die strengen Richtlinien des Tierschutzgesetzes von 1972 gehalten, das in der Sorge für die ihnen anvertrauten Tiere ihrer eigenen Sorge zum Schutz des Lebewesens entgegenkam. Alle tierexperimentellen Projekte sind angemeldet und von den Behörden genehmigt. Wo immer sorgfältige, unabhängige Untersuchungen der Tierhaltung, der Tierexperimente und des Zwecks dieser Experimente an Tieren stattgefunden haben, ob nun in England durch eine Royal Commission (Untersuchung des Institutes für experimentelle Tiermedizin in Babraham) oder in Deutschland von einem engagierten Ethologen und Umweltschützer wie Horst Stern (Bericht über die Verwendung von Tieren in der deutschen und schweizerischen pharmazeutischen Industrie, Stern 1981), ist ausdrücklich festgestellt worden, daß die Tiere hier nicht gequält werden und daß die durchgeführten Untersuchungen notwendig sind und zu wichtigen Ergebnissen zum Guten von Mensch *und* Tier geführt haben.

Das methodische Spektrum: Vom Gesamtorganismus zur Einzelzelle. Auch in der Grundlagenforschung werden über 95% der Untersuchungen an kleinen Nagetieren sowie an Kaninchen durchgeführt. Untersuchungen am Ganztier werden, soweit operative oder möglicherweise schmerzhafte Eingriffe Teil der Untersuchung sind, am narkotisierten Tier durchgeführt, wobei die endgültige Tötung meist durch Vertiefung der gleichen Narkose erfolgt, ohne daß das Tier vorher wieder aufwacht. Bei einer Reihe von Tieren wird in einem ersten Versuchsabschnitt in Narkose ein definierter Schaden an einem Organ durchgeführt oder ein Organ herausgenommen, um den Effekt dieser definierten Veränderung auf Verhalten und Organismus zu untersuchen. Derartige Eingriffe entsprechen etwa dem operativen Eingriff zur Sterilisation eines Haustieres. Nach verschieden langer Zeit erfolgt Tötung in Narkose. Bei wenigen Tieren wird operativ ein Meßinstrument in den Körper implantiert, und es werden dann über verschieden lange Zeit bestimmte Körperfunktionen oder Körperflüssigkeiten registriert. Die Implantation derartiger Meßinstrumente mag mit der Implantation eines

Herzschrittmachers bei Menschen verglichen werden, auch dann, wenn der Elektrodenanschluß auf dem Kopf fixiert ist. Derartige Untersuchungen erfordern ein hohes Maß an operativer und experimenteller Praxis, so daß sie nur in speziell hierfür eingerichteten Laboratorien oder Instituten durchgeführt werden können. In einer weiteren, wohl der zahlenmäßig größten Gruppe werden kontrollierte diätetische oder Krankheitsbedingungen eingeführt und deren Wirken auf Körpersäfte oder innere Organe (nach Tötung und Sektion) untersucht.

Schließlich werden bei einer Reihe von Tieren krankhafte Bedingungen geschaffen, um die unter diesen Bedingungen erzeugten Abwehrstoffe (Antikörper) zu gewinnen, mit denen dann einzelne Zellen oder subzelluläre Bausteine des gesunden oder kranken Organismus von Mensch und Tier (z. B. Krebszellen) markiert, erkannt und gezielt geschädigt werden können. Durch Kombination der vom Ganztier gewonnenen Materialien und von Zellkulturen lassen sich *monoklonale Antikörper* herstellen, die bisher unvorstellbar genaue Eingriffe in die subzellulären Mechanismen der Körperfunktionen erlauben, einschließlich spezifischer Darstellung und möglicherweise Vernichtung von Krebszellen im lebenden Organismus. Die Entdeckung der Grundlagen für diese Möglichkeiten wurde 1984 durch Verleihung des Nobelpreises an Köhler, Milstein und Jerne ausgezeichnet. Dies hat die Bedeutung tierexperimenteller Forschung wieder einmal in das Bewußtsein der Öffentlichkeit gebracht. Übrigens sind von bisher seit 1901 insgesamt 71 *Nobelpreisen in »Physiologie oder Medizin«* 63 für Entdeckungen vergeben worden, die ausschließlich in der tierexperimentellen Grundlagenforschung erarbeitet wurden. Und wenn man sich die Liste der Empfänger der verschiedenen deutschen wissenschaftlichen Preise in der Medizin ansieht, wird man feststellen, daß auch hier der bei weitem größte Prozentsatz der als preiswürdig befundenen Arbeiten auf dem Gebiet der tierexperimentellen Grundlagenforschung zu finden ist.

Die biomedizinische Grundlagenforschung ist in fast allen Bereichen der Medizin in die Dimension der zellulären und subzellulären molekularen Funktionen vorgestoßen. Hiermit geht einher, daß auch die Versuchsansätze von der Funktionsebene des Gesamtorganismus auf die Ebene der Einzelorgane, Einzelzellen und der subzellulären Funktionselemente, von denen die biochemischen, biophysikalischen und biomechanischen Körperfunktionen abhängig sind, übergegangen sind. *Es besteht also ein wissenschaftsimma-*

nenter Trend, vom Versuch am Ganztier soweit wie möglich loszukommen und an isolierten Einzelorganen oder Zellkulturen zu arbeiten. Bei vielen dieser Zellkulturen handelt es sich allerdings um sogenannte Organkulturen, die von lebenden Tieren in einer in der Regel tödlichen Narkose entnommen werden müssen. Man wird also auch hier nicht auf die Tötung von Tieren verzichten können. Ganz abgesehen davon, daß die Bedeutung eines molekularen Mechanismus für den Gesamtmechanismus eben doch nur am intakten Gesamtorganismus festgestellt werden kann. *Das Ganze ist eben mehr und anders als die Summe aller seiner Einzelteile.*

Tierzucht und Tierhaltung: Die in der Grundlagenforschung verwendeten Tiere werden speziell für diese Untersuchungen gezüchtet, entweder in *institutseigenen, in zentralen oder kommerziellen Zuchteinrichtungen.* Es handelt sich hierbei um Zuchteinrichtungen wie in der Landwirtschaft, wo Nutztiere zur späteren Verwendung als Schlachttiere gezüchtet werden. Auch höhere Säugetiere stammen in zunehmendem Maße aus eigener Zucht. Dies gilt vor allem für Primaten: Die relativ wenigen Affen (in der Max-Planck-Gesellschaft z. B. knapp 200 pro Jahr) kommen fast ausschließlich aus anerkannten oder eigenen Zuchten. Von den insgesamt etwa 750 Katzen, die in Max-Planck-Instituten verwendet werden, stammen nahezu 50% aus institutsinternen oder kommerziellen Zuchtanstalten. Der Rest kommt aus dem Tierhandel, und hier schreibt das Gesetz den Nachweis der Herkunft sowie die Einwilligung der Vorbesitzer vor, daß das betreffende Tier in den Versuchstierhandel kommt. Viele Tierbesitzer, denen der Nachwuchs ihrer Hauskatze über den Kopf wächst, sehen ein, daß kein Unterschied darin zu sehen ist, ob nun ein Tier in einem Tierheim oder in einem Forschungsinstitut (mit anschließender Organuntersuchung) eingeschläfert wird. Sie handeln verantwortungsbewußter als diejenigen, die die überzähligen Tiere umherstreunen lassen, so daß sie schließlich erschossen oder in Fallen gefangen werden müssen, um dann im Auftrag von Tierschutzorganisationen eingeschläfert zu werden.

Wissenschaftler, die meist selber Haustiere haben und deren Familien an ihnen hängen, haben Verständnis dafür, wenn Haustierbesitzer eine Abscheu empfinden, wenn ihr Tier unrechtmäßigerweise und ohne ausdrückliche Zustimmung in den Versuchstierhandel gerät. Um mögliche Verstöße gegen die übrigens auch gesetzlich festgelegten Regeln ganz auszuschließen, werden Katzen in zunehmendem Maße nur noch aus speziellen Versuchstierzuchten bezogen. Schließlich soll ausdrücklich hervorgehoben werden, daß zwischen Forschungsinstituten und dem Tierschutzbund seit eh und je eine gute Zusammenarbeit zur Wiederauffindung verlorengegangener Haustiere besteht. Tierhalter sollten jedoch angehalten werden, ihre Tiere zu markieren, da nur dann eine eindeutige Identifikation möglich ist.

Auf eine unzureichende Regelung im Tierschutzgesetz von 1972 soll hier noch hingewiesen werden, die sowohl die administrativen Probleme der Genehmigungsverfahren als auch die fachgerechte Durchführung von Tierversuchen betrifft. Dem Gesetzestext nach dürfen Tierversuche nur von oder unter Aufsicht von »Medizinern, Veterinärmedizinern oder Biologen« durchgeführt werden. Hier muß festgestellt werden, daß ein Mediziner und ein Biologe mit der üblichen Ausbildung nicht automatisch über die notwendigen Kenntnisse der Tierhaltung und Tierversuchsdurchführung (Operation und Narkose) verfügen. Andererseits besitzen eine Reihe von Wissenschaftlern, die z. B. eine spezielle Ausbildung in Physiologie im Ausland, in Biophysik, experimenteller Psychologie u. ä. mit langjähriger Erfahrung in der tierexperimentellen Praxis haben, eine spezifische Qualifikation, müssen aber ihre Untersuchungen formell unter der Aufsicht von häufig weniger erfahrenen Biologen oder Medizinern genehmigen lassen und durchführen. Hier wäre es entsprechend der Praxis in anderen Ländern, wie z. B. England (Seamer 1983), sinnvoll, *spezielle Lizenzen zur Durchführung von Tierversuchen* zu erteilen, wenn die entsprechenden Kenntnisse nachgewiesen werden können.

Zahlenmäßige Verminderung der Tierversuche: Selbst wenn also in der Grundlagenforschung kein Anlaß besteht, tierquälerische Versuche, unangemessene Eingriffe in das Wohlbefinden der verwendeten Tiere oder nicht gemäße Tierhaltung zu vermuten, stellt sich dennoch wiederum die Frage, ob nicht eine wesentliche Reduktion der Tierversuche möglich sei. Werden nicht doch zu viele unnötige und duplizierende Versuche durchgeführt? Sollte man nicht die Untersuchungen auf die unmittelbar medizinisch relevanten Bereiche beschränken? Beginnen wir mit dem letzten Punkt: *Gute Wissenschaft ist immer relevant,* da sie Wissen vermehrt und somit die Grundlage schafft für alles, was sich zur Verbesserung des Lebens insgesamt und zur Verhütung von Schaden am Leben eignen könnte. *Eine Beschränkung der Forschung auf »das Relevante« unterwirft sie modischen Strömungen und wird, im Endeffekt, mehr unnötige, mittelmäßige und den Grundfragen ausweichende*

Forschung produzieren (siehe hierzu auch Seite 211 ff.). Angewandte Forschung kann und soll in der Grundlagenforschung erarbeitete Methoden und Ergebnisse zur Lösung von spezifischen Problemen unserer Lebens-, Gesundheits- und Umweltbedrohung anwenden. Sie kann dies nicht ohne die Basis der Grundlagenforschung. Es ist richtig, daß durch die Elimination von schlechter und mittelmäßiger Forschung auch die Zahl der wissenschaftlich verwendeten Tiere reduziert werden könnte. Eine solche *Qualitätskontrolle* ist jedoch nur wissenschaftsintern möglich, da nur hier die entsprechende Sachkenntnis zur Qualitätsbeurteilung vorhanden ist. Eine solche Kontrolle muß aber den notwendigen kreativen Freiraum belassen und gleichzeitig Unnötiges unterbinden. In allen wissenschaftsintensiven Ländern sind im Lauf der letzten Jahrzehnte effektive Kontrollstrategien entwickelt worden, und die Arbeit jedes einzelnen Wissenschaftlers ist unter ständiger kritischer Beobachtung seiner Kollegen und der Finanzierungsträger. Nicht sachinformierte Kontrollinstanzen können ihrer Natur nach die Qualität in der Wissenschaft nicht verbessern. Es besteht vielmehr die Gefahr, daß sie aufgrund sachfremder Kriterien wichtige Forschung unterbinden und mittelmäßige fördern, nur weil die Begründung der beantragten Projekte im Rahmen eines sozialethischen Systems vordergründig plausibel klingen mag. Dann aber bewirkt sie genau das Gegenteil von dem, was ihr Ziel ist, sie unterstützt nämlich unnötige, weil mittelmäßige Forschung und damit auch ungerechtfertigte Tierexperimente.

Die *Duplizierung* von Versuchen wird häufig in der polemischen Auseinandersetzung als ein wesentlicher Grund für zu viele Tierversuche angesehen. Duplizierungen seien, durch Verwendung moderner Kommunikationsmittel einschließlich Computer, vermeidbar. Es ist richtig, daß nicht notwendige Duplizierungen gelegentlich vorkommen. Ihre Zahl wird in der Regel allerdings überschätzt. Es liegt in der Natur jedes wissenschaftlichen Vorgehens, daß man auf den Ergebnissen anderer Forscher aufbaut, die ja alle publiziert sind. Dies gilt für den Historiker, Literaturwissenschaftler und Physiker ebenso wie für den biomedizinischen Wissenschaftler. Fortschritt in der Wissenschaft liegt ja gerade darin, daß bestehende Modelle durch die Ergebnisse neuer Messungen in Frage gestellt werden. So sind Kopernikus, Keppler und Galilei zu ihrem neuen System der Planetenumlaufbahn gekommen, weil ihre durch die Verfeinerung der optischen Methoden verbesserten Messungen eben das ptolemäische Modell nicht bestätigen konnten (siehe hierzu Kuhn 1962). Karl Popper (1934) gründet seine wissenschaftliche Erkenntnistheorie auf dem Axiom, daß eine Theorie nur dann als wissenschaftliche Theorie gelten kann, wenn sie durch Messung überprüfbar und damit im Prinzip falsifizierbar ist. Somit ist die Wiederaufnahme eines wissenschaftlichen Problems wesentlicher Bestandteil der Methodik und immer dann legitim, wenn entweder neue oder verfeinerte Meßmethoden eine kritische Überprüfung eines bestimmten Modells ermöglichen. Ein Teil dieser Prüfung ist durch Studium der Literatur möglich, und weit mehr als 50% der Zeit eines experimentellen Wissenschaftlers gehen in das Literaturstudium. Forschungsprojekte, die in Unkenntnis der relevanten Literatur begonnen wurden und zu unnötigen Duplikationen führen können, werden frühzeitig von den wissenschaftsinternen Kontrollsystemen entdeckt und gestoppt. Andererseits ist bei der über alle Industrienationen verteilten wissenschaftlichen Aktivität, in der natürlich auch die Regeln des Wettkampfes gelten und neue Methoden nach ihrem Bekanntwerden von verschiedenen Gruppen auf ähnliche, auf der Hand liegende Probleme angewandt werden, nicht zu vermeiden. Doch war dies immer so, auch als noch weniger Wissenschaft getrieben wurde. Der relative Anteil von derartigen Paralleluntersuchungen ist wahrscheinlich heute eher geringer, da die rasche Kommunikation manche Untersuchungsansätze im Anfang erübrigt.

Der Autor dieses Beitrags bezweifelt, daß sich die Zahl der in der Grundlagenwissenschaft verwendeten Tiere durch Anwendung noch rigoroserer ethischer Standards vermindern läßt, da die ethischen Anforderungen an die Durchführung von Tierversuchen seit eh und je hoch sind und in den letzten Jahrzehnten infolge der stärkeren Eingliederung der Forschung in das soziale Bewußtsein und die gesellschaftliche Wirklichkeit in zunehmendem Maße klarer formuliert und effizienter kontrolliert werden. Dagegen erwartet er, daß sich durch Verbesserung der Forschung, d. h. durch eine noch strengere Qualitätskontrolle, und durch den Fortschritt der Forschung, d. h. die Reduktion der Lebensvorgänge auf molekulare Prozesse und ihre Erforschung auf dieser Ebene, die Zahl der in der Grundlagenwissenschaft verwendeten Tiere in den kommenden Jahren effektiv vermindern wird. *Eine von außen auferlegte Reduktion der wissenschaftlichen Forschung am lebenden Organismus wird dagegen zu einer Verminderung der Qualität führen.* Sie wird damit auch notwendigerweise sowohl tierexperimentelle Untersuchungen als auch Untersuchungen an Menschen zur Folge haben, die sowohl ethisch als auch wissenschaftlich weniger zu rechtfertigen sind.

VI
Schwere und Zumutbarkeit eines tierexperimentellen Eingriffes

Wir kommen zum letzten Abschnitt unserer Überlegungen. Selbst wenn wir die wissenschaftlich-technische Verwendung von Tieren als Nutztiere anerkennen, werden wir das nur tun können unter Anerkennung bestimmter ethischer Grundsätze. Diese sind unter dem allgemeinen Gesichtspunkt der *Zumutbarkeit* subsumierbar (siehe z. B. Seamer 1983 und Katalog nach Schnappauf im Anhang, Seiten 239–241). Doch ist dieser Begriff außerordentlich dehnbar, und was dem einen für ein Tier (oder auch einen Menschen) zumutbar erscheint, mag dem anderen unakzeptabel erscheinen. Dies beginnt schon bei der Diskussion über die Käfighaltung selbst, geht über die Prozedur der einmaligen oder regelmäßigen Blutentnahme (die vom Tierschutzgesetz ausdrücklich nicht zu den anmeldepflichtigen Eingriffen gerechnet wird) und endet bei der Frage, ob wir ein Recht haben, Tiere aus wissenschaftlichen Gründen bewußt krank zu machen oder schmerzlos zu töten.

Die Wissenschaftler gehen davon aus, daß Wirbeltiere *Schmerzen* empfinden können. Sie vermeiden daher schmerzhafte Eingriffe, wo immer diese vermeidbar sind, entweder ganz oder durch Verwendung von Narkose. Man muß den Schmerzbegriff allerdings weit fassen, da ja auch bei Menschen die sogenannte Schmerztoleranz außerordentlich weit gestreut ist, und aus diesem Grunde werden bei tierexperimentellen Eingriffen Vorkehrungen getroffen, die auch eventuelle Schmerzempfindungen vermeiden sollen.

Bei Berücksichtigung aller Vorsichtsmaßnahmen bleibt eine kleine Gruppe von Tierversuchen, bei denen jedenfalls vorübergehend, in wenigen Fällen auch *dauernd Schmerzen* erzeugt werden. Es handelt sich hier vor allem um einige Experimente in der Schmerz- und Krebsforschung. Im ersteren Fall mag man das Beispiel der experimentellen Polyarthritis (rheumatische Gelenkentzündung) nennen, im zweiten die Induktion von schmerzhaften Krebsgeschwulsten. Weder das eine noch das andere Experiment muß zwar notwendigerweise Schmerzen verursachen (viele experimentelle Krebsgeschwulste sind nicht an sich schmerzhaft, und auch eine polyarthritische Gelenkerkrankung braucht bei entsprechender Schonhaltung, die die Tiere rasch erlernen, nicht schmerzhaft zu sein), dennoch wird man hier besonders sorgfältig die ethischen Aspekte abzuwägen haben, im Zweifelsfall das Experiment unterlassen und nach anderen Möglichkeiten der Problemlösung suchen. Dies gilt natürlich allgemein: Kein Tierexperiment sollte durchgeführt werden, dessen angestrebtes Ergebnis mit Methoden erreicht werden kann, die weniger oder gar keine Verluste von Tieren verlangen. Die Wissenschaft hat sich diese Grundsätze zu eigen gemacht, wie dies auch von Ethikern ausdrücklich anerkannt wird (Höffe [1984, S. 97] zitiert die »Anniversary address« des Präsidenten der Royal Society [A. Huxley 1983]).

Ein weiterer Streitpunkt ist, ob man *Untersuchungen an Ganztieren in Narkose* überhaupt als Experimente im Sinne des Tierschutzgesetzes bezeichnen soll, wenn das Tier, aus der einleitenden Narkose nicht erwachend, schließlich durch Vertiefung der Narkose eingeschläfert wird. Besteht hier ein qualitativer Unterschied zu der täglich mehrtausendfach durchgeführten veterinärmedizinischen Einschläferung unheilbar kranker oder unerwünschter Tiere? Der Autor und mit ihm die meisten Wissenschaftler können hier keinen Unterschied sehen und stufen derartige Tierexperimente hinsichtlich ihres ethischen Aspektes in den Bereich der schmerzlosen Tötung ein (s. auch Seite 132, 135 f.). Um die fachgerechte Überwachung der Narkose bei derartigen Untersuchungen zu garantieren, erkennen sie jedoch den Wunsch des Gesetzgebers und der Öffentlichkeit an, daß die fachgerechte Durchführung derartiger Untersuchungen in Narkose durch Anmeldung und Überprüfung der Qualifikation der Versuchsleiter kontrolliert wird. Dies ist im bisherigen Tierschutzgesetz auch festgelegt.

Weiter wird man fragen können, ob es erlaubt ist, Tiere unter Bedingungen zu untersuchen, die sie einer *vorübergehenden Einschränkung ihrer Bewegungsfreiheit* (z. B. der sogenannte *Affenstuhl*) oder vorübergehend oder dauernd Bedingungen aussetzen, die man als Streß bezeichnen könnte (z. B. Verhaltensversuche, in denen Individuen einer Tiergruppe von dominanten Artgenossen bedroht werden). Die Gewöhnung eines Affen an einen Affenstuhl, in dem er in der Regel nicht mehr als zwei bis vier Stunden pro Tag verbringt, ist für das Tier weniger eingreifend und bedrohlich als die Prozeduren einer Pferde- oder Hundedressur, wie der Autor aus Anschauung beider experimenteller Vorgehen bezeugen kann. Wenn die Einschirrung einmal erlernt ist, wird sie von dem betreffenden Tier ohne Widerstand akzeptiert. All diese Prozeduren können übrigens nur von Menschen durchgeführt werden, die erfahren in der Tierhaltung und vertraut mit den entsprechenden Tieren sind. Derartige Untersuchungen an einem Tier erstrecken sich über mehrere Monate bis zu einem Jahr, und innerhalb einer solchen

Untersuchung entwickelt sich ein persönliches Verhältnis zwischen dem Versuchsleiter und dem Versuchstier, wie in einer Haustier-Familien-Gemeinschaft. Häufiger werden *streßartige Bedingungen* bei kleinen Nagern erzeugt, doch ist die Frage offen, ob irgendeiner dieser streßerzeugenden Versuche über das Maß hinausgeht oder auch nur entfernt daran reicht, was eine Maus, Ratte oder ein Vogel an Streß erleben, wenn sie von einer unserer Hauskatzen gejagt werden. Was ist hier also zumutbar?

Bleibt schließlich das Argument, daß die Toxizitätsuntersuchungen einschließlich der vielzitierten *LD_{50}-Versuche* zum Verbraucherschutz eine unzumutbare Belastung lebender Tiere bedeuten. Wir haben zu begründen versucht, daß ein Mindestmaß an tierexperimentellem Verbraucherschutz aus der Verantwortung für unsere Mitmenschen und die Lebenswelt erforderlich ist. Manche – sicher aber auch nicht alle – scheinbar unerwarteten Umweltschäden hätten sich übrigens vermeiden lassen, wenn die Emission und Verabwässerung von Abfallprodukten von einer strengeren Toxizitätsprüfung an lebender Materie abhängig gemacht worden wäre. Dennoch sind sich viele, vor allem auch die fachzuständigen Wissenschaftler darin einig, daß aufgrund der neuen Erkenntnisse der Wissenschaft hier schonender verfahren werden kann (s. Seiten 29 und 217 ff.). *Der Gesetzgeber könnte tatsächlich viel für die Schonung von Versuchstieren tun, wenn er die bestehenden Vorschriften für den Verbraucherschutz den neuesten wissenschaftlichen Erkenntnissen anpassen würde.*

Anklagen der Tierversuchsgegner werden häufig durch *Einzelbeispiele aus der deutschen und internationalen wissenschaftlichen Literatur* belegt. Insgesamt geht es um wenige Beispiele, die überall wiederkehren. Es handelt sich bei diesen Darstellungen in der Regel um Teilaspekte der als Beispiel herangezogenen Experimente ohne Erwähnung der Narkose, der Jahreszahl der Veröffentlichung etc. Soweit dem Autor einige dieser Beispiele durch Angabe der Literaturstelle bekannt und die Angaben nachprüfbar geworden sind, hat er sich von der entstellenden Tendenzdarstellung überzeugen können (siehe hierzu auch Coile und Miller 1984). Das gleiche gilt für die Mehrzahl der Berichte über sogenannte Grausamkeiten bei Tierversuchen in illustrierten Magazinen (s. Seite 118 f.). Derartige Berichte dienen weder dem Anliegen der Tierschützer noch ist es dem Ernst der Problematik angemessen, wenn die Tatsachen durch Unwahrheit entstellt und zur Verbesserung der Verkaufschancen von Magazinen zu blutigen Sensationen aufgebauscht werden. Hier wird der Tierversuch in der Tat für vordergründige ökonomische Zwecke genutzt. Doch gehört dies alles leider zur Szene. Schon um die Jahrhundertwende warf der schottische Pfarrer David Macdonald den radikalen Antivivisektionisten *suggestio falsi* und *suppressio veri* vor (zitiert nach Paton 1979).

VII
Abschließende Bemerkungen

Es wurde in dieser Einleitung der Versuch unternommen, die technisch-wissenschaftliche Verwendung von Nutztieren in den Rahmen einer allgemeinen Ethik zu stellen, die auf der Ehrfurcht vor dem Leben gegründet ist, aber in gleicher Weise im Konflikt mit dieser Ethik steht wie alle Verwendung von Tieren zum Wohle des Menschen und der Natur. Eine praktische Ethik muß Kompromisse eingehen und sieht sich gezwungen, eine Skala der Werte anzuerkennen. Eine ethische Wertskala muß immer davon ausgehen, daß die Natur und die Bedürfnisse von Mensch und Tier ein paradiesisches Zusammenleben aller Lebewesen nicht möglich macht. Dieses Wertesystem und die daraus abgeleiteten praktischen Regeln können nie absolut sein, da Anerkennung bestimmter Werte – wie in einem offenen Regelsystem – neue Zustände bewirkt, die wiederum eine Änderung des Wertesystems nach sich ziehen. Ebendeswegen sind ja Moral und Gesetzgebung nie endende Prozesse einer demokratischen Gesellschaft.

Die Nutztierverwendung hat sich im Laufe der Geschichte von der reinen Verwendung von Tieren für Nahrung, Kleidung und Arbeit auf den Bereich der technisch-wissenschaftlichen Nutztierverwendung erweitert, zum Teil unter Verminderung der Arbeitstierbelastung. Zur Diskussion steht im Grunde, ob die Tiernutzung für wissenschaftlich-technische Zwecke gerechtfertigt ist. Wissenschaftler und mit ihnen bisher die ganz überwiegende Mehrheit der Öffentlichkeit haben diese Erweiterung des Nutztierbegriffes anerkannt, weil das Leben der Menschen und der Natur in unserer Zeit in zunehmendem Maße von wissenschaftlicher Erkenntnis und den technisch-wissenschaftlichen Zivilisationsbedingungen, die auf ebendieser Erkenntnis aufbauen, abhängen. Diese Bedingungen sind, wie Nahrung, Kleidung und Behausung, Voraussetzungen unseres Lebens. Wie Nahrung, Kleidung und Behausung aber fordern sie auch ihren Tribut an das Leben. Auf die besondere Schwierigkeit der Anerkennung des Versuchstieres als Nutztier wurde in Abschnitt III eingegangen.

Es wurde dann versucht, die verschiedenen Bereiche der wissenschaftlich-technischen Nutztierverwendung gegeneinander abzugrenzen. In allen Bereichen wurde die Frage nach der Zumutbarkeit der Eingriffe und nach der Quantität und Qualität, also nach dem »Genug« und »Zuviel«, gestellt. In den folgenden Kapiteln werden diese verschiedenen Gesichtspunkte vertieft und ergänzt.

Wissenschaftler sind sich mit anderen Menschen dessen bewußt, daß die Erfordernisse für unsere Existenz und für unser Wohl uns notwendigerweise in Konflikt mit anderen Werten bringen sowie das Wohl anderer Lebewesen und Menschen gefährden und bedrohen. Sie bemühen sich mit anderen Menschen, diesen Konflikt so gering zu halten wie möglich, indem sie sich bemühen, auch die Verwendung von Versuchstieren zu reduzieren. Sie müssen allerdings aufgrund ihrer Einsicht in die Zusammenhänge der Natur davor warnen, dieser Konflikt lasse sich einfach dadurch lösen, daß *ein* Nutzungsbereich der Natur verdammt und ausgeschaltet wird, nämlich die wissenschaftlich-technische Nutztierverwendung durch zunehmende Diskriminierung und schließliches Verbot. *Die vordergründige Beruhigung des öffentlichen und persönlichen Gewissens auf diesem einen Sektor wäre – mit den Worten Albert Schweitzers – in der Tat eine Erfindung der Hölle.*

I.

Ethische, historische und soziologische Aspekte von Tierversuchen

Ulrich Tröhler

Die Geschichte des wissenschaftlichen Tierversuchs, seiner Begründung und Bekämpfung

Dieses Kapitel beschreibt die Entwicklung des Tierversuches als Methode in der medizinischen Forschung, ihren Stellenwert im Laufe der Zeit sowie die jeweilige Einstellung von Forschern und der Gesellschaft zum Tierexperiment. Schließlich soll versucht werden, die heutige Situation aus der geschilderten historischen Perspektive heraus zu sehen. Beginnen wir mit der medizinischen Grundlagenforschung, jenen Bestrebungen also, die darauf hinzielen, die Funktionsweise des menschlichen Körpers in Gesundheit und Krankheit zu erklären.

I

Den Beginn der westlichen Medizin bringen wir sozusagen automatisch in Verbindung mit *Hippokrates,* dem »Vater der Medizin«, und damit dem antiken Griechenland. In der Tat, eine kleine Völkergruppe im östlichen Mittelmeerraum machte vor mehr als 2500 Jahren den entscheidenden Schritt im menschlichen Denken, der sie dazu führte, Krankheit nicht länger nur als übernatürliche Erscheinung anzusehen, sondern sie auch von einem rationalen, naturalistischen und damit wissenschaftlichen Gesichtspunkt aus zu betrachten.

Der große *Hippokrates* lebte von 460 bis 377 v. Chr. Er galt als Verfasser von etwa sechzig Büchern. Welche Abhandlungen der später zusammengestellten und nach ihm benannten Schriftensammlung, des *Corpus hippocraticum,* tatsächlich von ihm stammten, ist nicht bekannt. Die im heute überlieferten *Corpus* enthaltenen Schriften lassen sich ungefähr auf die Zeit zwischen 420 v. Chr. und 100 n. Chr. datieren. Sie zeigen eindrücklich die Beobachtungsgabe der hippokratischen Ärzte und den Umfang der daraus gewonnenen Einsichten. Sie behandeln auch die Berufsgesinnung und bis heute grundlegend gebliebene ethische Verpflichtungen, Gebiete also, die zur »ärztlichen Kunst« gehören. Der Vorrang der

Beobachtung des Krankheitsverlaufs ließ dagegen weniger Raum für die Betrachtung der Krankheitsursachen. Damit machte der Arzt aus der Not eine Tugend, denn der auf diesem Gebiet vergleichsweise geringe Wissensstand verwies ihn sonst auf die ihm wenig ergiebig scheinende philosophische Spekulation.

Allerdings bemühten sich einzelne, diesem Übelstand entgegenzutreten, indem sie sich des Experiments, zumal des Tierversuchs, bedienten. Die im *Corpus hippocraticum* beschriebenen Tierversuche waren in dem Maße wissenschaftlich, als sie geplant darauf angelegt waren, eine auf philosophischer Spekulation beruhende Annahme durch Beobachtung am lebendigen Tier zu überprüfen. So wurde einem Schwein gefärbtes Wasser einverleibt und der Weg der Flüssigkeit verfolgt. Er führte nun in die Speiseröhre, aber auch, wie angenommen, in die Luftröhre. Am freigelegten Herzen beobachtete ein anderer Forscher zu seiner Überraschung das dyssynchrone Schlagen der Vorhöfe und Kammern des Herzens (Senn, S. 59 f., 209). Damit hielt die Methode der Induktion Einzug in die Medizin.

Aus heutiger Sicht erscheinen diese Versuche aus der hippokratischen Schrift *»Über das Herz«* aus dem 4. vorchristlichen Jahrhundert wie das Rasseln einer Kinderklapper im Vergleich zu eigentlicher Musik. Aber das physiologische Experiment wurde auch in der Medizin des 3. Jahrhunderts weiter gepflegt. Mit der zusätzlichen Anwendung der Waage und der Wasseruhr ergänzte *Erasistratos* in Alexandria die bisherigen qualitativen Resultate durch quantitative und hob damit den physiologischen Versuch bereits auf die, soweit heute beurteilbar, höchste Stufe biologischer Methodik (Senn, S. 142 f.).

Daneben finden wir am Anfang der wissenschaftlichen Medizin zur Zeit der Hippokratiker, in größerem Ausmaße, die Präparation toter Tierkörper, welche ja zu den Tätigkeiten von Jägern und Köchen seit Urbeginn der menschlichen Existenz gehörte, durch Ärzte mit dem Ziel eines besseren Verständnisses innerer Strukturen angewandt. Von solchen Beobachtungen ausgehend, gelangten auch Naturforscher wie *Aristoteles* (384–322) durch Vergleich der Eingeweide mit Objekten des täglichen Lebens zu Erklärungen über die Funktion der Organe. *Erasistratos* und sein Zeitgenosse *Herophilos* in Alexandria benutzten dann hierfür auch lebendige Tiere, weil sie annahmen, daß der Tod physikalische Veränderungen der inneren Organe nach sich zöge. Beobachtungen am lebendigen Tier ermöglichten demnach genauere Kenntnis von Form, Farbe, Beschaffenheit, Zusammenhang und anderen Kennzeichen derselben. Anfänglich dienten also lebendige Tiere vor allem zur Erhebung anatomisch-morphologischer Befunde, aufgrund derer und mit Hilfe von Analogieschlüssen die Aufklärung physiologischer Funktionen versucht wurde (Senn, S. 144 f.; Steudel).

In methodischer Hinsicht wurde Jahrhunderte danach der in Pergamon geborene und später in Rom ansässige Arzt *Galen* (130–201) bahnbrechend, indem er die Methode der Induktion mit geplantem Experiment neben ausgiebigen anatomischen Studien am Tier in großem Stil anwandte. Er interessierte sich insbesondere für die Funktion des Herzens und der Arterien, der Lungen sowie der Strukturen, die wir heute als Nervensystem bezeichnen. So stellte er fest, daß nach dem Aufschneiden der linken Herzkammer nicht wie erwartet Pneuma (= Luft), sondern Blut austrat, selbst wenn er vorher Luft mittels eines Blasebalgs in die aufgeschnittene Luftröhre eingeblasen hatte. Er schloß daraus, die alte Vorstellung mit dem neuen Befund in Einklang bringend, daß der Anteil der Luft in der linken Herzkammer sehr gering sein müsse. Ähnlich sah er auch, daß das Arterienstück zwischen zwei Ligaturen Blut und nicht, wie vorher angenommen, Pneuma enthielt. Diese Befunde konnte er nur beim lebenden Tier erheben, während die herkömmlichen mit Feststellungen am toten Tier übereinstimmen mochten. Mit seinen Beobachtungen, nicht aber mit deren Interpretation, kam *Galen* der Entdeckung des Blutkreislaufes schon recht nahe. Ebenso erlangte er eigentlich moderne Vorstellungen über die Funktion von Gehirn, Rückenmark und peripheren Nerven. In seinem Werk *De anatomicis administrationibus* (Über anatomische Prozeduren) beschrieb er zum ersten Male die spezifisch für Versuche am lebendigen Tier benutzten Methoden und Instrumente. Darin führte er auch seine Feststellungen über die Wirkung der Ganz- oder Teildurchtrennung des Rückenmarks an verschiedenen Stellen und deren Auswirkung an, Beobachtungen, die in den nachfolgenden 1700 Jahren kaum verbessert wurden (Galen; Steudel).

Das nachfolgende Mittelalter ging in der Tat mit dem antiken Erbe sehr selektiv um. Das Aufschneiden toter Körper paßte kaum und blutige Tierversuche noch weniger in die Vorstellungswelt der Kirchenväter und Mönche, die jenes Erbe nun schreibenderweise im Westen überlieferten. Man betete einerseits die Lehren *Galens* getreu nach, ohne sich andererseits seine Methodik anzueignen und vergaß, auf welchen Wegen er zu seinen Ansichten gelangt war.

Über die Vorgänge im arabischen Mittelalter sind wir noch schlecht informiert. Aber auch dort wird die eklektisch ausgelegte Autorität Galens allbeherrschend gewesen sein, wie zwei Beispiele aus dem 13. Jahrhundert zeigen: *Abd-Al-Latif-Al Baghdadi* (*1232) entdeckte anhand des Studiums von mehr als 2000 Schädeln, die er in der Nähe von Kairo gefunden hatte, daß der Unterkieferknochen nicht, wie *Galen* beschrieben, paarig, sondern unpaarig angelegt ist. Nach dem Satz, daß dem Zeugnis der Sinne mehr zu trauen sei als den Worten Galens, steht dann weiter, dies schließe nicht aus, die Lehre Galens so zu deuten, daß sie sich als gerechtfertigt erweise. *Ibn-An-Nafis* (*1288) spekulierte als erster über die Existenz des Lungenkreislaufs, schrieb aber dazu: »Wir haben uns bisher auf seine *[Galens]* Lehre verlassen, abgesehen von einigen Punkten, von denen wir glauben, daß sie auf Fehlern der Kopisten beruhen oder nicht durch Autopsie bestätigt sind.« Diese Beispiele bezeugen, wie man die Ergebnisse eigener Beobachtungen einzuführen suchte, ohne die ihnen widersprechende Autorität der Alten zu schmälern, indem Widersprüchliches wortreich mit der alten Lehre in Einklang gebracht oder einfach wegdiskutiert wurde, wie es *Galen* selbst seinerzeit gemacht hatte.

Ibn-An-Nafis' Kommentar weist weiter darauf hin, daß die Sektion menschlicher Leichen im 13. Jahrhundert durchgeführt wurde. Dies geschah insbesondere auch in den norditalienischen Universitäten, wo die Autopsie schon früh ihren Platz in der Gerichtsmedizin fand. Im 15. Jahrhundert war sie in den führenden Medizinschulen akzeptiert, wenn auch keineswegs gewöhnlich. Allerdings diente sie vielmehr zur Bestätigung klassischer und arabischer Ansichten als zur Erforschung neuer Gebiete. Von Zeit zu Zeit weckte sie trotzdem die Aufmerksamkeit kirchlicher Autoritäten.

Mit dem neuen Weltbild der Physiker und Astronomen wie *Galilei,* mit der Ausweitung des Horizonts durch die Entdeckungsreisen um 1500, mit dem sozialen, wirtschaftlichen, geistigen und zumal mit dem religiösen Wandel durch die Reformation im 16. Jahrhundert, entstand auch ein neues Menschenbild. Der Beschreibung und Ausmessung der Umwelt entsprach in der Renaissance die Beschreibung des Menschen selbst und seiner Krankheiten. Neue Krankengeschichtensammlungen entstanden aufgrund eigener Beobachtungen (Platter). Vor allem aber wurde eine wirklich menschliche Anatomie geschaffen auf der Grundlage systematischen Sezierens, direkter Beobachtung und genauer Illustration. Die Renaissance war damit auch der Wiederbeginn der Öffnung menschlicher und tierischer Leichen zu Forschungszwecken. Einer der

Schöpfer der neuen Anatomie, *Leonardo da Vinci* (1452–1519), wie auch der im medizinischen Bereich besonders wirkungsvolle *Andreas Vesal* (1514–1564) experimentierten aber auch an lebendigen Tieren, wie das für eine Anzahl ihrer Zeitgenossen zutraf. So lieferte *Realdo Colombo* (1516–1559) die experimentelle Begründung des zuerst von *Ibn-An-Nafis* und später *Miguel Serveto* (1511–1553) theoretisch behaupteten Lungenkreislaufes durch Versuche am Hund (Schiller).

Die Entdeckung des großen Blutkreislaufes fiel indessen in die erste Hälfte des 17. Jahrhunderts. *William Harvey* (1578–1657) veröffentlichte sie in seiner *Exercitatio anatomica de motu cordis et sanguinis in animalibus* im Jahre 1628 aufgrund von Tierversuchen, Leichenbeobachtungen, klinischer Erfahrung und mathematischen Berechnungen. Die Beschreibung der Herzbewegung, der Bewegung der Arterien und des Blutes entsprang direkter Beobachtung an lebenden Kaltblütern (Kröte, Schlange, Frosch, Schnecke, Hummer, Schalenmuscheln, Seekrebse, kleine Fische) sowie am lebenden Hund und Schwein. Teilweise wiederholte *Harvey* schon von *Galen* gemachte Versuche, interpretierte sie aber innovativ. Durch ihn wurden die jahrtausendealten spekulativen Lehren über Herzfunktion und Blutbewegung widerlegt (Chauvois, S. 181–207; Keele, S. 125–143).

Die epochale Entdeckung zeitigte sogleich praktische Auswirkungen. 1657 führte *Christopher Wren* in London die intravenöse Injektion am Hund im Kreise der Gelehrten vor. Sie blieb zwar therapeutisch erfolglos, da die pharmakologischen Voraussetzungen fehlten. Um so erheblicher wurde sie indessen für die physiologische und toxikologische Forschung. 1667 machte *Jean Denis* in Paris die erste Bluttransfusion vom Hammel in den lebendigen Menschen zum Ersatz des bei großzügigem Aderlaß verlorenen Blutes. Ebenso begann die quantitative Erfassung der Herzleistung etwa durch die Berechnung *Alfonso Borellis* bereits im 17. Jahrhundert. Den Blutdruck maß dann 1711 erstmals *Stephen Hales* am Pferd. *(Abb. 1)* Es dauerte indessen noch mehr als anderthalb Jahrhunderte, bis im Jahre 1896 ein unblutiges Verfahren, die heute noch in der täglichen Praxis verwendete aufblasbare Manschette, zur Bestimmung des Blutdruckes von *Riva-Rocci* bekannt gemacht wurde. Hierbei ist hervorzuheben, daß diese Methode vorgängig an Serien von Versuchstieren evaluiert und mit dem blutigen Vorgehen, welches die natürlichen Ergebnisse liefert, verglichen wurde.

Die Lehre vom Blutkreislauf führte auch zu modernen Krankheitserklärungen. *Johann Jakob Wepfer* (1620–1695) verstand erstmals den Hirnschlag als Folge zerebraler Zirkulationsstörungen, nachdem er zuvor während 1500 Jahren als schleimige Verstopfung der Hirnventrikel gegolten hatte (Mani, Schiller).

Die Beschäftigung mit der Herztätigkeit ist nur ein Beispiel physiologischer Grundlagenforschung mit ihren praktischen und theoretischen Folgen, wie sie seit dem 17. Jahrhundert auftraten. Wurde hier versucht, eine natürliche Tätigkeit und einen natürlichen Verlauf zuerst qualitativ und dann quantitativ zu erfassen, so suchte eine andere Versuchsgattung, die Antwort des Organismus auf äußere Reize festzustellen. Ein solcher Reiz konnte durch die Zerstörung von Gewebsteilen gesetzt werden oder durch Stimulation einzelner Organe oder Gewebe. Auch diese, nur am lebendigen Tier sinnvollen Versuche knüpften an Galenische Arbeiten an. Sie dienten insbesondere zur Aufklärung der Funktion des Nervensystems. Erst nach und nach nämlich wurde nun dessen Beteiligung bei der Sinnes-, zumal bei der Schmerzempfindung offenbar, und man erkannte die zentrale Rolle des Gehirns als »Empfangs- und Befehlszentrale«, nachdem es vorher während Tausenden von Jahren bloß als schleimproduzierende Drüse angesehen worden war.

Niels Stensen in Kopenhagen machte im 17. Jahrhundert den Anfang. Aufgrund systematischer Versuche an siebzehn Tierarten entdeckte *Albrecht von Haller* in Göttingen um die Mitte des 18. Jahrhunderts zwei unterschiedliche Vermögen lebender Organe, die er als Irritabilität (Erregungsfähigkeit) und Sensibilität (Empfindungsfähigkeit) bezeichnete. Diese Arbeiten bildeten die erste Stufe in der Erkenntnis der Rolle der Nerven. Mittels gleichen Vorgehens zeigte *François Magendie* in Paris im neuen Jahrhundert die Existenz separater empfindlicher (sensibler) und für die Muskelbewegung verantwortlicher (motorischer) Nervenwurzeln und leitete die moderne Nervenphysiologie ein (Haller; Neuburger; Rothschuh 1966). Diese baute wiederum auf die zum Ausgang des 18. Jahrhunderts entdeckte Bioelektrizität auf. *Luigi Galvanis* (1737–1798) Reizversuche am Froschschenkelpräparat (Rückenmark-Nerv-Muskel-Präparat) führten zur Entdeckung der zunächst fälschlich als tierische Elektrizität interpretierten Metallelektrizität. Später wurde ebenfalls am Nerv-Muskel-Präparat des Frosches durch *Galvani* die Zuckung ohne Metalle »als Zeichen tierischer Eigenelektrizität« demonstriert. Im 19. Jahrhundert erbrachten die experimentellen Arbeiten von *Carlo Mateucci* (1811–1868) und *Emile DuBois-Reymond* (1818–1896) unter Benutzung von

Galvanometern den Nachweis der Produktion elektrischen Stromes durch den Froschmuskel und somit den auch quantitativen Beweis für die Existenz tierischer Elektrizität. Alle diese Forschungen lassen sich als »physikalisch« bezeichnen. Sie leiteten die belebte Anatomie, die Physiologie, ein wie die Physik ja auch die älteste Naturwissenschaft ist (Buess, Rothschuh 1968, S. 183–190).

Ihnen auf dem Fuß folgte ebenfalls im 17. Jahrhundert die anatomisch-morphologische Forschung, welche Formgebung, Bildung und Regeneration von Organen und Geweben zu erklären sucht. Als einer der ersten stellte *Anton de Heyde* 1684 experimentell diesbezügliche alte Theorien am Beispiel der Knochenbildung und Knochenbruchheilung in Frage *(Heyde).* Die Geschichte des Lymphsystems illustriert weiter, wie man nach der Entdeckung neuer Strukturen ihre Funktion experimentell zu verstehen versuchte: Sie zeigt gleichermaßen den internationalen Aufschwung der wissenschaftlichen Forschung im 17. Jahrhundert: Entdeckten *Gaspare Aselli* in Pavia die Chilusgefäße des Mesenteriums und *Jean Pecquet* in Montpellier den Ductus thoracicus, so untersuchte *Olof Rudbeck* in Uppsala die verschiedenen Zustände all dieser Lymphgefäße in Abhängigkeit von der vorhergehenden Nahrungsaufnahme. In seinen systematisch angelegten Versuchen opferte *Rudbeck* an die 400 Tiere, um dem Geheimnis der neu entdeckten Lymphgefäße näherzukommen.

Schließlich müssen wir bei der Behandlung der medizinischen Grundlagenforschung der chemisch ausgerichteten gedenken. Zwei Gebiete standen hier, historisch betrachtet, im Vordergrund, die Abklärung des Verdauungs- und des Atmungsvorganges. Was erstere betrifft, sei hier nur auf die Pankreasfistel beim Hund zur Sammlung des Drüsensekrets, angelegt von Rainer de Graaf (1641–1673) hingewiesen (Graaf); und die experimentellen Arbeiten Tiedemanns, Gmehins und Bernards im 19. Jahrhundert sind hier zu erwähnen (Mani 1956). War für *Galen* das Herz noch ein Organ der Atmung gewesen, so stand nach *Harvey* nun die Lunge im Mittelpunkt des Rätsels der Atmung. *Robert Boyle* (1627–1691) stellte fest, daß ein Tier im leergepumpten Luftraum sehr schnell stirbt, ebenso wie hierin eine Kerze erlischt. *Robert Hooke* (1635–1703) führte künstliche Beatmung von Tieren mit dem Blasebalg durch und beobachtete hierbei, daß selbst beim sterbenden Tier ein Farbwechsel des Blutes erzeugt wurde und die Herzbewegung eine Zeitlang unterhalten werden konnte. *John Mayow* kam ebenfalls noch im 17. Jahrhundert nach Versuchen mit verschiedenen Tieren unter der Glasglocke zu der Auffassung, daß bei der Atmung derselbe »salpetrige Bestandteil« der Luft verbraucht würde wie bei der Verbrennung: Tier und Licht in demselben geschlossenen Raum verkürzten sich gegenseitig durch den Verbrauch dieses Stoffes die Lebens- bzw. Brenndauer. Versuche von *Antoine Laurent Lavoisier* und *Pierre Simon Laplace* unter anderem mit Meerschweinchen unter der Glasglocke und in speziellen Apparaturen führten in den achtziger Jahren des 18. Jahrhunderts zu grundlegenden Ergebnissen wie zur Aufklärung des Oxidationsvorganges als Sauerstoffverbrauch, zum Nachweis der Oxidation und Verbrennung in den Organismen und zur Auffassung der tierischen Wärme als Folge von Verbrennungsvorgängen. Wie bei der Kreislauflehre *Harveys* wurden somit alte spekulative Vorstellungen über die Funktion der Lunge und die Rolle der Atmung überwunden (Rothschuh 1968, S. 183–190). Dies geschah seit dem 17. Jahrhundert in bewußter Abkehr von der traditionellen aristotelisch-galenischen Heilkunde anhand von eindeutig aufgestellten Forschungsprogrammen zur Vermehrung ihres Besitzstandes: Die Medizin wagte sich mit dem Tierversuch, mit einer Methodik, die sich in der Erforschung der unbehandelten Natur als ergiebig erwiesen hatte, an die Aufklärung biologischer Zusammenhänge.

II

Zur weiteren Erläuterung der Art und Weise, wie sich der Tierversuch entwickelt hat und für die wissenschaftliche Erkenntnis und das ärztliche Handeln fruchtbar geworden ist, müssen wir neben der Grundlagenforschung auch seiner Verwendung in der angewandten Forschung, nämlich zum Nachweis der Wirksamkeit und Sicherheit von Behandlungsmaßnahmen, gedenken. Wir unterscheiden zweckmäßig zwischen medikamentöser Therapie, physikalischen Behandlungen und chirurgischen Eingriffen.

Das Programm einer dem Menschenversuch vorangehenden Überprüfung von Wirksamkeit und Schädlichkeit therapeutisch genutzter Substanzen an Tieren geht ebenfalls auf *Galen* zurück. Es wurde mit dem Neubeginn der beobachtenden Medizin in der Renaissance wieder in die Praxis umgesetzt. So experimentierte bereits *Paracelsus* (1493–1541), der den Begriff des spezifischen Medikaments gegen eine spezifische Krankheit in die Medizin einführte, an Hühnern mit *Spiritus vitrioli,* der als beruhigendes und antiepileptisches Mittel dienen sollte (W. Pagel). Die ersten systematischen pharmakologisch-toxikologischen Tierversuche führte dann der schon erwähnte Schaffhauser Arzt und Forscher *Wepfer* durch. Beeindruckt von den dramatischen Symptomen der Wasserschierlingsvergiftung, die er bei acht Kindern beschrieb, entschloß er sich, durch die Erprobung von Giftpflanzen am Tier (Hund, Wolf, Katze, verschiedene Vögel) ihre Wirkungsweise zu ermitteln, um daraus die geeigneten Behandlungsmaßnahmen ableiten zu können. Zu diesem Zweck gab Wepfer die Gifte peroral ein und untersuchte am noch lebenden Tier die Veränderungen am Magen-Darm-Kanal, an Blut und Lymphflüssigkeit. Auch die damals als Fieber-, Brech- und Abführmittel verwendeten Antimonpräparate und Quecksilberverbindungen, die bei Magen-Darm-Erkrankungen und in der Syphilis-Therapie eingesetzt wurden, prüfte Wepfer kritisch im Tierversuch und leitete daraus seine Empfehlungen für die Praxis ab.

Wepfers Methodik war als Pioniertat vorbildlich für die Weiterentwicklung der Pharmakologie und Toxikologie im 18. und 19. Jahrhundert (Maehle). Im 18. Jahrhundert untersuchte z. B. in Göttingen *Johann Adrian Sproegel,* ein Schüler *Albrecht von Hallers,* eine Serie von Giften und Arzneimitteln an Hunden und Katzen, nun zusätzlich auch mit der Technik der intravenösen Injektion. Ebenfalls in Göttingen bestimmte *Georg Karl Hillefeld* (1735–1774) als erster die Letaldosis für verschiedene Gifte und Tiere. Dies Prinzip findet sich bis in die jüngste Zeit in Form der LD_{50}. Nach der Bekanntgabe der Wirkung von Fingerhut (*Digitalis purpurea)* gegen Wassersucht durch *William Withering* im Jahre 1785, einer der wichtigsten therapeutischen Funde der Neuzeit, untersuchte ein weiterer Göttinger Student an Hunden die Wirkungen verschiedener Dosen von Digitalisblattextrakten und konnte hierbei neben typischen Vergiftungssymptomen bei Überdosierung als charakteristische und klinisch relevante Nebenwirkung die Senkung der Pulsfrequenz unter Digitalis darstellen (Winau).

Gerade bei der Digitalis als einem Pflanzenextrakt trat nun das Problem der Standardisierung des Wirkstoffgehalts auf, das vorerst ohne Tierversuche nicht zu lösen war. Noch bis in die vierziger Jahre unseres Jahrhunderts war die Wirkstoffgehaltsangabe in Form von »Froschdosen« (siehe *Abb. 3*) üblich. Erst die chemische Reindarstellung aus Pflanzen gewonnener Herzglykoside ermöglichte die gewichtsmäßige Angabe des Wirkstoffgehaltes. Dies ist natürlich auch in der heutigen Phase der Entwicklung und Einführung von halbsynthetischen herzwirksamen Glykosiden der Fall. Die in den früheren Phasen der Verwendung von Nativdroge und biologisch standardisierten Extrakten notwendigen Tierversuche gehören bei den Herzglykosiden der Vergangenheit an (Berghaus 1982).

Eine gleiche Entwicklung, mit verschiedenem Zeitverzug, zeigte die Einführung aller Hormone und Vitamine. Als Spender zahlreicher therapeutisch genutzter Substanzen blieben Tiere lange Zeit unentbehrlich. So hat man zur Behandlung der Schilddrüsenunterfunktion zuerst frische Schilddrüse, später verschiedene Schilddrüsenextrakte eingesetzt, bis 1927 Harrington ein Schilddrüsenhormon, das Thyroxin, erfolgreich synthetisieren konnte (Tröhler, S. 137–139).

Ganz ähnlich wurden Tiere auch für die Produktion und Standardisation von Heilstoffen ganz besonderer Art, nämlich der Sera und Impfstoffe, notwendig. Diese beruhten ja einerseits auf der immunologischen Reaktion des Tieres auf die Injektion eines Krankheitskeimes, und andererseits wurde ihre Wirksamkeit immer wieder in künstlich krank gemachten Tieren erprobt. Dies gilt sowohl für *Emil Behrings* (1854–1917) wirksame Heilseren gegen Diphterie und Tetanusausbruch (1892) wie auch für den von *Jonas Edward Salk* in den vierziger Jahren entwickelten Impfstoff gegen die Kinderlähmung. Salk litt sehr unter der Belastung, für seine Arbeit eine große Anzahl von Affen opfern zu müssen. Als ein erster, seinen strengen Kriterien genügender Impfstoff zur Verfügung stand, erprobte er ihn zuerst an seiner Frau, seinen zwei Kindern und an sich selbst. Salk ist ein modernes Beispiel der in die Antike zurückreichenden langen Reihe ärztlicher therapeutischer und grundlagenwissenschaftlicher Selbstversuche (Karger-Decker).

Die Entdeckung der Elektrizität führte im 18. Jahrhundert bald zu deren therapeutischer Anwendung, insbesondere zur Behandlung von Lähmungen. Vorgängig untersuchte allerdings *Daniel Gralath* (1708–1767) die Wirkung von Entladungsschlägen an kleinen Tieren wie Würmern und Käfern sowie an Vögeln. Versuche mit einem Elektrisierapparat an Pflanzen und Tieren führte der Physiker Abbé *Jean Antoine Nollet* (1700–1770) durch. Nach ersten Versuchen am Senfsamen elektrisierte Nollet über mehrere Stunden Katzen, Hühner und kleinere Vögel. Erklärte Zielsetzung seiner Versuche war die Erarbeitung der Grundlagen zur therapeutischen Nutzung der Elektrizität für den Menschen mit möglichst geringem Risiko, wie auch *Albrecht von Haller* versuchte, ertränkte Vögel durch elektrische Funkenbehandlung wiederzubeleben (Schmid, Benguigui).

Als Gegenbeispiel direkter Anwendung physikalischer Maßnahmen am Menschen seien die Erfahrungen mit den Röntgenstrahlen genannt. Deren überaus rascher klinischer Einsatz sofort nach Veröffentlichung ihrer Entdeckung im Jahre 1896 führte bei Ärzten, Mitarbeitern und Patienten zu den bekannten Strahlenschäden und zum Röntgenkarzinom mit zum Teil tödlichem Ausgang. Mit der tierexperimentellen Abklärung des Röntgenkrebses an Ratten fing *Pierre Edouard Jean Clounet* erst im Jahre 1908 an (Körbler, S. 31–42).

Die moderne Chirurgie begann sich nach der Überwindung der zwei alten Haupthindernisse Operationsschmerz und Wundinfektion zu entwickeln. Beide hatten bis Mitte des 19. Jahrhunderts eine Operation noch zum letzten Notbehelf, zum *ultimum refugium,* einer sonst erfolglosen Behandlung gestempelt. Die erfolgreiche Bekämpfung und schließlich Vermeidung durch die Anästhesie, die Anti- und Asepsis beruhte zu einem großen Teil auf Beobachtungen, die in Tierversuchen gemacht wurden.

Die erstmalige exakte Analyse der Wirkungen von Narkosemitteln erfolgte durch den französischen Physiologen *Pierre Jean Marie Flourens* in den vierziger Jahren des 19. Jahrhunderts. Sie führte ihn zur Aufstellung verschiedener Narkosephasen, eines Begriffs, der bis heute für die Narkosesteuerung maßgeblich ist (Duncum).

In engster Verbindung mit der Geschichte der Überwindung der Wundinfektionen steht diejenige der Bakteriologie. Sie ist ohne Tierversuche nicht denkbar. An ihrem Anfang standen in der zweiten Hälfte des 19. Jahrhunderts die Untersuchungen *Louis Pasteurs, Joseph Listers, Casimir Joseph Davaines* und *Robert Kochs.* Mit der methodischen Trias von Färbung der Bakterien, ihrer Anzüchtung in Reinkultur und Tierversuch stellten sich damals die bekannten Erfolge in der Aufklärung von Infektionskrankheiten ein, in deren Nachfolge auch die Entwicklung von Impfstoffen, Heilseren und, gegen Ende der dreißiger Jahre, der Antibiotika stand (Bulloch 1960, s. a. *Abb. 5*).

Unter diesen Voraussetzungen ging die Chirurgie daran, alle Körperhöhlen und Organe mit relativ wenig Gefahr freizulegen und die notwendigen Eingriffe durchzuführen. Ihre Unschädlichkeit und das methodische Vorgehen mußten indessen zuvor am Tierversuch geprüft werden. Erst damit entwickelte sich aus einem früheren Wagnis ein planvolles Vorgehen. So hatte im Jahr 1819

Daniel Karl Theodor Merrem an drei Hunden die Entfernung des Magenpförtners vorgenommen, ohne daß dadurch die operative Behandlung des Magenkrebses beim Menschen hätte zur Routine werden können. Zwischen 1874 und 1876 führten dann *Theodor Billroth* und seine Assistenten solche Operationen am Hund unter antiseptischen Bedingungen nochmals durch. Auf dieser Grundlage gelang *Billroth* im Jahre 1881 die erste erfolgreiche Magenresektion am Menschen bei Krebs. Hiermit begann die Ära der bis heute durchgeführten Teil- und Totalentfernungen des Magens bei diesem Leiden (Temkin, Wangensteen, S. 147–152). Ganz ähnlich verlief die Geschichte der operativen Nierenentfernung, die heute bei Nierenkrebs und anderen schweren Erkrankungen des Organs Therapie der Wahl ist (Rothschuh 1968, S. 218 f.).

Dies sind nur wenige frühe Beispiele für die vorgängige tierexperimentelle Erprobung von Operationsverfahren. Bis zum heutigen Tag werden ständig neue und sich verfeinernde operative Techniken vor der Anwendung am Menschen am Tier ausgeführt. Ohne vorherige Prüfung auf Verträglichkeit wäre weder die in neuester Zeit so erfolgreiche operative Behandlung von Frakturen mittels Schrauben und Platten noch der Ersatz von Gelenken und Gefäßen durch künstliche Teile oder die Transplantationschirurgie möglich geworden (Oppenheimer). Das gilt ganz allgemein für den Wandel der Chirurgie von einer radikal-herausschneidenden zu einer physiologisch-erhaltenden Operationsweise, wie wir ihn in den letzten achtzig Jahren beobachten konnten (Tröhler, S. 176–189).

III

Damit sind wir in unserer Übersicht über die Verwendung des Tierversuches in Grundlagen- und therapeutisch angewandter Forschung in der Jetztzeit angelangt. Es stellt sich nun die Frage des Stellenwertes dieser Methode im Laufe der Zeit. Wir haben festgestellt, daß das Experiment einschließlich des Tierversuchs neben der Spekulation und der Beobachtung sowie der ärztlichen Kunst und ärztlichen Ethik eines der vier Grundlagenelemente der westlichen Medizin seit der Antike darstellt *(Abb. 4)*. Allerdings hat sich sein Stellenwert im Laufe der Zeit gewandelt. Während medizinisch-philosophische Spekulation und ärztliche Kunst konstante Elemente seit der Antike darstellen, fanden wir Beobachtung und Experiment wohl in der Antike, nicht aber im nachfolgenden Mittelalter. Die Beobachtung setzte in der Anatomie und Krankenbeschreibung mit der Renaissance wieder ein, das Experiment, und dazu gehört der Tierversuch, etwas später mit dem Barock. Im 17. Jahrhundert erreichte das Experiment einen ersten Höhepunkt, verlor dann aber Anfang des 18. Jahrhunderts etwas an Gewicht. Dies war wohl eine Reaktion auf vorgängig mit teilweise wenig differenzierten Methoden durchgeführte Versuche und daraus voreilig gezogene Schlußfolgerungen. Auch ergaben sich kaum unmittelbare Nutzanwendungen bei der Krankenbehandlung. Mit dem zweiten Drittel des 18. Jahrhunderts begann die experimentell-physiologische Tätigkeit langsam zuzunehmen, eine Zunahme, die sich im 19. Jahrhundert unaufhaltsam und verstärkt fortsetzte. Die Folgen davon lassen sich in der Anzahl bleibender oder folgenschwerer Entdeckungen in der Physiologie zwischen 1600 und 1900 ablesen (Rotschuh 1969, S. 172).

Dieses Muster und die Folge für die klinische Behandlung läßt sich an der Geschichte der Zuckerkrankheit nochmals überblikkend veranschaulichen. Hauptsächliche Zeichen der Krankheit wie das »Vielharnen« oder der »Honigurin« waren schon im alten Ägypten, Indien und China beobachtet worden. Der Begriff des Diabetes (= Durchfließens) wurde in der westlichen Antike geschaffen, und seit dem Wiederbeginn beobachtender Medizin in Renaissance und Barock traten immer wieder neue klinische Zeichen zu der Kranken- und Krankheitsbeschreibung hinzu: Im 17. Jahrhundert wurde die inzwischen vergessene »Süßigkeit des Harns« wieder beschrieben – und im 18. Jahrhundert auf das Vorhandensein von Zucker zurückgeführt. Das 19. Jahrhundert schließlich ergänzte die chemische Beschreibung der Krankheit durch Nachweis von Aceton und Übersäuerung des Körpers (Acidose).

Die Erklärung der Krankheit indessen blieb bis zum Ende des 19. Jahrhunderts spekulativ. Seit Galen galt sie als Nierenkrankheit. Seit dem 17. Jahrhundert gleicherweise als Magen- und Blutkrankheit und im 18. und 19. Jahrhundert schließlich auch als Krankheit des Nervensystems. Entsprechend waren denn auch die therapeutischen Ansätze.

Durch einen Zufall entdeckten im Jahre 1889 die Straßburger Kliniker *von Mehring* und *Minkowski* Zeichen von Zuckerkrankheit bei einem Hund, dem sie aus anderer Ursache die Bauchspeicheldrüse im Experiment sorgfältig und unter strenger Antisepsis entfernt hatten. Interessant ist zu vermerken, daß bereits *Johann Con-*

rad Brunner, ein Vertreter jener Schaffhauser Ärzteschule des 17. Jahrhunderts, der auch Wepfer (s. o., Seiten 52, 55) angehörte, den gleichen Eingriff durchgeführt und Diabetessymptome beschrieben hatte. Er hatte jedoch nur einen Teil der Drüse herausoperiert, sie ganz zu entfernen hielt er gar nicht für nötig, und der Hund hatte sich von seiner Zuckerkrankheit erholen können. Der daraus gezogene Schluß, ein Tier überlebe die Entfernung des Pankreas ungestraft, blockierte in der Folge die Forschung für zwei Jahrhunderte. Wir haben hier ein deutliches Beispiel der Auswirkungen voreiliger Schlußfolgerungen aufgrund ungenügender Tatsachen vor uns. *Von Mehrings* und *Minkowskis* Arbeit machte nun klar, daß solche Trugschlüsse aus Tierversuchen nicht Schuld des Prinzips, sondern Folgen einer unrichtigen Anwendung desselben sind.

Gehen wir also wieder vorwärts ins Jahr 1889, als die beiden Straßburger Ärzte den Diabetes als Erkrankung der Bauchspeicheldrüse nachwiesen. 1902 wurde präzisiert, daß die Zuckerkrankheit auf einer Störung der Tätigkeit gewisser Zellen dieser Drüse, der sogenannten Langerhansschen Inselzellen, beruhte und daß es sich um eine innersekretorische Erkrankung handelte. 1921 entdeckten die kanadischen Forscher *Banting* und *Best* das antidiabetische Hormon Insulin, das sogleich in der Therapie Verwendung fand. Sobald der Diabetes in ein kritisch wertendes Laboratorium kam, wurde innerhalb einer Generation der Krankheitsmechanismus aufgeklärt und aus einem hoffnungslosen Leiden eine kontrollierbare Krankheit (Lausch).

IV

Dieses historische Muster zeigt, daß die Natur und Häufigkeit der experimentellen Tätigkeit sich mit den intellektuellen Voraussetzungen und den technischen Möglichkeiten der Gelehrten veränderten. Sie waren aber mindestens ebenso stark durch die philosophische und politische Atmosphäre beeinflußt, in welcher diese Gelehrten tätig waren. Gewiß, die Versuche in der griechischen Antike waren wenig zahlreich, aber methodisch von großer Bedeutung. Das Vorgehen dieser alten Ärzte muß als bedeutsamer Versuch zur physikalischen Erklärung physiologischer Vorgänge bezeichnet werden. Die empirisch ausgerichteten Pythagoräer und verschiedene Autoren der hippokratischen Schriften maßen den

Experimenten ganz allgemein große Beweiskraft bei. »Die im Inneren des menschlichen Körpers sich abspielenden physiologischen Vorgänge sind aufgrund der außerhalb derselben vorkommenden Erscheinungen zu verstehen«, sagte der Autor der hippokratischen Schrift *»Über alte Medizin«*. Demgegenüber versuchte der Autor von *»Die Natur des Embryos...«* zum Teil in bedenklicher Weise, Medizin mit Philosophie zu verbinden. Die empirischen Ärzte bildeten also auch ein in der Zukunft wirksames Gegengewicht gegen das damals so beliebte naturphilosophische Geflunker. Die Auseinandersetzung zwischen Spekulation und Empirie begann, die dann im 3. Jahrhundert in Alexandria zur erstmaligen teilweisen Loslösung der Naturwissenschaft von der Philosophie geführt hat. Die Loslösung war nie vollständig, aber doch so, daß das methodische Prinzip des Experiments immer wieder erhalten und erstrebenswert blieb. Dieses Gegeneinander und Nebeneinander von Naturwissenschaft und Naturphilosophie geht seitdem auf und ab bis in die heutige Zeit.

Im Mittelalter verschwanden die Städte der Antike in Schutt und Asche. Die eigentliche Beobachtung und vielmehr noch das Experiment wurden ebenfalls begraben. Überlieferung des alten Erbes, dessen Systematisierung und schulmäßige Auslegung, dies war die Rolle der heidnischen und christlichen Kulturkreise, die die Nachfolge antraten. Aber es war eine stark kirchlich »gefilterte« Überlieferung, die in Europa in der mittelalterlichen Klostermedizin und später in den Universitäten ihren Ausdruck fand. Sie ließ gerade den experimentellen Teil des Galenischen Werkes liegen. Hier erinnerten ganz wenige Ausnahmen wie die Denker *Alkindus* (9. Jh.), *Roger Bacon* (13. Jh.) und der Arzt *Bernhard von Gordon* (14. Jh.) an den Wert von Beobachtung, Experiment und Tierversuch, zumal bei der Prüfung potentieller Gifte im Sinne Galens (J. Pagel). *Nikolaus von Kues* brachte im 15. Jahrhundert das schöpferische experimentell-medizinische Denken auf die Bahn (Nagel). In die Praxis umgesetzt wurden diese Prinzipien indessen erst mit dem 16. Jahrhundert in einer Art, die Folgen für die Medizin zeitigte.

Immer wieder griff man beim Wiederbeginn des Experimentierens zu dieser Zeit auf alte, zumal Galenische Versuche zurück. Die neue, anfangs nur zögernd hervortretende Haltung wurde durch die zeitgenössische Philosophie, insbesondere *Descartes'* Dualismus, legitimiert. Dieser Philosoph und Mathematiker (1596–1650) faßte den Körper als einen der allgemeinen Naturgesetzlichkeit unterworfenen Mechanismus auf. Ihm verdankte die Zeit die Abtrennung des Psychischen. Der große Verfasser des Programms einer experimentellen Wissenschaft, *Francis Bacon* (1561–1626), stellte einen Organisationsplan für die Wissenschaft auf und zeichnete deren potentielle Rolle in der Gesellschaft. Er sah Forschungszentren, Bibliotheken und Arbeitsteilung vor, die den Erfolg sozusagen unabhängig von spezifischer Begabung garantieren sollten. Er äußerte sich im Jahre 1605 wie folgt zum Tierversuch: *Celsus* habe im 1. Jahrhundert die Unmenschlichkeit der *Anatomia vivorum* am Menschen mit Recht mißbilligt. Im Hinblick auf den Nutzen der erweiterten Beobachtungsmöglichkeit an der lebenden im Vergleich zur toten Kreatur habe er indessen Unrecht, darauf gänzlich zu verzichten oder bloß auf die Gelegenheit bei der Ausübung der Chirurgie zu verweisen, »da solche Untersuchungen sehr wohl an lebendigen Tieren durchgeführt werden können, welche trotz ihres unterschiedlichen Baus genügend befriedigende Ergebnisse liefern möchten« (Bacon, S. 374). Die 1628 der Anwendung dieser Grundsätze auf dem Fuße folgende Entdeckung *William Harveys* inspirierte eine große Gruppe von Forschern, den Weg des Experiments, zumal des Tierversuchs, zu beschreiten. *Stensen* berief sich auf *Descartes. Albrecht von Hallers* epochale Entdeckung zur Mitte des 18. Jahrhunderts war ebenfalls eine Folge konsequenter Anwendung *Bacon*scher Prinzipien. Durch den daraus hervorgehenden wissenschaftlichen Streit wirkte sie ungemein anregend sowohl in *Hallers* näherer Umgebung wie in der ganzen europäischen Welt gelehrter Ärzte und Naturforscher.

In den zwanziger und dreißiger Jahren des 19. Jahrhunderts zerstörten die ausgedehnten Tierexperimente *Magendies* die auf die Antike zurückgehende Vorstellung einer Erklärung der Funktion durch die Struktur, wonach jede Funktion ein eigenes Organ besäße, und ersetzten sie durch das Konzept einer Funktion als Produkt mehrerer Organe. Komplizierte physiologische Systeme, aufgebaut auf Spekulation und Analogie mit den Körperstrukturen, wurden nicht mehr länger errichtet. Im Gegensatz dazu wuchsen die physiologischen Ideen empirisch durch systematische Eingriffe in lebende Tiere und Auswertung der dabei gemachten Beobachtungen. Die Einführung der Anästhesie um 1850 war in diesem Zusammenhang wenigstens so wichtig für die Grundlagenforschung wie für die Chirurgie, denn sie ermöglichte und humanisierte auch eine große Anzahl von Versuchen, welche vorher wegen Schmerz und Trauma kaum durchführbar oder wenig aussagekräftig gewesen waren. *Claude Bernards* klassisches Werk *Introduction à l'étude de la médiciné expérimentale* (Einführung in die experimentelle Medizin) formulierte 1865 prägnant die noch heute gültigen technischen und philosophischen Begründungen der neuen Physiologie.

Zu dieser Zeit kam die kritische Forschungstradition in der Medizin im hochkompetitiven deutschen Universitätssystem zum Tragen. Forschungslaboratorien für Physiologie wurden allenthalben eröffnet, sie zogen eine Forschungstradition in Pathologie, Pharmakologie, Bakteriologie usw. nach sich, zumal bei der Besetzung neuer Stellen von den Bewerbern der Nachweis von Kompetenz durch erfolgreiche experimentelle Forschung verlangt wurde. Dies erhöhte wiederum die Anzahl der Tierversuche.

Befürworter der Tierversuche hatten spätestens seit dem 17. Jahrhundert die großen Vorteile für die klinische Behandlung betont, welche von der experimentellen Methode zu erwarten wären. Weltliche und geistliche Mäzene hatten diesen Standpunkt materiell und mit ihrem Prestige unterstützt. Außeruniversitäre, nicht länger der Scholastik verpflichtete Forschungszentren, Gesellschaften und Akademien waren im 17. Jahrhundert allenthalben eingerichtet. Weitere private Gründungen folgten im Aufklärungszeitalter. Doch erst im letzten Drittel des 19. Jahrhunderts fanden die Forscherärzte von der Mehrheit des medizinischen Berufsstandes der Universität und der Verwaltungsautoritäten dahingehende Unterstützung, daß genügend Finanzmittel auf öffentlicher Basis bereitgestellt wurden. Dies geschah in dem Ausmaß, als der professionelle Standard die beobachtende und induktiv forschende Ausrichtung und damit das Experiment mehr und mehr verlangte. Entsprechend lehnten Anhänger mehr spekulativer Richtungen, wie beispielsweise der Homöopathie, Tierversuche ab (French 1975, S. 277, 323). So gelangte die experimentelle Tätigkeit aus dem privaten Kabinett isolierter Gelehrter oder einem kleinen Hinterzimmer im Spital in allseits sichtbare Institute. Der ärztliche Beruf konstituierte sich neu aufgrund des Ansehens, das er durch demonstrierbare Wohltat für die Öffentlichkeit gewann, welche auf Fortschritten aus dieser Forschung beruhten.

Frankreich entwickelte mit *Magendie* und *Bernard* eine eigene Schule. In Deutschland war *Carl Ludwig* (1816–1895) einer der großen Ausbildner. In seinem Leipziger Institut arbeiteten nach dieser Methode nicht nur Deutsche, die später Lehrstühle auch im Ausland, zumal in der Schweiz übernahmen, sondern ebenso Russen, Skandinavier, Italiener, Engländer und Amerikaner. In ihrer Heimat standen sie in der Folge ihrerseits solchen Forschungsinstituten vor. Ludwig, der persönlich Abneigung gegen Tierversuche empfand, war zeitweilig Präsident des Leipziger Tierschutzvereins. In der Tat lehrte er nicht nur die Kunst des Experimentierens, sondern ebensosehr die Ethik des Tierversuches. Insbesondere insistierte er auf der Schmerzvermeidung, die ja zu dieser Zeit bereits möglich geworden war (s. o., Seite 57). Dann beharrte er auf sauberer Durchführung einerseits, auf Vermeidung nicht klar geplanter Versuche andererseits (Bretschneider, S. 53 ff.). Diese Betrachtungen bringen uns nun in den folgenden Abschnitten zur Frage der Berechtigung des Tierversuches aus der Sicht der Ärzte selbst und der Gesellschaft im Laufe der Zeit.

V

Bereits *Galen* ging in seinem zitierten *De anatomicis administrationibus* auf die natürlichen Hemmungen ein, die ein Experimentator bei der Öffnung lebendiger Tiere zu überwinden hatte. So empfahl er die Freilegung des Gehirnes an Schweinen oder Ziegen, »weil du den Anblick des unangenehmen Ausdrucks des Affen vermeidest, wenn er viviseziert wird«. Doch müsse der Forscher ohne Mitleid und Mitgefühl tief in die Gewebe einschneiden, trotz des hervorquellenden Blutes, und, obschon er vielleicht das Herz dazu nicht mehr habe, sich zwingen, die Sektion zu beenden (Galen, S. 15).

Diese Haltung entsprach ganz der stoischen Philosophie, die seit dem 3. vorchristlichen Jahrhundert für etwa 500 Jahre das Altertum beherrschte. Sie betonte den Unterschied zwischen dem vernunftbegabten Menschen und dem irrationalen Tier. Diese Haltung wurde von der offiziellen katholischen Theologie durch die Lehren des Kirchenvaters *Augustin* (um 400) und später *Thomas von Aquins* (13. Jh.) übernommen. Auch *Kant* hielt im 18. Jahrhundert aus der daraus abgeleiteten Folgerung fest, daß Grausamkeit dem Tier gegenüber nur dann verwerflich sei, wenn dies Grausamkeit gegenüber den Mitmenschen nach sich zöge (Passmore).

Während Galens Bedenken gegen den Tierversuch also eher ästhetischer Natur gewesen zu sein scheinen, beschränkte sich die frühe Diskussion über die Ethik der Vivisektion im großen und ganzen auf deren Anwendung beim Menschen, eine Praxis, die man immer wieder den Anatomen der Antike und häufiger noch denjenigen des 16. Jahrhunderts zuschrieb. Die Erörterungen darüber im 17. und 18. Jahrhundert, insbesondere auch von *Wepfer* und *Haller,* bejahten meist die Wahrhaftigkeit dieser alten Experimente und verwarfen sie gleichzeitig. Wie bei Bacon diente aber die Ablehnung des Menschenversuchs zur Rechtfertigung des Tierversuchs. Dazu mag auch die 1637 veröffentlichte und später von *Malebranche* untermauerte Ansicht *Descartes'* beigetragen haben, wonach Tiere lediglich Maschinen wären, komplexer zwar als Uhren, aber doch keineswegs fähiger, Schmerz zu empfinden. So bezog sich *Stensen* in seiner Begründung des Tierversuchs auf *Descartes.* Er verschloß sich indessen dem schrecklichen Eindruck nicht, den die langen Qualen, die er einmal einem Hund zugefügt hatte, auf ihn machten, kam aber zur Überzeugung, daß er bei vielen Fragestellungen auf andere Weise nicht zum Ziele gelangen könne (Epstein). Die gleiche »humanitäre« Haltung nahmen auch *Boyle* und *Hooke* (s.o., Seite 53) sowie andere mit der Londoner Royal Society verbundene Forscher des 17. Jahrhunderts ein (Shugg).

Der oben erwähnte *Wepfer* bemühte sich ebenso um die moralische Rechtfertigung seiner toxikologischen Tierversuche: Sie waren auch ihm eigentlich zuwider: »Ich werde mich weniger versündigen«, schrieb er 1679, »wenn ich die Wirkungsweise der Gifte an Tieren erforsche, um damit den Menschen zu nützen«, und fuhr fort, die Hunde nenne man eben »Märtyrer der Anatomen« (zitiert bei Maehle).

Diese Stellen zeigen, daß im Bewußtsein der ausübenden Elite von Anfang an eine natürliche Scheu vor dem Tierversuch vorhanden war, die nur durch die vernunftmäßige Erklärung der Notwendigkeit zur Wissensvermehrung und damit letztlich zur Minderung menschlichen Leidens überwunden werden konnte. Daß dabei im 17. Jahrhundert, eine stark durch religiöse Auseinandersetzungen geprägte Zeit – man denke an den Dreißigjährigen Krieg –, das Bild des Märtyrers auftauchte, verwundert nicht.

Im 18. Jahrhundert wurde die Berechtigung des Tierversuches auch in der gebildeten Laienwelt diskutiert. In England riefen die Versuche von *Stephen Hales* am Pferd (s. o., Seite 51) und anderen die Mißbilligung von Literaten wie *Joseph Addison, Samuel Johnson, Alexander Pope* und *Thomas Twining* hervor (French 1975, S. 16–17). In Deutschland forderte *Maupertuis,* der Günstling *Friedrichs des Großen,* als Präsident der Berliner Akademie andererseits Experimente mit größerer Kühnheit namentlich zur Erforschung des bisher spekulativ erörterten Zusammenhanges von Leib und Seele. Eine literarische Fehde entstand. Zwei Freunde *Lessings* nahmen das Wort. Der spätere Göttinger Physiker, Mathematiker und Dichter *Abraham Gotthelf Kästner* verfemte die Versuche. Wie *Samuel Johnson* in London meinte der Göttinger, es komme dabei für das Wohl des Menschen gewöhnlich nichts heraus – und wer das Herz habe, Hunde zu quälen, beweise noch nicht, daß er ein geschickter Arzt sei. Herkömmliche moralische Bedenken fügten sich hier wissenschaftlichen an, Argumente freilich einer alten Schule, die an die Beobachtung des Lebendigen nicht glaubte und nur aus Büchern und Leichen zu lernen gewohnt war (Meyer). Energisch verfocht dagegen der Naturalist und Schriftsteller *Christlob Mylius* in einer 1759 von Lessing, seinem Vetter, herausgegebenen *Untersuchung, ob man die Thiere um physiologischer Versuche willen lebendig öffnen dürfe,* den Standpunkt, »... daß die Eröffnung lebendiger Thiere um physiologischer Versuche willen in dem Rechte der Natur nicht verbothen, sondern anbefohlen ist ... daß Gottes Ehre ... [dadurch] befördert werde...«. Und er führte weiter an: »...der Nutzen, welcher daraus entsteht, wenn man einen Hund ... lebendig eröffnet, ist ein gut Theil größer, als das Verbrechen, wenn man ihm, durch die Eröffnung, heftige Schmerzen verursachet« (Mylius, Seite 199, 202 ff.). Die Qualen der Tiere standen in dieser Zeit ohne Betäubungsmittel zwar im Vordergrund, wurden aber dem Wohl der Menschen untergeordnet.

Die Rechtfertigung der Fachwelt ging ebenso von der Nützlichkeitserwägung aus. *Haller* schrieb, daß er diese Art von Grausamkeit, für welche er größte Abneigung empfunden, nur hätte überwinden können durch das Verlangen, einen dem Menschengeschlecht nützlichen Beitrag zu leisten (Haller 1756, S. 4). Entsprechend versuchte er bei etlichen höheren Tieren, zumal Hunden, eine Schmerzlinderung durch Opium zu erreichen (ebd., S. 175, 163, 262, 331, 333 und 335). Der berühmte Lausanner Arzt *Simon-André Tissot* konnte wie schon mancher Forscher im 17. Jahrhundert stolz Rückschau auf Erfolge halten. Er schrieb 1755, daß die Mehrzahl der physiologischen Versuche, welche seit einem Jahrhundert die Medizin auf den gegenwärtigen Höhepunkt gebracht hätten, am lebendigen Tier gemacht worden seien: Ihnen »...verdanken wir die Kenntnis der Zirkulation, des Atmungsmechanismus, der Lymphwege und der Organbildung« und schließlich *Hallers* Lehre von den zwei grundverschiedenen Organqualitäten, der Sensibilität und der Irritabilität. Die Übertragbarkeit der am Tier gefundenen Ergebnisse auf den Menschen sei bisher nie in Zweifel gestellt worden, die wichtigen Organe seien ja auch sehr ähnlich, und der Unterschied der Extremitäten, oder allgemeiner gesagt, die Verschiedenheit der Körperhüllen hätte keinen Bezug zum Prinzip ihrer Bewegungen. »Hebt ein Kran einen Balken oder Marmorblock, ist er doch immer derselbe Kran und arbeitet im einen oder anderen Fall auf die gleiche Weise...« Die Zukunft, schloß *Tissot,* welcher allein das Urteil über den Wert der Entdeckungen zukomme, werde über solche Einwände lächeln (Tissot, S. XLI f.).

Ganz ähnlich begründete auch Hallers wissenschaftlicher Gegenspieler in Frankreich *Henri Duhamel Dumonceau* (1700–1782), seine eigenen Tierversuche mit der potentiellen Nützlichkeit für die menschliche Gesundheit. Für ihn war es nicht Gottes Befehl, sondern in für die Aufklärung bezeichnender Sprache »vernünftig«, das Leben von Tieren dafür einzusetzen. »Es werden immer mehr dafür umkommen, daß wir unserem Vergnügen [bei Jagd und Essen] frönen mögen, als das Skalpell des Forschers Opfer fordert«, fügte er hinzu (Duhamel, S. 98).

Die Argumente der experimentell tätigen Wissenschaftler waren also trotz eigener Hemmungen seit dem 17. Jahrhundert konstant: In der Wissenschaft vom Leben gäbe es keinen anderen Weg als systematische Versuche an Lebenden, um von den spekulativen verallgemeinernden Systemen loszukommen – die gerade im 18. Jahrhundert wiederum ihre Blüten trieben. Wer dagegen sei, müsse auch auf die Annehmlichkeiten des täglichen Lebens verzichten, die letztlich aufgrund anderer Grausamkeit erkauft würden. Dieses »Du-auch-Argument« werden wir im 19. Jahrhundert wiederfinden (siehe Seite 70).

Alle diese Begründungen sind in diesen frühen Werken kurz und bündig gefaßt. Sie richten sich an eine gebildete Elite. Die Experimente waren noch vergleichsweise selten und wurden sozusagen *privatim* durchgeführt, vielleicht mit der Ausnahme Göttingens. Ins Bewußtsein einer breiteren Bevölkerung gelangten die Tierversuche erst mit der Institutionalisierung der Physiologie im 19. Jahrhundert – und dem gleichzeitig einsetzenden moralischen Wandel.

In der Tat hatte der da und dort im 18. Jahrhundert aufkeimende Gedanke der Respektierung tierischen Lebens unter Verzicht auf mögliche Nutzbringung für den Menschen so lange keine Chance ernst genommen zu werden, wie die Beziehungen zwischen Menschen verschiedener Rassen und sozialer Gruppierungen durch Ausnützung und Grausamkeit geprägt waren. Wir müssen uns hier daran erinnern, daß *William Wilberforce* das englische Unterhaus erst 1792 dazu brachte, nach und nach den Sklavenhandel abzuschaffen, daß dieser in Großbritannien erst 1811 zum schweren Verbrechen erklärt und in den gesamten USA gerade 1865 aufgehoben wurde. Unter diesem Gesichtspunkt waren eben die zeitweiligen Kritiken der Grausamkeit gegenüber Tieren aus den Kreisen der Dichter und Schriftsteller von *Shakespeare* über *Sterne* und *Johnson* bis zu den Romantikern wohl Ausdruck einer besonderen Sensibilität, aber nicht viel mehr als Stroh in einem rauhen Wind. Auch die auf die Gemeinsamkeiten zwischen Mensch und Tier hinweisenden griechischen Philosophen wie die Pythagoräer und später die Skeptiker, von *Sextus Empiricus* im 3. über *Montaigne* im 16. und *David Hume* im 18. Jahrhundert, hatten in dieser Beziehung einen schweren Stand gegenüber den von *Augustinus* und *Thomas von Aquin* aufpolierten Stoikern. Erst mit *John Stuart Mill* und *Arthur Schopenhauer* begann sich die Moralphilosophie nach 1840 in dem Sinne zu ändern, daß sie Brutalität, losgelöst von ihrer angenommenen verrohenden Wirkung auf den Menschen, als verwerflich ansah. Diese Auswirkung auf den Menschen erschien durch Gemeinerfahrung mehr als fragwürdig, denn umgekehrt gab es seit *Nero* immer wieder Tierliebhaber unter den Tyrannen. Auch in der katholischen Lehre bewegte sich nun etliches. *Franz von Assisi* ist ein »moderner« Heiliger, weit bekanntgemacht erst durch eine im Jahr 1893 erschienene Lebensbeschreibung (Passmore).

Dieser moralphilosophische Wandel fiel nun mit dem geschilderten wissenschaftlichen zusammen. Die damals in kontinentaleuropäischen Universitätsstädten eingerichteten physiologischen Institute kamen zum Teil inmitten der Wohngebiete zu liegen. Aber auch in Spitälern fanden sich der Forschung dienende Laboratorien mit entsprechenden Tierstallungen. Als die Forschungstradition der experimentellen Medizin aus Deutschland und Frankreich nach Großbritannien importiert wurde, kam es im Land verschiedenster Anti-Grausamkeitsbewegungen – man denke an den Sklavenhandel –, nach 1860 zur ersten organisierten Massenbewegung gegen Versuche mit lebendigen Tieren.

Angeführt durch *Frances Power Cobbe* (1822–1904), einer sehr gewandten Propagandistin, schuf die britische Bewegung beträchtliche öffentliche Beunruhigung über die »Vivisektion«, einen Begriff, der alle Tierversuche umfaßte, eingeschlossen den Einsatz von Medikamenten und Bakterien, die keines chirurgischen Eingriffs bedürfen. Die von der Regierung eingesetzte königliche Kommission konnte zwar den britischen Experimentatoren keine spezifischen Mißbräuche nachweisen, empfahl aber doch gesetzliche Regulation der Tierversuche. 1876 wurde ein Gesetz zur Verhinderung von Grausamkeit gegen Tiere *(Cruelty to Animals Act)* vom Parlament gebilligt. Das Gesetz, welches bis zum heutigen Tage in Großbritannien Geltung hat, führte die Registrierung der berechtigten Laboratorien, Bewilligung für die Forscher und für spezifische Versuchsarten sowie genaue Buchführungspflicht seitens der Bewilligungsträger ein (French 1975).

Dieses Gesetz hatte Signalwirkung. Einerseits setzten sich radikale Kreise in Großbritannien für die vollständige Abschaffung der Tierversuche ein. Andererseits exportierten sie das antivivisektionistische Gedankengut ins Ausland, nach Frankreich, Italien, Deutschland, in die Schweiz, nach Amerika und in andere englischsprachige Länder. Die westlichen Anti-Grausamkeits- und Anti-Vivisektions-Bewegungen erreichten um die Jahrhundertwende ihren Höhepunkt. Sie hatten größeren Erfolg in protestantischen als in katholischen Ländern (Stevenson). Allerdings kam es längst nicht überall zu gesetzlichen Regelungen. Eine Zusammenstellung aus dem Jahre 1911 zeigt, daß von etwa dreißig berücksichtigten Strafgesetzgebungen nur Dänemark, Italien, England, Norwegen, Viktoria und noch zwei Schweizer Kantone strafrechtliche Bestimmungen über den wissenschaftlichen Tierversuch trafen (Bestelmeyer).

In Deutschland wurde 1880 in Bayern und nach heftigen politischen Debatten im Jahre 1885 auch in Preußen ein dem englischen Gesetz ähnlicher ministerieller Erlaß verabschiedet. Andere Gliedstaaten des Kaiserreiches folgten. Die Regelung entsprach der englischen, doch fehlten die Pflicht der Buchführung und die Strafbestimmungen für wissenschaftliche Tierversuche. Diese waren nur beim Vorliegen von boshaften Qualen und rohen Mißhandlungen, also bei Tierquälerei, vorgesehen. Da in jener liberalen Zeit dem Begriff der Freiheit der wissenschaftlichen Lehre und Forschung große Bedeutung beigemessen wurde, war ein strafrechtliches Einschreiten gegen Auswüchse des wissenschaftlichen Tierexperiments praktisch ausgeschlossen, wogegen es in England zu Anklagen und Verurteilungen kam.

VI

Welches waren nun die Argumente im Vivisektionsstreit des ausgehenden 19. Jahrhunderts? Bei der Beantwortung dieser Frage müssen wir zwischen ernsthafter und agitatorischer Beweisführung unterscheiden.

Die ernsthafte Diskussion zeigte wiederum eine moralische und eine eigentlich medizinische Seite des Problems auf. In der moralischen Hinsicht wurde wie im 18. Jahrhundert die Frage aufgeworfen, ob die Tiere eine Seele hätten. Waren sie unsterblich, besaßen sie Rechte, die ihrerseits nach Pflichten des Menschen ihnen gegenüber riefen? In diesen Diskussionen spielte auch der Tierschutzgedanke eine große Rolle, auf dessen historische Entwicklung unten eingegangen werden soll (siehe Seite 74). Gestützt auf religiöse und philosophische Anschauungen, wurde die Methode wegen ihrer Immoralität angeprangert. Welcher medizinische oder wissenschaftliche Gewinn auch immer daraus gezogen werden möge, wäre er doch mit dem Preis einer so entehrenden und brutalen Praxis zu teuer erkauft, hieß es nun im Gegensatz zu den zitierten Quellen aus der Aufklärungszeit. Dieser Standpunkt war in den Augen der Ärzte weniger neu als erstaunlich angesichts der nun zur Verfügung stehenden Anästhesie. Ihre Verwendung wurde seitens der Tierversuchsgegner denn auch oft verschwiegen. Man sah sie ja den zur Illustration der »Brutalität« beigelegten Bildern auch nicht an. Diese Feststellung deutet auf eine vermenschlichte Haltung gegenüber dem Tier hin. Sie war vielleicht auch eine Folge wissenschaftlicher Entdeckungen, die wie die Darwinsche Abstammungslehre dem Menschen seine übernatürliche Sonderstellung nahm und ihn als Lebewesen, als ein besonderes zwar, aber doch als Lebewesen unter anderen, auffaßte (Turner).

Die antivivisektionistische Humanität schien aber um so abstrakter, als sie sich auf das Tier konzentrierte, in einer Zeit, als das menschliche Leben angesichts der miserablen Zustände in Industriebetrieben, des aggressiven machtpolitischen Denkens der Staatsführer und der brutalen Kriege in Europa und den Kolonien wenig galt. Daß auch Mißbräuche vorkamen, wurde von medizinischer Seite nicht bestritten. Man hielt aber dafür, diese berufsintern zu verurteilen und wegen einzelner schwarzer Schafe die Methode nicht als solche zu verdammen.

Die Verteidiger des Tierversuches bedienten sich weiter einer auf den ersten Blick einleuchtend scheinenden Argumentation, die wir schon im 18. Jahrhundert bei *Duhamel Dumonceau* angetroffen haben. Sie hielten den Gegnern eine lange Liste von Verfahren vor, die im täglichen Leben an Tieren zur Durchführung kamen, ohne daß sich dagegen Auflehnung zeigte: die Kastration von Haustieren, das Ausweiden lebendiger Fische, Mästen der Gänse, Sieden der Krebse, die Vergnügungen der Jagd, insbesondere der Hetzjagd, und des Pferdesportes. Dieses »Du-auch-Argument« ist natürlich nicht haltbar; die Rechtfertigung einer sogenannten verwerflichen Tätigkeit durch eine andere, ebenso kritisierbare, geht nicht an.

Nur die Anhänger der im 19. Jahrhundert aufkommenden Vegetarierbewegung brauchten sich vor dem »Du-auch-Argument« nicht betroffen zu fühlen. Sie dachten den tierschützlerischen Standpunkt konsequent zu Ende und machten einen nicht unbeträchtlichen Teil der Tierversuchsgegner aus. Einer ihrer prominenten Vertreter, der gleichzeitig die vorbehaltlose Ausnutzung von Mensch und Tier bekämpfte, war der brillante irisch-englische Dramatiker und Sozialkritiker *George Bernard Shaw* (1856–1950). Er dachte indessen so folgerichtig, daß er sogar noch das Tragen von Pelzen öffentlich verurteilte. Er sei, nachdem er dies in einem Vortrag im Kreise von Tierversuchsgegnern getan, nie mehr von der entsprechenden Gesellschaft eingeladen worden, gab *Shaw* an (Shaw, S. 44). In der Tat fand die Antivivisektionsbewegung sowohl in England wie auch in Deutschland maßgebliche Unterstützung der sport- und jagdliebenden Aristokratie und des höheren Bürgertums. War dies ein Ausdruck des schlechten Gewissens angesichts von schamlos ausgenutzter Kinder- und Frauenarbeit..., wie sich ein Kritiker vernehmen ließ?

Die eigentlich medizinische Seite der ernsthaften Diskussion zeigte die beiden schon seit dem 18. Jahrhundert bekannten Aspekte. Einmal verteidigten die Ärzte und Wissenschaftler nun praktisch geschlossen die Notwendigkeit des Tierversuches für Forschung und Unterricht. Die Vivisektionsgegner hatten große Mühe, medizinische Autoritäten, sogar aus der Vergangenheit, für ihre Sache zu gewinnen. Ihre Kampagne rief im Gegenteil die Entwicklung wissenschaftlicher und medizinischer Vereinigungen hervor, wie z. B. der »Association for the advancement of medicine by research« in England und »The national society for research« in den Vereinigten Staaten (French, 1978). Der zweite Punkt war die Frage der Nutzlosigkeit der durch die Tierversuche hervorgebrachten Resultate. Die regelmäßigen Hauptthemen dieser Behauptungen waren die fragliche Übertragbarkeit der Resultate vom Tier auf den Menschen sowie die falschen Resultate, hervorgerufen durch das Trauma des Eingriffes und offensichtlich nutzlose Versuche. Diesen Argumenten konnte nun aber mit Recht entgegengehalten werden, daß die beim Menschen üblich gewordene Sorgfalt auch bei Eingriffen an Tieren Anwendung finde, und zwar mit dem doppelten Ziel der Schmerzbetäubung und der Erhöhung der Aussagekraft, zumal bei mit subtilen Meßinstrumenten verbundenen Versuchen. Wer zudem immer ein positives Resultat erwarte, übersehe, daß es gerade in der Natur des Versuchs liege, etwas Unbekanntes zu behandeln, was ja wiederum heiße, daß das Ergebnis nicht vorausgesehen werden könne.

Zu den agitatorischen Methoden gehörten einmal Unsachlichkeiten wie das tendenziöse Zitieren aus der physiologischen Fachliteratur. In einem typischen Pamphlet der Zeit, *Ernst von Webers* »Die Folterkammern der Wissenschaft – Eine Sammlung von Thatsachen für das Laienpublikum« (Weber 1879; *Abb. 2*), wimmelte es von aus ihrem Zusammenhang herausgerissenen Zitaten. Fachleute hielten solchen Schriften entgegen, daß ein wissenschaftlich unkundiges Publikum überhaupt nicht in der Lage sei, die publizierten Arbeiten in ihrer Bedeutung zu würdigen. Mit Recht beanstandeten sie ebenfalls, daß ein erheblicher Teil der zitierten Versuche vor langer Zeit gemacht wurde, als die Anästhesie noch kaum entwikkelt war, und immer die gleichen Arbeiten von *Magendie* und *Claude Bernard* zum Vorschein kamen, die ja in der Tat sehr grausam gewesen waren.

Dann fehlten nicht persönliche Anschmähungen und Beschimpfungen der Physiologen, für die der Wortschatz schier unerschöpflich schien. Beim Fehlen der Strafe in Deutschland wurden ihnen Vergeltung und Sühne im Jenseits in Aussicht gestellt. Indessen erfuhren nicht nur die Physiologen, sondern auch die praktizierenden Ärzte, die kaum jemals Tierversuche ausführten, das ganze Gewicht der Agitation. Man hielt sie, weil sie ja während ihrer Ausbildung durch die Schule der Vivisektion gegangen seien, für mitleidslose Gesellen, die in ihren Kranken nur mehr Objekte für ihre wissenschaftlichen Beobachtungen zu sehen vermochten. In solchen Unterstellungen gefiel sich ganz besonders *Richard Wagner,* der in einem Brief an den schon erwähnten *Ernst von Weber* 1879 schrieb, er wolle auch auf diesem Gebiete den »Charakter seiner künstlerischen Einwirkung studieren«, wobei er sich nicht mit halben Formulierungen begnügte. Ein Arzt spottete darauf seinerseits, daß der gefeierte Dichterkomponist das alte Sprichwort, daß vom Erhabenen zum Lächerlichen nur ein Schritt sei, einmal praktisch habe illustrieren wollen (Bretschneider, S. 49).

Antivivisektionisten wie die Verteidiger des Tierversuchs erzählten auch gerne »wahre« Geschichten, die einerseits den Martertod eines Lebensretterhundes auf dem Labortisch beschrieben, andererseits die Anhänglichkeit operierter Tiere an das Laborpersonal dokumentierten. In allerhand hinkenden Vergleichen stellten die Antivivisektionisten die Tierversuche gerne den Hexenprozessen an die Seite und verglichen dabei die Physiologen mit den Inquisitoren. Die Physiologen ihrerseits verglichen die Bewegung gegen den Tierversuch mit den Auseinandersetzungen früherer Jahrhunderte um die Berechtigung der Sektion menschlicher Leichen. Der Göttinger Physiologieprofessor *Jensen* sah sogar eine Parallele zwischen Antivivisektionismus und Veitstanz im Mittelalter. Dem Tierversuch wurde von seiten der Gegner auch eine verrohende Wirkung auf die Ausübenden und Zuschauer nachgesagt. Die Verteidiger führten dagegen große Männer ins Feld, die sich, wie *Albrecht von Haller,* gleichzeitig dichterisch oder, wie *Carl Ludwig,* tierschützlerisch betätigt hatten. Einer von ihnen sagte, wessen Gemüt »durch den Anblick eines Tierversuchs in dem Vorlesungssaal oder im Laboratorium der Gefahr der Verrohung ausgesetzt sei, dem ist diese Eigenschaft von zu Hause mitgegeben« (zitiert bei Bretschneider, S. 112).

VII

Parallel zu der heftigen Agitation und mahnenden Diskussion stieg die Zahl der Versuche schon vor der Jahrhundertwende unaufhaltsam an. Dank dem Gesetz von 1876 besitzen wir dazu genaue Angaben aus Großbritannien. Sie sind in *Abbildung 5* dargestellt. Die Zuwachsrate verlangsamte sich indessen mit dem Beginn des 20. Jahrhunderts und nochmals nach dem Zweiten Weltkrieg. Seit Anfang der siebziger Jahre nehmen die Tierexperimente ab. Bemerkenswert ist der variable Anteil derjenigen, die nicht eigentlich forschungsbedingt sind, sondern als »technologiebedingt« bezeichnet werden können. Dabei handelt es sich um die Extraktion von Wirksubstanzen, deren Prüfung und Standardisierung sowie um toxikologische Versuche. Dieser technologiebedingte Anteil war vor dem Ersten Weltkrieg mit 20–30% noch vergleichsweise gering, da es eben noch relativ wenige Substanzen zu prüfen gab. Der Anteil stieg dann während des Krieges auf 80% aller Versuche an, weil während dieser Zeit wenig Grundlagenforschung getrieben wurde. Darauf stabilisierte er sich nach und nach bei den noch heute zutreffenden 60%.

Bei der Betrachtung dieser Zunahme der Tierversuche, die nicht nur England, sondern die gesamte westliche Welt betrifft, stellt sich aus heutiger Sicht die Frage, weshalb die Agitation dagegen so groß war, als die Zahl der Experimente noch vergleichsweise gering war. Aus der damaligen Zeit heraus spielte das Element des Neuen eine Rolle, etwa in der Form der bereits erwähnten Institutionalisierung der experimentellen Medizin in öffentlich finanzierten Instituten und Spitälern. Dies rief nach Opposition gegen eine Heilkunde, die sich nun nicht mehr länger damit begnügte, Patienten zu pflegen, sondern aktiv diagnostisch und therapeutisch in den Krankheitsprozeß eingriff. Mehr und mehr spielte sich diese Medizin in Spitälern ab, die in ihren ungewohnten Ausmaßen die Bevölkerung befremdeten und so Widerstand gegen weitere Neubauten anstachelten. Diese Spitalmedizin schien manchem unpersönlich und materialistisch. Sie flößte ihm Angst ein. Eine Angst, die er auch gegenüber der neuen technischen Welt, bestimmt durch die neuen Energieträger Elektrizität und neuen Transportmittel wie Eisenbahn und später Automobil, empfand. Waren diese nicht Folgen einer verhängnisvollen Entwicklung der Wissenschaft überhaupt?

In dieser Welt der Städte, der Industrie und Technik begann auch das Tier einen besonderen und neuen Platz einzunehmen. Haustiere werden ja im Gegensatz zu den Nutztieren des Landmannes aus Gefühlsgründen gehalten, die wiederum nach besonderem Schutz drängen. So war der eigentliche Tierschutzgedanke ein Produkt des 19. Jahrhunderts, und zwar ein städtischer Gedanke. Er ging von England aus, wo die industrielle Revolution am frühesten eingesetzt hatte. Für den Städter wurde das Haustier zu einem Symbol für die geliebte und vermißte Verbindung zum Land. Dies spürten erste englische Künstler, als sie Tiere für allegorische Darstellungen verwandten. Auch den Anthropomorphismus, d. h. die Darstellung menschlicher Begebenheiten durch Tiere, beglückte das gehobene Publikum viktorianischer Städte in der Form schöner Ölbilder (Seite 347–348 French 1975, Turner 1980).

Die Gründe für das Blühen des Antivivisektionismus im ausgehenden 19. Jahrhundert sind also nicht nur in der relativen Überzeugungskraft der eigentlich viel älteren Argumente über die wissenschaftliche Berechtigung und den therapeutischen Nutzen der Tierversuche zu suchen. Diese Diskussion blieb, wie wir gesehen haben, auch recht steril oder glitt ins Agitatorische ab und war unergiebig. Der Antivivisektionismus ist auch nicht nur als eine Antwort auf eine drohende Zunahme von »Tierquälerei« aufzufassen. Er wurde mindestens ebenso bedingt durch das wechselnde kulturelle Milieu im späteren 19. Jahrhundert. Der Kampf gegen den Tierversuch vor hundert Jahren bildete sozusagen einen konkreten Kristallisierungspunkt für viele unbestimmte Zukunftsängste, welche den Menschen verunsicherten. Das erklärte auch, weshalb der Kampf von Personen gegensätzlicher politischer Auffassung, verschiedener sozialer und religiöser Herkunft unterstützt wurde. Daß er auch Teil eines Kulturkampfes war, geht auch aus seinen antisemitischen Zügen hervor, die er besonders in Deutschland und teilweise in der Schweiz trug (French 1975).

Das Abflauen, wenn auch nicht das Verschwinden dieses Kampfes im 20. Jahrhundert hat wohl drei Gründe. Einmal wollten die Politiker in Großbritannien wie in Deutschland vorerst die Wirkung der Erlasse des 19. Jahrhunderts abwarten. Dann haben mit Bestimmtheit die beiden Weltkriege und ihre Nachfolgeperioden das menschliche Leiden vor dasjenige der Tiere rücken lassen. Schließlich stellte sich mit dem 20. Jahrhundert der Erfolg der experimentellen Medizin für jedermann ersichtlich ein. Unter der in *Abbildung 5* für Großbritannien dargestellten Zunahme der Tierversuche verbirgt sich nun ganz allgemein die Entwicklung neuer medizinischer Spezialfächer sowie die praktische Anwendung der durch die Spezialisierung gewonnenen Kenntnisse in der Behandlung von Patienten. Eine Auwahl davon ist ebenfalls in *Abbildung 5* eingezeichnet. Man darf hier nicht vergessen, daß zur Zeit des Höhepunktes der Agitation um 1880 die moderne Chirurgie und die Bakteriologie erst in ihren Kinderschuhen standen. Heilsera und Impfstoffe waren noch keine bekannt, geschweige denn Chemotherapeutika gegen Infektionskrankheiten, deren Ära mit dem Salvarsan gegen Syphilis 1909 eröffnet wurde. Ebensowenig waren Hormone und Vitamine verfügbar (s. o., Beispiel des Insulins), ja sogar das Aspirin wurde erst 1899 eingeführt. Einmal in die Behandlung eingeführt, wird die forscherische Grundlage dieser so wirksamen Mittel vom Publikum indessen rasch vergessen. Dies könnte die neuen verschärften Gesetzesbestimmungen in Italien und Deutschland in den dreißiger Jahren dann teilweise erklären. Gleicherweise würde die Einführung der Antibiotika während des Zweiten Weltkrieges verständlich machen, weshalb erst seit den siebziger Jahren die Tierversuche überall in der westlichen Welt wieder in Frage gestellt wurden.

In der Tat veränderte sich der Rechtszustand in England bis heute nicht wesentlich (Bestelmeyer). In Italien und Deutschland wurde er vor dem Zweiten Weltkrieg auf den Stand der englischen Norm gebracht. Italien sah zum Jahrhundertanfang eine Strafe für denjenigen vor, welcher »allein zu wissenschaftlichen oder Lehrzwekken, aber außerhalb der für den Unterricht bestimmten Örtlichkeit, die Tiere Experimenten unterzieht, die geeignet sind, Abscheu zu erregen«. 1913 wurde eine, allerdings leicht zu erlangende Bewilligung eingeführt, und erst 1931, unter *Mussolini,* wurde nach einer gewissen Agitation (Ciaburri) ein dem englischen ähnliches Gesetz erlassen, das bei Geldstrafe die Berechtigung, Ziel und Zweck sowie den Durchführungsmodus, insbesondere die allgemeine oder lokale Betäubung, reglementierte. Wie in England wurde es den Laboratoriumsdirektoren zur Pflicht gemacht, Verzeichnisse über die Versuche zu führen und diese jährlich den Verwaltungsstellen abzuliefern.

Nach dem Vorbild des italienischen Staates griff auch der Nationalsozialismus tatkräftig zu. Im Deutschen Reich wurde am 16. August 1933 die Vivisektion von Tieren aller Art für das gesamte Staatsgebiet verboten. Das war nur eine vorübergehende Maßnahme, und bereits drei Wochen später wurde der Begriff der Vivisektion definiert als »Die Zerschneidung des lebenden unbetäubten Tieres sowie die Operationen am lebenden Tier, sofern bei gleichen oder ähnlichen Eingriffen bei Menschen allgemeine oder lokale Anästhesie in der Regel zur Anwendung gelangt und sofern die Anästhesie im einzelnen Falle unter den vorliegenden Verhältnissen durchführbar ist. Der Vivisektion sind gleichzusetzen unblutige Tierversuche am unbetäubten Tier, die mit einer Mißhandlung verbunden sind.« Allerdings wurde weiter eingeschränkt: »Da die ernste wissenschaftliche Forschung im Interesse der Erhaltung von Gesundheit und Leben von Menschen und Tieren [unter bestimmten Voraussetzungen] nicht auf den wissenschaftlichen Tierversuch verzichten kann, wird dieser Versuch nicht als Vivisektion angesehen...« (Bestelmeyer, S. 22). Die geltenden deutschen Reglementierungen sind in dem neuen Tierschutzgesetz von 1972 festgehalten, welches das Gesetz aus den Anfängen des Dritten Reiches (24. November 1933) ersetzte. Auch in der Schweiz kam es nach dem Ersten Weltkrieg in einzelnen Universitätskantonen wiederum zu öffentlicher Erörterung der Tierversuchsfrage (Weidmann). Eine

Volksinitiative für die völlige Abschaffung der Visisektion wurde 1924 in Zürich, eine für deren Einschränkung 1939 in Basel mit etwa Dreiviertelmehrheit verworfen (Bruhin und Gelzer). Das heute gültige und zugleich erste gesamtschweizerische Gesetz trat 1981 in Kraft. Beide gehen den heutigen Tierversuchsgegnern, unter anderem einer seit 1979 bestehenden Schweizer Vereinigung »Ärzte gegen den Tierversuch«, zuwenig weit.

IX

Zusammenfassend läßt sich feststellen, daß der Tierversuch neben Spekulation, Beobachtung und ärztlicher Kunst eine der vier Grundlagen der westlichen Medizin seit ihrem Anbeginn in der griechischen Antike darstellt. Allerdings wechselte im Laufe der Zeit der Stellenwert, was entsprechende Auswirkungen für den Stand der praktischen Heilkunde für Mensch und Tier zeitigte (Paton). Der organisierte Kampf gegen den medizinisch-wissenschaftlichen Tierversuch erreichte im letzten Drittel des 19. Jahrhunderts einen ersten Höhepunkt. Diese Antivivisektionsbewegung war durch den damaligen Wandel des kulturellen Milieus im Westen mindestens ebenso begründet wie durch die viel ältere Problematik der Berechtigung und Nützlichkeit der Experimente an sich.

Die Frage stellt sich nun, ob dem nicht auch bei der heutigen Opposition gegen den Tierversuch so ist. Der für das 19. Jahrhundert geschilderte Zug zur Verstädterung jedenfalls hat sich seither nochmals akzentuiert. Die veränderte Beziehung des Menschen zum Tier als einem Relikt einer vermißten Verbindung zur Natur hat weitere Bevölkerungskreise erfaßt. Eine Folge ist die Vermenschlichung des Tieres. Ihr steht eine Biologisierung des Menschen gegenüber, nicht zuletzt in der Folge der von Darwin vertretenen Entwicklungslehre. In dieser Optik erscheint das Tier einerseits nicht länger als ein Gut, mit dem der Besitzer tut, was ihm beliebt, sondern es nimmt eine feste Stellung in der Hierarchie der Lebewesen ein. Andererseits hat die Entwicklung der Biologie, die sich mit immer kleineren Strukturen befaßt, die Grenze zwischen Mensch und Tier zu verwischen geholfen. Wir finden heute den Anthropomorphismus nicht länger nur in Ölgemälden, die eine städtische Oberschicht von Zeit zu Zeit betrachtete, sondern in Form von Cartoons für jedermann in Tageszeitungen: Der englische Dackelhund »Fred Basset« ist nicht nur in seiner Heimat, sondern als »Wurzel« auch in Deutschland sowie in der Schweiz täglich anzutreffen.

Gleichzeitig ist der Gesundheitsstandard von Mensch und Tier zusehends gestiegen. Das Leiden ist weniger allgegenwärtig als noch in den dreißiger Jahren, als der frühe Tod eines Mitglieds an Tuberkulose fast zum Familienleben gehörte und weit über die Hälfte der Stadtkinder sogar in der Schweiz an Rachitis litten. Man war härter gegen sich selbst, die Seinen und auch gegenüber den Tieren. Inzwischen ist das Leben »weicher« geworden. Das zeigt sich in der Arbeitswelt wie in der Erziehung der Kinder, aber auch in unserer Einstellung gegenüber dem Tod, den wir hinter Spitalmauern verdrängen – und gegenüber den Tieren.

Aus der Geschichte des medizinischen Tierversuches, seiner Rechtfertigung und seiner Bekämpfung geht hervor, daß sich die agitatorischen Argumente dafür und dagegen wie auch die sachliche Begründung seiner Notwendigkeit seit Jahrhunderten sehr ähneln. Aber die Gegner der Tierversuche sind andere geworden. Waren es im 17. Jahrhundert traditionell ausgerichtete Ärzte, im 18. Literaten und im 19. Jahrhundert gebildete Laien, sind es heute Angehörige aller Bevölkerungsschichten. Einem Wandel sind inzwischen auch das moralische und politisch-kulturelle Umfeld sowie das wissenschaftliche Material der Debatten unterworfen. Wir sprechen nicht mehr von den gleichen Versuchen, die unsere Vorfahren vor 100, geschweige denn vor 200 oder 300 Jahren beschäftigten. Diese Veränderungen werden sich wohl auch in der Zukunft fortsetzen. Moralische wie wissenschaftliche Maßstäbe werden wechseln. Deshalb werden auch die Diskussionen um den Tierversuch weiter dauern, wobei die moralische Problematik im Zentrum stehen sollte. Sie ist von den Experimentatoren seit dem 17. Jahrhundert empfunden worden. Wissenschaftler, nicht Tierversuchsgegner, haben immer wieder nach aussagekräftigen Alternativmethoden und Modellen gesucht, in letzter Zeit auch vermehrt gefunden und zielgerecht angewandt. Die moderne klinische Pharmakologie erlaubt Versuche an Menschen mit weit verminderten Risiken. Die Versuchstierkunde ist zu einem Spezialgebiet geworden, was einen angepaßten Einsatz der Versuchstiere ermöglicht (Weihe). Diese Entwicklungen zeigen die zukünftige Tendenz an, die in Richtung Verfeinerung, Reduktion und Ersatz der Tierversuche weist. Dieser Zug hat seit etwa fünf Jahren Folgen gezeigt (s. *Abb. 5*). Der Standard wird steigen, sowohl bei der Suche nach weiterer Verbesserung des menschlichen und tierischen Wohlergehens als auch bei den Anstrengungen, Sicherheit zu gewährleisten, in der Art, wie diese Verbesserungen herbeigeführt werden. Mehr denn je muß das Wort des Arztes und Dichters *François Rabelais* aus der Renaissance für Forscher *und* Publikum gelten: »Science sans conscience n'est que ruine de l'âme«, Wissenschaft ohne Gewissen ist bloße Verderbnis der Seele. Dabei will »Gewissen« nicht nur im religiösen Sinn, sondern ebenso als Bewußtsein der Grundlagen dessen, was jedermann im täglichen Leben tut und benutzt, aufgefaßt sein.

Abbildung 1
Erste Blutdruckmessung durch Stephen Hales, ausgeführt 1711, veröffentlicht 1733. Künstlerische Darstellung nach der Beschreibung in der Originalquelle. (Aus Stephen Hales – Father of Hemoclynamics. Editorial Medical Times, 72, 314, 1944)

Abbildung 2
Titelblatt einer antivisektionistischen Streitschrift aus dem letzten Viertel des 19. Jahrhunderts. Man beachte die unklare Darstellung des eigentlichen Experiments im Gegensatz zum Instrumentarium. (Originalquelle)

Abbildung 3
Packungsetikette eines zwischen 1904 und 1964 allgemein verwendeten Fingerhut-(Digitalis) Präparats zur Behandlung von Herz- und Kreislauferkrankungen. Vor dem Aufkommen moderner Trenn- und Analysenmethoden mußte der wechselnde Wirkstoffgehalt der Pflanzenextrakte am Tierversuch ermittelt werden, damit das Präparat standardisiert werden konnte: Der international gültige Völkerbundsstandard entsprach somit sog. Froschdosen. (Aus Roche-Nachrichten 1983/3.)

Abbildung 4
Grundlagen der abendländischen Medizin mit im Laufe der Zeit wechselndem Stellenwert von Eigenbeobachtung und Experiment.

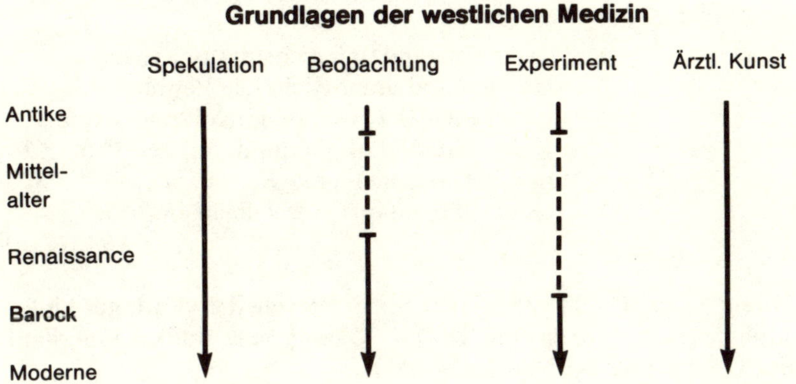

Abbildung 5
Zunahme der Tierversuche in Großbritannien (ausg. Irland) zwischen 1880 und 1980: Drei exponentielle Phasen, jeweils unterbrochen von Kriegs- und Nachkriegsperiode, seit 1972 Abnahme. Unter den Tierversuchen ist die Chronologie der Ersteinführung und Weiterentwicklung einer Auswahl wichtiger therapeutischer Stoffgruppen dargestellt. (Adaptiert aus French 1975 und Paton 1984.)

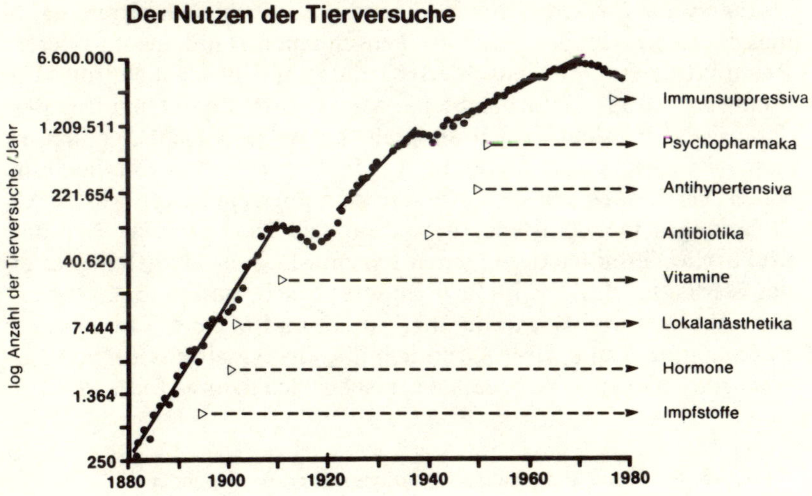

Gerhard Riecker

Ärztliche Ethik und Tierversuche

»Der Verstand unterscheidet zwischen möglich und unmöglich. Die Vernunft unterscheidet zwischen sinnvoll und sinnlos. Es ist Zeit, daß die Vernunft auf den Plan tritt und das, was heute möglich ist, noch rechtzeitig auf das Sinnvolle begrenzt.«
(Max Born)

Dieser Vortrag steht gedanklich einem Vortrag des Göttinger Philosophen *Günter Patzig* zum Thema »Ökologische Ethik – innerhalb der Grenzen bloßer Vernunft« nahe.

Heute wie dort geht es um die Frage, in welchem Sinne man von einer wohldefinierten moralischen Verpflichtung des Menschen (individuell und kollektiv) sprechen kann, die natürliche Umwelt, in der er sich vorfindet, schonend zu behandeln. Der Nachweis einer solchen moralischen Verpflichtung bedarf, wie wir sehen werden, keinerlei Glaubensgrundsätze und auch keiner metaphysischen Hilfssätze, sondern muß sich, jedenfalls im Prinzip, gegenüber jedermann allein auf *rationalem* Wege rechtfertigen lassen.

1. *Allgemeine Ethik:** Ethik ist eine philosophische Disziplin, nämlich die Lehre von den Normen menschlichen Handelns und deren Rechtfertigung. Der Mensch erlebt Gutes und Böses nicht nur von unabwendbaren Naturmächten, von Gunst und Ungunst des Schicksals, er erlebt es von anderen seines Geschlechts, er fügt es sich selbst, er fügt es anderen zu. Mit der frühesten Entwicklung seines Verstandes, mit dem Nachdenken über die besten Mittel zur Sicherung seiner Existenz, ist darum das Nachdenken über das praktische Verhalten des eigenen Ich zum Du, zur Umgebung, über das Verhalten des Du in Beziehung auf sich, untrennbar verbunden. Abscheu und Bewunderung, Furcht und Mitleid, Ehrgeiz und Beschämung – alle diese Grundgefühle des gesellschaftlichen Lebens sind ebenso viele Quellen ethischer Schätzung (Jodl, 1930).

* Hier werden Ethik und Moral als synonyme Begriffe verwendet.

Eine wichtige Funktion moralischer Normen besteht darin, den einzelnen Menschen dazu zu bringen, in bestimmten Fällen sein eigenes wohlverstandenes Interesse gegenüber den Interessen anderer Individuen oder denen einer Gesamtheit zurückzustellen. Es gibt daher eine nicht überbrückbare Kluft zwischen moralischer Vernunft und der Zweckrationalität dessen, was man wohlverstandenes Eigeninteresse nennt (Patzig, 1983). Es ist die wichtigste Funktion moralischer Verhaltensregeln, so hat es der zeitgenössische englische Philosoph *John Warnock* (20) ausgedrückt, der Rücksichtslosigkeit entgegenzuwirken, mit der Menschen ihre eigenen Interessen, auch auf Kosten anderer, zu verwirklichen versuchen.

Dadurch wird geradezu impliziert, daß solche Zusammenarbeit unter den Prinzipien der Fairneß und der Solidarität vom einzelnen erhebliche Opfer verlangen kann, wenn sie zur Erhaltung der gewählten Ordnung notwendig sind. Das Vorliegen eines Regelsystems gegenseitiger Rücksichtnahme ist für jedes Individuum so wertvoll, daß es aus rationalen Gründen bereit sein muß, die Einschränkung eigener Interessenverwirklichung in Kauf zu nehmen, die für das Funktionieren dieses Systems nötig ist. Daß moralische Normierung auch den eigenen Interessen der Mitglieder einer Gesellschaft dient, erklärt uns, wie es dazu kommt, daß moralische Systeme sich im Verlaufe der Menschheitsentwicklung reale Wirkung verschafft haben.

Aber auch über den Kreis der heute lebenden Menschen hinaus reicht unsere moralische Verantwortung. Das Vernunftprinzip selbst macht uns klar, daß wir, die wir selbst nicht wünschen können, auf einer durch Raubbau verödeten, dazu vergifteten Müllhalde zu leben, ebendeshalb auch verpflichtet sind, unseren Nachkommen, soweit es an uns liegt, eine solche extreme Situation zu ersparen. Ein rücksichtsloser Egoismus der Generationen ist daher ebenso vernunftwidrig wie ein solcher der Gruppen (Patzig, 1983).

In der *Wissenschaftsethik* werden die Ambitionen des Erkenntnisprozesses radikal mit der Frage nach dessen Sinn *und* nach dessen möglichen Folgen verkoppelt. Von dieser *Verantwortung* des Wissenschaftlers muß man ausgehen, wenn man über die ethischen Grundlagen von Tierversuchen sprechen will.

Auch die Verläßlichkeit und die Vertrauenswürdigkeit der Praxis unserer medizinischen Institutionen ruhen ganz wesentlich auf der Konsensfähigkeit ihrer ethischen Entscheidungen. *Alle* müssen dem zustimmen können, was da geschieht, und deshalb muß in diesen neuen Fragen der Konsens gesucht werden, dem wir uns später anschließen können, wie es der Tübinger Theologe *Rössler* jüngst anläßlich des Europäischen Kardiologenkongresses formuliert hat.

Konkret betrifft dies zahlreiche Fragen, beispielsweise bei der Kostenentwicklung in der Medizin, bei der Abwägung von Nutzen und Risiko von Pharmaka, bei lebensverlängernden Maßnahmen auf Intensivstationen, bei der Handhabung der Aufklärungspflicht, es betrifft die Nutzanwendung von Ergebnissen aus der Grundlagenforschung (z. B. Gentechnologie), den Kodex der Patientenauswahl bei Organtransplantationen, die Einbeziehung des persönlichen Schicksals und der sozialen Umwelt des Kranken in die ärztliche Entscheidung, die Durchführung von wissenschaftlichen Untersuchungen am Menschen und schließlich die Heranziehung von Tieren zum Zwecke der medizinischen Forschung.

2. *Mensch-Tier-Beziehung in der religiösen und philosophischen Überlieferung:* Tierschutzethik hat sich in der Zeit und auf dem Boden der Religionen, der Kultur und des wissenschaftlichen Erkenntnisprozesses entwickelt. Die metaphysisch begründete Mensch-Tier-Beziehung ist, wie jedem von Ihnen geläufig ist, im lamaistischen Buddhismus auf eine andere Weise verankert als bei Moslems, Juden oder in afrikanischen Kulturen.

Christliche Tierschutzethik hat ihre Wurzeln im Alten Testament und ist eine Ethik der Verantwortung des Menschen gegenüber Gott. Nach jüdisch-christlicher Überlieferung ist die Gottesebenbildlichkeit des Menschen eng verbunden mit dem Herrschaftsauftrag des Menschen innerhalb der Schöpfung. Dieser Auftrag wird im Alten Testament zweimal ausgesprochen, und es ist bezeichnend, daß wir uns meist nur an den einen halten, nämlich uns die Erde untertan zu machen (1. Mose 1, 28), aber den anderen offenbar lange vergessen haben, nämlich sie zu bebauen und zu behüten (1. Mose 2, 15) (Teutsch, 1983).

Aus einer anthropozentrischen Theologie bei *Thomas von Aquin* entsteht dann in Verbindung mit dem römischen Recht die im wesentlichen auch heute noch unangefochtene kirchliche Lehre: Da das Tier keine unsterbliche Seele hat, kann es nicht Person sein, und da es nicht Person ist, kann es nicht Träger von Rechts- oder Liebespflichten sein.

Im Gegensatz dazu steht die »Ethik der Brüderlichkeit« in der Tradition des heiligen *Franz von Assisi,* der der leidensfähigen Kreatur seine besondere Fürsorge zugewandt hat (Teutsch, 1983).

Die Ethik *Albert Schweitzers* übernimmt die Unbegrenztheit der Franziskanischen Liebe zu *allen* Geschöpfen, wenn er sagt: »Die Ethik der Ehrfurcht vor dem Leben erkennt keine relative Ethik an. Als gut läßt sie *nur* Erhaltung und Förderung von Leben gelten. Alles Vernichten und Schädigen von Leben, unter welchen Umständen es auch erfolgen mag, bezeichnet sie als böse. Im Grundsatz gibt es keinen Kompromiß zwischen Ethik und Notwendigkeit. Sie tut die Konflikte nicht für ihn ab, sondern zwingt ihn, sich in jedem Fall selber zu entscheiden, inwieweit er ethisch bleiben kann und inwieweit er sich der Notwendigkeit von Vernichtung und Schädigung von Leben unterwerfen und damit Schuld auf sich nehmen muß.«

Kant wiederum konstruiert am Leitfaden des 1. Buches Mose (Kap. 2 bis 4) und sagt: »Denkend betrachtet der Mensch sich selbst als Zweck der Natur, und alles andere, was nicht Vernunftwesen ist, als Mittel. Das erste Mal, daß er zum Schafe sagte: ›Den Pelz, den du trägst, hat die Natur nicht für dich, sondern für mich gegeben‹, ihn ihm abzog und sich selbst anlegte, ward er eines Vorrechts inne, welches er über alle Tiere hatte« (Jaspers, 1957).

Dieser Standpunkt ist typisch für die Aufklärung des 17. Jahrhunderts. Die Vernunft ist hierbei die einzige und letzte Instanz, die über Methoden, Wahrheit und Irrtum jeder Erkenntnis ebenso entscheidet wie über die Normen des ethisch-politischen und sozialen Handelns. Zentrale Instanz der Vernunftkritik sind die methodisch verfahrenden (auf allgemeine Überprüfbarkeit angelegten) Wissenschaften, die – wegen der unbestreitbaren Erfolge der Naturwissenschaften seit Beginn der Neuzeit – weithin naturwissenschaftlich orientiert sind. Mit dem Glauben an die Vernunft verbindet sich der Glaube an den Fortschritt, der zwar grundsätzlich seine Grenze im Erkenntnisvorgang selbst hat, aber als unbegrenzt angesehen wird. Mit der Aufklärung beginnt die Verwissenschaftlichung des Daseins. Die Pervertierung aufklärerischer Ansätze bis hin zur terroristischen Gewalt findet bekanntlich ihren Höhepunkt in der Französischen Revolution.

In seiner Schrift »Über die Grundlage der Moral, speziell Begründung der Ethik« bezieht *Schopenhauer* einen der heutigen ethischen Norm angenäherten Standort, wenn er sagt: »Denn grenzenloses Mitleid mit allen lebenden Wesen ist der festeste und sicherste Bürge für das sittliche Wohlverhalten. Wer davon erfüllt ist, wird zuverlässig keinen verletzen, keinen beeinträchtigen, keinem wehetun, vielmehr mit jedem Nachsicht haben, jedem verzeihen, jedem helfen, soviel er mag, und alle seine Handlungen werden das Gepräge der Gerechtigkeit und Menschenliebe tragen. Diese moralische Triebfeder bewährt sich ferner dadurch, daß sie auch die Tiere in ihren Schutz nimmt, für welche in den europäischen Moralsystemen unverantwortlich schlecht gesorgt ist. Die vermeinte Rechtlosigkeit der Tiere, der Wahn, daß unser Handeln gegen sie ohne moralische Bedeutung sei oder, wie es in der Sprache jener Moral heißt, daß es gegen Tiere keine Pflichten gäbe, ist geradezu eine empörende Roheit und Barbarei des Okzidents. In der Philosophie beruht sie auf der aller Evidenz zum Trotz angenommenen gänzlichen Verschiedenheit zwischen Mensch und Tier, welche bekanntlich am entschiedensten und grellsten von *Cartesius* ausgesprochen wird. Man muß wahrlich an allen Sinnen blind sein, um nicht zu erkennen, daß das Wesentliche und Hauptsächliche im Tiere *und* im Menschen dasselbe ist und das, was beide unterscheidet, im Intellekt, im Grad der Erkenntniskraft liegt, welcher beim Menschen durch das hinzugekommene Vermögen abstrakter Erkenntnis, genannt Vernunft, ein ungleich höherer ist«.

Die ethischen Normen *unserer* Zeit und *unserer* Kultur machen den Menschen unbestreitbar zum überlegenen Geschöpf, doch er bewährt sich als solches nur dann, wenn er auch begreift, daß er als einziges irdisches Wesen mit Erkenntnisfähigkeit die Voraussetzungen für ethisches Werten und moralisches Handeln erworben hat. Von dieser Gabe Gebrauch zu machen, ist er aufgerufen, und das heißt, staunende Ehrfurcht vor dem Leben in tätige Sorge für das unterlegene, aber auch für das gleichartige Geschöpf umzusetzen (*Codex experiendi,* 1983).

Wie diese Umsetzung von guter Gesinnung in die Tat, von Wollen in Handeln, *praktisch* stattfinden soll, *das* ist das eigentliche Problem.

Mit den Bezugssystemen einer metaphysisch oder ideologisch begründeten Tierschutzethik läßt sich der angestrebte gesellschaftliche Konsens *nicht* herbeiführen. Akzeptabel wäre eine *neu formulierte Vernunftethik,* der die Ambivalenz des Fortschritts bewußt ist und die die Person des Forschers individuell in die Verantwortung nimmt. Auf diesen Punkt komme ich noch mal zurück.

Die Denkschrift der Deutschen Forschungsgemeinschaft macht übrigens neben der ethisch begründbaren Mensch-Tier-Beziehung noch auf soziopsychologische Beziehungen aufmerksam. Sie unterscheidet diesbezüglich zwischen *kollektiven* und *individuellen* Mensch-Tier-Beziehungen; aus ersteren resultieren beim Menschen

Verhaltensformen, wie sie in der Tierschutzgebung als Mindestforderung ausgedrückt sind. Individuelle Mensch-Tier-Beziehungen bedingen bei Menschen aufgrund der gerichteten »Du-Evidenz« den ausgewählten Tierindividuen gegenüber Verhaltensformen, die eher der sittlichen Forderung der Mitgeschöpflichkeit entsprechen.

3. *Tierversuche und Tierschutz:* Das vermeintliche oder auch reale Defizit auf dem Gebiete des Tierschutzes wird von immer weiteren Kreisen der Bevölkerung, vor allem auch von großen Teilen der Jugend, als unbefriedigend empfunden. Dies hängt mit einem unverkennbaren Anwachsen der Sensibilität der Menschen für den Tierschutzgedanken zusammen. Die uneingeschränkte Verfügbarkeit von Tieren nicht allein für wissenschaftliche, sondern auch für beliebige wirtschaftliche Zwecke (z. B. in der kosmetischen Industrie) wird als Ausdruck eines mangelnden Verantwortungsgefühls des Menschen für die ihn umgebende Tierwelt sowie als Versagen der geltenden Rechtsordnungen und der staatlichen Institutionen empfunden.

Auf der anderen Seite findet die öffentliche Forderung nach medizinischen Fortschritten, mit dem Ziel, die Leiden und den durch Krankheit bedingten vorzeitigen Tod zu verhindern, ihren Ausdruck in der Bereitstellung großer Summen öffentlicher und privater Gelder zur Finanzierung medizinischer Forschung.* Dieser gesellschaftliche Druck in Richtung auf eine voranschreitende medizinische Forschung sollte auch die Billigung der in der medizinischen Forschung verwendeten Methoden, einschließlich des Gebrauchs von Versuchstieren, einschließen. Sicher kann niemand den großen medizinischen Nutzen leugnen, der sich aus dem Gebrauch von Tieren in der Forschung ergeben hat und mutmaßlich in absehbarer Zeit ergeben wird (siehe Tab.) (Smyth, 1982).

Auf medizinischem Gebiet bedeutet das nach Lage der Dinge und nach dem Stande unseres Vermögens in vielen Fällen den *Zwang* zum Tierversuch, in etlichen sogar die *Verpflichtung* dazu. Es hat keinen Sinn, die Augen davor zu verschließen. Der experimentell tätige Wissenschaftler sollte nicht dafür getadelt werden, wenn er in voller Verantwortung Handlungen unternimmt, deren Nutzen, wenn wir nur an Arzneimittel und Impfstoffe denken, auch seine Kritiker für sich in Anspruch nehmen (Codex experiendi, 1983).

* z. B. im Rahmen der Erfüllung des Arzneimittelgesetzes

Aktuelle Forschungsprobleme in Verbindung mit Tierversuchen

Organtransplantationen (z. B. Knochenmark, Leber, Pankreas
Arzneimittelbedingte Toxizität (z. B. Kanzerogenität, Organtoxizität)
Pharmakokinetik, -dynamik
Vorbereitung von Großversuchen zur Infektionsbekämpfung (z. B. Malaria, Schistosomiasis)
Erprobung biomedizinischer Techniken (z. B. Insulinpumpen, künstliche Gelenke, künstliches Herz, Anwendung der Lasertechnik, Erprobung histokompatibler Kunststoffe)
Aufdeckung mutagener Noxen (z. B. Chemikalien, Pharmaka, Strahlenschäden, RNA-Tumorviren)
Modellkrankheiten (z. B. erbliche Cardiomyopathie des Goldhamsters, erbliche Hypertonie der Ratte)
Medizinische Diagnostik (z. B. Tuberkulose, Toxoplasmose, Virologie, Immunopathien, Arteriosklerose)
Entwicklung neuer Operationsmethoden (z. B. Angioplastie, Lungenresektion)
Grundlagenforschung (z. B. Immunologie, Regulation, Verhalten, Genforschung, Anfallskrankheiten)

Jedem Einsichtigen ist der Konflikt bewußt, daß der Mensch bei der ihm gebotenen Lösung seiner Probleme auf wissenschaftliche Untersuchungen an Tieren nicht verzichten kann, während ihm andererseits der ethische Grundsatz der Ehrfurcht vor dem Leben den Schutz der Tiere gebietet (1; Anhang II).

Das Tierschutzgesetz enthält in § 9.1.1 die Vorschrift: »Die Versuche sind auf das *unerläßliche Maß* zu beschränken.« Der Gesetzgeber wollte mit der geforderten Beschränkung auf dieses »unerläßliche Maß« deutlich machen, daß auch die Berufung auf so hochrangige Normen und Werte, wie die ärztliche Ethik in bezug auf Gesundheit und Leben des Menschen, keine generelle Vollmacht gibt, Tieren Schmerzen, Leiden oder Schäden zuzufügen, sondern daß immer geprüft werden muß, ob ein Versuch wirklich unerläßlich ist, d. h., ob wirklich ein triftiger Grund vorliegt, der keinen anderen Ausweg mehr offenläßt. Mit Recht wird gefordert, daß Kriterien gefunden werden müssen, die es erlauben, das unerläßliche Maß zu präzisieren (Teutsch, 1983).

Die Aufklärung der Öffentlichkeit durch permanente und verständliche Darstellung wissenschaftlicher Erkenntnis und nicht zuletzt die Offenlegung des Versuchstierbedarfs seitens der pharmazeutischen Industrie haben in zunehmendem Maße die Basis für eine *rationale* Auseinandersetzung über die Bedeutung von Tierversuchen für die Gesundheit von Mensch und Tier geschaffen. Diese Enttabuisierung der Versuchstierproblematik war gleichzeitig der Anstoß für eine innere Selbstkontrolle der Wissenschaft, die dazu beigetragen hat, die Verantwortung des Forschers gegenüber den Mitlebewesen verstärkt ins Bewußtsein zu rufen. In jüngster Zeit haben verschiedene international führende wissenschaftliche Gesellschaften (z. B. die Deutsche Forschungsgemeinschaft, die Schweizerische Akademie der Wissenschaften, die Deutsche Physiologische Gesellschaft, National Academy of Sciences, Max-Planck-Gesellschaft) ethische Grundsätze und Richtlinien für wissenschaftliche Tierversuche formuliert. Danach soll sichergestellt werden, daß erst nach Anlegen strengster Kriterien der Vermeidbarkeit getan wird, was notwendig bleibt zu tun, vor allem menschlichem Leben den Schutz nicht zu versagen (Codex experiendi, 1983).

Bei der Abwägung dieser Güter erscheint die Mitwirkung von fachkundigen Tierschutzbeauftragten als *ein* geeigneter Weg; eine andere Möglichkeit wäre die Forderung einer Berichtspflicht an fachkundige Kommissionen.

So gut wie alle an Tierexperimenten beteiligten Institutionen sind sich wie nie zuvor darüber einig, daß eine Einschränkung der Versuche notwendig und auch möglich ist. Dieses Ziel der Einschränkung der Tierzahlen ist aber nur in vielen kleinen Schritten erreichbar, und bei der Suche nach Ersatzmethoden sollte die Priorität bei jenen Versuchen liegen, die für das Tier mit Schmerzen oder Leiden verbunden sind (Scharmann, 1981).

Zu den Ersatz- oder Alternativmethoden gehören:

1. Untersuchungen an isolierten Organen, Geweben, Zellen, Zellfraktionen, Pflanzen;
2. Untersuchungen an niederen Organismen;
3. Untersuchungen an nichtbiologischen Materialien;
4. Rechnungen an Modellen;
5. Videoregistrierung zu Unterrichtszwecken (audiovisuelle Verfahren).

Die Untersuchungen an isolierten Organen etc. setzen allerdings die schmerzfreie Tötung zur Organgewinnung voraus, wie dies der

§ 14.1 des geltenden Tierschutzgesetzes zuläßt. Letzten Endes liegt es in der Hand des Forschers selbst, den wissenschaftlichen Wert von Tierexperimenten und den Modus ihrer Durchführung über die gesetzlichen Bestimmungen hinaus *sorgfältig* zu prüfen und eine Beschränkung von Versuchen vorzunehmen, wo immer dies wissenschaftlich vertretbar ist. Wissenschaftliche Freiheit kann sich nur im Rahmen sittlicher Wertvorstellungen verwirklichen (Max-Planck-Gesellschaft, 1981).

4. *Wissenschaftsfeindlichkeit und die neue Romantik:* Wir alle haben es erlebt, mit welcher emotionalen Heftigkeit und mit welchem erschreckenden Mangel an sachlichen Argumenten und kritischer Distanz die Auseinandersetzungen um den Tierschutz trotz aller Diskussionsbereitschaft der Wissenschaftler geführt worden sind und noch geführt werden. Ich frage mich, ob diese Vorgänge nur das Interesse einer mehr oder weniger isolierten Gruppe von Tierschützern manifestieren oder ob sie eine viel weiter verbreitete Grundströmung einer allgemeinen Wissenschaftsfeindlichkeit signalisieren. Einiges spricht für die letztere Annahme, wofür sich zwei wichtige Hinweise aufspüren lassen:

1. Die Entwicklung der Kriegstechnik und die Umweltzerstörung haben den ungebrochenen Fortschrittsglauben des Industriezeitalters relativiert und die *Ambivalenz des Fortschritts* radikal enthüllt. Die geistige Dominanz der Naturwissenschaften in unserem Zeitalter beschreibt *C. F. v. Weizsäcker* so: »Physik und Chemie haben die neuere Technik möglich gemacht, naturwissenschaftliche Medizin die Lebensverlängerung. Der Mensch ist Herr der Erde geworden. Die durch die Wissenschaft ermöglichte moderne Kultur ist eine Wissens- und Verstandeskultur. Der Mensch dieser Kultur ist zuversichtlich, selbstbewußt und gegenüber älteren Kulturen, die noch nicht konnten, was er kann, im Grunde verachtend. Er lebt in einer Traumwelt, in der er selbst außerhalb der Gesetze zu stehen scheint, die er erforscht. Die demütigende Selbsterkenntnis hat ihn noch nicht erreicht. Dieser Optimismus der Willens- und Verstandeswelt braucht Gott nicht. Er braucht, nach einem berühmten Diktum von *Laplace,* die Hypothese Gott nicht in der Naturerklärung, die Wertfreiheit der Wissenschaft wehrt solche metaphysischen Regressionen ab. Er erkennt Gott als symbolischen Repräsentanten derjenigen Sozialsysteme, die den Menschen unmündig hielten, um ihn beherrschen zu können«.

Man kann die Naturwissenschaften als den harten Kern der

Neuzeit bezeichnen. Forschung ist gleichbedeutend mit Fortschritt der Erkenntnis, und wer dürfte ihr diesen Fortschritt schon absprechen? Immerhin wird *die Erfahrung der Ambivalenz des Fortschritts* in unseren Tagen immer deutlicher, und *C. F. v. Weizsäcker* formuliert das so: »Dem Psychologen enthüllt sich eine Ambivalenz der Wünsche: wollen wir denn das, was wir zu wollen glauben? Die Ideologiekritik enthüllt die Ambivalenz wenigstens beim jeweiligen Gegner: sie sagen Freiheit und meinen Erdöl, sie sagen Sozialismus und meinen ihre Herrschaft. Tiefer dringt noch die Selbstkritik der Folgen guter Absichten: wir wollten Wohlstand für uns selbst, gewiß aber doch für alle, und wir erzeugen die Zerstörung der Kulturlandschaft. Hygiene und Medizin wollten Leben retten und erzeugen die Bevölkerungsexplosion. In der Physik hat die Forschergeneration in erschütternder Weise die Ambivalenz der Wahrheitssuche erlebt: wir suchten die Gesetze der Atomkerne und fanden die Bombe«.

Die Ambivalenz wissenschaftlicher Forschung wirft allerdings die Frage auf, ob es nicht Grenzen für wissenschaftliches Forschen geben muß. Man muß sich dazu bekennen, daß man bereit sein muß, Grenzen der Wissenschaft, etwa aus ethischen Gründen, im Prinzip anzuerkennen. Man muß sich zugleich aber darüber klar sein, daß über solche Grenzen nur in einem ständigen Diskussionsprozeß Klarheit zu gewinnen ist. Niemals kann es sich um ein abgeschlossenes oder endgültiges Urteil handeln. Zu leicht kann sich herausstellen, daß man Grenzen voreilig und ohne genauere Kenntnis von Nutzen und Nachteil möglicher Entwicklungen gezogen hat. Es scheint aber zweifelhaft, ob Gesetze oder andere Regelungen wirklich ein effektives Mittel sein können, der Wissenschaft Grenzen zu setzen. In jedem Falle ist es wichtiger, das moralische Bewußtsein und das Verantwortungsgefühl in der Wissenschaft zu wecken und zu stärken (Lüst, 1984).

2. Noch viel näher liegt m. E. der Verdacht, daß die Wissenschaftsfeindlichkeit unserer Tage Ausdruck einer rein emotional geprägten romantischen Fluchtbewegung ist, in deren Verlauf nicht nur die Probleme einer als intellektuell nicht mehr erfaßbar empfundenen Realität, sondern eben auch die geistige Auseinandersetzung um den Inhalt bewußt gelebten und bewerteten Lebens hinter dem Horizont verschwinden.

Die Lektüre von *Ricarda Huchs* umfassender und scharfsichtiger Darstellung der deutschen Romantik des 19. Jahrhunderts läßt manches Stimmungsbild unserer Gegenwart anklingen und seine Beweggründe erhellen: »Unbefriedigt von der Wissenschaft des

Tages zog *Ludwig Tieck* sich in seine Waldeinsamkeit zurück mit dem alten *Jakob Böhme,* dessen verhüllte Mystik ihm verständlicher war, als die unbiegsame Logik der Philosophen. Der bestrickende Zauber, den diese geheimnisvolle Verkündigung auf den Romantiker ausübte, lag ohne Zweifel darin: daß hier keine unversöhnliche Entgegensetzung von Geist und Natur war oder Ausschließung des einen, sondern daß nichts war außer der einen Natur«.

Oder anders gesagt: Alles durchdringt eine Stimmung, in der das Sehnen nach verlorener Unschuld mit dem Wunsch verschmilzt, aus den herben Enttäuschungen der wirklichen Welt in die Sicherheit einer schlichteren Vergangenheit zu entfliehen (Craig, 1983).

»Die Aufklärung entläßt ihre Kinder«, so betitelt der Journalist *F. J. Raddatz* seine Schrift über den *Mythos* als neuen Wert: Das Unbegreifbare feiert seine Wiederkehr; die Welt nicht mehr als erklärbare, machbare, gar veränderbare – die Welt vielmehr als ein in Urgründen verankertes Rätsel, verschlossen, magisch, unaufschließbar; Austreibung der Vernunft, Verwerfung von Hoffnung, Selbstversenkung, das Geheimnis als Fluchtpunkt, der moderne Wunsch, ins Archaische des Mythos zu regredieren.

Einen realistischen Ansatz bieten demgegenüber die Gedanken des jetzt 81jährigen Philosophen *Hans Jonas:* »Es gibt kein Zurück in den göttlichen Gewahrsam von Mythos, Magie und Ritual, in jene Geborgenheit einer unzugänglichen Burg; vielmehr entspringt seine Forderung nach einer neuen *Verantwortung* dem Bewußtsein, daß der Mensch *tun* kann«.

In seiner Vernunftethik fordert *Hans Jonas die Bereitschaft zum Verzicht* als eine kritische Tugend in der Werteskala der Zukunft (10).

In den Thesen der *Max-Planck-Gesellschaft* zum Tierschutzrecht heißt es unter anderem: »Auch wir stehen dem wissenschaftlich-technischen Fortschritt mit Kritik und manchmal mit Skepsis gegenüber. Entgegen den Argumenten der antiwissenschaftlichen Agitation sind wir jedoch der Überzeugung, daß den heutigen Gefahren der wissenschaftlich-technischen Entwicklung ohne wissenschaftliche Forschung nicht begegnet werden kann«.

5. *Moralische Normen versus moralische Ideale (Patzig, 1983):* Mit dem, was wir »ethischen Konsens« oder »allgemeine moralische Norm« nennen, ist der moralische Code eines Individuums noch nicht erschöpft. Vielmehr knüpfen wir an persönliche Vorbilder an und entwickeln Vorstellungen davon, welche Art von Person wir sein möchten. So bilden wir moralische Ideale aus, denen wir nach-

streben, auch wenn wir sie im Regelfall nicht voll in die Praxis umsetzen können. Gemeinsame moralische Ideale sind, wie die Geschichte lehrt, eines der stärksten Bindemittel gesellschaftlicher Gruppierungen, ob diese nun den Charakter religiöser oder ideologischer Gemeinschaften haben oder nach Art von ständischen Gliederungen oder Berufsgruppen verfaßt sind.

Christliche Ethik, um nur das uns aus vielen Gründen nächstliegende Beispiel heranzuziehen, geht über die relativ schlichten Anweisungen einer Vernunftmoral entschieden hinaus. Von vielen Theologen wird das Gebot der christlichen Nächstenliebe aus der Bergpredigt als eine Aufforderung zur Aufopferung eigener Interessen bis zur Selbstverleugnung interpretiert. Auch das Gebot der Feindesliebe ist eine solche Maximalforderung.

Ebenso ist die Forderung nach einem Verbot von Tierversuchen eine ähnliche, die Vernunftforderungen übersteigende Idealforderung. Nun ist gegen solche freiwillig übernommenen Erweiterungen und Verschärfungen der rational begründbaren moralischen Regeln wenig einzuwenden. Nur müssen vom Standpunkt einer Vernunftmoral *zwei* Voraussetzungen gewährleistet sein: 1) Niemand darf deshalb der Versuchung erliegen, seine eigenen moralischen Ideale für allgemein verbindliche Normen anzusehen. Dies gilt auch für die Idealisierung des Tierschutzes, und 2) wer einem moralischen Ideal folgt, ist dadurch nicht davon befreit, die Verpflichtungen zu erfüllen, die ihm aus der gesellschaftlich anerkannten moralischen Normierung zuwachsen.

Schlußfolgerungen: Wenn es dem Tierschutz wirklich ernst ist, und er sich seiner ethischen Verpflichtung für den Mitmenschen und für alle Tierarten, auf die er sich beruft, bewußt ist, kann er nicht umhin, sein Verhalten kritisch zu prüfen, wie es in der Forschung die Regel ist. Er sollte zunächst seine Fragen und Bedenken klar formulieren und dokumentieren, dann den Antworten zuhören und sie durchdenken.

Andererseits ist die Forschung aufgerufen, ihre Aufgaben und Ziele, die Indikationen zum Tierversuch, dessen Möglichkeiten und Grenzen und die Belastung der Tiere beim Versuch, der Öffentlichkeit klarzumachen und weiter kritisch nach Verbesserungen bei der Durchführung der Tierversuche zu suchen. Bei diesem Bemühen kann sie durch die im Tierexperiment erfahrenen Fachleute der Versuchstierkunde wesentliche Förderung im Sinne des Tierschutzes und des Gesetzgebers erfahren (Weihe, 1979).

Klaus Gärtner

Ist die derzeitige Diskussion über Tierversuche durch unsere aktuellen Lebensqualitäten bedingt?

Zur Mensch-Tier-Beziehung aus historischer und sozialempirischer Sicht

Zu keiner Zeit ist mit soviel Vorsicht und Sachverstand, Aufwand und Aufsicht tierexperimentell in der Bundesrepublik geforscht worden wie heutzutage. Die tierexperimentellen Bedingungen gehören hier seit etwa zehn Jahren zu den besten in der Welt. Es gibt hier keine generellen Mißstände. Diesen Sachverhalt will die Öffentlichkeit nicht wahrhaben. Die meisten Medien weigern sich, dazu sachlich zu berichten. Sie schildern statt dessen ausführlich grausame Tiermißhandlungen, die auch als Tierversuche bei uns strafbar wären, an deren Darstellung offenbar ein Interesse besteht.

Wo liegt die Ursache für diesen Widerspruch? Sie muß in anderen Umständen als in den Forschungsbedingungen gesucht werden. Der folgende Aufsatz analysiert in diesem Zusammenhang die enorm geänderten Lebensbedingungen unserer verstädterten Gesellschaft, die zum fast vollständigen Verlust des täglichen direkten Kontaktes mit Tieren geführt haben. Er beschreibt den dadurch bedingten Wegfall bestimmter Lebensqualitäten und die gewachsene Sorge um Tiere bei vielen unserer Mitbürger.

Diese geänderten Lebens- und Wohnumstände werden viele der Betroffenen veranlassen, unbewußt nach den schmerzlich vermißten Tieren Ausschau zu halten. Anstelle ihrer werden ihnen durch die Medien Personengruppen vorgestellt, die diese Tiere grausam zu Millionen vernichten sollen. Sie werden damit als Schuldige für diese und andere Miseren in Zusammenhang gebracht – eine Schlußfolgerung, die der Wirklichkeit völlig widerspricht.

Das folgende Kapitel erläutert aus historischer, demographischer und soziologischer Sicht die Beziehungen von Menschen zu Tieren. Für die tierexperimentelle Praxis wird auf die anderen Kapitel verwiesen.

Über die historischen Änderungen der Beziehung und Einstellung des Menschen Tieren gegenüber hat *Illies* (1977) ausführlich berichtet. Die dort geäußerten Gedanken werden hier fortgeführt:

Mit der Entwicklung von primitiven Waffen, wie Schleudern und Speeren, gelingt es dem sonst benachteiligten, frühsteinzeitlichen Homo sapiens erstmals, sich einigermaßen gegenüber Raubtieren zu erwehren und auch größere Tiere als Jagdbeute zur Ernährung zu erlegen. Das ist die Situation seit der Menschwerdung bis etwa 10 000 Jahre vor Christi Geburt.

Nun finden wir erste Hinweise für das Entstehen von Haustieren. Absichtlich nimmt der Mensch Tiere in seinen allernächsten Lebenskreis auf. Zuerst den Hund als Jagdgefährten, dann Schaf, Rind, Pferd, Hühner usw. Es findet eine gegenseitige Adaptation an eine enge Lebens-, Arbeits- und Wohngemeinschaft zwischen Menschen und Tieren statt. Mittels selektionsgenetischer Mechanismen werden über 5000 bis 7000 Jahre lang einige Tierspezies, die vornehmlich soziallebend sind, auf Zahmheit und Angepaßtheit an den Menschen und besonderen Nutzungswert für ihn selektioniert. Diese Tiere lernen, Informationssignale des Menschen leicht verstehen. Sie verlieren wichtige Ausstattungen ihres Zentralnervensystems, die für die Steuerung des Aggressionsverhaltens unter Wildbedingungen offenbar von großer Bedeutung sind (*Herre, Röhrs* 1971, *Kruska* 1980). Andererseits haben Menschen, die ein besonderes Geschick besitzen, mit Tieren umzugehen und sie zu züchten und zu halten, besonders große Lebensvorteile. Die Tabelle 1 zeigt die Entstehungszeiten der wichtigsten Haustierarten, zwischen denen und in Abhängigkeit von ihnen alle unsere Vorfahren bis vor etwa hundert Jahren im engen täglichen Kontakt lebten. Darüber hinaus waren sie täglich konfrontiert mit Wildtieren, mit Raubtieren, Hausschädlingen, wie Maus und Ratte, oder menschlichen Parasiten, wie Floh, Laus oder Wanze.

Anfang des vorigen Jahrhunderts beginnt mit der Industrialisierung die Wanderung großer Bevölkerungsgruppen in die wachsenden Städte und fortschreitend eine Trennung der über 300 Generationen bestehenden Wohn-, Lebens- und Arbeitsgemeinschaft mit Haus- und Nutztieren. Die technische Entwicklung »befreit« schließlich in den dreißiger Jahren dieses Jahrhunderts sogar von den Zugtieren. Die Verbilligung von Nahrungsmitteln sowie die weitere Stadtentwicklung »befreien« spätestens in den fünfziger

Tabelle 1
Entstehung der Haus- und Nutztiere

Hund	~ 8000 v. Chr.	Nordeuropa
Schwein	~ 5000 v. Chr.	Europa, Asien
Schaf	~ 6000 v. Chr.	Persien
Pferd	~ 3000 v. Chr.	Zentralasien
Rind	~ 6000 v. Chr.	Ägypten, Persien Mittelmeerländer
Ziege	~ 4000 v. Chr.	Vorderasien
Katze	~ 5000 v. Chr.	Ägypten, China

Abbildung 1
Wanderung der Bevölkerung aus dörflichen Wohngebieten (Gemeinden unter 5000 Einwohnern) in die Stadt und Großstadt

PROZENTSATZ DER BEVÖLKERUNG IN GEMEINDEN MIT < 5000 EINWOHNERN IN DEUTSCHLAND

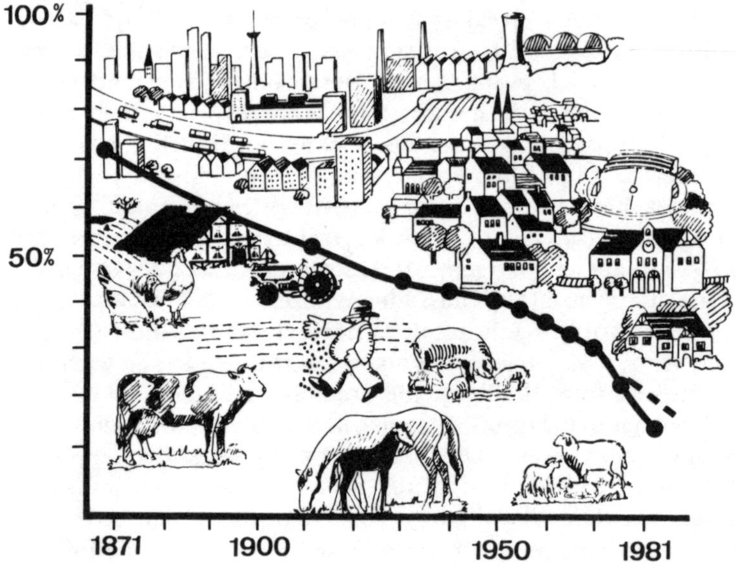

Jahren auch die Städte von der noch vereinzelten Haltung von Hausschweinen oder Legehühnern in Schuppen und Höfen von Stadtrandsiedlungen. Wurst, Fleisch und Eier kommen nun nur noch aus dem Supermarkt.

Die Abbildung 1 demonstriert diese Wanderung der bundesdeutschen Bevölkerung aus Gemeinden, die kleiner sind als 5000 Einwohner, in größere. Sehr viele Menschen verlassen damit Wohn- und Lebensbedingungen, in denen sie täglich direkten Kontakt zu und Umgang mit den verschiedenen landwirtschaftlichen Nutztieren hatten. Sie werden Einwohner von Städten und verlieren dort alle diese Kontaktmöglichkeiten. Während 1870 noch mehr als 70% unserer Bevölkerung im Alltagskontakt mit Nutz- und Haustieren lebten, sind es heute weniger als 7% der Bevölkerung. Unter den neuen, großstädtischen Lebensbedingungen bleibt das Bedürfnis, mit Tieren zusammenzuleben, bei einem Teil der Bevölkerung erhalten und findet sich dort rudimentär und modifiziert in Formen individueller Heimtierhaltungen. Eine Erhebung (*Messent* 1983) in neun europäischen Ländern zeigt, daß heute in etwa 50% aller Haushalte irgendein Heimtier als »Hobbytier« zu finden ist. In 23% der Haushalte leben Hunde, in 17% Katzen, in 14% Vögel. Nicht selten werden einzelne Heimtiere unterschiedlicher Spezies nebeneinander gehalten. Es hat den Anschein, daß die Haltung von Heimtieren in Großstädten zunimmt.

Heutige Heimtierhaltungen der städtischen Bevölkerung, Umfang und Erwartung

Eine sozialempirische Analyse der Beziehungen von Menschen zu Tieren im Jahre 1984 muß die enormen Änderungen der Wohn- und Lebensbedingungen berücksichtigen, die innerhalb von drei Generationen zu einem völligen Verlust des direkten Kontaktes fast aller Menschen zu Nutztieren geführt haben, mit denen sie über mehr als 300 Generationen eine intensive Lebens-, Wohn- und Arbeitsgemeinschaft gebildet hatten. Der direkte Kontakt zu Tieren beschränkt sich heute fast nur auf einzelne Heimtiere. Die Abbildung 2 zeigt die Verteilung in verschiedenen westlichen Ländern. Die Vereinigten Staaten, Frankreich, Belgien, Dänemark und Großbritannien liegen oberhalb des Durchschnitts von 23% aller Haushalte, die Bundesrepublik darunter. Ein Vergleich mit den statistischen Jahrbüchern der Bundesrepublik zeigt, daß sie, entgegen dieser Statistik, eher im Mittelfeld der Länder zwischen Schweden und Italien zu vermuten ist.

Abbildung 2
Hund und Katze als Heimtier in verschiedenen westlichen Ländern

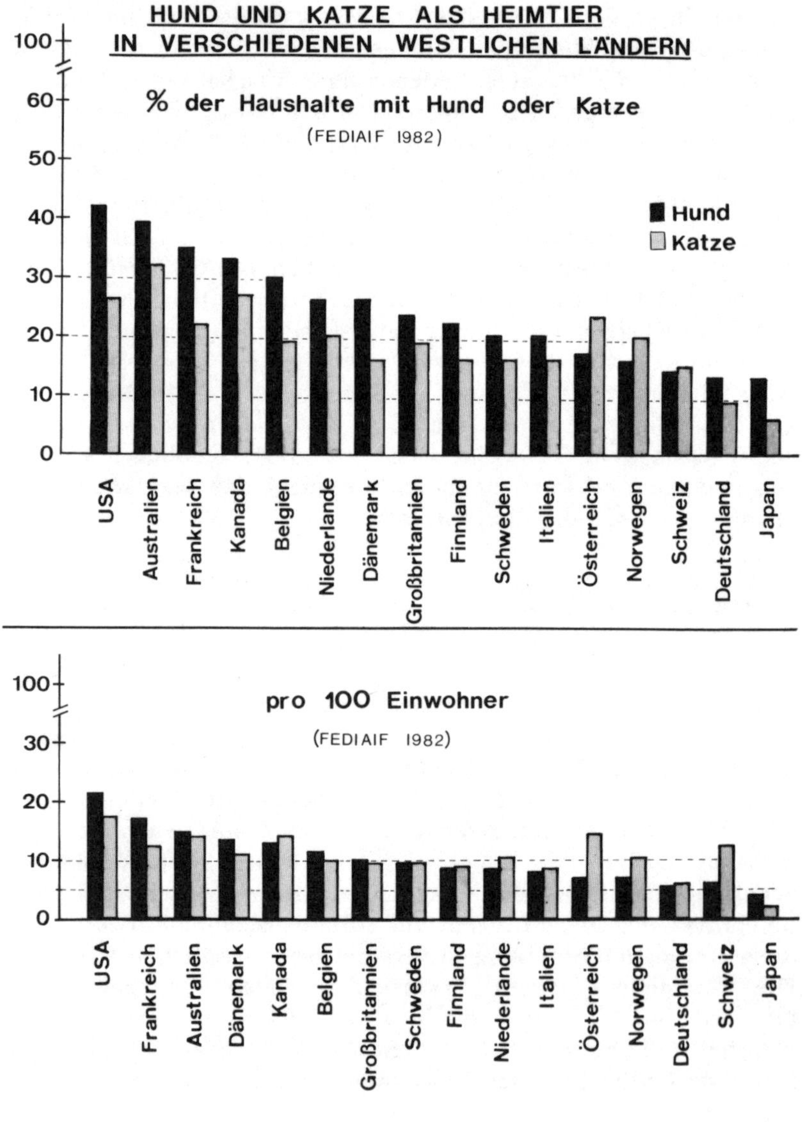

Was bedeuten die Heimtiere für die Personen, die mit ihnen zusammenleben?

Zu dieser Frage wurden verschiedene sozialempirische Untersuchungen in den letzten fünf bis acht Jahren durchgeführt. An deutsche Hunde- und Katzenbesitzer wurde die Frage gestellt: Was bedeutet für Sie Ihr Hund oder Ihre Katze, warum halten Sie sich Ihr Heimtier? Aus den Antworten geht hervor, daß der Hund zu 95% eine soziale Funktion als Heimtier, also keinen Nutzungszweck (Wachhund etc.) hat, während Katzen bei etwa 30% der Befragten mit gewissen Aufgaben betraut sind (*Gärtner* et al. 1983).

Tabelle 2
Bedeutung des Hundes als Heimtier für den Besitzer

Bedeutung des Hundes als Heimtier für den Besitzer

(Adell-Barth 1975; Novling, Göteborg 1981)

	Göteborg	Härrydas
Verleiht Gefühl der Geborgenheit, Sicherheit	70 %	60 %
Partner für Gefühle, Stimmungen, Lebensfreude	86 - 93 %	77 - 84 %
Vermittelt Kontakte zu anderen Menschen	63 %	50 %
Vermittelt Kontakte zur Natur	75 - 90 %	50 - 75 %

Die Bedeutung des Heimtieres »Hund« für die Familienmitglieder kann aus einer anderen Befragung einer schwedischen Stadt- und Landbevölkerung deutlich gemacht werden (siehe Tabelle 2). Verstärkt haben die in der Stadt lebenden Befragten den Eindruck, daß ein Hund in der Familie das Gefühl der Geborgenheit und der Sicherheit verleiht. Er ist ein Partner zum Mitteilen von Stimmungen und Lebensfreuden. Andererseits trägt er sehr dazu bei, Kontakte zu anderen Menschen aufzubauen, und er hilft schließlich auch, Kontakte zur lebenden Natur zu vermitteln. Ähnliche Analysen aus den Vereinigten Staaten, aus Australien und England sowie Frankreich bestätigen das Ergebnis. Sie führten unter anderem dazu, Haustiere für psychotherapeutische Zwecke erfolgreich einzusetzen.

Nicht nur psychische Komponenten wie Lebensfreude und Sicherheit, sondern auch Einflüsse auf den Kreislauf werden beim Kontakt mit Heimtieren beschrieben. Beim Vergleich von Personen, die sich entweder mit ihrem Heimtier unterhielten oder mit anderen Personen sprachen, sank bei der Zuwendung zum Heimtier der Blutdruck bei gleichbleibender Herzfrequenz, eine Entspannung der mimischen Gesichtsmuskulatur wurde beobachtet. Beim Umgang mit Menschen beobachtete man das Gegenteil. Das Resultat wird im Sinne einer allgemeinen Relaxation beim Umgang mit Heim- und Haustieren gedeutet (*Katcher* und *Beck* 1981).

Einige andere demographische Daten (*Messent* 1983) sollen hier nur erwähnt werden, nämlich inwieweit die Hunde- und Katzenhaltung von der Größe der Familien, vom Sozialstatus und vom Alter der Besitzer abhängig ist und welche Einzelfunktionen im sozialen Gefüge das Heimtier hat. Im Alter von 35 bis 65 Jahren besteht ein verstärktes Bedürfnis zur Haltung von Hunden, bei Älteren geht es auffällig zurück. Der Hund ist offenbar für die Kontaktvermittlung zwischen den Mitgliedern der Familie viel wichtiger als die Katze. In Haushalten mit zwei Personen ohne Kinder oder in Haushalten mit Kindern werden Hunde überdurchschnittlich häufig gehalten. Wider Erwarten finden sich Hunde besonders häufig bei sozial schwach gestellten, in ihrem Sozialstatus benachteiligten Familien. Männliche Hundebesitzer gehören eher zu einem Persönlichkeitstypus mit überdurchschnittlicher Aggression und Dominanz, einen ganz anderen Persönlichkeitstypus zeigen Katzenbesitzer (*Kidd* und *Kidd* 1980).

Unterschiedliches Empfinden des Menschen gegenüber Heim- oder Nutztieren und gegenüber Tieren verschiedener Spezies

Was empfinden Menschen für Tiere, wovon sind ihre Gefühle und Empfindungen abhängig? Nach *Geiger* (1931), *Hediger* (1967) und *Teutsch* (1975) ist die Gefühlsbindung eines Menschen an ein Tier von der Intensität und Form des Kontaktes und dem Bekanntsein mit ihm abhängig. Was heißt das? Die Sozialbeziehung zwischen Mensch und Tier kann man auf einem Kontinuum zwischen der *Du-Beziehung* als extreme individuelle soziale Beziehung, bei der ein bestimmtes Tier als Partner oder wie ein guter Bekannter der eigenen Art betrachtet wird, und der *kollektiv-anonymen Beziehung* ansiedeln. Unter der kollektiv-anonymen Beziehung, wie sie z. B. bei tierischen Schädlingen oder auch bei Versuchstieren oder bei landwirtschaftlichen Nutztieren zustandekommt, wird das andere Wesen überhaupt nicht individuell, sondern lediglich als anonymes Exemplar einer Kategorie Tier wahrgenommen. Es bestehen gegenüber einem Einzeltier nur kurzzeitige und undifferenzierte Aufmerksamkeiten. Bei den individuellen Sozialbeziehungen mit Du-Evidenz hingegen bestehen intensive, langzeitige, häufig enge taktile Kontakte. Sie führen zum gegenseitigen individuellen Kennen, zum gegenseitigen Verstehen und Verständigen über Wünsche und Stimmungen. Das Tier bekommt einen Namen und wird ähnlich einem Individuum der eigenen Spezies angesehen und in den Familienverband aufgenommen. In seltenen Ausnahmen resultiert aus dem persönlichen Kennen eine besondere gegenseitige Abneigung.

Der Aufbau von diesen engen, individuellen Du-Beziehungen zu Tieren ist sehr von der Spezies abhängig. Zu Tieren aus solitär lebenden Spezies, wie z. B. Hamstern, ist der Aufbau häufig mehr erschwert als zu Tieren, die in Gruppen leben (Ratte, Meerschweinchen, Hund). Eine andere Voraussetzung ist die Möglichkeit des Austauschens von sozial bezogenen Signalen zwischen Mensch und Tier. Der Homo sapiens hat keine Möglichkeit, das ganze olfaktorische Informationsinventar der Kaniden und Nagetiere wahrzunehmen. Er ist außerstande, akustische Signale im hohen Frequenzbereich über 16 000 Hz zu rezipieren, auf denen bei Nagern und vielen anderen Spezies wichtige soziale Signale ausgetauscht werden. Der Hund mußte während der Haustierwerdung erst Anspringen, auffälliges Schwanzwedeln und lautes Bellen lernen, um mit uns kommunizieren zu können, während er mit Partnern seiner eigenen Spezies vornehmlich mit uns unauffälligen Signalen kommuniziert (*Herre* 1979). Tiere werden wenig von unserer Gesichtsmimik wahrnehmen. Vor allem Haustiere haben gelernt, andere Signale unserer unbewußten Körpersprache zu registrieren. So konnte es wenigstens der »kluge Hans« (*Rosenthal* 1977), ein Pferd, das auch erfahrene Tiergärtner und Pferdekenner überraschte, weil es einfache Rechenaufgaben richtig lösen konnte. Der Aufbau individueller Sozialbeziehungen mit richtiger Du-Bindung ist leicht bei Hund, Pferd, Schwein, bei der Katze und beim Affen, jedoch schwerer bei Hamster, Ratte und Maus (*Gärtner* et al. 1983).

Ein Mensch ist sehr opferwillig und mitfühlsam gegenüber einem Tier, das er persönlich kennt und zu dem er eine richtige Du-Bindung entwickelt hat. Er nimmt für dieses Tier erhebliche Kosten in Kauf, scheut kaum Unbequemlichkeiten im Beruf oder im Haushalt, teilt einen großen Teil seiner Freizeit mit ihm und verzichtet auf viele Bequemlichkeiten und Freuden, z. B. während des Urlaubs. Er hat häufig großes Mitgefühl und besondere Zuneigung zu dem Tier, mit dem ihn ein Du-Band verbindet. Nur wenige Personen sind bereit, diese Tiere auch an einen guten Freund zu verschenken, und trauern um ihre Heimtiere mit großer Erschütterung, wenn diese leiden und sterben. Nicht wenige (20%) würden sie auch dann nicht für einen Versuch zur Verfügung stellen, wenn nur ihr Heimtier in einem Versuch geeignet wäre, einem Menschen das Leben zu retten.

Beim Vorliegen anonymer Beziehungen eines Menschen zu Tieren sind seine Opferwilligkeit und sein Fürsorgeempfinden erheblich geringer. Die Personengruppe, aus der 20% ihr eigenes Heimtier niemals für einen menschenrettenden Versuch zur Verfügung stellen würden, bestand aus Pflege- und technischem Personal verschiedener Tierlabors, die Tiere, zu denen sie keine Du-Bindung besitzen, für notwendige biomedizinische Versuche bereitstellen, wenn sie wissen, daß sie human durchgeführt werden.

Der gezielte Umgang mit den verschiedenen beschriebenen Bindungsniveaus eines Menschen an Tiere, der sicherlich während der Haus- und Nutztierhaltung besonders entwickelt und geschult wurde, kann von Großstädtern kaum noch geübt werden. Sie reagieren nun nur noch aus der Erfahrung, die sie allein aufgrund individueller Du-Bindungen Tieren gegenüber gemacht haben. Das wird auch aus der folgenden Darstellung deutlich.

Seelische Konflikte bei der Durchführung von Tierexperimenten

Von besonderem Interesse ist die Frage, wie Personen den Konflikt der Nutzung von Tieren im wissenschaftlichen Versuch bewältigen, die andererseits als Tierfreunde zu ihrem eigenen Haustier sehr intensive Du-Bindungen mit allen ihren Konsequenzen besitzen.

Zunächst entwickeln Personen gegenüber Tieren, mit denen sie beruflich umgehen, meist nur kollektive, seltener locker individuelle Bindungen. Für die Bewältigung seelischer Konflikte beim Einsatz von Versuchstieren fallen bei der Befragung solcher Personen zwei Strategien auf. Eine betrifft die Ausnutzung des unterschiedlichen Empfindens gegenüber Tierarten. Die zweite betrifft das unbewußte Einschränken individueller sozialer Beziehungen mit engen Du-Bindungen zu Nutztieren. Die letztere Strategie verfolgen besonders ausgeprägt solche Personen, die in der Jugend intensiven Nutztierkontakt hatten, bei Personen aus städtischer Umgebung ist sie auffällig geringer (*Gärtner* et al. 1983).

Abbildung 3
Gefühlsvorbehalte beim Töten von Versuchstieren
(Gärtner et al. 1983)

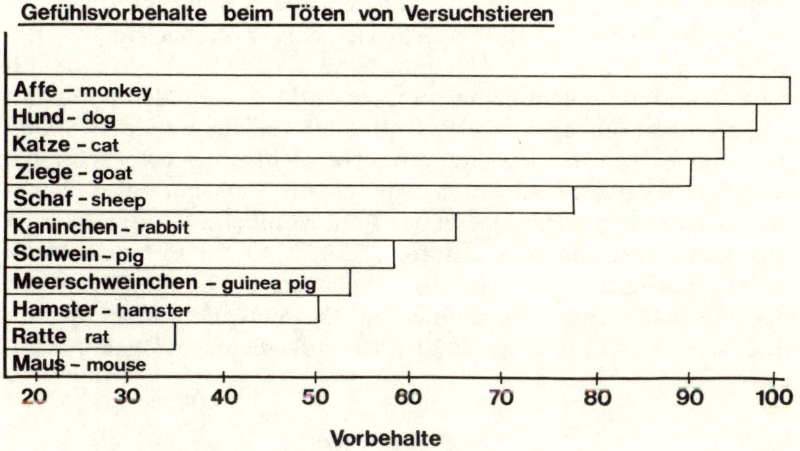

Wurden Personen, die tierexperimentell tätig waren, nach ihren Gefühlsvorbehalten beim Töten von Versuchstieren verschiedener Spezies befragt, so ergaben sich erhebliche Unterschiede. Sie spiegeln die Schutzerwartung der verschiedenen Tierarten insgesamt wider (siehe Abb. 3). Affe, Hund und Katze als Spezies mit besonderen Kommunikationstalenten gegenüber dem Menschen induzieren die stärksten Tötungshemmungen. Bei landwirtschaftlichen Nutztieren wie Schaf und Schwein bestehen geringere Neigungen des Menschen, zu ihnen individuelle Sozialkontakte in Form von Du-Bindungen mit Namensgebung usw. aufzubauen, obwohl diese

Tiere ihre menschlichen Partner sicher individuell meist sehr genau kennen und ihnen gegenüber ihre eigene Du-Einschätzung haben. Tiere dieser Tierarten sind in unserer Vorstellung offenbar eher dazu bestimmt, ihr Leben für uns lassen zu müssen. Gegen das Töten von Ratte und Maus bestehen im Vergleich zu den anderen Haustieren die geringsten Gefühlsvorbehalte.

Nun zu der zweiten Strategie. Personen, die in der Jugend mit landwirtschaftlichen Nutztieren aufwuchsen, meiden unbewußt den Aufbau von Du-Bindungen zu Versuchstieren. Sie umgehen damit unbewußt stärkere Gewissenskonflikte, wenn sie diese Tiere töten oder ihnen ein Leid zufügen müssen. Ganz anders verhalten sich dagegen Personen, die als Großstädter lediglich mit »Hobbytieren« aufgewachsen sind. Sie bauen am liebsten mit allen Tieren, die sie umgeben, individuelle Du-Bindungen auf. Diese Personen empfinden dann den Konflikt, solche Tiere z. B. für Versuche zur Verfügung stellen zu müssen, sehr viel stärker. Neben der Jugenderfahrung gehen in dieses Phänomen auch das Geschlecht, das Alter und andere Komponenten ein, die ausführlich anderenorts dargestellt sind (*Gärtner* et al. 1983). Bei der Verfolgung dieser Strategie sinkt jedoch das Fürsorgeverhalten nicht unter eine Schwelle, wie sie als öffentlicher Sittenanspruch im Tierschutzgesetz nüchtern beschrieben wird: Das Leben und Wohlbefinden der Tiere ist um ihrer selbst willen zu schützen, Tiere sind nur in einem Maße im wissenschaftlichen Versuch zu belasten, als es zum Erreichen des Versuchszweckes unerläßlich ist. Das entspricht einer Betreuung, wie sie Kranken gegenüber von Pflegepersonal geübt wird.

Schlußfolgerung

Die vorgestellten Analysen helfen, das heutige öffentliche Engagement für das Schicksal von Tieren besser zu verstehen. Beim kritischen Überdenken des Tierschutzrechtes wird es notwendig sein, solche Wandlung des subjektiven Tierschutzempfindens der Bevölkerung mit zu berücksichtigen. Das betrifft z. B. die politische Richtigkeit einer vornehmlich prohibitiven Hundesteuer oder das weitverbreitete Verbot der Heimtierhaltung in modernen Wohnanlagen, in Altersheimen und anderswo und vieles andere mehr. Beim Überdenken unseres Tierschutzrechtes wird es erforderlich werden, auch einer vertieften Du-Bindung des Menschen an Einzeltiere besonderen Schutz zu gewähren (besonderer Eigentumsschutz).

Dann ergibt sich die Notwendigkeit, die Öffentlichkeit an der Austragung des Konfliktes zwischen Nutznießung und Schadensverursachung bei Nutztieren und Versuchstieren unmittelbarer zu beteiligen. Hierbei muß einmal die Opferung von Tieren durch statistische Mitteilungen durchschaubarer gemacht werden, zum anderen ist auch zu überlegen, ob der einzelne Bundesbürger an dem Konflikt unmittelbar beteiligt werden kann, indem er sich zugunsten von Tieren für ein bestimmtes, unter Umständen auch teureres Lebensmittel oder für einen Artikel mit größerem gesundheitlichen Risiko entscheiden kann. Es wird erforderlich werden, dem einzelnen die Nutzengrenzen von Tieren spürbarer zu machen und ihn an der Definierung dieser Grenzen persönlich zu beteiligen, anstatt diese allein einer anonymen und generellen behördlichen Regelung zu überlassen. Auch für die Durchführung von Tierversuchen gilt es, aufgrund des gewachsenen Sorgeempfindens für Tiere und der meist anonymen Nutznießung der wissenschaftlichen Ergebnisse von Tierversuchen alle Möglichkeiten zu nutzen, um dem wissenschaftlichen Auftrag einerseits und dem öffentlichen Sittenanspruch andererseits gerecht zu werden. Realistische Wege dazu sind seit Jahren z. B. durch die Ansiedlung von Spezialtierärzten für Versuchstiere in großen Forschungseinrichtungen usw. beschritten (*DFG* 1976, 1981) und werden durch eigene Überlegung zur Novellierung der §§ 7 bis 10 des Tierschutzgesetzes durch die Wissenschaftler zum Ausdruck gebracht. Hoffentlich werden sie auch berücksichtigt.

PETER GUTJAHR-LÖSER

Die Argumente der Tierversuchsgegner

Auf kaum einem anderen Gebiet öffentlich ausgetragener Kontroversen weichen die faktischen Verhältnisse so sehr von den weitverbreiteten Vorstellungen hierüber ab wie im Bereich der tierexperimentellen Forschung. Die Gründe hierfür sind sicher vielfältig. Die Heftigkeit der Auseinandersetzung rührt sicher zum großen Teil daher, daß Schmerz, Leid und Tod in unserer Zeit zunehmend tabuisiert werden, daß solches Geschehen sich hinter verschlossenen Türen abspielt und daß die Vorstellung, Tiere würden hinter ebensolchen Mauern, die uns menschliche Krankheit und menschliches Sterben verbergen, grausam gequält, als grober Tabuverstoß gereizte Proteste auslöst.

Gleicher Wert für menschliches und tierisches Leben

Überraschenderweise spielen aber in der praktischen Auseinandersetzung wirklich überzeugende und umfassende ethische Argumente nur eine unbedeutende Rolle. Die strikte Forderung, tierisches und menschliches Leben als gleichwertig einzustufen und deshalb generell auf Tierversuche zu verzichten, wurde bislang nur von einer kleinen Minderheit erhoben. Vertreter dieser Auffassung waren bisher in aller Regel religiös motivierte einzelne, die sich konsequenterweise auch vegetarisch ernähren. Für die praktisch-politische Auseinandersetzung spielte diese Position bis vor kurzem keine nennenswerte Rolle. Inzwischen haben sich aber einige Philosophen und Theologen dieser Thematik angenommen. Ihre mit Absolutheitsanspruch vorgetragenen Forderungen nach generellem Verzicht oder Verbot von Tierversuchen in der Forschung lassen sich in der Regel mit keinem Hinweis auf menschliches Leid relativieren: Sie lehnen das anthropozentrische Weltbild ab, das die jüdisch-christliche Theologie bestimmt, und fordern die prinzipielle Gleichbehandlung tierischen und menschlichen Lebens. Da sie nicht an dem Umstand vorbeikommen, daß höher organisiertes Leben zu seiner Erhaltung auf organische Nahrung angewiesen ist, ziehen sie die Grenze dort, wo sie die Fähigkeit zur Schmerzempfindung meinen konstatieren zu können: Diese bezeichne den Beginn von Subjektivität. Zu Schmerzempfindungen fähige Lebewesen seien jeglicher menschlichen Disposition aus ethischen Gründen entzogen. Das Recht, das sich der Mensch auf diesem Gebiet nehme, sei das des Stärkeren. Ethik und Moral stünden aber gerade diesem »Recht« entgegen.

Auch wenn Vertreter dieser Auffassung das Argument der Barmherzigkeit gegenüber dem leidenden Menschen (und erst recht natürlich den Anspruch der Grundlagenforschung nach begründetem Erkenntnisstreben als Voraussetzung für die Erhaltung gefährdeten Lebens) als Rechtfertigung von Tierversuchen im Rahmen der Therapieforschung zurückweisen, wird man entgegen ihrer Ansicht darauf bestehen müssen – und sei die Begründung hierfür auch nur der »intersubjektive Konsens« unseres Kulturkreises über die Verwendung von Nutztieren im menschlichen Interesse –, daß der leidende Mensch ebenso wie das Wissen um die Sicherung von Lebensbedingungen dem Schutz des einzelnen Versuchstieres grundsätzlich vorgeht. Daß einige christliche Theologen auf diesem Gebiet einen extremen Standpunkt beziehen, dürfte – wie bereits erwähnt – damit zusammenhängen, daß körperliches menschliches Leid ihren Blicken ebenso entzogen und zum Gegenstand dafür spezialisierter »Krankenhauspfarrer« geworden ist, wie die früher selbstverständliche Nutztiererfahrung fast aller Bevölkerungskreise sich heute auf die kleine Zahl der unmittelbar mit Zucht und Verwertung befaßten Spezialisten beschränkt.

Tierschutz um des Tieres willen

Bereits die sich in der Skala der Meinungen anschließende Auffassung, daß das Tier um seiner selbst willen geschützt werden müsse, weshalb die Freiheit der Methodenwahl in der Wissenschaft hinsichtlich des Tierversuches einzuschränken sei, wird durch eine die gesamte Debatte beherrschende unzulängliche Berücksichtigung der Tätigkeit der Wissenschaft gekennzeichnet: Unter Berufung auf die Äußerung von Descartes, das Tier sei eine fühllose Maschine, mit der man zu wissenschaftlichen Zwecken beliebig verfahren könne, gehen Tierschutzkreise davon aus, daß dies nach wie vor Meinung der biologisch-medizinischen Wissenschaft sei. Sie übersehen dabei völlig, daß bereits die antivivisektionistische Debatte der achtziger Jahre des vorigen Jahrhunderts – also zu einer Zeit, in der die positivistische Wissenschaft in voller Blüte stand! – den Beleg dafür erbracht hat, daß diese Auffassung des französischen Rationalisten überwunden war: Die große Rede Rudolf Virchows im Deutschen Reichstag im Jahr 1882 beschäftigte sich in ihren wesentlichen Passagen mit dem Vorwurf, Forscher mißhandelten ohne jedes Mitgefühl die wehrlose Kreatur. Bereits damals – rund 35 Jahre nach der Erfindung der Anästhesie – war es für die Forscher selbstverständlich, die jeweils besten verfügbaren Narkoseverfahren für belastende Tierversuche einzusetzen. Obwohl die biologisch-medizinische Wissenschaft bereits seit langer Zeit auch öffentlich – z. B. in der Mitteilung III der Senatskommission für Versuchstierforschung der Deutschen Forschungsgemeinschaft über »Tierexperimentelle Forschung und Tierschutz« aus dem Jahr 1981 – darauf hinweist, daß die durch das Grundgesetz garantierte Forschungsfreiheit keineswegs schrankenlos gilt und daß insbesondere durch das Tierschutzgesetz von 1972 die Grenzen dieser Forschungsfreiheit positiv-rechtlich bezeichnet worden sind, wird immer noch mit erheblichem Aufwand, vor allem auch an juristischem Sachverstand, versucht nachzuweisen, daß solche Grenzen der Forschungsfreiheit bestehen. Diese intellektuell meist anspruchsvollen und redlichen Bemühungen, Wissenschaftsfreiheit und Tierschutz in ein ausgewogenes Verhältnis zu bringen, leiden unter der Unkenntnis der beteiligten Juristen über die tatsächlichen Verhältnisse in der biologisch-medizinischen Forschung, über deren Suchstrategien und ihre ethische Position zu diesem Problem. Plastisch ausgedrückt: Die Türen stehen viel weiter offen, als die Tierschutzvertreter annehmen.

Umfang und Art der Tierversuche

Die öffentliche Agitation gegen Tierversuche in der Wissenschaft ist vor allem durch zwei generelle Tatbestandsbehauptungen gekennzeichnet, die unzutreffend sind. Es geht einmal um den Umfang der Tierversuche in der Forschung. Gängig ist dabei die Zahl von 14 bis 15 Millionen Versuchstieren im Jahr oder die daraus abgeleitete Zahl von 40000 Versuchstieren pro Tag. Amtliche Statistiken, die diese Angaben zurechtrücken könnten, existieren nicht, obwohl seit dem Inkrafttreten des Tierschutzgesetzes im Jahr 1972 die Aufsichtsbehörden aufgrund der Melde- und Genehmigungspflichten in der Lage wären, zutreffende Angaben zusammenzustellen. Nach wie vor können Zahlen nur aufgrund von Schätzungen und freiwilligen Mitteilungen von Wissenschaft und Industrie berechnet werden. Der Bundesverband der Pharmazeutischen Industrie hat die Entwicklung der Tierversuchszahlen in seinem Bereich im Jahr 1981 veröffentlicht. Danach ist die Zahl von 1977 (= 4,2 Millionen) bis 1979 (= 3,5 Millionen) um rund 18% zurückgegangen. Wie Erhebungen an Universitätsinstituten und in der Max-Planck-Gesellschaft ergeben haben, ist der rückläufige Trend bei den Tierversuchen in der Grundlagenforschung sogar noch größer und liegt zwischen 10 und 20% im Jahr. Für 1981 kann daher bei vorsichtiger und im Zweifel nach oben orientierter Schätzung unter Zugrundelegung der vorhandenen biologisch-medizinischen Forschungskapazitäten maximal von 7 Millionen Tieren gesprochen werden, die für Versuche benötigt werden. Die Zahlen für 1984 dürften eher bei 5 Millionen als bei 6 Millionen Tieren pro Jahr liegen.

Qualen für die Tiere?

Die zweite Behauptung, die die öffentliche Erregung auf diesem Feld trägt, bezieht sich auf die Qualen, die den Versuchstieren zugefügt würden. Die bluttriefenden Horrorgemälde, die in diesem Zusammenhang immer wieder auftauchen, sind schon deshalb unsinnig, weil sich sinnvolle Forschung auf diese Weise gar nicht treiben ließe: Chirurgische Eingriffe ohne Narkose sind – insbesondere wenn es sich dabei um schwierige Operationen handelt – praktisch nicht möglich. Auf den meisten Gebieten würden solche Eingriffe am nicht betäubten Tier auch die Ergebnisse der Experimente verfälschen, woran kein Wissenschaftler interessiert sein kann. Schließlich schreibt das Tierschutzgesetz Narkose verbindlich vor und bedroht die Verletzung dieser Vorschrift mit empfindlichen Freiheits- und Geldstrafen. Die Aufsichtsbehörden hatten bisher keinen Anlaß, Verstöße gegen diese Vorschrift strafrechtlich zu ahnden.

Die erwähnten Erhebungen in der pharmazeutischen Industrie und in den Universitätsinstituten und der Max-Planck-Gesellschaft haben ergeben, daß entgegen den Behauptungen der Tierversuchsgegner zwar bei den gesetzlich vorgeschriebenen Toxizitätsprüfungen Schmerzen auftreten, daß aber bei zwei Dritteln aller Tierversuche die Belastung eines Eingriffes nicht stärker ist, als sie bei einer Injektion oder Blutabnahme auftritt. In der überwiegenden

Zahl werden die anderen Versuche in Vollnarkose durchgeführt, aus der die Tiere in vielen Fällen wegen der Gabe einer Überdosis von Narkosemitteln nach Abschluß des Experimentes nicht mehr aufwachen.

In Fällen, in denen erhebliche Schmerzen auftreten, ist die Gabe von Schmerzmitteln ähnlich, wie sie in der klinischen Veterinärmedizin oder der Humanmedizin möglich ist, selbstverständlich geübte Praxis.

Ruf nach »Alternativmethoden«

Es ist grundsätzlich sinnvoll und lohnend, gezielt nach Methoden zu suchen, durch die Tierversuche vermieden oder doch wenigstens drastisch eingeschränkt werden können. Jedoch ist eine – von der jeweiligen wissenschaftlichen Fragestellung losgelöste – Entwicklung von »alternativen Methoden an sich« unsinnig. Der Forderung nach Entwicklung alternativer Methoden in hierfür eigens geschaffenen Spezialinstituten sieht sich die Wissenschaft ständig ausgesetzt, wobei der Ruf nach dem Verbot des tierexperimentellen Vorgehens in diesem Zusammenhang besonders mit dem moralischen Verdikt unterstrichen wird, Wissenschaftler hingen am Herkömmlichen, sie seien zu wenig flexibel, um sich auf andere Methoden umzustellen. Dieser Vorwurf geht an den Tatsachen vorbei: Er übersieht, daß es kaum einen anderen Beruf gibt, in dem die eigenen Chancen der Behauptung und des Vorankommens so sehr von der Entwicklung und Beherrschung ständig neuer Methoden abhängt, wie den des Wissenschaftlers. Es würde daher von schlechter Erfüllung der beruflichen Anforderungen der Wissenschaftler zeugen, wenn der genannte Vorwurf empirisch begründet wäre. Er ist es aber eben auch quantitativ nicht. Die genannte Erhebung ergab, daß in den biologisch-medizinisch orientierten Max-Planck-Instituten weit über 90% der experimentellen Methoden Versuche mit nicht schmerzfähiger Materie betrafen, wobei der Anteil eigentlicher Tierversuche weiter rückläufig ist. Besucher solcher Forschungsinstitute, die z. B. zu Tausenden an Tagen der offenen Tür durch die Laboratorien gehen, wundern sich denn auch, daß sie mehr Elektronik und Chemie zu sehen bekommen als Tiere oder andere auf den ersten Blick als lebende Materie erkennbare Forschungsgegenstände.

Zum festen Bestandteil der Argumente auf der Seite der Tierversuchsgegner gehören zahlreiche weitere auf Unkenntnis beruhende Annahmen. Sie lassen sich unter der Überschrift »Unsinnige Forschungsziele« zusammenfassen. So heißt es etwa: Daß Rauchen und Alkoholkonsum schädlich sind, ist so bekannt wie trivial – man muß es nicht durch quälerische Tierexperimente weiter untersuchen. So einleuchtend diese Feststellung zunächst erscheint, so falsch ist die dabei unterstellte Forschungsabsicht.

Forschungsziel wirklicher »Raucherversuche« ist es, Gewebeschädigungen zu untersuchen, um entsprechende Erkrankungen therapieren zu lernen, aber vor allem auch, um weitere Einflußgrößen durch Rauchen zu erforschen. Dazu gehört z. B. die Aufklärung der chronischen Kohlenmonoxidvergiftung bei Rauchern oder der Einfluß des Rauchens auf die Kindesentwicklung vor der Geburt. Alkoholexperimente dienen ebenfalls der Erprobung neuer therapeutischer Verfahren, aber auch der Erkennung suchterzeugender Mechanismen oder z. B. der Beurteilung der Abbaugeschwindigkeit des Alkohols im Blut.

Vergleichbares gilt für mit großer Empörung angeprangerte künstliche Frakturen. Sie werden selbstverständlich unter der vorgeschriebenen Narkose durchgeführt. Die Knochen werden auch nicht gebrochen, sondern in der Regel wird der chirurgisch freigelegte Knochen – wie bei der Amputation – mit der Knochensäge durchtrennt. Auch solche Versuche dienen einleuchtenden medizinischen Bedürfnissen, insbesondere in der Unfallchirurgie.

Ähnliche Forschungen sind leider immer noch im Bereich der Hautverbrennungen erforderlich, wenn die Medizin entsprechenden Opfern künftig besser helfen können will.

Mit besonderer Entrüstung wird von Kreisen der Tierversuchsgegner in letzter Zeit auf Versuche im militärischen Bereich hingewiesen und die Erprobung von Waffen an Tieren angeprangert. Aber auch im militärischen Bereich gilt das Tierschutzgesetz, das den Einsatz von Tieren nur zum Heilen und Vorbeugen von Gesundheitsschäden und für wissenschaftliche Ziele zuläßt, nicht jedoch für militärische Zwecke. Soweit bekannt ist, dienen die entsprechenden Experimente denn auch dazu, die Folgen von unbekannten Waffeneinwirkungen auf den Körper therapieren zu lernen. Solche Forschung ist nicht nur gerechtfertigt – der Staat, der nicht allein von den freiwilligen Berufssoldaten, sondern auch von den unfreiwillig wehrpflichtigen Soldaten notfalls die Bereitschaft zum Einsatz ihrer Gesundheit und ihres Lebens verlangt, ist zu solcher Vorsorge verpflichtet.

Kann man Ergebnisse aus Tierversuchen auf den Menschen übertragen?

Der eingangs zitierten Auffassung, daß Tierversuche deshalb unmoralisch seien, weil tierisches und menschliches Leben gleichartig und gleichwertig seien, steht die Auffassung gegenüber, daß man aus Tierversuchen über den Menschen nichts erfahren könne, weil der Unterschied zu groß sei. Neben einer langen Liste angeblicher Beispiele hierfür wird als Kronzeuge in diesem Zusammenhang häufig der Versuchstierkundler Klaus Gärtner aus Hannover angeführt, der geäußert habe, Erkenntnisse aus Tierversuchen seien für das Verständnis menschlicher Erkrankungen wertlos. Gärtner selbst hat mehrfach darauf aufmerksam gemacht, daß seine Äußerung ständig unvollständig zitiert wird. Er hat zwar darauf hingewiesen, daß der Laie sich vor dem Kurzschluß hüten muß, daß Tierversuche direkt auf den Menschen übertragbar seien. Aber der Nutzen solcher Versuche liegt nach Gärtner im Sammeln von Informationsfacetten, die für die Anwendung am Menschen neu zusammengesetzt werden müssen. Dabei muß das Wissen um die Unterschiede und Ähnlichkeiten zwischen den Arten sachkundig berücksichtigt werden. Die Wissenschaft hat dafür in den letzten hundert Jahren verschiedene Ähnlichkeitskonzepte erarbeitet, die dabei angewendet werden. Die so modifizierten Erkenntnisse besitzen dann nach Gärtner für ihre Gültigkeit am Menschen eine Wahrscheinlichkeit von 70 bis 80%, was eine sehr gute Orientierungshilfe für die ärztliche Verpflichtung, Leiden zu lindern und zu heilen, darstelle, die kein anderes Verfahren ersetzen könne. Selbst klinische Vergleichsuntersuchungen an verschiedenen Menschen sind nach Gärtner insgesamt diesem Verfahren nicht überlegen. Wissenschaftlich sei damit die besondere Bedeutung von Tierversuchen unbestreitbar.

Wiegen Tierexperimente in falscher Sicherheit?

Als typisches Beispiel dafür, daß tierexperimentelle Befunde nicht auf humanmedizinische Probleme angewendet werden könnten, wird von Tierschutzkreisen immer wieder die Contergan-Katastrophe herangezogen. Dieses Beispiel ist aber als Beleg für die Behauptung mangelnder Aussagekraft von Tierversuchen ungeeignet: Da man bis zur Contergan-Katastrophe nicht mit der Entwicklung von Mißbildungen durch Medikamente rechnete, die sie während der Schwangerschaft verursachen könnten, wurde dieser Frage in den der klinischen Anwendung am Menschen vorausgehenden Sicherheitstests überhaupt nicht nachgegangen. Erst seither ist die Prüfung solcher möglichen teratogenen Wirkungen neuer Arzneimittel – selbstverständlich zunächst im Tierversuch – vorgeschrieben.

Der generelle Vorwurf, Tierversuche gaukelten Sicherheit vor, die auf diese Weise nicht zu erlangen sei, ist in dieser Pauschalität ebenfalls unrichtig: Bei jedem neuen Medikament muß man sich langsam an die klinische Anwendung herantasten. Vor einer ausreichenden Erprobung neuer Medikamente im Tierversuch ist der Einsatz in der Humanmedizin nach den ethischen Grundsätzen der Weltärzteschaft (Erklärung von Helsinki und Tokio) sowie nach dem deutschen Arzneimittelrecht unzulässig. Risiken bleiben dennoch natürlich bestehen. Kein Pharmakologe würde dies leugnen.

Die für erste humanmedizinische Erprobungen vorgesehenen Schritte sind daher außerordentlich genau geregelt, sie setzen Freiwilligkeit der Probanden voraus und werden oft genug von den Forschern an sich selbst vorgenommen.

Haben wir nicht genug Medikamente?

Immer wieder weisen die Tierversuchsgegner darauf hin, daß es inzwischen so viele Medikamente gebe, daß der einzelne Arzt keinerlei Übersicht mehr haben könne, weshalb die Entwicklung weiterer Heilmittel nur einen einzigen Grund haben könne, nämlich wirtschaftlichen Gewinn zu machen, ohne daß dadurch dem einzelnen Kranken geholfen werde.

Knapp 9000 Medikamente sind in der Roten Liste aufgeführt, dem Verzeichnis der Mitglieder des Bundesverbandes der Pharmazeutischen Industrie, die rund 95 Prozent des Wertes der deutschen Arzneimittelproduktion repräsentieren. Höhere Zahlen, die gelegentlich genannt werden, schließen Tierarzneimittel, die zahlreichen Homöopathika und sonstigen Naturheilmitteln sowie vor allem die 70000 Zubereitungen aus Krankenhausapotheken und öffentlichen Apotheken mit ein, die formal als Arzneimittel registiert werden, für die ärztliche Verordnung jedoch irrelevant sind.

Gelegentlich wird in diesem Zusammenhang auf die Liste »essentieller« Arzneimittel der Weltgesundheitsorganisation verwiesen, in der 270 Arzneistoffe aufgeführt sind. Hierbei wird erstens übersehen, daß es sich um Arzneistoffe und nicht um Fertigarzneimittel handelt. In den unterschiedlichen Darreichungsformen, in denen Arzneimittel aus medizinischen Gründen benötigt werden, ergäbe sich aus den 270 Stoffen die Zahl von etwa 1000 Medikamenten. Entscheidender für die Beurteilung des Stellenwerts der Liste für die deutsche Arzneimittelversorgung ist jedoch deren Zweckbestimmung. Es handelt sich nach dem Willen der Weltgesundheitsorganisation um eine Musterauswahl solcher Arzneistoffe, die zur Behandlung lebensbedrohender oder sehr schmerzhafter Krankheiten bestimmt sind und die deshalb den öffentlichen Gesundheitsdiensten der besonders unterentwickelten Staaten als Mindestausstattung zur Verfügung stehen sollten.

Diese Argumentation kann aber den nicht überzeugen, der sich nur einmal das weit gespannte Feld der Medizin vor Augen führt: Jede durchschnittliche medizinische Fakultät beherbergt fünfzehn bis zwanzig medizinische Fachgebiete. Die praktischen Fächer reichen dabei von der inneren Medizin über die Chirurgie, über die Orthopädie, Dermatologie, Urologie, Gynäkologie und Neurologie bis hin zur Psychiatrie.

Alle verwenden ihre speziellen Medikamente und bevorzugten Darreichungsformen. Dazu kommen noch die universell zu verwendenden Mittel gegen Schmerzen, Entzündungen, Schlafstörungen usw. Auf diese Weise kommt man leicht auf 5000 bis 7000 Präparate, ohne homöopathische und Naturheilverfahren, Tees, Puder, Salben und Sprays. Es ist demnach keineswegs so, daß der einzelne Facharzt den Überblick über sein Gebiet nicht behalten könnte. Er muß aber auch ähnliche Präparate zur Verfügung haben, um bei Unverträglichkeiten oder der Feststellung unerwünschter Nebenwirkungen ausweichen zu können.

Daneben ist das Verlangen, die Arzneimittelforschung einzustellen, aber auch deshalb unmoralisch, weil es nach wie vor zahlreiche und zum Teil weitverbreitete Krankheiten gibt, für die noch keine wirksamen Medikamente vorhanden sind. Diese Opfer sich selbst zu überlassen dürfte jedem Gefühl für Mitmenschlichkeit zuwiderlaufen.

Tierversuche aus Karrierestreben?

Immer wieder ist der Vorwurf zu hören, zahllose Tieropfer würden auf dem Altar des Karrierestrebens und des persönlichen Ehrgeizes der Wissenschaftler dargebracht. So kann man in einem Gesetzentwurf zur Novellierung des Tierschutzgesetzes, der dem Deutschen Bundestag vorliegt, lesen, daß Tierversuche zum Zwecke der Promotion und Habilitation verboten werden sollen. Diese Forderung verkennt völlig die Methode des wissenschaftlichen Vorgehens: Unter Anleitung erfahrener Wissenschaftler werden in den Forschungsvorhaben, die sich in Dissertationen und Habilitationsschriften niederschlagen, Beiträge zur Erkenntnis erarbeitet, die über das wissenschaftlich gesicherte Gebiet hinaus in unbekanntes Land vorstoßen. Durch ein strenges Begutachtungsverfahren dieser Arbeiten, die nicht nur vom jeweiligen Doktorvater und Betreuer einer Habilitation, sondern vom zuständigen Fachbereich vorgenommen werden, wird sichergestellt, daß es sich bei diesen Arbeiten um Beiträge zur Ausweitung unserer Kenntnisse handelt. Die in solchen Zusammenhängen angestellten Tierversuche sind demnach ein unverzichtbarer Beitrag zur Forschung, selbst wenn eines der Motive der persönliche Wunsch zum Erwerb eines Titels ist. Der junge Wissenschaftler bekommt ihn für seine Leistung, d. h. für seinen Beitrag, unsere Kenntnisse über naturwissenschaftliche Vorgänge sinnvoll zu ergänzen.

Werden künftige Ärzte durch Tierversuche abgestumpft?

Ein weiterer Vorwurf betrifft Eingriffe an Tieren im Rahmen der akademischen Lehre. Hier wird vor allem gefordert, mit Hilfe audiovisueller Methoden die Zahl der Tieropfer zu begrenzen. Dies wird aber nicht nur um der Tiere willen, sondern auch deshalb verlangt, weil die künftigen Ärzte durch die Gewöhnung an grausame Eingriffe bei Tieren abstumpften und verlernten, mit dem Patienten »mitzuleiden«.

An diesem Vorwurf stimmt bereits die Voraussetzung nicht, daß in diesem Bereich große Mengen von Tieren eingesetzt würden. Die meisten Ausbildungsordnungen an den Universitäten haben inzwischen die Zahl der Eingriffe am Tier wegen der Möglichkeit zu audiovisueller Darstellung drastisch beschränkt. Der junge Arzt muß aber daneben auch lernen, mit lebendiger Materie umzugehen. Er soll dadurch nicht – wie behauptet – abstumpfen, sondern ertragen lernen, daß ärztliches Handeln auch Überwindung kosten kann. Aus der medizinischen Praxis kommt inzwischen der Vorwurf auf die Hochschulen zu, junge Ärzte zeigten zuwenig Bereitschaft, z. B. bei einem Unfallgeschehen wirklich zuzufassen. Dies wird unter anderem auch darauf zurückgeführt, daß die praktisch-experimentelle Ausbildung inzwischen in der deutschen Medizinerausbildung zu kurz kommt.

Macht die Schulmedizin krank?

Funktionäre der Tierversuchsgegner machen demgegenüber darauf aufmerksam, daß die den Ärzten anerzogene Bedenkenlosigkeit gegen das Leben von Versuchstieren die Bedenkenlosigkeit gegen Gesundheit und Leben von Patienten fast zwangsläufig nach sich ziehe.

Da die Schulmedizin glaube, durch isolierte Betrachtung chemischer und physikalischer Vorgänge im Organismus das Krankheitsgeschehen in den Griff zu bekommen, sei sie die eigentlich Schuldige an den heutigen Zivilisationskrankheiten. Tierversuche hätten demnach zu einer Fehlentwicklung der Medizin geführt, die jeder Bürger teuer bezahlen müsse. Ob Kreislaufleiden, Herzinfarkt, Krebs, Diabetes, Leberschäden oder psychische Leiden – bei all diesen Erkrankungen sei die Situation heute ohne Ausnahme schlechter als vor fünfzig oder zwanzig Jahren. Die demgegenüber ins Feld geführte höhere Lebenserwartung sei keineswegs auf verbesserte Leistungen der Medizin zurückzuführen, sondern sei das Ergebnis verbesserter Ernährung, besserer hygienisch-sanitärer Einrichtungen und der Erhöhung der Abwehrkapazität des Menschen, insbesondere wegen des Rückganges der Sterblichkeit bei Scharlach, Tuberkulose, Typhus, Pocken und Cholera.

Nun sind gerade die letztgenannten Beispiele Belege dafür, was tierexperimentelle Forschung zu leisten vermag: Die Impfstoffe gegen die genannten Krankheiten sind nicht nur im Tierversuch erprobt, sie wurden lange Zeit ganz überwiegend durch den Einsatz von Tieren hergestellt. Man kann hieran sogar das Problem der Zulässigkeit der Übertragung tierexperimenteller Befunde auf humanmedizinische Anwendungen illustrieren: Die Bildung von Antikörpern gegen die Tuberkulose aufgrund harmloserer Rinder-Tbc-Bakterien kann geradezu als klassisches Beispiel für das Zusammenwirken von Tierversuchsforschung und Humanmedizin gelten, das belegt, wie durch geschickte Ausnutzung von artspezifischen Unterschieden medizinische Erfolge zu erzielen sind.

Die erhöhte Lebenserwartung unserer Zeit ist keine Folge irgendeines einzelnen Durchbruchs, sondern resultiert aus dem Zusammenspiel vieler Faktoren, wozu auch zahlreiche Entdeckungen in Biologie und Medizin gehören, die durch tierexperimentelle Forschung gefunden worden sind. Das Bild einer positivistisch auf einzelne Symptome abzielenden Medizin, das von den Gegnern der Schulmedizin gezeichnet wird, dürfte heutzutage ebenfalls überwunden sein. Es gehört inzwischen zum Allgemeingut, daß Krankheit von vielerlei Faktoren, nicht zuletzt auch von psychosozialen Dispositionen und Ereignissen beeinflußt wird.

Appell an eine gesunde Lebensweise

Immer wieder weisen Tierversuchsgegner darauf hin, daß eine Großzahl von Krankheiten und die ihretwegen durchgeführten Tierversuche zu vermeiden wären, wenn insgesamt ein größeres Bewußtsein für eine gesündere Lebensweise herrschte. Es sei nicht einzusehen, daß zahllose Tiere leiden müßten, weil die Menschen sich falsch ernährten, rauchten oder Alkohol zu sich nähmen. So richtig diese Feststellungen sind, so wenig helfen sie dem Arzt, wenn er vor einem leidenden Menschen steht. Bereits im Altertum galt der Satz »Salus aegroti suprema lex« (»Oberstes Gesetz des Arztes ist das Wohl des Kranken«) als unabdingbare Forderung für die Medizin. Hilfe ist hier nicht nur ein Ausfluß der Barmherzigkeit, sondern moralisches Gebot: Der Arzt kann angesichts menschlichen Leidens seine Hilfeleistung nicht davon abhängig machen, ob die Beschwerden selbst verschuldet sind oder nicht. Ganz abgesehen davon, daß ihn dies persönlich überfordern müßte, ist eine solche Forderung auch zutiefst inhuman und grausam.

Der Auseinandersetzung dieser Frage pflegen sich Tierversuchsgegner aber auch nicht zu stellen. Vom einzelnen Kranken und seinem Leid ist in ihren Verlautbarungen nie die Rede, sondern stets von abstrakten Begriffen und überpersonalen Gesamtheiten: Es wird von »der selbstverschuldeten Krankheit«, »dem Alkoholismus«, »den Suchtkrankheiten« gesprochen, nicht aber von menschlichen Individuen und ihren Angehörigen. Unfallopfer kommen z. B. in der gesamten Argumentation überhaupt nicht vor, nur Tierleid und Tieropfer.

Betrachtet man die Argumente der Tierversuchsgegner, stößt man sehr schnell darauf, daß die Bereitschaft zur umfassenden Information in aller Regel fehlt. Soweit sich die einschlägige Literatur wissenschaftlich gibt, wird in ihr additiv alles zusammengetragen, was gegen Tierversuche spricht, Argumente, die für tierexperimentelle Forschung sprechen, werden nicht behandelt, die einschlägige Literatur wird verschwiegen. Auf dieses Verhalten angesprochen, pflegen Tierversuchsgegner zu argumentieren, sie seien Anwälte der Tiere und müßten daher einseitig sein.

Dazu kommt aber, daß insbesondere ihre prominenten Vertreter wesentliche Tatbestände im Zusammenhang mit Tierversuchen, die sie sehr genau kennen, bewußt verschweigen. Dazu gehört immer wieder die Behauptung, daß chirurgische Eingriffe an lebenden Tieren durchgeführt würden, womit man suggeriert, dies geschehe ohne Narkose, ohne daß man dies ausdrücklich behauptet. Persönliche Verunglimpfung der Forscher ist der nächste Schritt bei der Agitation, die schließlich darauf hinausläuft, zwar nicht direkt zu Gewalt aufzurufen, aber doch - wegen der angeblichen Mißstände - Verständnis für Gewaltaktionen gegen Forschungseinrichtungen und Wissenschaftler zu bezeugen. Dabei stützen sich die Tierversuchsgegner vor allen Dingen auf die Behauptung, das geltende Tierschutzgesetz stelle einen Freibrief für jede Grausamkeit dar, so daß es nicht möglich sei, gegen Mißstände mit Mitteln des Rechtsstaates einzuschreiten. Damit sei ein übergesetzlicher Notstand gegeben, den mit Gewalt zu bekämpfen nicht nur erlaubt, sondern sittlich geboten sei.

Demgegenüber ist festzuhalten, daß das Tierschutzgesetz von 1972 sehr klare Bestimmungen für den Umgang mit Versuchstieren enthält: Danach sind alle Tierversuche anzeigepflichtig. Versuche an Wirbeltieren müssen genehmigt werden. Versuche mit operativen Eingriffen dürfen nur von fachlich besonders ausgewiesenen Personen mit abgeschlossener Ausbildung der Medizin, Tiermedizin oder Biologie durchgeführt werden. Eine Genehmigung darf auch nur erteilt werden, wenn dargelegt wird, daß die angestrebten Versuchsergebnisse nicht durch andere Methoden oder Verfahren zu erreichen sind und daß man auf sie aus medizinischen oder sonstigen wissenschaftlichen Gründen nicht verzichten kann. Der experimentell tätige Wissenschaftler muß zuverlässig sein, die erforderlichen Anlagen und Geräte müssen vorhanden sein, es muß ge-

Nach der Natur photographirt.)

Sollen Thiere wie dieses lebendig zerschnitten werden dürfen?

währleistet sein, daß die Tiere ordnungsgemäß untergebracht sind und daß sie medizinisch ausreichend versorgt werden.

Einen wichtigen Nährboden für die Agitation gegen Tierversuche in der Forschung bildet seit jeher die verbreitete Neigung, Tieren menschliche Eigenschaften zuzusprechen – so, wie bereits in der ersten zusammenfassenden antivivisektionistischen Schrift in Deutschland, aus der die obige Abbildung stammt. (Ernst von Weber, Die Folterkammern der Wissenschaft. Eine Sammlung von Tatsachen für das Laien-Publikum, Berlin und Leipzig 1879, Seite 29).

Auch hier findet sich bereits der Trick, von »lebenden« Tieren zu sprechen und damit zu suggerieren, es werde am nichtnarkotisierten Tier operiert, ohne dies allerdings ausdrücklich zu behaupten. Es verdient noch darauf hingewiesen zu werden, daß in dieser Schrift neben dem Maximalziel, alle Tierversuche zu verbieten, ein 13-Punkte-Programm aufgestellt wird, dessen Forderungen durch das Tierschutzgesetz von 1972 (bis auf die Forderung nach jederzeitigem freien Zutritt für Tierschutzvertreter zu den Laboratorien) in vollem Umfang erfüllt sind.

Daraus, daß der Forscher das Recht hat, in eigener Verantwortung festzustellen, ob er einen Versuch benötigt oder nicht, wird immer wieder abgeleitet, das Tierschutzgesetz greife nicht, experimentelle Quälereien an Tieren seien in sein persönliches Belieben gestellt. Für diese Behauptung der Tierschutzorganisationen gibt es

Die abgebildete Maulspange wurde früher in der tierärztlichen Praxis verwendet, um beim Hund Zahnstein entfernen oder sonstige Behandlungen am Gebiß vornehmen zu können. Mit Tierversuchen oder gar – wie auf einigen Flugblättern behauptet – mit Kosmetik-Versuchen hat das Gerät also überhaupt nichts zu tun. Anzumerken ist, daß die Maulspange aus der tierärztlichen Praxis inzwischen weitgehend verschwunden ist, da sich Zahnbehandlungen durch Einsatz von Kurzzeitnarkosen für die Tiere heute erheblich streß-ärmer durchführen lassen. Diese Mittel konnten allerdings auch nur durch tierexperimentelle Forschung entwickelt werden.

Der Deutsche Tierschutzbund verteibt dieses Motiv auch als gezeichnetes farbiges Poster.

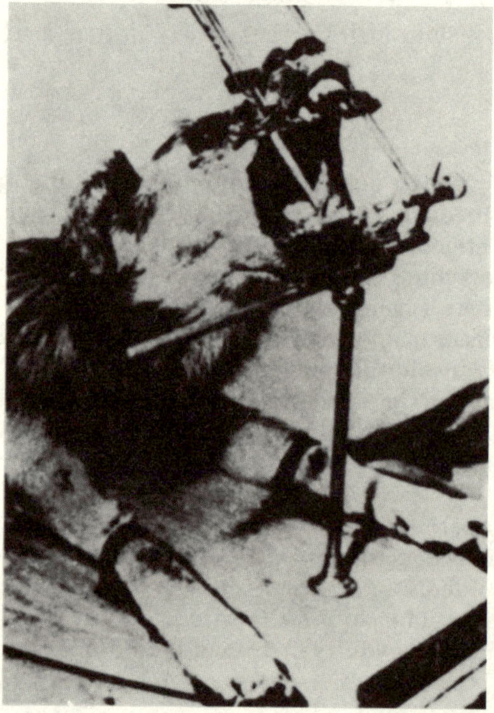

in der Praxis keinerlei Anhaltspunkte. Die Formulierungen »Erforderlichkeit« und »unerläßliches Maß« sind Rechtsbegriffe, die auch in anderen Bereichen des Verwaltungsrechtes angewendet werden und den Gerichten für sehr konkrete Entscheidungen als Grundlage dienen. Daß es im Bereich der biomedizinischen Forschung, und damit im Bereich der Tierversuchspraxis, bisher nicht notwendig war, solche Entscheidungen herbeizuführen, zeigt das hohe Maß an Verantwortung, das die tierexperimentelle Forschung für Leben und Wohlbefinden der Tiere empfindet.

Diebstahl von Heimtieren für die Wissenschaft?

Eine Art »Nebenkriegsschauplatz« stellt der Streit mit den Tierversuchsgegnern darüber dar, ob die Wissenschaft Hunde und Katzen von Tierfängern kauft und sich somit der Hehlerei schuldig macht. Zwar werden immer wieder entsprechende Behauptungen aufgestellt, doch erweisen sie sich bei Nachprüfung als nicht stichhaltig. So ist der kürzlich in der Presse behandelte »Nachweis« eines Hundediebstahls, der angeblich in Essen aufgeklärt werden konnte, gerade nicht geführt worden. Zwar handelte es sich bei dem auf einem Foto erkannten Hund tatsächlich um den früheren Gefährten von zwei Kindern. Der Händler hatte das Tier aber völlig korrekt von deren Vater erworben, der es nach der Scheidung seiner Ehe zunächst zu sich genommen hatte, es dann aber nicht mehr versorgen konnte.

Für das Verschwinden zahlreicher Hunde und Katzen aus Heimtierhaltungen gibt es andere Erklärungen als diejenigen der Versuchsgegner: Nach den amtlichen Jagdstatistiken von Schleswig-Holstein und Niedersachsen werden in diesen beiden Ländern zusammen jährlich rund 100000 Katzen von Jägern abgeschossen. Bezogen auf das Bundesgebiet übersteigt diese Zahl somit über 300000. Nach einer Mitteilung der Bundesregierung werden einige Hunderttausend Katzen und Hunde jährlich aus »anderen als Krankheitsgründen« in den Tierheimen eingeschläfert. Eine große Zahl von Hunden und Katzen verliert ihr Leben im Straßenverkehr. Leider gibt es hierüber keine amtlichen Statistiken. Die Schutzgemeinschaft Deutsches Wild meldet aber, daß dem Straßenverkehr jährlich 70000 Rehe, 120000 Hasen, 150 Wildschweine, 130 Damwild, 800 Rotwild zum Opfer fallen und daß durch landwirtschaftliche Tätigkeit 60000 Rehe, 100000 Hasen, 200000 Fasane und 50000 Rebhühner zusätzlich getötet werden. Demgegenüber benötigen die Universitäten und sonstigen staatlich finanzierten Forschungseinrichtungen heutzutage noch maximal 5000 Katzen und etwa 1000 Hunde für die Forschung. Da 70 bis 80% dieser Tiere aus eigener Zucht der Institute oder von Spezialzüchtern für

Versuchstiere stammen, ist ein wirklich lohnender »Markt« für gestohlene Tiere nicht vorhanden. – Die Wissenschaft bemüht sich aber auch von sich aus, Hinweisen auf kriminelle Praktiken auf diesem Gebiet nachzugehen. So werden die Versuchstierhändler sorgfältig ausgewählt, es wird die Einverständniserklärung des Vorbesitzers für die Abgabe an ein Forschungsinstitut verlangt, und es wird den Heimtierhaltern empfohlen, von der Möglichkeit der Tätowierung der Tiere Gebrauch zu machen. Viele Institute arbeiten mit dem zentralen Tierregister des Deutschen Tierschutzbundes zusammen und fragen dort nach, wenn ein tätowiertes Tier angeboten wird.

Rationalität und Irrationalität des Streites

Zusammenfassend ist festzustellen, daß es nicht weiter verwunderlich ist, wenn die sich allenthalben bemerkbar machende Wissenschaftskritik ein besonderes Feld für ihre Betätigung im Bereich der biomedizinischen Forschung erblickt. Ihr Gegenstand und ihre Vorgehensweise bleibt für Laien ebenso undurchschaubar wie die Hypothesenbildung und deren experimentelle Überprüfung in anderen Disziplinen. Man könnte die besondere Vehemenz der Kritik im Bereich der biomedizinischen Forschung darauf zurückführen, daß ihre – angeblich – hauptsächliche Methode, der Tierversuch, gerade dem Laien das Gefühl biete, von sicherem Grund aus urteilen zu können, ohne sich der Mühe unterziehen zu müssen, dafür »innerwissenschaftliche« Gründe zu finden oder gar auf der Ebene mathematisierter Abstraktion zu argumentieren: Wo im Namen von Ethik und Moral gefordert und verboten wird, bleibt für naturwissenschaftliche Rationalität allenfalls noch in dem Maß die Chance eines Einwandes, wie die zugrunde gelegten Sachverhalte nicht zutreffen oder aus ihnen falsche Schlußfolgerungen gezogen werden. Dafür, wie schwer es die Wissenschaft hat, sogar in Fällen großer Eindeutigkeit, gegen dogmatische Glaubensüberzeugungen auch nur die einfachsten Fakten zurechtzurücken, bietet die Wissenschaftsgeschichte ja seit Galilei ständig neue Beispiele; die Auseinandersetzung unserer Tage um Tierversuche in der Forschung beleuchtet diesen Tatbestand noch einmal mit besonders grellem Licht.

II.

Tierversuche in Forschung und Lehre

Karl Julius Ullrich und Eberhard Frömter

Tierversuche in der biologischen Grundlagenforschung

I
Problemstellung

Das Hauptziel der biologischen Grundlagenforschung ist, aufzuklären, aus welchen Bausteinen die lebende Materie besteht und wie diese Bausteine zusammenwirken, um das Fortbestehen der Lebewesen und deren Lebensäußerungen zu ermöglichen. Die Frage nach den Bausteinen versucht die Morphologie zu beantworten. Hier ist die Entwicklung von der makroskopischen, organbeschreibenden Anatomie in zunehmender Differenzierung über die lichtmikroskopische Beschreibung (Histologie) und die elektronenmikroskopische Beschreibung (Zytologie) zur Molekularbiologie fortgeschritten, die ohne scharfe Grenze in die Biochemie (d. h. die Beschreibung des molekularen Aufbaus der lebenden Materie) übergeht. Die Frage nach dem Zusammenwirken versucht die Physiologie zu beantworten. Sie analysiert die Funktion der einzelnen Bausteine und deren Wechselwirkung. Auch die Physiologie hat sich im Laufe der Zeit zunehmend differenziert: von der Analyse der Organsysteme (wie Herz/Kreislauf) oder der Sinnesorgane (wie Auge, Ohr, Gleichgewichtssinn) hin zur Physiologie einzelner Zellen (Zellphysiologie) oder subzellulärer Organellen und zur Physiologie einzelner Molekülfunktionen. Hier trifft sich die Physiologie mit der molekularen Biophysik und Biochemie. Darüber hinaus gibt es Versuche, das Zusammenleben vieler Lebewesen zu beschreiben und deren Reaktion auf Einwirkung durch andere Lebewesen oder unbelebte Materie zu studieren.

Obwohl biologische Grundlagenforschung zweckfrei ist und allein dem inneren Bedürfnis des Menschen nach Erkenntnis der Umwelt und seiner selbst entspringt, ist ein Großteil der Forschungsergebnisse auch von medizinischem Interesse. Das kommt in vielerlei Weise zum Ausdruck. So ist es heute nicht mehr denkbar, daß ein Arzt einen Patienten allein mit Handauflegen oder obskuren Sprüchen zu behandeln versucht, statt Diagnose und Therapie auf den gesicherten Erkenntnissen der Grundlagenforschung über Bau und Funktion des Körpers aufzubauen. In der Tat ist es allein die biologische Grundlagenforschung, die dem Arzt eine rationale Basis für das Verständnis der Körperfunktionen des Patienten zur Verfügung stellt und die technischen und theoretischen Voraussetzungen für das Studium der gestörten Körperfunktion des kranken Menschen bietet (Pathophysiologie). Als Folge davon ist der Übergang von physiologischer zu pathophysiologischer Forschung oft fließend, so daß man den Großteil der biologischen Grundlagenforschung mit der medizinischen Forschung auf einen gemeinsamen Nenner, biomedizinische Forschung, bringen kann. Interessanterweise ist es allein der medizinisch relevante Anteil der biologischen Grundlagenforschung, der immer wieder unter den Beschuß der Tierversuchsgegner kommt. Das mag damit zusammenhängen, daß medizinisch relevante Forschungsergebnisse hauptsächlich an Säugetieren gewonnen werden, während medizinisch weniger relevante Forschung z. B. an Würmern, Insekten oder Einzellern nicht attackiert wird, weil man diese offenbar nicht als schützenswerte Lebewesen ansieht; andererseits kann es sich hierbei um das Wiederaufleben einer selbstzerstörerischen Medizin- und Wissenschaftsfeindlichkeit handeln.

II
Historische Betrachtung

In seiner »Geschichte der Physiologie« (Springer Verlag, Berlin 1953) schreibt K. E. Rothschuh: »Die Fragen nach der allgemeinen Natur der Lebensvorgänge und den speziellen Leistungen der Organe sind so alt wie das menschliche Nachdenken überhaupt. Sie beschäftigten zu allen Zeiten die Philosophen ebensosehr wie die Ärzte, denn ihre Beantwortung ist von der gleichen Tragweite sowohl für jedes philosophische Bild vom Menschen als auch für das praktische Denken und Handeln am Krankenbett.« Obwohl die griechischen Naturphilosophen bereits ein halbes Jahrtausend vor Christus versuchten, die Naturerscheinungen rational nach Ursache und Wirkung zu erklären, und sich vom Glauben an dämonische Gewalten lossagten, blieb ihr Vorgehen weitgehend spekulativ, weil sie zuwenig gesicherte Kenntnisse von den Naturvorgängen hatten und weil ihnen ein analytisch experimentelles Vorgehen fremd war. Wenn auch das anatomische Wissen aufgrund von Leichensektionen vor allem in der alexandrinischen Schule wuchs, so waren die physiologischen Kenntnisse bis zu Beginn der Neuzeit erschreckend gering. Nervendurchschneidungsversuche an Tieren, die Alkmaion von Kroton (ca. 500 v. Chr.) und Galen (ca. 150 n. Chr.) durchführten, hatten wohl den Zusammenhang von Sinnesorganen/Gehirn/Rückenmark/Nerven aufgeklärt, der Blutkreislauf wurde jedoch erst Mitte des 17. Jahrhunderts von Harvey und das Wesen der Atmung erst am Ende des 18. Jahrhunderts durch Lavoisier entdeckt.

Auf Roger Bacon (1250) geht der Satz zurück, daß die Erfahrung die Grundlage der Erkenntnis ist. Erfahrung wird zunächst aus eingehender Beobachtung des Naturgeschehens und schließlich immer mehr aus dem Experiment gewonnen. Leonardo da Vinci (1500) drückte dies so aus: »So will ich einige Experimente [bei ihm waren es physikalische Experimente] unternehmen, denn es ist meine Absicht, zunächst die Erfahrung anzuführen und dann durch Vernunftsgründe zu beweisen, weshalb ein bestimmtes Experiment genötigt ist, gerade so zu wirken. Dies ist die wahre Regel, wonach die Erforscher der natürlichen Wirkungen vorzugehen haben, denn, obwohl die Natur mit dem Gesetz beginnt und in der Wirkung endet, so sind wir gezwungen, entgegengesetzt vorzugehen, d. h. von der Erfahrung auszugehen, um das Gesetz zu ergründen.« Es dauerte aber bis 1630, bis der Bruch mit der Scholastik vollständig und der experimentelle Weg des Erkennens durch Pascal und Descartes theoretisch vorbereitet und durch Galileo Galilei in der Physik und durch William Harvey in der Physiologie beschritten wurde. Harvey hat durch viele Experimente an freigelegten Herzen lebender Tiere, von Säugern bis zu Fischen, bewiesen, daß das Blut in einem Kreislauf fließt: »Eine begrenzte Menge Blutes wird durch die Kraft der linken Herzkammer über Arterien in die Kapillaren und von dort durch Venen zurück zur rechten Herzkammer gepumpt, um dann über die Lungen zurück zur linken Herzkammer zu fließen.« Heute mutet diese Erkenntnis wie eine Binsenweisheit an. Für die Gesellschaft der damaligen Zeit, die mystische Vorstellungen über das Blut pflegte, vor allem für die Medizin, war sie jedoch ungeheuerlich. Trotzdem war der Fortschritt auf dem Gebiet der Physiologie langsam. Erst als die Grundkenntnisse in Anatomie, Physik und Chemie wuchsen und in Tierversuchen genutzt wurden, wurden Ende des 18., Anfang des 19. Jahrhunderts das Wesen der Atmung (Lavoisier), das Vorhandensein von Verdauungsenzymen (Reaumur, Spallanzani) und die elektrischen Erscheinungen bei der Nervenerregung (Galvani, Volta) erkannt. In

Frankreich beginnt unter Magendie zu Anfang des 19. Jahrhunderts eine Periode der Physiologie, die man als vivisektionistisch bezeichnen kann. Magendie bemühte sich, von »Lebenskräften und dergleichen« loszukommen und nur die reine Beobachtung unter den Bedingungen des Experiments gelten zu lassen. Ungezählte Tiere, besonders Hunde, mußten unter seinen Händen zur Aufklärung physiologischer und pathologischer Fragen ihr Leben lassen. Natürlich geschah dies damals, bevor die Narkose entdeckt war, noch alles am lebenden und nicht narkotisierten Tier und war, wie auch die damaligen operativen Eingriffe am Menschen, eine grausame Angelegenheit. Mit seinen vivisektorischen Tierexperimenten hat Magendie fast alle Gebiete der Experimentalphysiologie um unzählige neue Erkenntnisse bereichert. Genannt seien nur seine Entdeckung der sensiblen Natur der Rückenmarkshinterwurzeln, der Gehirnflüssigkeit und ihrer Kommunikationswege und der Wege, die die aus dem Darm resorbierten Stoffe nehmen. Magendies Schüler und Nachfolger war Claude Bernard. Auch er hat durch seine Tierversuche den Kenntnisstand der Physiologie ungemein bereichert. So hat er unter anderem erkannt, daß mit der Nahrung aufgenommene pflanzliche Stärke durch die Wirkung des Pankreassaftes zu Zucker gespalten wird, als solcher im Darm resorbiert wird, in die Leber gelangt und dort wieder in Form von tierischer Stärke (Glykogen) gespeichert wird. Die Leber gibt bei Bedarf Zucker ab und kann aus anderen Nährstoffen Zucker synthetisieren. Claude Bernard erkannte, daß vegetative Nerven die Blutzirkulation und den Stoffwechsel steuern. Er war zu seiner Zeit eine der bekanntesten Persönlichkeiten Frankreichs, Ritter der Ehrenlegion und bekam als erster Wissenschaftler ein Staatsbegräbnis. Claude Bernard hatte im Jahre 1845 Marie Françoise Martin geheiratet. Die Eheschließung befreite ihn zwar von drückenden Geldsorgen, bescherte ihm aber gleichzeitig Probleme, weil seine Frau kein Verständnis für das ungleichmäßige Leben des Experimentators und seine wissenschaftlichen Interessen aufbringen konnte. Die Ehe scheiterte. Madame Bernard schloß sich den Antivivisektionisten an und wurde deren Aushängeschild. Es ist im nachhinein nicht mehr auszumachen, wieviel Emotionen, persönliche Aversion und vielleicht sogar persönliche Rache ihrem geschiedenen Mann gegenüber dabei mitwirkten. Tatsache ist jedoch, daß ab Einführung der Narkose – um 1850 – tierquälerisches Experimentieren, wie es Magendie während seines ganzen Lebens und Claude Bernard in den ersten Jahren seiner wissenschaftlichen Tätigkeit praktizierten, mehr und mehr und schließlich gänzlich aus den Laboratorien verbannt wurde. Leider wollen viele Antivivisektionisten und ihre Mitläufer diesen Tatbestand selbst heute, 140 Jahre später, noch nicht wahrhaben.

In Deutschland setzte sich die naturwissenschaftliche Denkweise mit einiger Verzögerung durch. Die geistige Situation war anders als in Frankreich. Deutschland war Anfang des 18. Jahrhunderts Ausgangsort des Vitalismus oder Animismus, der anstelle mechanistischer Lebenslehren die Anschauung setzte, daß die Leistung der Organe einzig und allein auf einem immateriellen Prinzip, der Seele oder Anima, beruhe. Der Animismus kehrt seitdem in wechselnder Form immer wieder und steckt wahrscheinlich auch in der Wissenschaftsfeindlichkeit unserer Tage. Später, zu Anfang des 19. Jahrhunderts, huldigte man in Deutschland der idealistischen Naturphilosophie der romantischen Bewegung, die das Interesse vom Konkreten auf das Allgemeine, vom Experiment auf die Ebene der Spekulation lenkte. Erst ab Mitte des Jahrhunderts führte die auf Tierexperimente gestützte physikalisch-chemische Richtung der Physiologie zu einer ungeahnten Zunahme neuer Erkenntnisse. So lieferte Carl Ludwig fundamentale Beiträge zu Physiologie des Kreislaufs und der Nieren, Emil Du Bois-Reymond zur Physiologie von Muskel und Nerven und Hermann von Helmholtz zur Energetik und Sinnesphysiologie. Diese Liste läßt sich bis in unsere Zeit hinein beliebig fortsetzen. Doch sollten noch drei Heroen der Wissenschaft genannt werden, die aufgrund ihrer in Tierversuchen gewonnenen Kenntnisse Krankheit und vorzeitigen Tod von Mensch und Tier abwendeten: Emil von Behring, der Bezwinger des Würgeengels Diphtherie und Begründer der Immunologie; Robert Koch, der Entdecker der Tuberkelbazillen und Begründer der Bakteriologie; Paul Ehrlich, der Bezwinger der Syphilis und Schlafkrankheit und Begründer der Chemotherapie. Sie waren die wahren Wohltäter der Menschheit, und dies trotz heftiger Diskriminierung durch Antivivisektionisten.

III
Grundschema biologischer Experimente

Die lebende Materie kann als ein äußerst komplexes System von Strukturen angesehen werden, in denen zeitlich und örtlich koordinierte physikalische Prozesse und chemische Reaktionen ablaufen.

Diese Vorgänge beeinflussen sich untereinander und wirken auf die Struktur zurück. Die biologisch-medizinische Grundlagenforschung ist bemüht, die einzelnen Vorgänge zu erfassen und das Zusammenspiel zu verstehen. Der erste Schritt eines Experimentes ist die gedankliche Planung, die aufgrund des bisher verfügbaren Wissens zur Formulierung einer überprüfbaren Arbeitshypothese führt. Eine weitere Diskussion dieser kreativen Anfangsphase des Experimentierens erübrigt sich hier, da sie uns vom Thema abführen würde. Im Rahmen der Überprüfung der Arbeitshypothese ist das erste Ziel des wissenschaftlichen Experiments eine möglichst exakte quantitative Bestimmung eines oder mehrerer Meßwerte (z. B. Blutdruck, Muskelkraft, Ionentransportrate, Enzymaktivität) oder – im Bereich der Morphologie – die Erkennung einer speziellen Struktur. Sind diese Meßgrößen unter Normbedingungen bekannt, so stellt sich die Frage nach der Abhängigkeit der Meßgröße von einzelnen Systemparametern (z. B. Auftreten eines Geschlechtspartners, Verabreichung einer Diät, Erhöhung oder Senkung der Körpertemperatur, Einspeisung eines elektrischen Stroms in eine Zelle). Je nach Wahl der Versuchsanordnung gestattet es die Antwort der Meßgröße auf die Änderung des Systemparameters mit mehr oder minder großer Sicherheit, gesetzmäßige Zusammenhänge zwischen einzelnen physikalischen und/oder chemischen Vorgängen zu erfassen. Dadurch lassen sich diese identifizieren, ergeben sich Hinweise auf bisher unbekannte Vorgänge oder lassen sich auch medizinisch-therapeutische Konsequenzen ziehen.

Um zu vermeiden, daß Laien Fehlschlüsse aus der oben genannten willkürlichen Reihe von Beispielen ziehen, sei noch einmal darauf hingewiesen, daß die Variation der Systemparameter nicht willkürlich erfolgt, sondern von der Arbeitshypothese diktiert wird, die wiederum auf dem physikalisch-chemischen Grundwissen unserer Zeit und unseren Kenntnissen der biologischen Materie basiert. Daß Zufälle, wie z. B. Verwechslungen oder Störungen, gelegentlich zu großen Entdeckungen geführt haben, wollen wir nicht abstreiten. Derartige Glücksfälle lassen sich jedoch nicht planen.

IV
Klassifizierung von Experimenten an und mit Tieren

Es ist unmöglich, im Rahmen dieser Publikation alle Arten von Experimenten, die in der biologisch-medizinischen Grundlagenforschung durchgeführt werden, detailliert zu beschreiben. Wir beschränken uns deshalb im folgenden auf einen summarischen Überblick, der durch einzelne Beispiele ergänzt wird. Statt die Experimente nach Fachdisziplinen (Anatomie, Biochemie, Physiologie) oder Subdisziplinen (Neurophysiologie, Nierenphysiologie usw.) aufzuteilen, unterteilen wir nach der Art der Inanspruchnahme des tierischen Organismus.

1. Experimente an Gewebskulturen: In jüngerer Zeit werden in zunehmendem Maße Experimente an isolierten biologischen Geweben durchgeführt, die im Brutschrank unter körpernahen Umweltbedingungen gehalten werden und sich dort vermehren. Der Großteil dieser Gewebekulturen entstammt Organen getöteter Tiere. Bei solchen Zellkulturen müssen zwei verschiedene Arten unterschieden werden: primäre Kulturen und permanente Kulturen. Primäre Kulturen werden aus frisch gewonnenem Organgewebe gezüchtet. Sie wachsen in der Regel über einige Tage und sterben dann ab, d. h., für jede neue Kultur muß ein neues Organ und damit ein neues Tier geopfert werden. Zellen für permanente Kulturen können hingegen über Jahre im tiefgefrorenen Zustand gehalten werden. Aussaaten dieser Zellkulturstämme lassen sich immer wieder neu ansetzen, ohne daß sich die Eigenschaften der wachsenden Zellen verändern. Das Arbeiten mit permanenten Zellkulturen hat große Vorteile, z. B. rasche Vermehrung des Materials, was insbesondere für biochemische Experimente wichtig ist, bringt aber auch entschiedene Nachteile mit sich: Die meisten Zellkulturstämme sind in unterschiedlichem Ausmaß entdifferenziert, d. h., sie haben einen Teil der Eigenschaften der ursprünglichen Mutterzelle des Organs verloren; deshalb können Zellkulturen das Arbeiten mit originellen tierischen Zellen nicht völlig ersetzen. Außerdem ist es selbstverständlich, daß man mit Hilfe von Zellkulturen nicht die Regelung des Blutdrucks oder des Blutvolumens des Gesamtkörpers studieren kann. Ein weiterer Nachteil ist, daß viele Zellkulturen nur in Nährlösungen wachsen, denen fetales Kälberserum zugesetzt wird. Zur Gewinnung des Serums müssen trächtige Kühe geschlachtet werden.

2. Experimente an isolierten Organen oder Organteilen:

a) Ohne Vorbehandlung der Tiere: Soweit lediglich einzelne Organfunktionen untersucht werden sollen – ohne Rücksicht auf Regelvorgänge des Gesamtkörpers –, wird in vielen Fällen mit isolierten Organen gearbeitet. Die Mehrzahl aller Experimente in der Biochemie fällt unter diese Kategorie, aber auch in der Physiologie wird mit isolierten Organen gearbeitet (isolierte Nierenkanälchen, Augen). Die Organe werden entweder von frisch geschlachteten Tieren aus dem Schlachthof gewonnen oder, falls Organe von Schlachttieren ungeeignet sind, von Versuchstieren. Diese werden entweder in geeigneter Weise getötet oder vor der Organentnahme narkotisiert und dann getötet.

b) Mit Vorbehandlung der Tiere: In geringerem Umfang werden solche Experimente auch nach Vorbehandlung der Tiere durchgeführt (z. B. Diät, Voroperation in Narkose zur Entfernung hormonproduzierender Drüsen) oder an Tieren, die erblich bedingte Ausfälle einzelner Körperfunktionen haben und unter Laborbedingungen gut fortgezüchtet werden können.

3. Experimente an narkotisierten Tieren:

a) Ohne Vorbehandlung der Tiere: Das Studium der Funktionsweise einzelner Organe (Sinnesorgane, Herz, Niere, Drüsen) sowie das Studium von Regelkreisen (Regelung des Blutdrucks oder des Blutzuckerspiegels) erfordern die direkte Untersuchung einzelner Gewebe mit physikalischen oder chemischen Meßmethoden (Messung von Potentialdifferenzen, Salzkonzentrationen, Volumenflüssen) am intakten Tier. Die Tiere werden zu diesem Zwecke narkotisiert, die zu untersuchenden Organe unter Vermeidung von Blutverlust und Auskühlung freigelegt und dem direkten Einsatz von Meßsonden zugänglich gemacht. Während der Messung wird das Tier in Narkose gehalten, und es werden die beabsichtigten Änderungen von Systemparametern durchgeführt. Nach Beendigung der Messungen wird das Tier in der Regel durch eine Überdosis des Narkotikums getötet, ohne zuvor aus der Narkose zu erwachen. Ein Weiterleben dieser Tiere nach Versuchsende wäre zwar nach entsprechender Versorgung prinzipiell möglich, postoperative Schmerzen und Beschwerden sollen dem Tier jedoch nicht zugefügt werden. Insofern unterscheiden sich Experimente der Kategorie 3 kaum von den Experimenten der Kategorie 2. In beiden Fällen ist gewährleistet, daß das Tier, mit Ausnahme des Kanüleneinstichs für die Narkose, keine Schmerzen und Leiden durchmacht.

b) Mit Vorbehandlung der Tiere: Entsprechend der Kategorie 2b werden derartige Versuche in Narkose gegebenenfalls auch an vorbehandelten Tieren durchgeführt.

4. Experimente mit wachen Tieren, die bei vollem Bewußtsein sind: In diese Kategorie fallen alle Experimente, in denen Verhaltensweisen eines Lebewesens (Schlaf, Aggression, Paarung) untersucht werden sowie komplizierte Regelvorgänge des Körpers, die über das zentrale Nervensystem gesteuert werden und bei Narkose ausfallen würden (Regelung des Wasserhaushalts). Außerdem gehören in diese Kategorie »Experimente«, bei denen die Beeinträchtigung des Tieres so gering ist, daß es keiner Narkose bedarf (Immunisierungsversuche). Je nach dem Grad der Beeinträchtigung des Tieres kann man verschiedene Unterkategorien definieren:

a) Experimente mit unwesentlicher Beeinträchtigung: Hierzu gehören die oben bereits genannten Immunisierungsexperimente, die im Zuge der Fortschritte der Proteinchemie eine große Bedeutung gewonnen haben. Das Immunsystem des Körpers ist in der Lage, auf Kontakt mit Eiweißstoffen (Antigenen) selektive Abwehrstoffe (Antikörper) zu synthetisieren, die diese Eiweißstoffe (Antigene) verklumpen und dem biologischen Abbau zugänglich machen. Wegen der hohen Selektivität solcher Antikörper haben sich diese als hervorragende Werkzeuge für die Erkennung von Eiweißmolekülen erwiesen. Zur Immunisierung werden meist Kaninchen benutzt, denen ein- oder mehrmals kleine Mengen eines Antigens subkutan gespritzt werden. Nach mehreren Wochen hat die Antikörperbildung eingesetzt, und das Blut des Kaninchens enthält jetzt spezifisch gegen das injizierte Antigen gebildete Antikörper, die aus Blutproben isoliert werden können. Injektion und Blutentnahme beeinträchtigen das Versuchstier nicht mehr als eine Bluttransfusion oder Blutspende den Menschen.

In diese Gruppe gehören ferner Lern- und Verhaltensexperimente, in denen Tieren, z. B. zur Prüfung des Farb- oder Formsehens oder des Gehörs, spezielle Farb-, Form- oder Tonmuster angeboten werden, die beim richtigen Erkennen den Weg zum Futter freigeben. Ferner sind in diese Gruppe Experimente einzuordnen, bei denen Tiere im Stoffwechselkäfig gehalten werden, der es erlaubt, Urin und Kot zur chemischen Analyse aufzufangen, wobei beispielsweise der Einfluß einer bestimmten Diät auf Urin- und Kotzusammensetzung geprüft wird. Ob das Tier während der Versuchsperiode körperlich beeinträchtigt wird, hängt dann ganz davon ab, ob die Diät z. B. zu einer wesentlichen Veränderung von Körperfunktionen führt.

b) Experimente an wachen vorbehandelten Tieren: In vielen Fällen ist es erforderlich, dem Tier vor dem eigentlichen Experiment einen Meßwertaufnehmer (z. B. für Blutdruck oder für elektrische Potentialänderungen) einzupflanzen oder ein Gerät einzuoperieren, das die Änderung eines Systemparameters bewirkt (Gefäßschlinge zur vorübergehenden Einengung eines Gefäßabschnittes, Elektroden zur Stimulation von Hirnarealen oder Nerven, Infusionspumpen). Diese chirurgischen Eingriffe, die das Versuchstier meist nicht mehr belasten als eine Sterilisationsoperation ein Haustier belastet, werden – wie in der Humanchirurgie – unter sterilen Bedingungen in Vollnarkose durchgeführt. Die Tiere genießen vor und nach der Operation alle erforderliche Pflege. Dank der heute verfügbaren Mikroelektronik wird das Versuchstier – meistens werden Beagle-Hunde für solche Experimente benutzt – durch die eingepflanzten Geräte in der Regel kaum mehr belästigt als ein Patient durch eine Insulinpumpe oder einen Herzschrittmacher. Die eigentlichen Messungen, die dann Wochen nach der Voroperation beginnen, bringen in aller Regel keine psychische Belastung für das Versuchstier mit sich, da die Versuche von vornherein so geplant sind, daß Erregungszustände oder Schmerzen vermieden werden. Erregungszustände oder Schmerzen würden ohnehin zu abnormen Körperreaktionen führen und die Auswertung der Versuche unmöglich machen. Ein Vorteil dieser Versuche ist es, daß an einem Tier nacheinander verschiedene Systemparameter durchgetestet werden können, was die Vergleichbarkeit der Resultate garantiert. Diese Tiere werden nach der ersten Messung natürlich nicht getötet, sondern leben bis zum Abschluß der Versuchsserie, die sich unter Umständen über Wochen hinzieht, mit dem Versuchsteam innerlich verbunden zusammen, bevor sie gegebenenfalls eingeschläfert werden.

Zusammenfassend stellen wir fest, daß Tierversuche in der Grundlagenforschung in aller Regel nicht mit Schmerzen, Leiden und Schäden verbunden sind. Bei schätzungsweise mehr als 90% aller Versuche in der biologischen Grundlagenforschung wird das Versuchstier zu Beginn getötet oder zu Beginn narkotisiert und am Ende getötet. Auch Versuche an Tieren, die bei vollem Bewußtsein sind, sind in der Regel nicht mit Schmerzen, Leiden oder Schäden verbunden, da das Versuchsziel das Studium der *normalen* Körperfunktion ist. Diese Aussage gilt nicht für die medizinisch-pathophysiologische Forschung, da zum Studium krankhafter Veränderungen notwendigerweise krankhafte Veränderungen herbeigeführt werden müssen, die den Versuchstieren unter Umständen Schmerzen und Leiden verursachen.

V
Ethische Fragen bei Tierexperimenten in der Grundlagenforschung

Je nach Art eines geplanten Experimentes stellen sich dem biologischen Grundlagenforscher folgende Fragen: Kann ich verantworten,

1) mit lebender Materie (wie z. B. mit Zellkulturen) zu experimentieren,
2) Organe getöteter Tiere zu untersuchen oder Tiere zu töten, um deren Organe zu untersuchen,
3) Tiere zu narkotisieren, zu untersuchen und anschließend zu töten,
4) Tieren die Belastung einer Voroperation zuzumuten, um sie später in Narkose oder bei vollem Bewußtsein zu untersuchen,
5) Tieren die Beeinträchtigung z. B. eines Immunisierungsexperimentes zuzumuten?

Unabhängig von der rechtlichen Situation wollen wir zunächst die ethische Problematik dieser Fragen besprechen. Ethische Entscheidungen sind Ausdruck der Persönlichkeit und können individuell verschieden ausfallen. So werden Angehörige bestimmter Religionsgemeinschaften bereits ablehnen, wissenschaftliche Untersuchungen an Zellkulturen oder an Organen geschlachteter Tiere durchzuführen, obwohl die überwiegende Mehrheit der Bevölkerung solche Untersuchungen billigt und viele Menschen der Meinung sind, daß gerade Untersuchungen an Zellkulturen als Ersatz für andere Experimente in Zukunft vermehrt durchgeführt werden sollten. Wenn wir die Summe aller Äußerungen zu dieser Frage in unserem Kulturkreis ziehen könnten, so würden wir zweifellos einen allgemeinen moralischen Konsensus darüber feststellen, daß gegen das Experimentieren mit überlebendem Material tierischen Ursprungs keine Einwände erhoben werden.

Wie steht es mit den Fragen 2 und 3? Dürfen wir Tiere ausschließlich zum Gewinn wissenschaftlicher Erkenntnis töten? Wie oben beschrieben, stellt sich diese Frage erst seit etwa 150 Jahren. In den meisten Hochkulturen, aber nicht in allen, hat der Mensch das Recht für sich beansprucht, tierisches Leben zu töten, um menschliches Leben zu erhalten. Das gilt für die Jagd wild lebender Tiere wie für das Schlachten gezüchteter Tiere, von deren Fleisch wir uns ernähren, und für die Abwehr von Gefahren durch Raubwild oder Schadorganismen, z. B. Ratten, die wir gegebenenfalls aufgrund amtlicher Vorschriften vergiften. Solange unser Kulturkreis das Töten von Tieren zum Zwecke des Nahrungsgewinns – der im Falle der Jagd wohl oft durch den Zweck des Lustgewinns übertroffen werden dürfte – oder zum Zwecke des Selbstschutzes gestattet, kann es, angesichts der philosophischen und medizinischen Bedeutung der biologischen Grundlagenforschung, keine moralische Begründung dafür geben, das Töten von Tieren zum Zwecke wissenschaftlicher Erkenntnisse abzulehnen, vorausgesetzt, daß das Töten sachgerecht vorgenommen wird und keine besonderen Belange, wie z. B. Artenschutz, berührt werden. Es wäre in der Tat grotesk, einem Forscher verbieten zu wollen, Kaninchen oder Ratten für wissenschaftliche Versuche zu töten, oder ihn bei dieser Tätigkeit zu überwachen, wenn er als Privatmann oder Mitglied eines Kaninchenzuchtvereins Kaninchen hält und schlachtet bzw. Ratten und Mäuse mit der Falle fängt.

Schwieriger ist die Beurteilung im Falle von Experimenten an vorbehandelten Tieren sowie bei einem Teil der Experimente, in denen Tiere nicht zur Tötung bestimmt oder nicht narkotisiert sind (Frage 4). Obwohl die Experimente im Bereich der Grundlagenforschung im Prinzip so angelegt sind, daß den Tieren keine Schmerzen, Schäden oder Leiden zugefügt werden, besteht doch die Möglichkeit, daß infolge von unvorhersehbaren Ereignissen, z. B. Entzündung trotz steriler Operationstechnik oder individuelle Überreaktion nach Vorbehandlung, Schmerzen oder Schäden auftreten können, die es notfalls erforderlich machen, ein Versuchstier einzuschläfern.

Gegen die Durchführung von Experimenten mit unerheblicher Beeinträchtigung der Tiere, wie sie in der letzten Kategorie aufgeführt sind, sind wohl keine ethischen Bedenken zu erheben.

VI
Internationale Leitlinien der Wissenschaftsorganisationen zum Schutz der Versuchstiere

In Anbetracht der besonderen ethischen Probleme, die den Tierversuchen innewohnen, haben sich die internationalen Wissenschaftsorganisationen Leitlinien für das Experimentieren mit Tieren gegeben, deren Einhaltung z. B. bei der Begutachtung von Forschungsanträgen durch die Gutachter der Deutschen Forschungsgemeinschaft sowie durch die Herausgeber der wissenschaftlichen Zeitschriften kontrolliert wird, in denen Forschungsergebnisse publiziert werden. Diese Leitsätze sind im Anhang aufgeführt.

Die Einhaltung solcher Regeln, die sich die Wissenschaftler selbst gegeben haben, gewährt den Tieren in der biomedizinischen Forschung auf unbürokratische Weise eine artgerechte, schonende und würdige Behandlung durch den Menschen, die durch zusätzliche Gesetzesauflagen wohl kaum verbessert werden kann.

VII
Grundlagenforschung und geltendes Tierschutzgesetz (1972)

Obwohl das geltende Tierschutzgesetz zahlreiche Einzelheiten über den Umgang mit Tieren, Eingriffe an Tieren, das Töten von Tieren etc. regelt, geht es auf Tierversuche nur sehr summarisch ein. Im Einklang mit dem moralischen Konsensus unserer Gesellschaft werden Tierversuche – mit oder ohne Tötung von Tieren – nicht untersagt. In § 7 heißt es lediglich: »Wer zu Versuchszwecken Tiere für Eingriffe oder Behandlungen, die mit Schmerzen, Leiden oder Schäden verbunden sein können, verwenden will, hat dies vor Beginn der Versuche der zuständigen Behörde anzuzeigen.« Offensichtlich war der Gesetzgeber davon überzeugt, daß sich eine weitergehende Reglementierung erübrigt, weil die Eigenverantwortung der Wissenschaftler einen sittlich vertretbaren Umgang mit Tieren gewährleistet.

Auf der anderen Seite hat es sich aber bei der Anwendung des Gesetzes durch die nach § 8 eingerichteten Aufsichtsbehörden als nachteilig erwiesen, daß der Gesetzgeber keine klare Unterscheidung zwischen verschiedenen Arten von Tierversuchen getroffen hat, so daß die Rechtslage nicht eindeutig geklärt ist. Das gilt insbesondere für Versuche, bei denen die Beeinträchtigung des Versuchstieres gering ist und keine Schmerzen, Schäden oder Leiden zu erwarten sind (Fall 5, Kap. V, resp. Punkt 4a aus Kap. IV) sowie für Untersuchungen an narkotisierten Tieren, die noch in Narkose getötet werden und bei denen ebenfalls keine Schmerzen, Leiden oder Schäden auftreten (Punkt 3, Kap. V, resp. Punkt 3a aus Kap. IV). Beide Versuchsarten sollten ebenso wie Versuche, bei denen die Tiere zu Beginn getötet werden (Punkt 2, Kap. V, resp. Punkt 2a aus Kap. IV), nach dem Wortlaut von § 7 des Tierschutzgesetzes nicht der behördlichen Genehmigung unterliegen. Trotzdem verlangen die Aufsichtsbehörden – zumindest in einigen Bundesländern – die Erstellung von Anträgen und setzen diese notfalls mit gerichtlichen Mitteln durch. Sie beziehen sich dabei offensichtlich auf den Kommentar zum Tierschutzgesetz 1972 von A. Lorz (Ch. Beck, München [2]1979), der sich in diesem Zusammenhang (S. 158) zu folgendem unsinnigen Satz versteigt: »Ob ein Eingriff oder eine Behandlung mit Schmerzen verbunden ist, beurteilt sich nach der Vornahme am unbetäubten Tier.« Dieser Satz leugnet den Fortschritt, den die medizinisch-biologische Forschung durch die Einführung der Narkose erreicht hat, und beweist, daß Tierversuche auch heute noch und selbst von richterlicher Seite als grausame Vivisektion diffamiert werden. Aus der Sicht des Tieres besteht in der Tat kein Unterschied, ob es zur Organentnahme zuerst getötet wird oder ob es erst narkotisiert, dann untersucht und am Schluß getötet wird. Der einzig wirklich relevante Unterschied ist, daß sich die Funktion isolierter Organe nach der Entnahme aus dem Körper in den meisten Fällen relativ rasch verschlechtert, so daß isolierte Organe ihre Funktion sehr viel früher einstellen als die im Körper belassenen Organe eines narkotisierten Tieres. Das hat dann zur Folge, daß bei Untersuchungen mit isolierten Organen wesentlich mehr Tiere geopfert werden müssen als bei Untersuchungen an narkotisierten Tieren.

VIII
Schlußbemerkung

Im vorliegenden Kapitel haben wir versucht, einen summarischen Überblick über die Art der Tierversuche im Bereich der biologisch-medizinischen Grundlagenforschung zu geben. Dabei zeigte sich, daß es sinnvoll ist, verschiedene Arten von Experimenten zu unterscheiden:

1) Versuche, in denen das Tier zu Beginn getötet wird,
2) Versuche, in denen das Tier zu Beginn narkotisiert wird, dann in Narkose gehalten wird und zum Abschluß getötet wird,
3) Versuche, in denen das Tier narkotisiert wird, um dann wieder aus der Narkose aufzuwachen und weiterzuleben,
4) Versuche mit nicht narkotisierten Tieren.

In den letzten beiden Fällen sollte zusätzlich nach dem Schweregrad der Beeinträchtigung des Tieres unterteilt werden (s. Anhang Schweretabelle nach Schnappauf).

Da das geltende Tierschutzgesetz von 1972 diese Sachlage nicht berücksichtigt, haben sich in der Vergangenheit gelegentlich Auslegungsschwierigkeiten und infolgedessen Spannungen zwischen Wissenschaftlern und Aufsichtsbehörden ergeben. Es ist zu hoffen, daß diese Problematik bei der Novellierung des Gesetzes berücksichtigt wird.

Im vorliegenden Artikel haben wir bis jetzt bewußt vermieden, auf die Notwendigkeit bio-medizinischer Grundlagenforschung einzugehen. Im Gegensatz zur angewandten Forschung läßt sich Grundlagenforschung im einzelnen nicht einfach begründen. Das heißt aber nicht, daß Grundlagenforschung unnötig wäre. In der Tat ließen sich beliebig viele Beispiele für den Nutzen der Grundlagenforschung anführen: Im Regelfall sind es allein die Methoden und Ergebnisse der Grundlagenforschung, die die Voraussetung für eine nutzbringende Fortführung der Arbeiten im Sinne der angewandten Forschung bieten. Ohne Kenntnis der normalen Körperfunktionen ist es beispielsweise unmöglich zu verstehen, wie sich diese im Krankheitsfall ändern und wie und wo der Arzt gegebenenfalls heilend eingreifen kann. Darüberhinaus ist jedoch festzuhalten, daß Grundlagenforschung dem inneren Bedürfnis des Menschen entspringt, seine Herkunft und die Grundlagen seiner Existenz zu erkennen. Dieser Drang nach Erkenntnis und das Vermögen Erkenntnis zu gewinnen, sind vielleicht die wichtigsten Merkmale, die den Menschen aus dem Kreis seiner biologischen Verwandten – der Tiere – herausheben.

Wilhelm Schoeppe

Tierversuche als Krankheitsmodelle

Die Erforschung von Krankheiten, ihren Ursachen, Erscheinungsformen und Folgen geht empirisch vor. So ergibt zunächst eine Vielzahl von Beobachtungen – Informationen aus Störungen des subjektiven Befindens, der Beziehung zur Umwelt im weitesten Sinne – einen Katalog von Störungen objektivierbarer Basiserscheinungen des Lebens. Die Informationen über Abweichungen von normalen Verhaltensweisen, aber auch objektiv meßbaren Parametern funktioneller, physikalischer oder chemischer Natur fügen sich zu dem, was wir in der Summe als Krankheitsbild vergleichbar an verschiedenen Individuen registrieren können.

Epidemiologische Beobachtungen, biochemische oder biophysikalische Abweichungen treten dabei unterschiedlich gewichtet in Erscheinung, bis definitiv festgestellt werden kann, daß es sich um eine Krankheitseinheit (z. B. Herzinfarkt, Asthma, Rheumatismus oder Typhus) oder neue, bisher in der beobachteten Form kaum gesehene Störungen (AIDS, hämorrhagisches Fieber) handelt.

Die Häufigkeit von Krankheiten ist naturgemäß unterschiedlich. Die Folgen einer Krankheit werden durch den naturbedingten Verlauf charakterisiert, den zu erkennen, zu beschreiben und therapeutisch zu korrigieren zu den Grundinhalten des ärztlichen Berufes gehört.

Jeder Korrekturversuch hat hierbei Risikoabwägungen vorzunehmen. Der natürliche Krankheitsverlauf muß dem korrigierenden Eingriff in seinen unterschiedlichen Formen gegenübergestellt sein, wobei z. B. die Entscheidung über eine Behandlung in sich wiederum oft eine Reihe von Möglichkeiten umfaßt, die von der Linderung eines Leidens bis zum abtrennenden Eingriff an erkrankten Gliedmaßen oder auch Organen reicht (Amputation, Organersatz).

Um zu möglichst lebensnahen Entscheidungen kommen zu können, bedient sich die medizinische Wissenschaft seit langem und mit nachhaltigem Erfolg unter anderen auch des Tierversuches.

Ziel des Tierversuches ist, hierbei neben der Nachahmung und Abbildung von Krankheiten des Menschen die Störungen entweder im ganzen oder isoliert einer Beobachtung zugänglich zu machen, um bei experimenteller Korrektur Entscheidungen finden zu können, ob etwa eine diagnostische oder therapeutische Maßnahme geeignet ist, eine Krankheit zu erkennen, zu heilen, zu lindern oder in ihren Folgen nachhaltig zu beeinflussen.

Für den Tierversuch als Krankheitsmodell gibt es eine Reihe von Möglichkeiten, solche Zustände herbeizuführen und beobachten bzw. korrigieren zu können. Diese sind:

1) die genetische Selektion,
2) die chirurgische Induktion,
3) die pharmakologische Erzeugung von Krankheitszuständen,
4) Exposition gegenüber ökologischen Bedingungen (Ernährung, Streß),
5) die Inokulation infektionsauslösender Organismen.

1) *Genetische Selektion*
- Spontanhypertensive Ratte
- Angeborene Herzfehler des Hundes und des Schweines
- Angeborene Vitamin-D-Resistenz des Schweines
- Diabetische Maus und Ratte
- Gicht des Dalmatinerhundes
- Immundefekt der Maus

2) *Chirurgisch induzierte Erkrankung*
- Experimenteller Herzkranzgefäß-Verschluß des Hundes
- Akuter Herzkranzgefäß-Verschluß des Hundes
- Goldblatt-Hochdruck durch Einengung einer Nierenarterie bei der Ratte
- Bauchspeicheldrüsen-Entfernung beim Hund
- Transplantation beim Hund

3) *Pharmakologisch herbeigeführte Erkrankung*
- Herzmuskelerkrankung durch Adriamycin
- Alloxan-Diabetes
- Streptozotocin-Diabetes
- Aminonukleosid-Nephrose der Ratte
- Doca-Hochdruck der Ratte

4) *Umfeldbedingte Nierenerkrankung*
- Kalorienreiche Ernährung der Wüstenratte
- Chronisch-exogenes Asthma des Meerschweinchens
- Ernährungsbedingte Kardiomyopathie Selye

Einzelbeispiele hierfür sind in der Tabelle aufgelistet. Die tabellarische Aufzählung ist nicht vollständig, sie kann vielmehr nur andeuten, in welch unterschiedlichen Bereichen der Tierversuch als Krankheitsmodell benötigt wird. Dabei ist nicht berücksichtigt, welche Bedeutung dem Tierversuch als Krankheitsmodell historisch zukommt.

Robert Koch zeigte exemplarisch wie kaum ein anderer, daß die von seinem Lehrer Jakob Henle (Göttingen 1840) aufgestellten Forderungen für die Erkennung einer Infektionskrankheit zwingend sind, damit der Erreger einer Infektionskrankheit identifiziert und dadurch eine wirksame Behandlung zur Bekämpfung der durch ihn hervorgerufenen Krankheit entwickelt werden kann.

Nach diesen Forderungen muß sich

1) der Erreger im erkrankten Organismus nachweisen lassen,
2) er muß isoliert und in Reinkultur gezüchtet werden können,
3) muß mit einer Reinkultur des Erregers die Krankheit im Versuchstier reproduzierbar sein, und der Erreger muß hierbei wiedergefunden werden können.

Obwohl sich gerade die unter diesen Kriterien definierte Tuberkulose jahrzehntelang einer effektiven Behandlung widersetzte, gilt nach unzähligen Ansätzen in Forschung und Experiment diese Erkrankung heute in den westlichen Ländern als weitgehend beherrscht. Nicht so in der Dritten Welt, wo noch zahlreiche Erkrankungsfälle neu auftreten.

Es steht außer Zweifel, daß die Bekämpfung und die Überwindung zahlreicher Infektionskrankheiten ohne Tierversuch nicht gelungen wären und daß es für neu auftretende Probleme, insbesondere bei Viruserkrankungen, wiederum des Tierversuches bedarf, um Erkrankungen wirksam bekämpfen zu können.

Der Tierversuch war als Krankheitsmodell zum Zwecke der Diagnose lange Zeit im Falle der Tuberkulose zwingende Notwendigkeit. Heute ist diese Methode der Diagnosesicherung – wie auch für andere viral oder bakteriell hervorgerufene Krankheiten – für die Tuberkulose weitgehend verlassen worden. In stetiger Weiterentwicklung sind seit Jahren verfeinerte »In-vitro«-Prüfmethoden entstanden, die eine Typisierung der Erreger oder die Messung der Empfindlichkeit gegenüber Antibiotika ermöglichen und weitergehende Aussagen zulassen, als dies früher im sogenannten diagnostischen Tierversuch erreichbar war.

Die Entwicklung und der Einsatz sogenannter alternativer Methoden, die den Tierversuch ersetzen können, benötigen jedoch für jedes einzelne Problem eine Erfahrungserweiterung aus der Empirie, der Präzisierung von Fragestellungen, aus denen primär der Tierversuch als Krankheitsmodell nicht ausgeklammert werden kann, sondern in bestimmten Phasen der Hypothesenbildung oder ihrer Überprüfung unbedingt erforderlich ist.

Abbildung 1
Zahl der Tierversuche (England) und Daten der medizinischen Weiterentwicklung

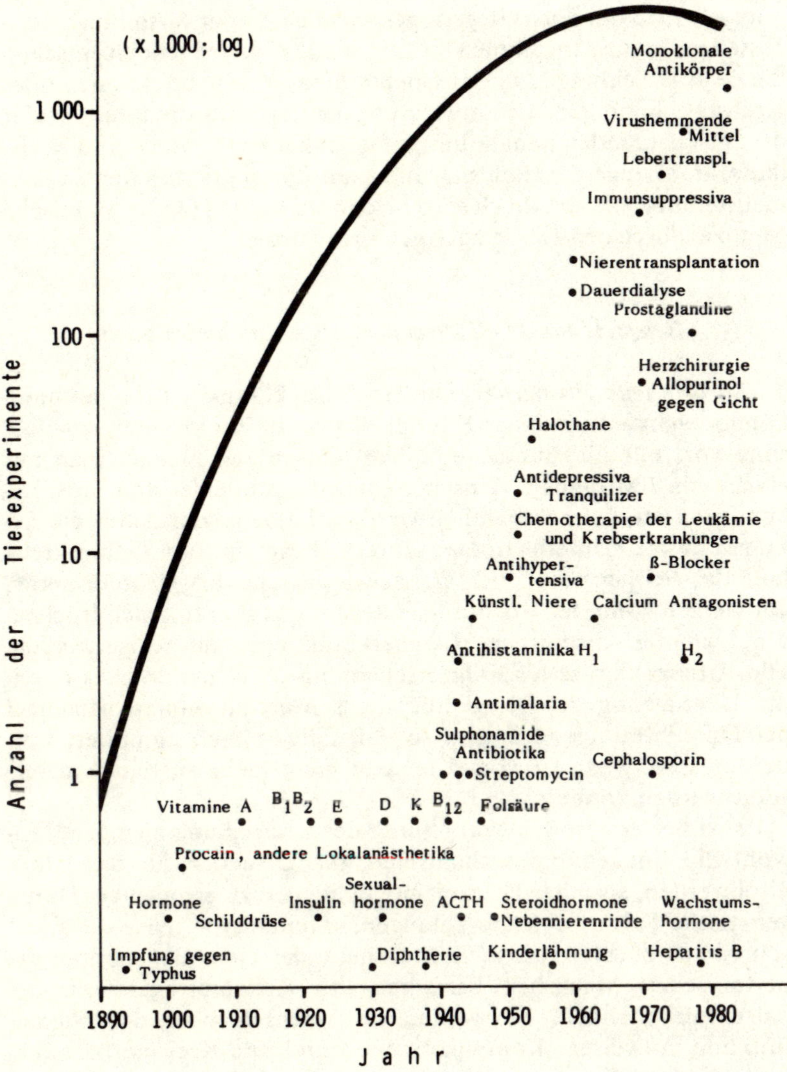

In Anlehnung an Paton, W.: *Man & Mouse,* Oxford und New York 1984, S. 44

William Paton hat einmal in verdienstvoller Weise die Zahl der Tierversuche seit 1890 in Beziehung zu den medizinischen Entwicklungen bis 1980 dargestellt. Die Zahl der Tierexperimente hat sich in den nahezu hundert Jahren zwar mehr als vertausendfacht, doch ist bereits seit 1950 nur noch ein geringes Anwachsen der Absolutzahl festzustellen. In die Jahrzehnte von 1950 bis 1980 fallen jedoch entscheidende Entwicklungen in der Chemotherapie von Infektionen oder Krebserkrankungen, die Entwicklung der Organtransplantation oder die entscheidenden Behandlungsmöglichkeiten der Herz- und Kreislauferkrankungen. Es läßt sich allein aus dieser graphischen Zusammenstellung ablesen, welch entscheidender Beitrag für die praktische Medizin durch den Tierversuch geleistet wurde.

Beispiele für den Tierversuch als Krankheitsmodell

1. Der arterielle Hochdruck. Die Hochdruckkrankheit (Hypertonie) kommt weltweit mit einer Häufigkeit von 10 bis 15% der Bevölkerung vor. Für die Bundesrepublik Deutschland rechnet man mit etwa 6 bis 7 Millionen Menschen, die zu irgendeiner Zeit ihres Lebens vom Hochdruck befallen werden. Unbehandelt kann die Erkrankung zu Komplikationen führen. Diese sind am Gehirnkreislauf der Schlaganfall oder arteriosklerotische Erweichungsherde, am Herzen kann der Hochdruck zum Infarkt führen, hochdruckbedingt können chronische Nierenerkrankungen ausgelöst werden. Die Arteriosklerose als Folgeerscheinung des Hochdruckes durch die Überlastung des Blutgefäßsystems führt zu Sauerstoffmangel bei Durchblutungsstörungen, so daß Gliedmaßen amputiert werden müssen, wenn sie vom Kreislauf nicht mehr ausreichend versorgt werden können.

Es ist bei der großen Verbreitung der Erkrankung zwingend, sowohl die Entstehungsmechanismen, die Ursachen für das Chronischwerden, als auch Therapiemöglichkeiten zu erforschen. Durch genetische Selektion ist es gelungen, spontanhypertensive Rattenstämme zu züchten, die viele Merkmale des ebenfalls spontan hypertonischen Menschen bezüglich der Kreislaufregulation, der Salzempfindlichkeit, des Mineralstoffwechsels oder der Nierenfunktion aufweisen. Komplikationen durch die Kreislaufbelastungen, die der Hochdruck darstellt, sind ebenfalls bei diesen Tieren nachweisbar und treten regelhaft ebenso lebensbedrohlich wie beim Menschen auf.

Die Risikoabwägung in der Gegenüberstellung von behandelten zu unbehandelten Hypertonikern läßt sowohl den praktizierenden Arzt wie den forschenden Wissenschaftler zu dem Ergebnis kommen, jede Anstrengung zu unternehmen, das Übel des Hochdruckes zu vermindern helfen. Um dieser Herausforderung durch die Natur der Erkrankung begegnen zu können, ist es deshalb erforderlich, die Ursachenforschung wie auch die Erforschung der Therapieformen im Tierversuch zu betreiben und parallel dazu in der Empirie der Therapieeffekte durch hochdrucksenkende Medikamente Antworten auf die Frage nach der bestmöglichen Form der Normalisierung des Blutdruckes zu finden. Daraus ergeben sich ständig neue Fragen, die einer experimentellen Untermauerung bedürfen. Dadurch, daß ein standardisierbares Krankheitsmodell bei Ratten verfügbar ist, kann die Antwort für die Bedürfnisse des Menschen schneller, effektiver und in wesentlich kleineren Versuchszahlen erarbeitet werden.

Für spezielle Fragestellungen ist es zusätzlich erforderlich, pharmakologisch oder chirurgisch induzierte Hochdruckformen beim Tier beobachten zu können.

1934 beschrieb Goldblatt die Entstehung eines Hochdruckes bei operativer Einengung einer Nierenschlagader beim Hund. Schon 36 Jahre vorher hatten Tigerstedt und Bergmann gefunden, daß aus der Niere eine blutdruckerhöhende Wirksubstanz extrahiert werden kann. Bis die genannten beiden Beobachtungen zu dem inzwischen in vielen Details genau beschriebenen Konzepten des Renin-Angiotensin-Systems und einer experimentellen Theorie der Hochdruckentstehung zusammengeführt werden konnten, dauerte es wiederum viele Jahre. Etwa 36 Jahre nach der Beobachtung von Goldblatt war schließlich eine Substanz verfügbar, die als Medikament in das Renin-Angiotensin-System so eingreifen kann, daß der bei einer Entgleisung dieses druckstabilisierenden physiologischen Mechanismus entstehende Hochdruck normalisiert werden kann. Wegen der Nähe zu den physiologischen Verhältnissen sind die Unverträglichkeit und die Häufigkeit von Nebenwirkungen bei einem derartigen Medikament naturgemäß klein.

Entwicklungen dieser Art finden ohne die ständige Rückkoppelung im Tierversuch nicht statt; sie sind im engeren Sinne des Wortes nicht denkbar, weil die Verifizierung (oder Falsifizierung) eines hypothetischen Teilschrittes nur im Einzelfall des tierexperimentellen Modells möglich ist.

Es ist an dieser Stelle festzuhalten, daß der Aufbau des einzelnen Modelles als Ansatz für die Beantwortung einer spezifischen Teilfrage sich unterschiedlicher Methoden bedienen muß. Im Falle des Hochdruckes können dies der isolierte Schlagaderstreifen, die isolierte Ader selbst, isolierte Organe, wie Herz oder Niere, oder elektrophysiologische Ableitungen an peripheren Nerven oder am zentralen Nervensystem sein. Eine durch experimentelle Befunde zu beantwortende Frage muß aber von der Voraussetzung der maximalen Störfreiheit des Experimentes ausgehen können. Ein solches störungsfreies Arbeiten im Tierversuch ist nur möglich, wenn alle Kautelen, z. B. der Schmerzfreiheit, erfüllt sind. Nur dann lassen sich die Grundmechanismen der Hochdruckstörung im einzelnen isoliert untersuchen, ohne von reflektorisch einschneidenden Abwehrfunktionen zunichte gemacht zu werden. Diese grundsätzlich notwendige Ausschaltung wird in Diskussionen um Tierschutzbelange im Tierexperiment häufig übersehen. Sie ist im Falle des Hochdruckes besonders evident. Jede Selbstbeobachtung bei Aufregung oder Schmerzen kann dies schnell bestätigen.

Das Resultat der über fast ein Jahrhundert währenden Bemühungen zur Erforschung des arteriellen Hochdruckes ist seit etwa der Mitte der fünfziger Jahre deutlich. Ein Beispiel hierfür zeigt Abbildung 2.

Abbildung 2
Jährliche Todesfälle pro Million der Bevölkerung infolge arteriellen Hochdruckes

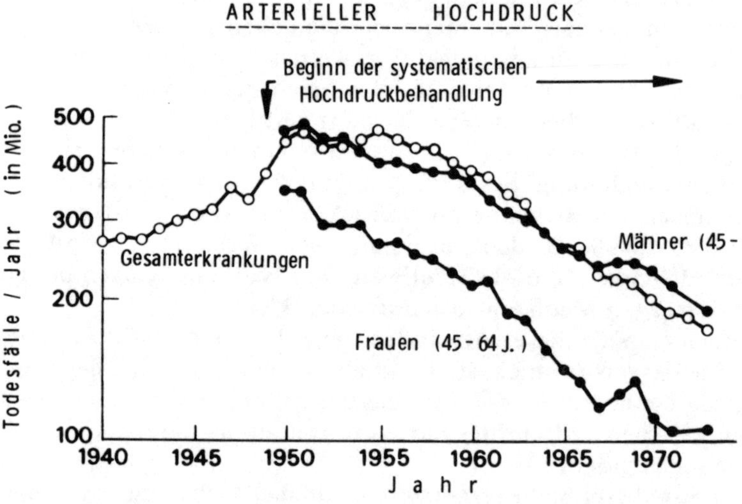

Nach Paton, W.: *Man & Mouse,* Oxford, New York 1984, S. 57

2. Diabetes mellitus (Zuckerkrankheit). Der Mensch ist nicht das einzige Lebewesen, das zuckerkrank werden kann. In der Bundesrepublik Deutschland gibt es 1 bis 1,5 Millionen zuckerkranke Menschen, in den USA 11 Millionen. Vor der Entdeckung des Insulins als zuckerregulierendes Hormon waren die Überlebenschancen eines Diabeteskranken nicht viel mehr als ein Jahr nach Manifestwerden der Erkrankung. Sie ist genetisch determiniert. Im Tierreich sind neben Katzen und Hunden vor allem Nager für eine krankhafte Störung des Zuckerhaushaltes empfänglich. Bei der Maus ist es gelungen, ausgehend von Mutanten, nach 500 Generationen diabetisch erkrankte Stämme zu züchten. Die dabei auftretenden Formen der Zuckerkrankheit sind der Erkrankung des Menschen besonders ähnlich. Dies gilt nicht nur für die grundsätzlichen Stoffwechselveränderungen, sondern auch für die Komplikationen der Zuckerkrankheit, wie Gefäßsklerose und Angiopathie bis zu den zur Erblindung führenden Erkrankungen der Netzhaut. Für die Untersuchung der antidiabetischen Wirkung von Medikamenten sind solche Mäusestämme unentbehrlich, wobei an ihre züchterische Überwachung besondere Anforderungen gestellt sind.

Weitere Modelle der Zuckerkrankheit werden pharmakologisch erzeugt, so der klassische Alloxan-Diabetes, bei dem die Betazellen der Bauchspeicheldrüse isoliert zerstört werden, so daß ein insulinabhängiger Diabetes entsteht.

Ohne das klassische Experiment der operativen Entfernung der Bauchspeicheldrüse wäre das Insulin kaum entdeckt worden, das seit 1922 Millionen von diabeteskranken Menschen zum Leben verhalf und ihr Leiden abschwächte.

Risikofaktoren des Zuckerkranken lassen sich bei Tieren untersuchen, deren Biotop normalerweise die Wüste ist. Erhalten solche Wüstennager kalorienreiche Ernährung, so entwickelt sich ihre Zuckerkrankheit parallel zur entstehenden Fettsucht, eine Krankheit, die unter Reduktion der Kalorienzufuhr umkehrbar ist. Weitere Modelle zielen auf die immunologisch entstehende Diabeteserkrankung. Andere Formen werden unter der Einwirkung von Virusinfektionen manifest. Diese Tierversuche tragen wesentlich dazu bei, die Entstehung der Erkrankung verständlicher zu machen. Alle diese Beispiele belegen die multifaktoriellen Entstehungsbedingungen der Krankheit, mit ihnen lassen sich auch die Bedingungen der Chronizität der Erkrankung beschreiben. Für Therapieentwürfe, die Vorprüfung ihrer Effektivität und die risikoarme Anwendung am Menschen sind solche Tierversuchsmodelle unabdingbar.

3. Asthma bronchiale. Schon 1910 machte Melzer auf Ähnlichkeiten des pathophysiologischen Bildes beim anaphylaktischen Zustande des Meerschweinchens und bei der Asthmakrankheit des Menschen aufmerksam. 1937 definierten Kallos und Pagel die Bedingungen, unter denen beim Meerschweinchen das Asthma, dem menschlichen Asthma bronchiale ähnlich, auftritt. Seither sind an diesem Modell zahlreiche Tatsachen belegt worden, die den Modellcharakter dieses Experimentes für die Erkrankung des Menschen festigten. Es ließen sich die Mechanismen der Sensibilisierung, die dafür verantwortlichen Allergene und die Bedingungen der Anfallsauslösung untersuchen und beschreiben. Für die Immunvorgänge bei der Erkrankung konnten ebenfalls wichtige Erkenntnisse gewonnen werden. Seit der Mitteilung, daß eine Erleichterung des schweren Leidenszustandes durch Calcium beeinflußt werden kann (1938), sind zunehmend verfeinerte Medikamente entwickelt worden, die das schwere Schicksal des Asthmatikers erheblich erleichtern halfen. Auch war dieses Tiermodell von großer Bedeutung für die pharmakologische Erforschung der Hormone der Hirnanhangdrüse (ACTH) und der Nebennierenrinde (Cortison). Gerade aus der primär festgestellten Abweichung zwischen Experiment und Asthma des Menschen konnte Kallos durch eingehende Forschungen Besonderheiten des Asthmas beim Menschen ableiten, so daß dieses Modell auf mehrfache Weise zum Verständnis der Erkrankung beigetragen hat.

Es ist nicht möglich, auch nur annähernd auf die Bedeutung des Tierversuches in der medizinischen Wissenschaft einzugehen. Für die Abwehr schwerster Krankheitszustände ist eine Vielzahl von gedanklichen und experimentellen Ansätzen notwendig. Die Entwicklung der Wissenschaft hat gezeigt, daß der jeweilig notwendige Einsatz gezielter und effektiver erfolgen kann. Dies gilt in erster Linie für die besonders umstrittenen Untersuchungsprotokolle an Primaten. Studien zur Poliomyelitis gehen zurück bis in die Anfänge des 20. Jahrhunderts, als die Ursache der Erkrankung noch unbekannt war. 1908 gelang erstmalig die Übertragung des Poliovirus auf Affen. Es dauerte bis 1955, bis ein effektiver Impfstoff gegen diese furchtbare Krankheit entwickelt worden war. Während unser Land noch Ende der fünfziger Jahre von schweren Epidemien mit meist tödlichem Ausgang der Erkrankung heimgesucht war, kommt es heute kaum noch zu einer Erkrankung. In den USA betrug die Zahl der Erkrankungen 1952 noch 58000, sie fiel auf sieben Erkrankungsfälle im Jahre 1982.

Ähnliches gilt für die ansteckende Leberentzündung (Hepatitis B). Seit 1981 steht eine entsprechende Impfsubstanz zur Verfügung, mit der diese gefährliche Erkrankung wirksam bekämpft werden kann. Die Frühdiagnostik der Leberentzündung wäre ohne die Untersuchung am Affen nicht möglich geworden.

Man kann diese Reihe fortsetzen. Sie reicht von der Malaria und der Lepra über die virusinduzierte Krebserkrankung zu den Bedrohungen der neuen Erkrankung des erworbenen Immunverlustsyndromes (AIDS), die Untersuchungen reichen von der Arteriosklerose über den Krebs zur Mukoviszidose, einer angeborenen Erkrankung, die eine tödliche Gefahr bedeutet. In der Lunge der betroffenen Patienten wird anstelle der oberflächenaktiven Flüssigkeitsschichten, die zur Entfaltung der Lungenbläschen notwendig sind, ein zäher, den Sauerstoffaustausch behindernder Schleim gebildet, und die betroffenen Patienten sind letztlich zum Erstickungstod verurteilt.

Comroe und Dripps untersuchten 1976 die zehn wichtigsten Fortschritte auf dem Felde der Herz-Kreislauf- und Lungenerkrankungen im Verlaufe der vergangenen dreißig Jahre. Unter den etwa 4000 geprüften Publikationen kamen 41% aus dem Gebiete der Grundlagenforschung. Sie waren nicht primär zu der späteren klinischen Anwendung entworfen und durchgeführt worden. Unter den als entscheidende Fortschritte beurteilten wissenschaftlichen Arbeiten kamen 62% aus der Grundlagenwissenschaft. Ohne Tierversuche wäre die Entwicklung erheblich geschrumpft und zum Nachteil der betroffenen Menschen erheblich verlangsamt worden.

Walter Brendel

Tierexperiment und Chirurgie

Wohl für kein Fach moderner Medizin ist die Bedeutung des Tierexperiments so klar und offensichtlich wie für die Chirurgie. Jürgen Thorwald hat in seinen beiden Bestsellern »Das Jahrhundert der Chirurgen« bzw. »Das Weltreich der Chirurgen« die Entwicklung der Chirurgie anschaulich und aufregend beschrieben und dabei auch immer darauf hingewiesen, wie die tierexperimentelle Forschung am Beginn jedes neuen Operationsverfahrens stand. Thorwalds geschichtlicher Abriß endet mit Einführung der Herz- und Gehirnchirurgie. Seine Geschichte wäre noch aufregender geworden, und er hätte noch prägnanter auf die Bedeutung des Tierexperimentes für die moderne Chirurgie hinweisen müssen, wenn er auf die jüngsten Entwicklungen chirurgischer Therapie eingegangen wäre, nämlich den entweder technischen oder den biologischen Organersatz (Organtransplantation). In der Präambel zu seinem 1956 erschienenen Buch »Das Jahrhundert der Chirurgen« läßt er den französischen Chirurgen Gosset zu Wort kommen: »Die Geschichte der Chirurgie ist eine Geschichte der letzten 100 Jahre. Sie hebt im Jahr 1846 mit der Entdeckung der Narkose und damit der Möglichkeit, schmerzlos zu operieren, an. Alles, was vorher war, ist eine Nacht der Unwissenheit, der Qual, des fruchtlosen Tastens im Dunkel. Die Geschichte der 100 Jahre bietet das ungeheuerste Panorama, das die Menschheit kennt.« – Tatsächlich ist die moderne Chirurgie ohne Narkose (und künstliche Beatmung) nicht denkbar. Aber auch nicht ohne Tierexperiment. Würde man eine Geschichte der Tierexperimente schreiben, müßte man auch sagen, daß es mit der Narkose begann, mit deren Hilfe man auch an Tieren Untersuchungen zum Studium physiologischer und pathologischer Lebensvorgänge ohne Schmerzen und Leiden für das Versuchstier anstellen konnte und damit »die Nacht der Unwissenheit, des fruchtlosen Tastens im Dunkel« zu Ende ging. Im Tierexperiment konnte man jetzt unter kontrollierten Bedingungen »chirurgische Erkrankungen« nachahmen und die Methoden einer chirurgischen Therapie erproben, bevor man sich an den Menschen wagte. Das war und ist nicht weniger aufregend als die Geschichte der humanen Chirurgie (leider noch nicht literarisch bearbeitet!). Vor Einführung der Narkose war alles eine Tortur, eine furchtbare Quälerei für den Patienten und für den Arzt. Amputationen standen im Vordergrund – man denke nur an die Leistungen des Chirurgen Larrey (1766–1842), dem Leibchirurgen Napoleons, der im russischen Feldzug Tausende amputierte, wobei die Patienten von kräftigen Soldaten festgehalten und allenfalls unter Alkohol gesetzt worden waren. Aber auch an die »Stecher« von Blasensteinen und Augenlinsen auf mittelalterlichen Jahrmärkten. Selbst die ersten Kaiserschnitte wurden ohne Betäubung durchgeführt, die Blutstillung erfolgte mit eisgekühltem Wasser.

Abdominal-(Bauch-)Chirurgie

Mit Einführung der Narkose gab es einen großen Schritt nach vorn, nämlich die Möglichkeit für Eingriffe an inneren Organen. Pioniertaten dieser Entwicklung waren die ersten Magenoperationen des Wiener Chirurgen Theodor Billrodt (1829–1894). Viele Jahre lang haben Billrodt und seine Mitarbeiter alle Phasen der Magenresektion im Tierexperiment erprobt, geklärt und vorbereitet, so die Gefäßversorgung des Magens studiert, seine Neigung zur Vernarbung und die Beeinträchtigung seiner Funktion, wenn man einen Teil davon entfernt. 1881 gelang Billrodt die erste erfolgreiche Teilentfernung eines durch Krebs geschädigten Magens; er eröffnete damit die große Ära der Bauchchirurgie, die heute zur Routine jedes chirurgischen Krankenhauses gehört. Insbesondere die Operationen am Dünndarm, Dickdarm und Blinddarm wirkten sich segensreich aus, weil vor der Ära der Bauchchirurgie viele, auch sehr viele junge Menschen, an Blinddarmentzündung starben. Man muß nun aber wissen, daß mit der ersten erfolgreichen Einführung solcher Operationen die mit der Bauchchirurgie verbundenen Tierexperimente nicht zurückgingen. Das Gegenteil war der Fall, weil die operative Möglichkeit im Bauchraum viele weitere Fragen aufwarf, die nur tierexperimentell gelöst werden konnten, z. B.: Wie näht man Darmabschnitte richtig zusammen, so daß es keine Undichtigkeiten gibt, die zur Bauchfellentzündung führen könnten, aber auch keine narbigen Verengungen oder Verwachsungen, die die Verdauungsbewegungen des Darmes beeinträchtigen? Wie kann man die Thrombosierung der Darmgefäße vermeiden? Welche Beeinträchtigungen der feineren Magen- und Darmfunktionen können nach teilweiser Entfernung desselben eintreten, und wie kann man sie durch diätetische oder medikamentöse Maßnahmen überwinden, wie z. B. bei der Gallensteinoperation? So wurden die Chirurgen der damaligen Zeit immer wieder vor neue Fragen gestellt, die nur im Tierexperiment zu klären waren – und das ist noch heute so.

Lungenchirurgie

Noch aber gab es eine Leibeshöhle, deren Eröffnung für chirurgische Zwecke nicht möglich war: den Brustraum. Operationen an Herz und Lunge waren zur damaligen Zeit nicht möglich, weil man kein Verfahren in Händen hatte, mit dem man das Zusammenfallen der Lungen nach Eröffnung des Brustraumes hätte verhindern können. Hier setzen die bahnbrechenden experimentellen Arbeiten des deutschen Chirurgen Ferdinand Sauerbruch (1875–1951) ein. Zwar machten schon vor Sauerbruchs Zeit Physiologen Experimente an Hunden und anderen Tieren durch künstliche Beatmung mit Überdruck. Die in diesen Tierexperimenten gewonnenen Erfahrungen hatten aber noch keine Umsetzung in die chirurgische Praxis erfahren. Sauerbruch konstruierte eine kleine Unterdruckkammer, in welche der Brustkorb eines Hundes eingeschlossen war, während Kopf und andere Körperteile durch abdichtende Manschetten nach außen ragten und dem atmosphärischen Druck ausgesetzt blieben. Auf diese Weise konnte er den Brustraum eröffnen, ohne daß die Lungen »zusammenschnurrten«. Aufgrund dieser »Hundeergebnisse« entwickelte Sauerbruch eine pneumatische Operationskammer, mit deren Hilfe er als erster in der Welt Lungenoperationen am Menschen durchführen konnte. Diese Methode wurde jedoch bald wieder verlassen und durch die Überdruckbeatmung mit Hilfe eines in die Luftröhre eingebundenen Tubus abgelöst – so wie heute die künstliche Beatmung in aller Welt durchgeführt wird. Man versteht heute nicht mehr, warum man nicht gleich die Idee hatte, nur über einen Luftröhrentubus künstlich zu beatmen, und es ist eigentlich nur psychologisch, aber nicht mehr logisch zu verstehen, daß zum damaligen Zeitpunkt viele Ärzte, und selbst so erfahrene Experimentatoren wie Sauerbruch, sich noch scheuten zu glauben, daß das, was im Tierexperiment möglich ist und gelingt, ohne weiteres auch auf den Menschen übertragen werden kann. Zum selben Zeitpunkt, in dem Sauerbruch seine Unterdruckkammer konstruierte und erprobte, wurde in vielen physiologischen Instituten der westlichen Welt die Überdruckbeatmung mit Luftröhrentubus routinemäßig ausgeführt. So hat der Umweg Sauerbruchs indirekt dazu geführt, die Übertragbarkeit von im Tierexperiment erprobten Methoden auf den Menschen zu beweisen. Jedenfalls ist mit den Tierexperimenten Sauerbruchs und der von ihm eingeführten Lungenchirurgie der bis dahin für chirurgische Eingriffe noch nicht zugängliche Brustraum erschlossen worden.

Herzchirurgie

Es wurde schon erwähnt, daß der Hund aufgrund seiner Physiologie das »ideale« Versuchstier für die Untersuchung von Herz- und Kreislauffunktionen ist. So wird auch verständlich, daß die ersten Versuche, am Herzen operieren zu können, am Hund ausgeführt wurden. Die Begründer der modernen Herzchirurgie waren vorwiegend angelsächsische Chirurgen, wobei die vom deutschen Nobelpreisträger Forßmann erstmals angewandte und von dem Amerikaner Cournand (Nobelpreis 1956) weiterentwickelte Herzkathetertechnik das wichtigste diagnostische Rüstzeug lieferte. Heute gilt die Herzchirurgie als die erfolgreichste Disziplin moderner Chirurgie überhaupt. Die »blausüchtigen« Kinder, die infolge angeborener Mißbildungen des Herzens oder der großen Gefäße früher die Herzsanatorien füllten und meist das Erwachsenenalter nicht erreichten, gehören der Vergangenheit an. Später erworbene Herzschäden, vor allem Herzklappenfehler, sind das tägliche Brot des Herzchirurgen von heute. Hinzu kam die Chirurgie der Herzkranzgefäße, die sogenannte Bypassoperation, mit der man verengte Herzgefäße durch aus einem anderen Körperteil (meistens Unterschenkel) entnommene Gefäße ersetzt; eine Operation, die einen drohenden Herzinfarkt verhindern kann. Schließlich gehört auch der Herzschrittmacher zu den Erfolgen der Herzchirurgie, und der schwedische Chirurg Senning, der ihn konzipierte, hat – man ist geneigt zu sagen: selbstverständlich – zur Erprobung dieser Methode Hunde herangezogen.

So kann man alles in allem behaupten, daß die Bauch- und Lungenchirurgie – und im Gefolge der Lungenchirurgie dann später auch die Herzchirurgie – ohne tierexperimentelle Forschung an Hunden nicht möglich gewesen wäre. Der Hund, der älteste und treueste tierische Partner des Menschen, hat auf diese Weise wesentlichen Anteil an den Fortschritten moderner Medizin. Warum wurde der Hund als Versuchstier gewählt? Dies liegt nicht daran, daß er als weitverbreitetes Haustier immer zur Verfügung stand, denn andere Haustiere wie Schafe, Ziegen, Kälber oder Schweine waren genauso leicht verfügbar. Die wichtigsten Gründe, warum der Hund ein bevorzugtes Versuchstier wurde, sind 1) seine leichte Narkotisierbarkeit, 2) seine mit der des Menschen vergleichbare Herz- und Kreislaufregulation (der Hund hat z. B. dieselbe Herzfrequenz und denselben Blutdruck wie der Mensch), 3) er ist kein Wiederkäuer, 4) er ist leichter als die anderen Tiere postoperativ zu überwachen (Hygiene, Infektionsbekämpfung, Infusionstherapie), und 5) er ist das Tier, dessen physiologische und pathologische Reaktionen am meisten erforscht und bekannt sind. Denn auch die Physiologen und Pharmakologen der damaligen Zeit haben ihre meisten, die Grundlagenforschung betreffenden Versuche an Hunden ausgeführt. Seine dem Menschen ähnliche physiologische Reaktivität war besonders für die Narkose wichtig, denn man kann Hunde mit genau denselben Methoden narkotisieren, die man auch beim Menschen einsetzt. Da die Narkose ihrerseits Reaktionen von Kreislauf, Stoffwechsel und Atmung beeinträchtigt, war es für die Übertragbarkeit der am Hunde gewonnenen Ergebnisse auf den Menschen wichtig, daß die Versuche unter denselben Narkosebedingungen durchgeführt werden, die man auch am Menschen anwendet.

Gehirnchirurgie

Ende des 19. Jahrhunderts beginnt die Chirurgie auch den »letzten weißen Fleck« des menschlichen Organismus, nämlich das Gehirn, zu erobern. Vorausgegangen waren viele Versuche an Hunden und Affen, denen man Teile des Gehirnes entfernte oder örtlich reizte, um die Lokalisation typischer Funktionszentren herauszufinden, wie z. B. für die Bewegungen von Gliedmaßen, das Gehör, die Sehfähigkeit oder das »Sprachzentrum«. Hand in Hand damit gingen Tierversuche, um die Funktion tiefer gelegener Hirnareale, wie Zwischenhirn, Kleinhirn oder verlängertes Rückenmark, aufzuklären. Obwohl diese Versuche primär physiologische und neurologische Grundlagenforschung waren, zeigten sie für den Chirurgen, daß Hirnoperationen möglich, d. h. mit dem Überleben der Versuchstiere verbunden sein können. Grundlage dafür waren wiederum – wie bei der Bauch- und Lungenchirurgie – die Narkose und die künstliche Beatmung über Luftröhrenkanüle und Atempumpe.

Am 25. November 1884 operierte dann auch der Engländer R. Godlee erfolgreich den ersten Hirntumor mit Hilfe der ebenfalls von einem Engländer, nämlich Lister, entwickelten Methoden der Antisepsis zur Vermeidung einer Infektion. Damit begann die große Ära der Hirnforschung, die heute weltweit zu einem Schwerpunkt moderner biomedizinischer Forschung geworden ist. Der Hund wurde als Versuchstier für Hirnforschung bald aufgegeben, weil er ein relativ kleines Hirn und eine besonders dicke Schädeldecke besitzt. Affen und Katzen wurden die bevorzugten Versuchstiere für Hirnforschung. Man denke nur an die Forschungen des Baseler Nobelpreisträgers W. R. Hess (1949) oder die des Australiers John Eccles (1963). Teilweise noch am Hunde, aber immer mehr an Affen wurden auch die modernen mikrochirurgischen Verfahren, nämlich die Rekonstruktion arteriosklerotisch verengter Hirngefäße, entwickelt, eine Operationsmethode, die in den vergangenen fünfzehn Jahren schon viele Patienten vor einem drohenden Schlaganfall bewahrte. Nachdem durch das Artenschutzabkommen Affen geschützt sind, muß sich die moderne neuromedizinische Forschung immer mehr auf die Katze als Versuchstier beschränken. Wesentliche Erfolge sind dieser Forschungsrichtung zu verdanken, nicht nur daß nahezu alle Hirntumoren und Gefäßerkrankungen des Gehirns operabel geworden sind, sondern z. B. auch die Entwicklung der Psychopharmaka, mit denen heute schon so viele psychisch kranke Menschen behandelt werden. Ein besonderes neues Gebiet der Gehirnforschung ist die Erforschung der Auswirkungen und der Therapie stumpfer Schädel-Hirn-Verletzungen, wie sie z. B. bei einem Autounfall recht häufig auftreten.

Etwa 200000 Menschen erleiden pro Jahr in der Bundesrepublik Deutschland und Berlin (West) bei Verkehrs- und anderen Unfällen ein Schädel-Hirn-Trauma. Davon haben 30000 eine schwere Schädel-Hirn-Verletzung, bei rund 15000 kommt es zu Hirnblutungen. An Schädelhirnverletzungen sterben jährlich etwa 13000 Menschen in der Bundesrepublik und Berlin (West) (Nach Frowein, in: »Arbeit und Gesundheit«, Heft 79, 1968/69). Ein ebenso großer, wenn nicht größerer Teil überlebt mit schwersten Behinderungen, die zu großen Nachsorgelasten führen. Berechnungen der Versicherungsträger ergeben, daß pro Jahr etwa 5 Milliarden DM für die akute Versorgung, Rehabilitationsmaßnahmen sowie andere Versicherungsleistungen im Zusammenhang mit Schädel-Hirn-Traumen aufgebracht werden müssen. Die statistischen Angaben für die Häufigkeit schwerer Hirndurchblutungsstörungen, die zum Schlaganfall führen, liegen in ähnlichen Größenordnungen. Nach Angaben des Statistischen Jahrbuchs (Wiesbaden 1977) starben 104494 Patienten an Hirngefäßerkrankungen, der Anteil von Hirngefäßerkrankungen an der Gesamtsterblichkeit unserer Bevölkerung liegt damit bei etwa 15 Prozent. Zur Mortalität dieser Erkrankungen kommt eine bedeutend höhere Morbiditätsrate von Hirngefäßerkrankungen mit ihren hohen Kosten durch die medizinische Versorgung.

Da die im Gehirn ablaufenden Vorgänge nach einer Verletzung oder nach einer Gefäßverlegung bisher nur in Umrissen verstanden werden, solche Kenntnisse jedoch für die Verbesserung der Therapie dringend erforderlich sind, muß die biomedizinische Forschung am lebenden Gehirn höher entwickelter warmblütiger Wirbeltiere mit gleicher Intensität wie bisher fortgeführt werden. Als Beispiel sei die Schwellung des Gehirns beim akuten Schlaganfall als Frühreaktion des Organs erwähnt, die bei schwerem Verlauf zum Tod des Betroffenen führt. Als drittes klinisches Beispiel ist die große Zahl von spontanen Hirnblutungen zu erwähnen, die unabhängig von Schädel-Hirn-Verletzungen oder arteriosklerotisch bedingten Durchblutungsstörungen des Gehirns auftreten. Ihre Ursachen sind Gefäßmißbildungen sowie Aussackungen der Gefäßwände (Aneurysmen), in deren Verlauf es ebenfalls durch Hirnschwellung und sekundäre Durchblutungsstörungen zu schwersten sekundären Schädigungen des Gehirns kommen kann. Auch hierfür sind zur Verbesserung der Behandlungsmethoden tierexperimentelle Untersuchungen am lebenden Gehirn erforderlich.

Urologie

Obwohl, um den Leser nicht zu langweilen, nicht alle Teilgebiete der Chirurgie im Hinblick auf ihre tierexperimentelle Fundierung abgehandelt werden können, soll doch noch die Urologie kurz erwähnt werden, weil in diesem Fach in jüngster Zeit über planmäßige tierexperimentelle Vorarbeiten von Chaussy, Brendel und Schmiedt in Verbindung mit der Firma Dornier-System, Friedrichshafen, das Verfahren der extrakorporalen Stoßwellentherapie entwickelt wurde, mit deren Hilfe man in Zukunft die operative Entfernung von Nierensteinen vermeiden kann. Das Prinzip besteht darin, daß einem Nierensteinträger in einer Badewanne energiereiche Druckwellen, sogenannte Stoßwellen, so durch den Körper geleitet werden, daß seine Nierensteine jeglicher Zusammensetzung zu Grieß zerfallen und spontan abgehen. Nachdem mit Alternativmethoden an Zellkulturen zunächst festgestellt wurde, daß bei Einhaltung entsprechender Kriterien Zellen keinen Schaden erleiden, erkannte man in Stoßwellenversuchen an Ratten, daß nur die luftgefüllte Lunge gefährdet ist. Da es keine großen Tiere gibt, die Nierensteine haben (Ausnahme: Hunde der Dalmatiner-Rasse), mußten menschliche durch Operation gewonnene Nierensteine in das Nierenbecken von Hunden eingepflanzt werden. An auf diese Weise zu Nierensteinpatienten gewordenen Hunden wurde dann das neue Verfahren technisch entwickelt und erprobt, bis am 7. Februar 1980 die erste Anwendung am Menschen gelang. Heute sind schon mehr als 3000 Patienten mit diesem Verfahren erfolgreich behandelt worden. Ich erwähne die Stoßwellentherapie von Nierensteinen, weil sie ein typisches Beispiel für die Arbeitsweise der experimentellen chirurgischen Forschung darstellt: Man hat eine Idee, eine Konzeption, und geht dann Schritt für Schritt über Alternativmethoden und Versuche an Kleintieren zum Großtiermodell, und wenn es dort »klappt«, fühlt man sich sicher genug, das Verfahren am Mensch anzuwenden. Diese Art des tierexperimentellen Vorgehens ist typisch für die Chirurgie.

Orthopädie und Knochenchirurgie

Tierversuchen verdankt auch ein anderes wichtiges chirurgisches Gebiet, nämlich die Orthopädie und Unfallchirurgie, ihre heutigen Erfolge. Bis zum Zweiten Weltkrieg behandelte man beispielsweise einen Knochenbruch in der Regel durch Ruhigstellung mittels Schienung oder Gipsverband. Durch den Kieler Chirurgen Küntscher wurde 1939 die nach ihm benannte Nagelung eingeführt: Man treibt einen Stahlnagel durch das Mark des verletzten (Röhren-)Knochens und kann so die gebrochenen Teile aufspießen und damit eine formgerechte Heilung der Bruchstücke erzielen. Derzeitiger Höhepunkt solcher die Knochenheilung (Osteosynthese) begünstigender Therapien ist die von Schweizer Chirurgen entwickelte Knochenverschraubung über eigens angepaßte Metallplatten. Durch die hierdurch erzielte Stabilisierung der Bruchstücke kann der Verletzte wenige Tage nach dem Unfall seine Muskeln und Gelenke wieder bewegen und damit den Muskelschwund und die Gelenkversteifung verhindern, was insgesamt zu einer erheblichen

Verkürzung der Rehabilitation führt. Auf gleicher Linie liegt die Entwicklung und Implantation künstlicher Hüftgelenke, wodurch heute schon viele tausend ältere Menschen ihre Schmerzen verloren und ihre Gehfähigkeit wiedergewonnen haben. Künstliche Kniegelenke sind in Erprobung. Hierzu gehört auch die Erprobung und Verwendung geeigneter Materialien zum Ersatz zerstörter Bänder und Sehnen, wofür meistens Kunststoff (Dacron, Kohlefasern) verwendet wird. Alle diese Techniken wurden an Versuchstieren mit langen, dem Menschen vergleichbaren Röhrenknochen – vorwiegend an Schafen oder Ziegen – erprobt. Lediglich zur Testung der biologischen Verträglichkeit der hierfür verwendeten Materialien können auch andere Versuchstiere herangezogen werden. Wichtig bei der Materialtestung ist nicht nur, festzustellen, daß die Materialien vom Organismus nicht abgebaut oder geschädigt werden, sondern daß sie auch ihrerseits den Organismus nicht schädigen, z. B. dadurch, daß sie krebserzeugend sind. Denken die vielen Sportverletzten oder Hüftprothesenträger, die heute wieder schmerzfrei und gehfähig sind, daran, was sie den Tieren und den Tierversuchen verdanken?

Organersatz

Mit den Hüftprothesen ist bereits ein Arbeitsgebiet moderner chirurgischer Forschung angesprochen worden, das in den letzten dreißig Jahren immer mehr an Bedeutung gewann: der technische oder biologische Organersatz. Am Anfang des technischen Organersatzes stand zweifellos die *vorübergehende* Übernahme der Lungenfunktion durch künstliche Beatmungsgeräte, wie sie heute regelmäßig in der modernen Anästhesie und Intensivmedizin verwendet werden. Dann kamen die künstliche Niere (Dialyse) und schließlich die Herz-Lungen-Maschine, womit die Operation am stillgestellten und eröffneten Herzen erst möglich wurde. Neben diesen vorübergehenden Organersatz gesellte sich der erste *dauernde* Ersatz eines Organteiles, nämlich die Implantation von aus Kunststoff gefertigten Gefäßprothesen zur Behandlung von Patienten mit meist arteriosklerotisch bedingten Gefäßverschlüssen. Es kamen die künstlichen Herzklappen hinzu – und als letzter, klinisch noch nicht realisierter Weg, das künstliche Teil- oder Ganzherz.

Alle diese Verfahren, wovon Gefäßprothesen und Herzklappen inzwischen zur Routinetherapie moderner Herz- und Gefäßchirurgie gehören, sind in Versuchen an Hunden entwickelt und erprobt worden. Hierzu gehören auch Methoden, die Blutgerinnung vorübergehend zu hemmen, um die Thrombosegefährdung bei herz- und gefäßchirurgischen Eingriffen zurückzudrängen, und die von deutschen Physiologen entwickelten Verfahren zur Stillstellung und Wiederbelebung des Herzens (Kardioplegie).

Der technische Organersatz ist teilweise durch die Erfolge des biologischen Organersatzes – der Organtransplantation – »überholt worden«. Nierentransplantation ist eben die bessere Therapie als künstliche Dialyse, weil sie dem Patienten ein vollwertiges Leben gestattet. Dasselbe gilt für die Herztransplantation, neuerdings auch für die Bauchspeicheldrüsen-Transplantation als letzte lebensrettende Maßnahme für therapieresistente, oft jugendliche Diabetiker. Bei keinem der jüngsten Erfolge moderner Chirurgie kann man die Bedeutung der tierexperimentellen Forscher deutlicher demonstrieren als bei der Organtransplantation. Es fing damit an, daß der englische Biologe (und Nobelpreisträger 1960) Sir Peter Medawar, der sich schon früher mit Hauttransplantationen an Ratten beschäftigt hatte, zur Beratung für die Behandlung der brandverletzten Opfer der Bombardierung von Coventry hinzugezogen wurde. Die Verletzten wurden mit Hauttransplantaten von verwandten Spendern behandelt. Medawar erkannte, daß Transplantate eng verwandter Spender länger einheilen als solche entfernt Verwandter und daß Zweittransplantate schneller abgestoßen werden als Ersttransplantate. So wurde die Erbabhängigkeit (genetische Determinierung) der immunologischen Abstoßung von Organtransplantaten entdeckt. Danach setzte weltweit eine umfangreiche tierexperimentelle Forschertätigkeit ein, um die biologischen Gesetzmäßigkeiten der Abstoßungsreaktion zu studieren, und es wurde nach Methoden gesucht, diese Abstoßungsreaktion unterdrücken zu können. Die Ergebnisse dieser tierexperimentellen Forschung sind so vielschichtig, daß sie hier im einzelnen nicht wiedergegeben werden können. Unter anderem gewann man vertiefte Einblicke in die Funktion unseres immunologischen Systems und erkannte die Bedeutung der kleinen weißen Blutzellen, der sogenannten Lymphozyten. Die so gewonnenen Erkenntnisse sind nicht nur für die Organtransplantation wichtig, sondern auch für das Verständnis vieler immunologischer Erkrankungen – angefangen von der Allergie bis zu den sogenannten Autoimmunerkrankungen. Des weiteren wurde mit der Entdeckung der die Gewebeverträglichkeit bestimmenden Transplantationsantigene ein neuer Weg zur Erfor-

Abbildung 1
Nur unter dem Mikroskop sichtbare Fäden, die für mikrochirurgische Eingriffe verwendet werden. Die Fäden sind um ein Frauenhaar geknüpft. In der Regel werden für Nähte von Nerven und kleinen Blutgefäßen Fäden der Größen metric 0,2 (10–0) oder 0,1 (11–0) verwendet. Die Techniken dafür sind ursprünglich für Organtransplantationen an kleinen Versuchstieren (Maus, Ratte, Meerschweinchen) entwickelt worden.

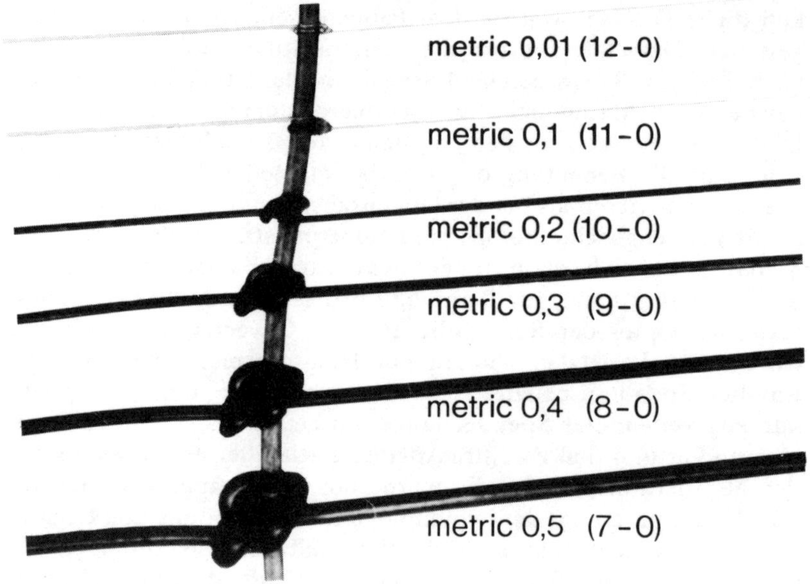

schung der Erbgesetze von Mensch und Tier gefunden. Schließlich erlangten die zur Unterdrückung der Abstoßungsreaktion entwickelten immunsuppressiven Medikamente nicht nur Bedeutung für die Organtransplantation, sondern auch für die Therapie anderer immunologischer Erkrankungen.
Die tierexperimentelle Erforschung der Biologie der Organtransplantation verlangte genetisch (erblich) definierte Mäuse- und Rattenstämme – Versuchstiere, die normalerweise nicht vorkommen, sondern ausschließlich für diese Zwecke gezüchtet werden. Zur Einsparung großer Versuchstiere (Hunde, Schweine, Kaninchen) wurden außerdem mikrochirurgische Verfahren entwickelt. Darunter versteht man spezielle nur unter dem Operationsmikroskop an-

Abbildung 2
Abgetrennter Fuß eines jungen Mädchens vor (a) und mehrere Monate nach (b) mikrochirurgischer Replantation.
Um solche Replantation abgetrennter Gliedmaßen (Finger, Hände, Arme, Füße) mit Erfolg durchführen zu können, müssen die Operateure beständig unter dem Mikroskop an Nerven und Blutgefäßen von Kleintieren die Nahttechnik üben.
(Mit freundlicher Genehmigung von Professor Dr. Biemer, Abt. für Plastische Chirurgie der Technischen Universität München.)

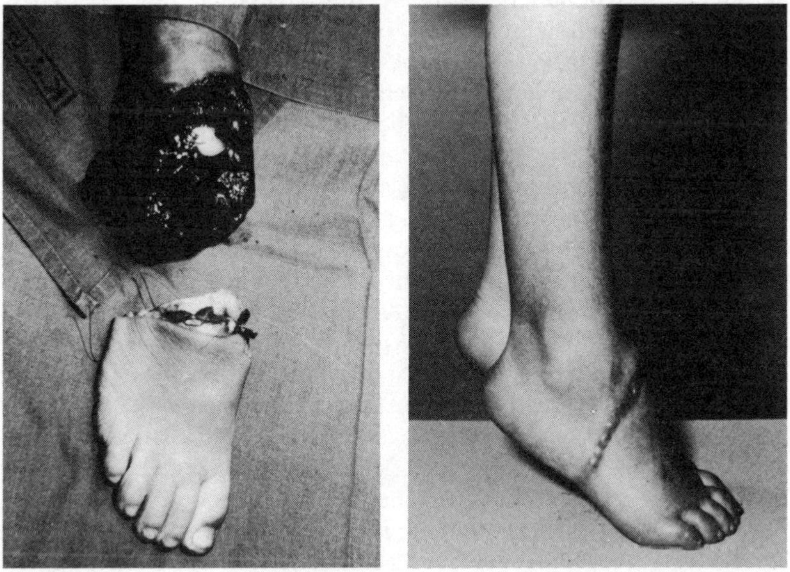

wendbare Nahttechniken mit besonders kleinen, mit dem bloßen Auge nicht sichtbaren Fäden und Nadeln. Man hat diese Techniken entwickelt, um an kleinen Nagetieren Organe wie Nieren, Herzen und Lebern transplantieren zu können. Die so ursprünglich für Operationen an kleinsten Versuchstieren entstandene Mikrochirurgie ist heute die Methode geworden, abgetrennte Gliedmaßen, und hierbei vor allem deren Nerven und kleine Blutgefäße, erfolgreicher »zusammennähen« zu können.

Aus der vorangegangenen kurzgefaßten Darstellung der engen Verflechtung zwischen Tierexperiment und Chirurgie geht wohl eindeutig hervor, daß für die Chirurgie die in Tierexperimenten gewonnenen Erfahrungen und Erkenntnisse auf den Menschen übertragbar sind. Der Einwand mancher Tierversuchsgegner, das sei nicht oder nur begrenzt möglich, trifft für die Chirurgie nicht zu. Es gibt durchaus Forschungsbereiche, in denen man nicht alle tierexperimentell gewonnenen Ergebnisse unmittelbar auf den Menschen übertragen kann. So gibt es z. B. Nagetiere, die bestimmte für andere Tiere und den Menschen giftige Substanzen in großen Mengen zu sich nehmen können, ohne Schaden zu leiden, da sie in ihrem Organismus, meistens in der Leber, Enzyme besitzen, welche die Giftstoffe schnell zu ungiftigen Bestandteilen abbauen. Oder: Der Hund kann als Aasfresser beispielsweise große Mengen faulen, mit Bakterien verseuchten Fleisches zu sich nehmen, was dem Menschen nicht möglich ist. Ratten können in einer Atmosphäre niedrigen Sauerstoffdrucks (also in sehr großen Höhen) leben, in denen Hund und Mensch sterben würden. Und so ließen sich noch viele andere Beispiele anführen. Ein Wissenschaftler kennt diese artspezifischen Qualitäten der Versuchstiere. Es gibt ein spezielles veterinärmedizinisches Fachgebiet, die »Versuchstierkunde«, in denen die unterschiedlichen Reaktionsweisen der Versuchstiere gelehrt und studiert werden. Die artspezifischen Unterschiede beim Abbau zugeführter Fremdstoffe werden bei toxikologischen Prüfungen berücksichtigt. Bei Tierexperimenten im Interesse der Chirurgie geht es aber in erster Linie um die Reaktionen von Kreislauf und Atmung sowie um die Vorgänge der Wundheilung, und es gibt derzeit keine Hinweise dafür, daß die großen für chirurgische Versuche geeigneten Tiere (Hund, Schaf, Ziege, Kalb) sich in dieser Hinsicht anders verhalten als der Mensch. Dagegen eignen sich z. B. Hunde schlecht für Versuche auf dem Gebiete der Krebsforschung, weil es keine auf den Hund übertragbare Krebsart gibt, während man eine ganze Skala von Krebszellen kennt, die man auf Ratten überimpfen kann. Wegen solcher tierspezifischen Unterschiede benötigt man für verschiedene Versuchsprogramme auch immer wieder andere Versuchstiere.

Tierschützer haben in den letzten Jahren in den Medien Greuelmärchen über die Qualen und Leiden verbreitet, welche Versuchstiere »im Interesse der Wissenschaft« erleiden müßten. Der schlimmste Vorwurf, der gemacht wird, ist der, daß größere Eingriffe an Tieren ohne Narkose durchgeführt werden. Schon mehrfach wurde darauf hingewiesen, daß die eigentliche tierexperimentelle Forschung auf dem Gebiete der Chirurgie erst mit Einführung der Narkose, vor allem der Intubationsnarkose, begann und möglich wurde. Abgesehen von der natürlichen Abscheu, die wohl jeden Menschen, und natürlich auch den engagiertesten Wissenschaftler, davon abhält, den ihm anvertrauten Tieren Schmerzen zuzufügen, gibt es auch ganz reale medizinisch-wissenschaftliche Gründe, jeden chirurgischen Eingriff an einem Versuchstier immer nur in Narkose durchzuführen. Ein Grund ist der »Operationsstreß«. Starke Schmerzen, die z. B. bei Eröffnung großer Blutgefäße oder des Bauch- und Brustraumes zu erwarten sind, würden beim Menschen und erst recht bei bestimmten Tieren, wie etwa Hunden und Schweinen (Schweine sind besonders empfindliche Tiere!), extreme Kreislauf- und Stoffwechselreaktionen mit zum Teil tödlichen Folgen auslösen. Außerdem würden bei künstlicher Beatmung ohne Narkose alle größeren Tiere versuchen, den Luftröhrentubus auszuhusten oder auszustoßen, oder sie würden »gegenatmen«, was über kurz oder lang Erstickungsanfälle und Kreislauftod bewirkt (man weiß das nicht aus Tierversuchen, sondern kennt diese Vorgänge bei aus der Narkose aufwachenden Patienten, bei denen man bei den ersten Anzeichen solcher Reaktionen den Atemtubus entfernt und sie von der künstlichen Atmung abkoppelt). Schließlich kann man nur mit einer gut gesteuerten Narkose an verschiedenen Versuchstieren einigermaßen vergleichbare Versuchsbedingungen schaffen, so daß auch die erzielten wissenschaftlichen Ergebnisse untereinander vergleichbar werden. Bei gravierenden chirurgischen Eingriffen an größeren Versuchstieren, wie sie z. B. für die Bauch-, Herz- und Lungenchirurgie notwendig sind, wird meistens sogar ein ausgebildeter Anästhesist hinzugezogen, der die Narkose und die notwendige Infusionstherapie unter den gleichen Bedingungen wie beim Menschen im Operationssaal ausführt, und dies sogar mit den gleichen Beatmungsgeräten und -instrumenten. Es geht ja in der chirurgischen Forschung ausgesprochen darum, im Tierexperiment die Verhältnisse »nachzuahmen«, die auch bei der Operation eines Patienten vorliegen. Im übrigen ist die Narkose bei chirurgischen Eingriffen an Tieren gesetzlich vorgeschrieben. Im Falle der Chirurgie hätte es einer solchen gesetzlichen Vorschrift aus den obengenannten Gründen gar nicht bedurft. Auch bevor es ein strenges deutsches Tierschutzgesetz gab, wurden alle chirurgischen Versuche an Tieren immer in Narkose ausgeführt, und es gibt keinen berechtigten Grund zu denken, daß dies nicht auch in Zukunft so sein wird.

Heute ist Schmerzbekämpfung und Narkose in der Human- und Veterinärmedizin und ebenso in der tierexperimentellen Chirurgie selbstverständlich und eine ethische Forderung unserer Zeit. Das war nicht immer so. Ende des 19. Jahrhunderts haben sich damals »tonangebende« moralische Instanzen häufig gegen Schmerzbekämpfung und Narkose gewandt, »weil Schmerzen und Leiden zu erdulden gottgegebene Prüfungen sind, die der Mensch nicht unterdrücken soll«. Erst als die englische Königin Viktoria 1853 bei der Geburt ihres achten Kindes, des Prinzen Leopold, und 1857 bei der Geburt der Prinzessin Beatrice ihrem damaligen Gynäkologen Sir James Clark die Erlaubnis gab, ihre Geburtsschmerzen durch Chloroform zu unterdrücken, setzte sich die Chloroformnarkose durch. Sie wurde durch den damals führenden Anästhesisten Londons, John Snow, verabreicht und eine Zeitlang »Chloroformnarkose à la reine« genannt.

Ausblick

Vieles ist in den letzten hundert Jahren in der Chirurgie erreicht worden. Es gibt kein Gebiet des menschlichen Körpers, kein Organ oder Organteil, in welchem im Notfall der Chirurg nicht lebensrettende oder gesundheitserhaltende Operationen vornehmen kann. Und doch ist noch eine Menge zu tun: Man denke nur daran, daß die meisten Sterbefälle in der Bundesrepublik (und in den meisten Industrieländern) auf Folgen der Arteriosklerose beruhen, wie z. B. Herzinfarkt, Schlaganfall, Embolien und Thrombosen. Zwar hat die Chirurgie auch hier schon erste Ansätze prophylaktischer Operationen gefunden, wie beispielsweise die erwähnten Bypassoperationen an den Herzkranz- und Hirngefäßen. Die Grundkrankheit, Arteriosklerose, ist aber noch nicht behandelbar. Man erkennt daran, daß die Medizin häufig dann noch keine überzeugende Therapie für den Menschen finden konnte, wenn es keine »Tiermodelle« gab, an denen man Ursache, Ausbildung und Verlauf einer Krankheit und, darauf aufbauend, auch eine kausale Therapie studieren konnte. Tiere haben keine Arteriosklerose, vermutlich weil sie nicht so alt werden wie der Mensch. Auch für andere Krankheiten, die es bei Tieren nicht oder nur in für tierexperimentelle Forschung ungeeigneter Form gibt, haben wir noch keine geeignete Therapie gefunden, beispielsweise für die multiple Sklerose, Störungen des Hirnstoffwechsels (z. B. Speicherkrankheiten), Autoimmunerkrankungen und viele andere mehr. Ein weiteres großes und ungelöstes Problem moderner medizinischer Forschung stellt nach wie vor der Krebs dar, der neben der Arteriosklerose größte Feind des Menschen. Hier kann der Chirurg, wenn er nicht zu spät kommt, also keine Metastasen aufgetreten sind, bekanntlich oft lebensrettend und lebensverlängernd eingreifen. Das Krebsproblem wird von vielen Seiten angegangen: Die Molekularbiologen suchen nach der genetischen Krebsursache (Viren, Art der Genschädigung), die Biochemiker und Immunologen nach geeigneten chemischen oder biologischen Krebsmitteln (monoklonale Antikörper!), die Toxikologen und Hygieniker nach kanzerogenen (krebserzeugenden) Schadstoffen etc. Was sie herausfinden werden, muß in seiner Wirksamkeit im Tierexperiment nachgeprüft werden, d. h., man wird auch dann auf Tiere (meistens Ratten) spezielle Tumoren verpflanzen und sehen, wie und ob sie durch neu entdeckte Maßnahmen unterdrückt werden.

Inzwischen gehen die Bemühungen um den Organersatz weiter. Auf dem Gebiete der Organtransplantation konzentriert sich das weltweite Interesse derzeit auf die Bauchspeicheldrüsen-Transplantation, mit der man, wie schon erwähnt, hofft, in absehbarer Zeit vielen therapieresistenten Zuckerkranken, darunter vielen Jugendlichen, das Leben erhalten zu können. Die Herz-Lungen-Transplantation ist ein weiteres Arbeitsfeld. Für beide, Bauchspeicheldrüsen-Transplantation und Herz-Lungen-Transplantation, liegen erste klinische Erfolge vor (z. B. im Klinikum München-Großhadern). Der technische Organersatz ist auf die Verbesserung der Knie- und Ellenbogengelenke gerichtet. Schon gibt es zahlreiche Patienten, die mit einem künstlichen Kniegelenk herumlaufen. Die Erfahrungen, die man an diesen Patienten gewinnt, werden zu neuen Konzeptionen und Verbesserungsvorschlägen führen, die man erst wieder im Tierexperiment erproben muß, bevor damit erneut Patienten behandelt werden. So ist die tierexperimentelle Forschung ein ständiges Hin und Her zwischen Patient und Tier und aus der medizinischen Forschung unserer Zeit nicht mehr wegzudenken. Es begann, wie schon erwähnt, etwa Mitte des 19. Jahrhunderts. Seit dieser Zeit ist die durchschnittliche Lebenserwartung bei uns von vierzig auf 73 Jahre angestiegen, d. h., fast die Hälfte der zur Zeit in der Bundesrepublik lebenden Menschen wären schon längst tot, wenn es die tierexperimentelle Forschung nicht gäbe. Ob die fanatischen Tierschützer sich dessen in seiner vollen Tragweite bewußt sind? Ob sie auch wissen, daß viele Haustiere – Hunde, Katzen und die üblichen Nutztiere – wie früher an Seuchen und Infektionen sterben würden, wenn die Wissenschaft nicht Tiere »geopfert« hätte, um tierische Krankheiten und Seuchen zu erkennen und die Mittel zu ihrer Bekämpfung finden zu können? Selbst ein so häufig vorgenommener tierärztlicher Eingriff wie die Sterilisation einer Katze ist ohne vorhergegangene Tierexperimente nicht denkbar: Erst in Tierexperimenten hat man die Geschlechtsorgane und ihre Funktion erkannt und die geeigneten Operationen zu ihrer Entfernung erprobt, einschließlich die zur antiseptischen Wundbehandlung notwendigen Medikamente. So haben alle, ausnahmslos alle für den Menschen in Tierversuchen gewonnenen chirurgischen Diagnose- und Therapieverfahren auch ihre Bedeutung für die tierärztliche Versorgung von Haustieren. Wir leben, nicht nur was die Eiweißernährung und Bekleidung anbetrifft, vielfach von den Tieren, sondern die Tiere auch von uns bzw. den an ihnen gewonnenen medizinischen Erkenntnissen.

Wolfgang Schaumann

Tierversuche bei der Entwicklung von Arzneimitteln

Bei der Anwendung eines Arzneimittels muß sich jeder Arzt der Frage stellen, ob der zu erwartende Nutzen in einem vertretbaren Verhältnis zum Risiko des Auftretens unerwünschter Nebenwirkungen steht. Ähnliche Überlegungen gelten für die Planung von Tierversuchen: Der erhoffte Nutzen für den Menschen muß gegenüber der damit verbundenen Belastung für die Versuchstiere überwiegen. In der Arzneimittelforschung ist der angestrebte Nutzen relativ leicht in Form des gesteckten Entwicklungszieles zu konkretisieren. Viele Untersuchungen werden von Behörden vorgeschrieben und dadurch in einer Art verallgemeinert, die den Besonderheiten des Einzelfalles nicht Rechnung trägt. Dadurch ist es dem Forscher nur in begrenztem Maße möglich, die Belastung der Versuchstiere in den engen Grenzen zu halten, die nach eigenem Wissen und Gewissen von der Zielsetzung her eingehalten werden könnten. Tierschutz und Verbraucherschutz stehen hier in einem unauflösbaren Widerspruch. Im folgenden werden vor allem solche Versuche besprochen, die nicht durch behördliche Reglementierung festgeschrieben sind.

Übertragbarkeit der Ergebnisse aus Tierversuchen auf den Menschen

Es wird immer wieder behauptet, Tierversuche seien wertlos, weil die Ergebnisse sich nicht auf den Menschen übertragen lassen. Fraglos gibt es viele Beispiele für tierspezifische Unterschiede in der Reaktion auf Fremdstoffe, zu denen letztlich auch die Arzneimittel gehören. Solche Unterschiede gibt es nicht nur zwischen Mensch und Tier, sondern auch zwischen verschiedenen Tierarten. Darüber wird allzu leicht vergessen, daß die Gemeinsamkeiten bei weitem überwiegen. Herz, Lunge oder Niere einer Ratte funktionieren im Prinzip genauso wie die des Menschen. Von Medikamenten zur Behandlung von Infektionskrankheiten abgesehen, sollen Arzneimittel gestörte Körperfunktionen beeinflussen. Es liegt auf der Hand, daß man dies in den meisten Fällen auch aufgrund analoger Funktionen beim Tier beobachten und messen kann.

Es ist auch verständlich, daß die Ergebnisse um so besser auf den Menschen übertragbar sein werden, je menschenähnlicher das Versuchsmodell ist. Versuche an Kaltblütern oder anderen niederen Organismen sind deshalb nur von sehr begrenztem Wert.

Größere tierspezifische Unterschiede gibt es bei der Kinetik der Arzneimittel. Unter Kinetik werden alle Vorgänge von der Aufnahme aus dem Magen-Darm-Trakt über die Verteilung im Organismus bis zur Inaktivierung durch Ausscheidung der aktiven Substanz oder durch einen chemischen Abbau verstanden (Metabolisierung). Diese Metabolisierung findet vorwiegend in der Leber statt. Zwar hat die Leber bei allen Tierarten dieselbe Struktur und dieselben Aufgaben, Art und Menge der darin enthaltenen Enzyme werden allerdings stark davon abhängen, welche Nährstoffe normalerweise zu verarbeiten sind. Die Vielfalt der mit Nahrung aufgenommenen Fremdstoffe hat dazu geführt, daß die Leber eine Vielfalt von Enzymen enthält.

Gegen den Wert von Tierversuchen kann man einwenden, daß manche Wirkungen von Arzneimitteln – erwünschte und unerwünschte – erst bei Anwendung am Menschen gefunden wurden. Ein Beispiel dafür sind die Medikamente zur Behandlung von Depressionen. Imipramin wurde ursprünglich als Beruhigungsmittel entwickelt. Als solches wurde es Patienten mit Depressionen verabreicht, bei denen die Gabe solcher Medikamente indiziert war. Dabei beobachtete man, daß die Patienten nicht nur ruhiger wurden, sondern bei längerer Behandlung auch die Depression überraschend schnell abklang. Es ist verständlich, daß man Antidepressiva nicht im Tierversuch entwickeln konnte, da es keine Versuchstiere mit definierten Geisteskrankheiten gibt. Erstaunlich ist eher, daß man im nachhinein Versuchsmodelle entdeckte, die eine recht gute Vorhersage der Wirksamkeit neuer Substanzen beim Menschen erlauben: Die Erfahrung im Umgang mit Reserpin beim Menschen hat gezeigt, daß hohe Dosen zu depressiven Verstimmungen führen können. Man kann die beruhigende Wirkung (Sedation) im weitesten Sinne, die man im Tierversuch bei Reserpin beobachtet, zwar nicht mit einer menschlichen Depression gleichsetzen. Es besteht aber eine gute Parallele zwischen der Aufhebung einer durch Reserpin erzeugten Sedation beim Tier und einer antidepressiven Wirkung beim Menschen. Bei gesunden Probanden sieht man nur die Nebenwirkung der Antidepressiva wie Sedation oder Mundtrokkenheit. Bei der systematischen tierexperimentellen Nachprüfung von Imipramin sah man, daß dieses bei Vögeln deutlich stimulierend wirkt. Der Grund hierfür ist, daß Vögel aus unbekannten Gründen nicht auf die sedierende Wirkung des Imipramins ansprechen, so daß dessen für die Behandlung von Depressionen entscheidende stimulierende Komponente manifest wird.

Zufall und Beobachtungsgabe der behandelnden Ärzte führten zu der Entdeckung, daß man mit Chlorpromazin schizophrene Patienten behandeln kann. Im Tierversuch unterdrückt dieses bedingte Reflexe. Das klassische Beispiel ist der Pawlowsche Hund, bei dem eine Assoziation zwischen einem akustischen Reiz und dem Vorsetzen von Nahrung dazu führte, daß schließlich der akustische Reiz allein genügte, um die Magensekretion in Gang zu bringen. Dieser bedingte Reflex dürfte noch weitgehend im subemotionalen Bereich ablaufen. Um die Beeinflussung psychischer Funktionen zu prüfen, dienen Hunger oder Angst als Antrieb für Suche nach Nahrung oder Flucht vor Gefahr. Hierfür ein einfaches Beispiel: Eine Ratte wird in einen zweigeteilten Käfig gesetzt, dessen eine Hälfte erleuchtet, die andere dunkel und mit Futter und Wasser versehen ist. Ihrem normalen Verhalten entsprechend, wird die Ratte sich in dem dunklen Teil aufhalten. Der Boden des Käfigs besteht aus einem Metallgitter, durch das sich leichte elektrische Reize auf die Fußsohlen des Tieres übertragen lassen. Durch ein Klingelzeichen wird es gewarnt, daß in wenigen Sekunden ein solcher Reiz zu erwarten ist. Ratten lernen es in kürzester Zeit, rechtzeitig in den anderen Teil des Käfigs zu wechseln und dadurch den Reiz zu vermeiden. Treibende Kraft für diesen Fluchtreflex ist die Angst vor dem unangenehmen, wenn auch keineswegs unerträglichen Schlag. Kleine Dosen Chlorpromazin nehmen dem Tier diese Angst. Es ist gleichgültig geworden , das Davonlaufen ist ihm zu mühsam; lieber erträgt es einen elektrischen Schlag. Der Test ist aber nur dann empfindlich, wenn man dem Tier nicht zuviel Angst macht, d. h., wenn die Stärke des elektrischen Stromstoßes gerade ausreicht, um es zur Flucht zu veranlassen. Die Erfahrung hat gezeigt, daß eine gute Korrelation besteht zwischen der Wirksamkeit eines Medikamentes gegenüber solchen bedingten Fluchtreaktionen bei der Ratte und bei der Behandlung einer Schizophrenie beim Menschen.

Diese Erkenntnisse waren in doppelter Hinsicht nützlich: Sie ermöglichten die Entwicklung von Medikamenten, die in ihrer Wirksamkeit und Verträglichkeit dem Imipramin bei der Behandlung von Depressionen und dem Chlorpromazin bei der Behandlung der Schizophrenie weit überlegen sind. Zum anderen gewann man aus dieser Parallele zwischen Mensch und Tier die Erkenntnis, daß die Wirkung der Medikamente keineswegs auf einer zielgerichteten Wirkung gegenüber diesen Erkrankungen beruht, sondern auf einer Beeinflussung psychischer Funktionen, die man durchaus auch beim normalen Tier feststellen kann. Offenbar wirkt die Steigerung des Antriebs, die man mit Antidepressiva bei Vögeln sieht, der sogenannten vitalen Traurigkeit entgegen, die man bei Patienten mit Depressionen findet. Bei der Schizophrenie verbessert die Dämpfung übertriebener Affekte die Möglichkeit zur Heilung.

Auch die Vorhersage von Nebenwirkungen läßt sich durch Erarbeitung geeigneter Versuchsmodelle verbessern. Das bekannteste leidvolle Beispiel hierfür ist Thalidomid. Als man erkannt hatte, daß es beim Menschen Mißbildungen erzeugt, wurde versucht, sie im Tierversuch zu reproduzieren. Schließlich fand man bestimmte Kaninchenrassen, bei denen das gelang. Untersuchungen an solchen Tieren gehören heute zur routinemäßigen Sicherheitsprüfung bei jedem Medikament. Wie diese Beispiele zeigen, gehört es zu den schwierigsten Aufgaben der Pharmakologen, geeignete Versuchsmodelle zu finden. Die Übertragbarkeit der Ergebnisse auf den Menschen ist relativ gut zu sichern, wenn man Substanzen hat, deren Wirkung und Nebenwirkungen beim Menschen bekannt sind und die man als Standard einsetzen kann. Insbesondere bei neuartigen Medikamenten ist es auch in Zukunft nicht auszuschließen, daß trotz sorgfältiger tierexperimenteller Prüfung therapeutisch nutzbare oder unerwünschte Wirkungen auftreten, die sich aus dem Tierversuch nicht vorhersagen lassen, da entsprechende Modelle erst noch entwickelt werden müßten.

Zur Korrelation der Nebenwirkungen bei Mensch und Tier hat Litchfield die Ergebnisse der Langzeitprüfung von insgesamt sechs neuen Wirkstoffen an Ratten und Hunden mit den später beim Menschen gesammelten Erfahrungen verglichen: Dabei ergab sich eine Übereinstimmung von 62% mit den beim Menschen beobachteten Wirkungen (J. Am. Med. Assoc. 177, 1961, S. 34–38). Bereits mit Hilfe der in den fünfziger Jahren verfügbaren und im Vergleich zu heute eher überholten Testmethoden war es bei sehr schematischer Prüfung an nur zwei Tierarten möglich, fast zwei Drittel aller beim Menschen zu erwartenden Wirkungen richtig vorauszusagen.

Die britische Zulassungsbehörde verglich bei 45 Arzneimitteln mit neuen Wirkstoffen die Ergebnisse der tierexperimentellen mit denen der klinischen Erprobung. Ausgewertet wurden 1667 Untersuchungen an Tieren und 1032 Prüfungen an Menschen. Alle gravierenden Nebenwirkungen beim Menschen waren bei den Tierversuchen beobachtet worden. (J. Royal Soc. Med. 71, 1978, S. 693–697.)

Bei der Entwicklung von Arzneimitteln eingesetzte Methoden

Im folgenden sollen beispielhaft einige Methoden angeführt werden, die zur Prüfung neuer Substanzen als potentielle Arzneimittel verwendet werden. Sie werden nach dem Gesichtspunkt untergliedert, inwieweit damit eine Belastung von Tieren im weitesten Sinne verbunden ist. Im Sinne des Tierschutzes wird dabei das schmerzlose Töten von Tieren als weniger gravierend eingestuft als das Zufügen von Leiden, insbesondere über längere Zeit.

Ganz ohne Material von getöteten Tieren kommt man bei Untersuchungen an Enzymsystemen oder isolierten Zellen aus. Voraussetzungen für solche Voruntersuchungen in vitro ist, daß man eine Substanz mit einem genau definierten Angriffspunkt sucht. Bekanntestes Beispiel ist die Prüfung auf antibakterielle Wirkung. Bevor eine Substanz einem Versuchstier verabreicht wird, prüft man im Reagenzglas die Hemmung des Wachstums von Bakterien oder ihr Abtöten gegenüber einer Vielzahl von Keimen im Vergleich zu mehreren bekannten Chemotherapeutika. Dieser Vortest ist sehr aussagekräftig, da eine unmittelbare Beziehung zwischen der antibakteriellen Wirkung im Reagenzglas (in vitro) und im lebenden Organismus (in vivo) besteht. Allerdings kommen in vivo zusätzliche Faktoren, wie die körpereigene Abwehr und die Geschwindigkeit der Inaktivierung der Substanz, dazu. Der größte Teil der Prüfsubstanzen wird schon bei den Versuchen in vitro ausgesiebt.

Ein weiteres Beispiel ist die Suche nach Hemmern des sogenannten Angiotensin-Converting-Enzyme (ACE). Dieses Enzym katalysiert die Umwandlung des unwirksamen Angiotensin I zu dem starken blutdrucksteigernden Angiotensin II. Bei bestimmten Formen des Hochdrucks entsteht vermehrt Angiotensin I, dessen Umwandlung zu Angiotensin II man durch Hemmung des ACE verhindern kann. Eine Hemmung des ACE läßt sich in vitro messen. Für Untersuchungen in vivo werden nur Substanzen eingesetzt, die den Vortest in vitro überstanden haben.

Mit den Methoden der modernen Biochemie hat man für viele Arzneimittel den Rezeptor identifizieren und anreichern können. Der Rezeptor ist die Stelle, an der der betreffende Wirkstoff gebunden wird und seine Wirkung entfaltet. Ein Beispiel dafür sind adrenerge Betablocker. Dies sind Substanzen, die körpereigene Überträgerstoffe wie Adrenalin und Noradrenalin ausschalten und dadurch eine Steigerung des Sauerstoffverbrauches des Herzens bei körperlicher Anstrengung oder bei Aufregung bremsen. Man mißt die Bindung eines Betarezeptorenblockers an seinen Rezeptor, indem man diesen radioaktiv markiert, mit den angereicherten Rezeptoren inkubiert und die Beziehung zwischen der Konzentration des Betablockers und der Menge an gebundener Radioaktivität mißt. Diese nimmt ab, wenn man eine Prüfsubstanz in einer Konzentration zusetzt, in der sie sich ebenfalls mit dem Betarezeptor verbindet. Auf diese Weise kann man Substanzen mit zu niedriger Affinität schon vor dem ersten Tierversuch ausschalten.

Weit verbreitet sind Versuche an isolierten Organen. Für Versuche am isolierten Herzen muß man für jedes Präparat ein Tier opfern. Trotzdem wird die Zahl der Versuchstiere erheblich vermindert, da man zugesetzte Prüfsubstanzen auswaschen und dadurch mehrere Substanzen am gleichen Präparat prüfen kann. Für andere Versuche, wie z. B. an isolierten Darmstücken, kann man von einem Tier viele Präparate gewinnen, was die Zahl der Versuchstiere weiter reduziert. Viele Wirkungen, wie beispielsweise ein Antagonismus gegen Acetylcholin oder Histamin, lassen sich auf diese Weise quantifizieren.

Groß ist die Zahl der Versuche, bei der die Prüfsubstanz zwar dem Tier verabreicht wird, die eigentlichen Messungen aber im Harn, Blutserum oder an Blutkörperchen durchgeführt werden, die man den Tieren entnimmt. Man spricht dabei von Versuchen »ex vivo«, d. h. aus dem lebenden Organismus heraus. Die Belästigung ist beim Sammeln von Harn zu vernachlässigen, bei der Gewinnung von Blutproben nicht anders als bei einer Blutentnahme, wie sie Bestandteil fast jeder Untersuchung beim Arzt ist. Auf diese Weise werden z. B. harntreibende Mittel untersucht. Die größte Belästigung für das Versuchstier ist die Verabreichung der Substanz mit einer Schlundsonde. Die Wirkung anderer Medikamente erfaßt man aufgrund der Veränderungen von Bestandteilen des Blutes: Antidiabetika senken den Blutzucker, Medikamente zur Vorbeugung gegen Arteriosklerose die Neutralfette und das Cholesterin, Mittel gegen Gicht die Harnsäure. Zur Verhinderung arterieller Thrombosen versucht man das Zusammenkleben der Blutplättchen zu verhindern. Man prüft solche Substanzen, indem man die Klebrigkeit der Blutplättchen vor und nach Verabreichung vergleicht.

Unter diese Versuche ex vivo sind auch alle Untersuchungen zur Kinetik einer Substanz einzuordnen. Gemessen werden in der Regel der zeitliche Verlauf der Serumkonzentrationen der Prüfsubstanz und ihre Ausscheidung im Harn. Mitunter können Unterschiede in der Wirkungsdauer bei einzelnen Tierarten durch Unterschiede in der Ausscheidungsgeschwindigkeit erklärt werden. Auch ist es wichtig zu wissen, ob eine Substanz vorwiegend in unveränderter Form über die Niere ausgeschieden oder durch Veränderung im Stoffwechsel unwirksam gemacht wird. Bei überwiegender Ausscheidung durch die Niere muß man damit rechnen, daß die betreffende Substanz bei Patienten mit eingeschränkter Nierenfunktion langsamer ausgeschieden wird und dadurch länger wirkt als bei nierengesunden Patienten. Die Geschwindigkeit der Inaktivierung im Stoffwechsel kann bei Leberschäden herabgesetzt sein. In der Regel braucht man, bezogen auf das Körpergewicht, um so größere Mengen einer Substanz für eine bestimmte Wirkung, je kleiner das Versuchstier ist. Das beruht darauf, daß die Ausscheidungsgeschwindigkeit mit zunehmender Körpergröße sinkt. Diese Unterschiede verschwinden vielfach, wenn man bei verschiedenen Tierarten die wirksamen Serumkonzentrationen vergleicht.

Andere Wirkungen lassen sich nur am ganzen Tier beobachten. Die stärkste Belastung der Versuchstiere ist zu erwarten, wenn man eine Erkrankung oder ein Leiden erzeugen muß. Will man ein Medikament zur Verhütung oder zur Behandlung von Magengeschwüren entwickeln, so braucht man ein Versuchstier, das solche Geschwüre hat. Ratten eignen sich dafür am besten, da ihre Mägen besonders empfindlich sind. Man kann bei der Ratte Magengeschwüre durch psychischen Streß erzeugen – auch hierin ähneln sie dem Menschen – und ihre Entstehung durch Psychopharmaka verhindern. Die Übertragbarkeit der Ergebnisse auf den Menschen kann somit als gesichert gelten. Trotzdem ist es fraglich, ob solche Versuche zu rechtfertigen sind und man die Wirkung eines Psychopharmakons nicht auf weniger eingreifende Weise ausreichend genau erfassen kann. Dagegen ist man bei der Prüfung von Medikamenten, die ihre Schutzwirkung unmittelbar an der Magenschleimhaut entfalten, auf eine Schädigung derselben angewiesen. Will man Medikamente zur Behandlung der Angina pectoris oder eines Herzinfarktes erproben, so kommt man nicht darum herum, beim Versuchstier ein Herzkranzgefäß einzuengen oder zu verschließen.

Im günstigsten Fall wählt man einen Tierstamm aus, bei dem die betreffende Krankheit aufgrund einer besonderen Erbanlage von selbst entsteht. So haben sich Ratten mit erblichem Bluthochdruck zur Prüfung blutdrucksenkender Medikamente bewährt. Es gibt Mäusestämme mit erblicher Fettsucht oder Zuckerkrankheit, Kaninchen mit erhöhtem Cholesterinspiegel im Serum und entsprechend rasch sich entwickelnder Arteriosklerose. In solchen Fällen ist es eine philosophische Frage, ob man bei diesen Tieren analog zum Menschen mit dem entsprechenden Leiden eine verminderte Lebensqualität annehmen will oder davon ausgeht, daß das Tier mangels Vergleichsmöglichkeit sein Leiden nicht subjektiv empfinden kann.

In vielen Fällen kann man die Wirkung von Arzneimitteln am Ganztier ohne jeden operativen Eingriff beobachten. Hierzu gehören zahlreiche Versuche auf dem Gebiet der Psychopharmakologie, d. h., der Beeinflussung des Verhaltens von Versuchstieren durch Medikamente. Auf einzelne Methoden zur Prüfung von Antidepressiva und Antipsychotika wurde bereits eingegangen. Noch einfacher ist die Beobachtung des natürlichen Verhaltens, die bereits wertvolle Aufschlüsse geben kann. Auch ohne komplizierte Meßmethodik kann man es einem Tier ansehen, ob es im Vergleich zu einer unbehandelten Kontrolle ruhiger ist oder aufgeregt umherläuft, ob es sich gemütlich putzt oder gleichgültig in einer Ecke kauert. Die einzige Voraussetzung für solche Beobachtungen ist, daß die Tiere sich ihren Gewohnheiten entsprechend normal verhalten.

Andere Untersuchungen sind nicht ohne operativen Eingriff möglich. Das gilt mit wenigen Ausnahmen für die Pharmakologie des Kreislaufs, Meßgrößen wie die Kontraktionskraft des Herzens, die Blutstromgeschwindigkeit in einzelnen Organen, der Blutdruck oder der Gefäßwiderstand lassen sich nicht ohne operativen Eingriff erfassen. Solche Versuche werden deshalb in Narkose durchgeführt. Die subjektive Belästigung des Tieres ist dabei nicht größer als die eines Patienten, der zur Vorbereitung einer Operation eine Narkose erhält.

Mensch und Tier empfinden in der Narkose keinen Schmerz, doch ist der Anblick einer Operation für den Laien meist ein großer Schock. Dementsprechend leicht ist es, eine nicht sachkundige Öffentlichkeit durch Bilder von Tierversuchen in Narkose zu beeindrucken. Da die Tiere bei Versuchsende getötet werden, besteht keine Beziehung zwischen der Schwere des Eingriffs und einer Belastung der Versuchstiere.

Die Steuerung des Kreislaufs wird durch eine Narkose verändert. Es ist deshalb vielfach notwendig, Untersuchungen an wachen Tieren durchzuführen. Dazu werden in einer Voroperation in Narkose unter sterilen Bedingungen Meßgeräte, wie Katheter zur Messung des Blutdrucks oder Meßköpfe zur Erfassung der Blutstromgeschwindigkeit, eingepflanzt. Eine gute Pflege der Tiere nach der Operation ist Voraussetzung für ihre Verwendbarkeit. Tiere sind durchwegs robuster als der Mensch, so daß die Belastung durch Operationsfolgen beim Tier geringer sind als beim Menschen. Das sieht man schon daran, daß die Tiere sich wesentlich rascher von der Operation erholen. Ein Vorteil aus der Sicht des Tierschutzes ist, daß die Tiere mit eingepflanzten Meßgeräten für viele Versuche verwendet werden können, so daß die Zahl der Tiere geringer ist als bei Versuchen in Narkose.

Paradoxerweise ist die Prüfung von schmerzstillenden Medikamenten wenig eingreifend, obwohl man dazu Schmerz erzeugen muß. Um eine Schädigung des Versuchstieres zu vermeiden und den Schmerzreiz wiederholen zu können, hält man diesen so gering wie möglich. Eine bekannte Methode ist die elektrische Reizung der Zahnpulpa beim Hund. Sie unterscheidet sich im Prinzip nicht von der Vitalitätsprüfung eines Zahnes, wie der Zahnarzt sie beim Patienten durchführt: An den Zahn wird ein elektrischer Strom angelegt, dessen Stärke der Zahnarzt oder der Experimentator so lange steigert, bis der Patient oder das Versuchstier den Strom als unangenehm empfindet. Der Patient gibt ein Zeichen, der Hund verzieht das Maul. Ein schmerzstillendes Medikament erhöht die Reizschwelle, bei dem diese Reaktion eintritt. Ein anderes Verfahren beruht darauf, daß man Mäuse auf eine Metallplatte setzt, die auf 56 °C aufgeheizt wird. Normalerweise empfinden das die Mäuse innerhalb von einer Minute als unangenehm und belecken sich die Pfoten, worauf der Versuch beendet wird. Die wirksame Dosis eines Analgetikums kann man dadurch definieren, daß sie diese Reaktion unterdrückt. Man kann solche Versuche auch beim Menschen durchführen. Dabei sinkt in der Regel die Reizschwelle, da der Proband beim zweiten oder dritten Mal schon auf den Schmerzreiz wartet und deshalb bei einer geringeren Reizstärke das Überschreiten der Reizschwelle signalisiert. Beim Tier ist die Reaktion auf leichte Schmerzreize sehr gut reproduzierbar. Bei stärkeren Schmerzreizen würde auch beim Versuchstier die Angst dazu kommen und die Reizschwelle senken, was eine Auswertung des Versuches erheblich erschweren würde.

Ziel solcher Untersuchungen ist es, Hinweise auf mögliche Nebenwirkungen beim Menschen zu erhalten. Es gibt Nebenwirkungen, die schon bei der ersten Gabe einer Substanz auftreten. Andere offenbaren sich erst nach längerem Gebrauch. Dementsprechend ist die Prüfung auf Verträglichkeit zu unterteilen in Versuche mit einmaliger und wiederholter Gabe. Die Prüfung auf Wirksamkeit hängt ganz davon ab, zur Behandlung welcher Krankheit die betreffende Substanz gedacht ist. Dagegen folgt die Prüfung auf Sicherheit mehr oder weniger einem festgelegten Schema. Es liegt auf der Hand, daß zur Sicherheitsprüfung grundsätzlich dieselben Methoden eingesetzt werden können wie zur Prüfung auf Wirksamkeit. Bei einem Medikament zur Behandlung des Hochdrucks ist eine Blutdrucksenkung erwünscht, bei einem Psychopharmakon oder einem Antidiabetikum wäre sie als Nebenwirkung anzusehen. Der Untersucher wird die zu verabreichende Dosis so wählen, daß sie oberhalb des Bereiches der therapeutisch wirksamen Dosen bei der betreffenden Tierart liegt, aber noch nicht giftig ist. Sieht man z. B. an der hypertonen Ratte in Dosen zwischen 1 und 10 mg/kg eine zunehmende Blutdrucksenkung, so könnte man zur Sicherheitsprüfung 50 mg/kg verwenden. Tritt dabei keine Nebenwirkung auf, so erübrigt sich die Prüfung höherer Dosen. Sieht man eine Wirkung, so wird man feststellen, wie groß der Abstand zu den therapeutischen Dosen ist.

Diese Freiheit für den Experimentator entfällt bei der Prüfung auf akute Toxizität. Die Zulassungsbehörden der meisten Länder fordern die Bestimmung der tödlichen Dosis (LD_{50}) bei mindestens zwei Tierarten, jeweils zwei Arten der Verabreichung und meist noch getrennt für Männchen und Weibchen. Die LD_{50} beträgt meist mehr als das Zehnfache, oft mehr als das Hundertfache der therapeutisch wirksamen Dosis bei der betreffenden Tierart. In diesen Fällen ist der Erkenntniswert hinsichtlich der Sicherheit des Medikamentes zu vernachlässigen. Die Nebenwirkungen, welche die Steigerung der Dosis eines Medikamentes beim Menschen begrenzen, haben in der Regel nichts mit dem zu tun, was eine Maus oder eine Ratte umbringt. Von der Bundesrepublik Deutschland ausgehende Bestrebungen, die Zahl der Versuchstiere herabzusetzen, haben bereits erste Erfolge gezeigt.

Am eingreifendsten ist die Toxizitätsprüfung bei wiederholter Gabe. Die Versuchsdauer liegt dabei zwischen vier Wochen und mehreren Jahren. Die höchste Dosis ist so zu wählen, daß Vergiftungserscheinungen auftreten. Man hofft daraus schließen zu können, welche Nebenwirkungen beim Menschen am ehesten zu erwarten sind. Wie bei der Prüfung auf akute Toxizität wird das dann weitgehend sinnlos, wenn der Abstand zur therapeutischen Dosis bei der betreffenden Tierart sehr groß ist. Bei den Anforderungen der Behörden wird dieser Gesichtspunkt weitgehend vernachlässigt.

Die toxikologische Prüfung eines Arzneimittels unterscheidet sich von der Prüfung anderer Fremdstoffe wie Chemikalien, Nahrungsmittelzusätzen und anderen nur dadurch, daß die im Bedarfsfall zu verabreichende Menge bekannt ist. Dementsprechend kann man eine therapeutische Breite definieren als Abstand zwischen wirksamen und unverträglichen Dosen. Das macht die toxikologische Prüfung eines Arzneimittels leichter als die mancher anderer Fremdstoffe, die z. B. bei gewerblicher Verwendung in unkontrollierter Menge aufgenommen werden können. Davon abgesehen unterscheiden sich toxikologische Untersuchungen von Arzneimitteln und anderen Fremdstoffen wenig, so daß auf das diesbezügliche Kapitel verwiesen werden kann.

HELMUT GREIM

Tierversuche in der Toxikologie

In den letzten hundert Jahren hat die Belastung des Menschen und seiner Umwelt durch Chemikalien erheblich zugenommen. Jährlich kommen neue chemische Verbindungen hinzu, die in den verschiedensten Bereichen verwendet werden und damit den Menschen exponieren. Es ist daher erforderlich, zu untersuchen, ob durch diese Chemikalien Schädigungen für Menschen oder Tiere auftreten können. Grundvoraussetzung dafür ist, daß eine toxikologische Bewertung der Chemikalien durchgeführt wird, um eine rationale Entscheidung über das in gesellschaftlicher und politischer Hinsicht vertretbare Risiko für die Gesundheit des Menschen zu treffen. Zur Bewertung der Giftigkeit einer Chemikalie werden vor allem Tierversuche herangezogen. Im allgemeinen bestehen zwischen den üblicherweise für die Versuche verwendeten Ratten, Mäusen, Kaninchen oder Hunden und dem Menschen, hinsichtlich der Anatomie und Physiologie, große Ähnlichkeiten, zum Teil sogar Übereinstimmungen. Damit kann man zunächst einmal davon ausgehen, daß die Ergebnisse aus den Tierversuchen auf den Menschen übertragbar sind. Daher stimmt auch in den meisten Fällen der Verlauf einer Vergiftung bei Menschen und höheren Säugetieren überein. Das Problem bei der Übertragung vom Versuchstier auf den Menschen liegt allerdings weniger im qualitativen als im quantitativen Bereich. Unterschiede zwischen den einzelnen Tierspezies und dem Menschen sind in erster Linie auf Unterschiede in der Toxikokinetik und der Verstoffwechslung der Substanzen zurückzuführen. Das Risiko einer Fehleinschätzung toxischer Wirkungen ist besonders dann groß, wenn nur die groben, am Tier sichtbaren Wirkungen eines Schadstoffes erfaßt werden. Die moderne Toxikologie bemüht sich daher, neben der allgemeinen Giftwirkung die Wirkungsmechanismen der Vergiftung bei diesen Versuchen mit zu erfassen, und zieht für eine toxikologische Bewertung neben den allgemeinen Vergiftungserscheinungen Daten zur Toxikokinetik, Verstoffwechslung und dem Wirkungsmechanismus bei den einzelnen Säugetierspezies und, falls vorhanden, beim Menschen heran. Ein weiterer entscheidender Parameter für die Risikoabschätzung ist die Information, bei welcher Konzentration einer Substanz es zu spezifischen Wirkungen im Tier oder im Menschen kommen kann.

Wichtig ist dabei vor allem die Kenntnis der höchsten unwirksamen Konzentration bei länger dauernder Gabe dieser Substanz im Tierversuch. Im folgenden sollen die einzelnen Untersuchungen, auf denen eine toxikologische Bewertung einer Substanz beruht, näher erläutert werden.

Symptomatik bei akuter Vergiftung

Die akute Toxizität eines Stoffes wird durch einmalige Gabe der Testsubstanz ermittelt. Der Applikationsweg wie Mund, Lunge oder Haut richtet sich nach der möglichen Exposition des Menschen. Bisher wurde im allgemeinen diejenige Menge des Stoffes ermittelt, die bei 50% der Versuchstiere zum Tode führte. Die so festgestellte LD_{50} bzw. LC_{50} (letale Dosis bzw. Konzentration) für 50% der Versuchstiere ist die Grundlage für die Zuordnung der Substanz in eine Giftklasse.

In den vergangenen Jahren ist das gegenwärtig zumeist praktizierte Verfahren zur Ermittlung der akuten Toxizität einer Substanz anhand der alleinigen Bestimmung der LD_{50} zunehmend in Frage gestellt worden. Diese Kontroverse wurde einerseits ausgelöst durch die Bemühungen, den Einsatz von Versuchstieren soweit wie möglich zu vermindern. Andererseits ergaben Ringversuche mit identischen Chemikalien in einigen Fällen mehr als zehnfache Unterschiede für die von den einzelnen Laboratorien ermittelten LD_{50}-Werte. Damit wird eine Einteilung in Giftklassen allein anhand starr vorgegebener LD_{50}-Werte nicht nur aus wissenschaftlicher Sicht, sondern auch im Hinblick auf den Schutz des Menschen fragwürdig. Vielmehr sind zur Beurteilung der Gefährdung des Menschen bei einmaliger oder kurzfristig wiederholter Einwirkung hoher Stoffmengen die Art der Symptome, der Vergiftungsablauf, die Heilungstendenz, die Behandlungsmöglichkeiten und das Auftreten von Spät- oder Dauerschäden viel wichtigere Grundlagen zur Beurteilung.

Aus der genauen Beobachtung der Symptome und Organveränderungen beim akut vergifteten Laboratoriumstier können Hinweise auf die Zielorgane der toxischen Wirkung, auf den Verlauf und die Reversibilität der Schädigungen und Anhaltspunkte für die Therapie der Vergiftung erhalten werden.

Dagegen bestehen zwischen der Größe der beim Versuchstier toxischen oder tödlichen Dosis und der für den Menschen toxischen oder letalen Dosis keine eindeutig quantitativen Beziehungen. Die gewonnenen Daten zur Dosis-Wirkungs-Beziehung sollen zwar bei der Zuordnung der Chemikalien in eine Giftklasse berücksichtigt, sollten aber nicht als einzige Entscheidungsgrundlage verwendet werden.

Eine Neugestaltung der Prüfung der Toxizität nach einmaliger Anwendung der Prüfsubstanzen wird gegenwärtig von nationalen und internationalen Gremien diskutiert.

Symptomatik bei chronischer Exposition

Die Untersuchungen zur chronischen Toxität setzen sich aus mehreren Untersuchungsserien zusammen und beinhalten im allgemeinen Versuche, bei denen die Substanz täglich über 28 Tage, neunzig Tage, bis zu zwei Jahren oder während der gesamten Lebenszeit den Tieren gegeben wird. Durch die Verabreichung verschiedener Dosierungen gewinnt man die für die eigentliche Risikoermittlung wichtigen Daten. Im allgemeinen werden drei Schadstoffmengen verwendet, bei denen die höchste zu einer Schadwirkung führt und die niedrigste keinerlei Auswirkungen auf das Versuchstier haben soll.

Bei den Langzeitversuchen werden eventuelle krebsauslösende Eigenschaften der Testsubstanz besonders intensiv überprüft. Darüber hinaus wird auch auf erbgutverändernde Eigenschaften (Mutagenität) sowie Wirkungen auf die Nachkommen der Tiere (Teratogenität) geprüft. Da zwischen einzelnen Tierarten Unterschiede in der Empfindlichkeit bestehen können, sollen mindestens zwei Säugetierarten in diesem Test verwendet werden, wobei eine Tierart nicht zu den Nagetieren gehören darf.

Die experimentelle Feststellung solcher Langzeitwirkungen ist mit erheblichem Aufwand verbunden. Während des Versuches müssen die Tiere ständig beobachtet werden; Körpergewichtszunahme, Futtermenge, Trinkmenge und allgemeines Verhalten werden festgehalten. Bei Versuchsende werden die Tiere getötet, vollständig seziert und die Organe makroskopisch und histologisch untersucht. Weiterhin werden die Körperflüssigkeiten und Ausscheidungen sorgfältig auf substanzbezogene Veränderungen überprüft.

Bei diesen Versuchen gibt es jedoch zahlreiche Schwierigkeiten in der Erkennung von Effekten. Dazu gehören vor allem solche Wirkungen, die nur sehr spät zutage treten, wie die kanzerogenen

Effekte eines Stoffes, die sich oft erst nach monate- bzw. jahrelanger Versuchsdauer und häufig nur undeutlich zu erkennen geben. Andere Effekte können zwar eindeutig erkennbar sein, die Beurteilung ihrer toxikologischen Bedeutung jedoch erhebliche Schwierigkeiten machen. Substanzen wie die polychlorierten Biphenyle, welche die Aktivität fremdstoffabbauender Enzyme erhöhen, können schwerwiegende biochemische Veränderungen zur Folge haben, bedeutungslose oder sogar nützliche Wirkungen erzeugen. Die Einwirkung persistenter in der Umwelt vorkommender Organohalogene kann in einer Zunahme des Lebergewichts resultieren, die auf regelrechtem Wachstum beruht, während sonst keine Veränderungen an diesem Organ auftreten. Eine Beurteilung solcher Befunde wird nur durch weitere gezielte Untersuchungen ermöglicht.

Reversibilität der toxischen Wirkungen

Besondere Bedeutung für die Bewertung der toxikologischen Untersuchungen bilden Erkenntnisse über die Reversibilität der toxischen Effekte. Grundsätzlich kann davon ausgegangen werden, daß toxische Wirkungen nach Beendigung der Exposition mit einem Schadstoff sich wieder zurückbilden.

Davon abzutrennen ist die Wirkung krebserzeugender Stoffe. Hier wird davon ausgegangen, daß auch die kleinste Konzentration zu einer nicht mehr sich zurückbildenden Schädigung führt. Damit ist es eine Frage der Zeit und der Dosis, daß sich im Versuchstier oder beim exponierten Menschen Tumoren entwickeln. Dementsprechend können keine unwirksamen Höchstmengen für kanzerogene Substanzen festgelegt werden. Krebserzeugende Substanzen werden daher als Nahrungsmittelzusatzstoffe nicht zugelassen, und eine Verunreinigung der Nahrungsmittel durch andere Quellen muß so niedrig wie möglich gehalten werden.

Toxikokinetik und Verstoffwechslung

Wie bereits einleitend erwähnt, kommt der Toxikokinetik bei der Übertragung von Tierversuchen auf den Menschen erhebliche Bedeutung zu. Erst eine genaue Information über das toxikokinetische und stoffwechselmäßige Verhalten der Substanzen kann die Möglichkeit einer Fehleinschätzung toxischer Wirkungen für den

Menschen vermindern. Toxikokinetische Daten beinhalten Untersuchungen über die Menge und Geschwindigkeit der Aufnahme der Substanz in den Organismus, die Verteilung im Organismus auch auf die verschiedenen Organe, Gewebe und Körperflüssigkeiten, die Bindung an Gewebe und Proteine im Blut, die Verstoffwechslung der Substanz und das Auftreten reaktiver oder entgifteter Stoffwechselprodukte, die Elimination der Substanzen aus dem Organismus und die Geschwindigkeit dieses Vorganges. Weiterhin gehören dazu verschiedene biochemische Parameter wie irreversible Bindungen der Chemikalie an Makromoleküle als Zeichen für die Reaktivität der Stoffwechselprodukte, Wirkungen auf verstoffwechselnde Enzymsysteme oder auf endogene Entgiftungsvorgänge wie Verbrauch und damit Senkung des Glutathiongehaltes. Diese Untersuchungen sind im allgemeinen kompliziert und müssen für die Einzelsubstanzen speziell zugeschnitten sein. Ein starres Untersuchungsschema ist daher ungeeignet.

Erfahrungsgemäß müssen jedoch bei der Prüfung chronischer Wirkungen einige Grundvoraussetzungen erfüllt sein:

Bei mehrmaliger Applikation der Testsubstanz zur Prüfung der chronischen Toxizität sollten wenigstens drei verschiedene Dosen, die niedrigste im unwirksamen Konzentrationsbereich, die höchste im toxischen Bereich, eingesetzt werden. Die Untersuchungen bei hoher Dosis geben insbesondere Aufschluß darüber, ob bei den hohen, häufig im Tierversuch gegebenen toxischen Konzentrationen andere Wirkungen auf den Organismus auftreten als bei niedrigen Konzentrationen, die für Exposition des Menschen relevant sind. Die Entscheidung, ob die zu untersuchende Substanz im Futter, also oral, über die Atemluft oder über die Haut dem Versuchstier zugeführt wird, hängt davon ab, wie die voraussichtliche Exposition des Menschen sein wird. Dabei muß auch berücksichtigt werden, daß die Mittel, in denen die Testsubstanzen gelöst werden, selbst einen Einfluß auf die Toxikokinetik der Testsubstanz haben können. Dies kann zu erheblichen Unterschieden in der Wirksamkeit führen.

Besonders umfangreich sind die Untersuchungen zur Verstoffwechselung der Substanz. Dazu muß die chemische Struktur der Stoffwechselprodukte aufgeklärt und Hinweise auf die Zwischenprodukte müssen erhalten werden, die bei der Verstoffwechslung der Ausgangssubstanz bis hin zu den endgültigen Metaboliten auftreten. Diese Information ist insofern wichtig, als Hinweise auf eventuell auftretende reaktive und damit toxische Zwischenprodukte erhalten werden können. Dies ist für die Erkennung der Wirkungsmechanismen bei den einzelnen Spezies von besonderer Bedeutung.

Das Muster der Stoffwechselprodukte, die Eliminationsgeschwindigkeit der Ausgangssubstanz und ihrer Metaboliten geben weiterhin einen wichtigen Hinweis darauf, ob die Substanz relativ schnell ausgeschieden wird oder aber lange im Organismus verweilt und damit bei dauernder Zufuhr möglicherweise kumuliert.

Festlegung der höchsten duldbaren und geduldeten Rückstandsmengen

Das Vorgehen beruht auf folgenden Erwägungen: Wie bereits dargestellt wurde, hängt die Wirkung eines Schadstoffes von der aufgenommenen Menge ab. Damit ist die Giftigkeit abhängig von der jeweiligen Substanz und sehr unterschiedlich. Für diese Substanzen wird aus Tierversuchen bei wiederholter Applikation über längere Zeit die unwirksame Höchstdosis ermittelt. Die so bestimmte unwirksame Höchstdosis wird als *no-effect level* (NEL) bezeichnet. Er wird als höchste duldbare Tagesdosis in mg Wirkstoff je kg Körpergewicht des Tieres angegeben. Als nächster Schritt wird der ADI-Wert, abgekürzt nach dem englischen Begriff *acceptable daily intake,* d. h. die für den Menschen duldbare tägliche Aufnahme einer Substanz, bestimmt. Ausgehend von der Überlegung, daß der Mensch empfindlicher sein kann als das empfindlichste Versuchstier, und unter Berücksichtigung besonders empfindlicher Bevölkerungsgruppen wird die unwirksame Höchstdosis um einen Sicherheitsfaktor verringert.

Bei der Festlegung des Sicherheitsfaktors, der allgemein 100 beträgt, geht man davon aus, daß der Mensch zehnfach empfindlicher reagiert als das empfindlichste Versuchstier und empfindliche Menschen nochmals bis zum Faktor 10 empfindlicher sein können. Der mit dem Sicherheitsfaktor 100 errechnete ADI-Wert (Mensch) dient der Berechnung der aus toxikologischer Sicht maximalen duldbaren Rückstandsmenge in den verschiedenen Lebensmitteln. Dazu werden die Verzehrgewohnheiten des »Normalverbrauchers« ermittelt, und der durchschnittliche Tagesverzehr der einzelnen Lebensmittel wird festgelegt. Unter Berücksichtigung des durchschnittlichen Körpergewichtes des Menschen von 70 kg und des aus den Verzehrgewohnheiten ermittelten Tagesverzehrs des

Durchschnittsverbrauchers in kg Lebensmittel pro Tag wird die maximal duldbare Schadstoffkonzentration in einzelnen Nahrungsmitteln festgelegt.

Für die Festlegung der Höchstmengen nach dem Lebensmittelgesetz dient grundsätzlich der toxikologisch unbedenkliche Rückstandswert als Grundlage. Häufig liegen die amtlich zulässigen Höchstmengen von Rückständen jedoch deutlich unter diesen Werten. Im Sinne des Prinzips »sowenig wie möglich« wird in diesen Fällen die unvermeidbare Rückstandsmenge bei vorschriftsmäßiger Anwendung eines Mittels zugrunde gelegt. Eine Überschreitung bedeutet wegen der noch weiteren Sicherheitsspanne als die des toxikologischen Wertes ebenfalls keine gesundheitliche Gefährdung. Inwieweit dies auch für Bevölkerungsgruppen mit speziellen Verzehrgewohnheiten, wie Vegetarier und ähnliche sich manchmal einseitig ernährende Menschen, zutrifft, ist bisher nicht geklärt. So könnten z. B. Vegetarier, die überdurchschnittlich viel Gemüse essen, oder Menschen mit hohem Verzehr von Molkereiprodukten, Fischen oder Muscheln stärker durch Schadstoffe belastet sein als der »Normalverbraucher«.

Problematisch ist die Berücksichtigung möglicherweise entstehender Kombinationseffekte, da Wirkstoffe bisher in aller Regel als Einzelstoffe geprüft und die zulässigen Höchstmengen entsprechend für einen Stoff festgelegt werden.

Möglichkeiten von In-vitro-Verfahren

In zunehmendem Maße werden heute auch *In-vitro*-Methoden, d. h. Untersuchungsverfahren im Reagenzglas, für gewisse Fragestellungen in der toxikologischen Bewertung einer Chemikalie eingesetzt. Zu diesen Methoden gehören einerseits Untersuchungen an isolierten Organen wie Nieren, Herz, Leber oder Darm, andererseits Untersuchungsverfahren an Säugetierzellen, Bakterien oder Hefen. Aus dem bisher Gesagten wird ersichtlich, daß für eine toxikologische Bewertung einer Chemikalie die Toxikokinetik, der Stoffwechsel, die Wirkung und die Organspezifität sowie der Wirkungsmechanismus und die Kenntnis der Dosis-Wirkungs-Beziehung der einzelnen Wirkungen erforderlich ist. *In-vitro*-Verfahren lassen sich jedoch nur für die Erarbeitung einzelner dieser Parameter verwenden. Toxikokinetische Daten sind wohl grundsätzlich nicht durch *In-vitro*-Verfahren zu erhalten. Die verschiedenen Vorgänge, welche die Aufnahme und Verteilung eines Moleküls im Organismus und seiner Ausscheidung bestimmen, sind so komplex, daß sich Rückschlüsse auf das Verhalten eines Moleküls im Organismus nur durch Untersuchungen am Tier erhalten lassen. Es sind weder Studien an Membranen noch Untersuchungen an Zellkulturen dafür geeignet.

Allerdings ist festzustellen, daß sich bestimmte Fragestellungen, wie Transportvorgänge von Molekülen in die Zelle an isolierten Zellsystemen oder in Zellkulturen, analysieren lassen. Wenn neben der Aufnahme einer Substanz in die Zelle auch ihre Sekretion, z. B. in einer Körperflüssigkeit wie der Galle oder dem Pankreassaft, untersucht werden sollen, können entsprechende Organpräparate verwendet werden. So läßt sich die Gallensekretion anhand der isolierten perfundierten Leber untersuchen.

Im Gegensatz zur Toxikokinetik läßt sich jedoch die Verstoffwechslung einer Chemikalie zumindest in ihren qualitativen Aspekten *in vitro* untersuchen. Die grundsätzlichen Reaktionswege der Umwandlung bzw. des Abbaus eines Stoffes können an isolierten Zellfraktionen, wie Mikrosomen, Mitochondrien oder im Zellsaft, je nachdem, wo die entsprechenden Enzymsysteme enthalten sind, durchgeführt werden. Zwar muß auch zur Gewinnung dieser Zellbestandteile ein Tier getötet werden. Die gesamte erforderliche Tierzahl wird damit aber erheblich eingeschränkt.

Die meisten Untersuchungen über den Stoffwechsel von Chemikalien werden heute an Zellfraktionen oder an Zellkulturen durchgeführt. Dies gilt auch für die Analyse akut toxischer sowie gentoxischer Effekte, wofür sich auch Mikroorganismen wie Bakterien und Hefen eignen. Das bekannteste Beispiel eines mikrobiellen Testsystems ist der Ames-Test, der zur Erkennung mutagener Wirkungen von Chemikalien verwendet wird. Er besteht aus bestimmten Mutanten von Salmonellen, denen eine metabolisierende Fraktion, zumeist in Gestalt von Mikrosomen und Zellsaft sowie Kofaktoren für die metabolisch aktivierenden Systeme, zusammen mit der Testsubstanz zugesetzt wird. Die von den mutagenen Substanzen oder ihren Metaboliten ausgelösten Mutationen lassen sich leicht am veränderten Wachstumsverhalten der mutierten Salmonellen erkennen.

Für Stoffwechseluntersuchungen haben sich Zellkulturen aus vielerlei Gründen als besser geeignet erwiesen als Zellfraktionen. Zum einen müssen keine Kofaktoren hinzugegeben werden, die für den Ablauf der enzymatischen Reaktionen erforderlich sind. Diese sind vielmehr in der Zelle vorhanden, was es auch ermöglicht, den Einfluß ihrer Verfügbarkeit auf den Stoffwechsel zu untersuchen. Zum anderen bleibt die natürliche räumliche Anordnung der Zellorganellen innerhalb der Zelle erhalten, so daß ein koordinierter Ablauf der Stoffwechselprozesse gewährleistet ist. Außerdem ermöglichen Zellkulturen die gleichzeitige Untersuchung der zelltoxischen Wirkung einer Chemikalie.

Zellkulturen können jedoch nicht uneingeschränkt eingesetzt werden. So lassen sich akut toxische Wirkungen grundsätzlich nicht in der Zellkultur simulieren. Wirkungen von Chemikalien und Arzneimitteln auf den Blutdruck oder auch zentralnervöse Effekte wie verminderte Lernleistung, Gleichgewichtsstörungen oder Benommenheit, die bei Lösungsmittelvergiftungen auftreten können, sind nicht erfaßbar. Auch chronische toxische Wirkungen lassen sich in den meisten Fällen nicht in Zellkulturen erfassen. So ist es bislang z. B. nicht gelungen, Fibrose oder Leberzirrhose in Zellkulturen, beispielsweise als Folge hohen Alkoholkonsums, zu simulieren. Auch sind Zellkulturen zur Aufklärung der Organspezifität toxischer Substanzen nur begrenzt einsetzbar. Allerdings lassen sich Teilaspekte dieses Problemkreises untersuchen, etwa die Frage, ob die selektive Wirkung einer Substanz auf ein bestimmtes Organ mit der selektiven Aufnahme des Giftstoffes in die Zellen oder mit einer spezifischen Fremdstoffmetabolisierung dieser Zellen in Verbindung zu bringen ist.

Zusammenfassend läßt sich also sagen, daß eine Reihe toxikologischer Fragestellungen sich durchaus mit Hilfe von *In-vitro*-Methoden klären lassen. Grundsätzlich kann jedoch auf eine Verwendung von Tierversuchen nicht verzichtet werden, da sich Zellkulturen, isolierte Organe oder Bakterien nur für ganz spezielle Fragestellungen eignen. Sie dienen dabei vor allem der Aufklärung des Stoffwechsels einer Chemikalie, des Wirkungsmechanismus, einiger akut toxischer Effekte sowie der gentoxischen Wirkung von Chemikalien. Der Nachteil aller dieser Verfahren ist, daß sie keine quantitative Aussage über die Dosis-Wirkungs-Beziehung im gesamten Organismus erlauben. Die abschließende Bewertung einer toxischen Wirkung ist daher immer nur im Tierversuch möglich.

Zusammenfassung

Aus dem bisher Gesagten wird ersichtlich, daß für die toxikologische Bewertung einer Chemikalie zur Abschätzung der Gesundheitsgefährlichkeit eine Vielzahl von Informationen benötigt wird. Ihre Erarbeitung stützt sich vor allem auf Tierversuche, nimmt aber auch Ergebnisse von *In-vitro*-Untersuchungen zu Hilfe und versucht, diese Ergebnisse mit möglicherweise vorhandenen Erfahrungen beim Menschen zu vergleichen. Grundsätzliche Voraussetzung aller Untersuchungen ist die genaue Kenntnis der Dosis-Wirkungs-Beziehung bei den einzelnen untersuchten Parametern, da man grundsätzlich davon ausgehen kann, daß mit Ausnahme gentoxischer Chemikalien eine gewisse Menge einer toxischen Chemikalie schädigungslos vertragen wird. Für den menschlichen Organismus bedeutet das, daß die Anwesenheit eines potentiell giftigen Stoffes im Körper nicht notwendigerweise auch zur Vergiftung führen muß. So sind z. B. bei fast allen von uns bestimmte Mengen von Schwermetallen oder persistenten Kohlenwasserstoffen, wie TCDD oder polychlorierte Biphenyle, nachweisbar, ohne daß es zu Vergiftungserscheinungen kommt. Die im Körper vorhandenen Mengen liegen unter der toxischen Konzentration. Die Voraussetzungen herauszufinden, unter denen die Chemikalien im menschlichen Organismus zu giftigen Wirkungen führen und damit zu gesundheitlichen Schäden, ist die entscheidende Aufgabe der Toxikologie. Sie muß sich dabei vor allem auf Tierversuche stützen, da nur so die Vielfalt der möglichen Wirkungen einer Chemikalie und die Reaktion des Organismus darauf abgeschätzt werden können. Die Bearbeitung bestimmter Fragen mit Hilfe von *In-vitro*-Methoden ist dabei außerordentlich hilfreich, kann aber immer nur Teilaspekte abklären.

Heiko Hörnicke

Tierschutzgesichtspunkte bei Eingriffen an Tieren im Rahmen der Ausbildung

Einleitung

Über die tierschützerischen Aspekte der Verwendung von Tieren in der Aus- und Weiterbildung gibt es nur relativ wenige Veröffentlichungen. Ich möchte vor allem auf die ausgewogenen Ausführungen von Wittke (1983) hinweisen. Sie sind auch als Kommentar zu den didaktischen Leitsätzen des »Codex experiendi« (1983) wiedergegeben. Ihnen ist wenig hinzuzufügen. Zu Tierexperimenten in der Ausbildung von Ärzten, Tierärzten und Biologen nehmen auch die »Ethischen Grundsätze und Richtlinien für wissenschaftliche Tierexperimente« der Deutschen Physiologischen Gesellschaft (1984) Stellung. Meine Berührung mit dem Thema stammt aus einer langjährigen Erfahrung im Unterricht von Studenten der Veterinärmedizin, der Biologie, der Ernährungswissenschaft und der Agrarbiologie.

Im Vergleich zu den Tierzahlen, die für die Hochschulforschung, die Arzneimittelentwicklung und die Toxizitätsprüfungen benötigt werden, sind die Tierzahlen für die Ausbildung verschwindend klein. Entsprechend gering sind die Möglichkeiten zur Einsparung. Dennoch ist es nicht unwichtig, sich über die Notwendigkeit oder Entbehrlichkeit des Tierexperimentes in der Ausbildung Gedanken zu machen. Die *Ethik ist unteilbar* und nicht abhängig von quantitativen Überlegungen. Gerade im Unterricht hat die Art des Umganges mit Tieren weitreichende, die zukünftige Einstellung junger Menschen prägende Auswirkungen. Deshalb ist es berechtigt und zu begrüßen, daß dieser Bereich der Tierschutzproblematik, obwohl zahlenmäßig unbedeutend, heute sowohl in der Öffentlichkeit als auch unter Studenten lebhaft diskutiert wird.

In welchen Ausbildungsgängen werden Tierexperimente gemacht?

An erster Stelle stehen hier die Studiengänge der Medizin, Veterinärmedizin und Biologie. Aber auch in der Ernährungswissenschaft und in der Psychologie wird an einigen Universitäten mit den Studenten tierexperimentell gearbeitet.

Zusätzlich zu den akademischen Studiengängen sind eine Reihe von Ausbildungs- und Lehrberufen zu nennen. Man kann allerdings davon ausgehen, daß Biologielaboranten, Versuchstierpfleger, medizinische und veterinärmedizinisch-technische Assistenten die von ihnen geforderten Fertigkeiten bei Eingriffen und Behandlungen überwiegend nicht an speziell dafür bereitgestellten Tieren erwerben, sondern durch das Mitwirken bei Routineexperimenten im Laboratorium. Nur für wenige Ausbildungsgänge sind Tierexperimente in den Ausbildungsordnungen ausdrücklich vorgeschrieben. Entsprechende Angaben finden sich in der Approbationsordnung für Tierärzte und im Lehrplan für Biologielaboranten. Eingriffe an Tieren sind daher im allgemeinen dem Ermessen der Lehrperson anheimgestellt. Die Verwendung von Tieren in der Ausbildung ist in den letzten Jahren stark zurückgegangen.

Welche Art von Versuchen wird durchgeführt?

In der Tabelle auf S. 190 sind einige typische Beispiele für die Verwendung von Tieren im Unterricht aufgeführt. Dabei wurde unterschieden, ob das Experiment am wachen Tier, am narkotisierten Tier oder am toten Tier (bzw. am überlebenden Organ) durchgeführt wird. Die Abstufung in der Schwere solcher Eingriffe wird in der Abbildung auf S. 191 schematisch dargestellt.

Hinsichtlich der Intensität des Umganges mit Tieren kann man vier Gruppen bilden:

1) Beobachtungen des Verhaltens von Tieren: Dies setzt in den meisten Fällen voraus, daß Tiere ihrer natürlichen Umwelt entnommen oder gezüchtet werden. Verluste durch Haltungsprobleme sind dabei nicht auszuschließen. Die Vorschriften des § 2 Tierschutzgesetz über die artgemäße Nahrung und Pflege, eine artgemäße Bewegungsfreiheit sowie eine verhaltensgerechte Unterbringung sind zu berücksichtigen. Bei der ethischen Bewertung solcher Versuche ist zu bedenken, daß die gewonnenen Einsichten und Erfahrungen erheblich dazu beitragen können, Ernährung, Pflege und Unterbringung zukünftig zu verbessern. Dies ist unter Umständen höher zu werten als die bei der Haltung gelegentlich auftretenden Verluste. Tiere, die unter den Artenschutz fallen, sollten möglichst nicht eigens für Unterrichtszwecke gehalten werden.

2) Die zweite Intensitätsstufe ist das Üben von Eingriffen und Behandlungen. Diese reichen von einfachen Maßnahmen, wie z. B. das Einführen einer Schlundsonde oder die Blutentnahme, bis zu operativen Eingriffen in Narkose, die eine anschließende Tötung der Tiere erfordern. Bei solchen Versuchen können die Teilnehmer auch in die fachgerechte Durchführung von Narkosen eingewiesen werden.

Typische Beispiele für die Verwendung von Tieren im Unterricht und ihre Regelung durch das Tierschutzgesetz

	Waches Tier	Narkotisiertes Tier	Isoliertes Organ	Totes Tier
Beispiele	Verhaltensbeobachtung	Kreislaufversuch	Nerv-Muskel-Präparat	Anatomische Präparierübungen
	Skinner-Box	Üben chirurgischer Eingriffe	Froschherz	
	Bestimmung des Blutvolumens		Darmmotilität	Zoologisches Großpraktikum
	Nierenfunktionstests		Uterusmotilität	
Regelung durch das Tierschutzgesetz	§ 2 Artgemäße Haltung	§ 10 Meldepflicht Versuchsleiter Fachkenntnisse in Narkose	§ 4 Sachgemäße Tötung	§ 4 Sachgemäße Tötung

3) Die dritte Gruppe betrifft Tierexperimente, die einen Einblick in Funktionsabläufe und -zusammenhänge geben sollen. Sie werden entweder am narkotisierten Tier durchgeführt (Beispiel: das Studium der Kreislaufregulation am Hund oder Kaninchen) oder an überlebenden Präparaten. Typische Versuche dieser Art sind das Nerv-Muskel-Präparat des Frosches und das isolierte Froschherz. In jedem Fall ist die Tötung des Tiers vor oder nach dem Versuch erforderlich. Das Erlernen der artgerechten Tötung ist für den Tierarzt und Biologen dringend erforderlich.

4) Schließlich gibt es als viertes die Gruppe der Versuche, bei denen die Studenten mit dem Körperbau verschiedener Tierarten vertraut gemacht werden sollen. Beim Studium der Veterinärmedizin wird hierfür aktives Präparieren an eigens dazu getöteten Tieren ausdrücklich gefordert. Für eine ganze Reihe von Studiengängen einschließlich der Medizin und Veterinärmedizin, aber auch z. B. für Biologielaboranten, ist die Teilnahme an zoologischen Präparierkursen vorgeschrieben, in denen durch das Zergliedern wirbelloser Tiere und einiger Wirbeltiere eine grobe Formenkenntnis vermittelt wird. Im Studium der Biologie erfolgt dies in vertiefender Weise im großen zoologischen Praktikum. Dies ist allerdings an manchen Universitäten nicht obligatorisch, so daß die Studenten die Möglichkeit haben, auf mikrobiologische und botanische Kurse auszuweichen.

Intensitätsstufen des Umganges mit Tieren im Rahmen von Ausbildungsgängen

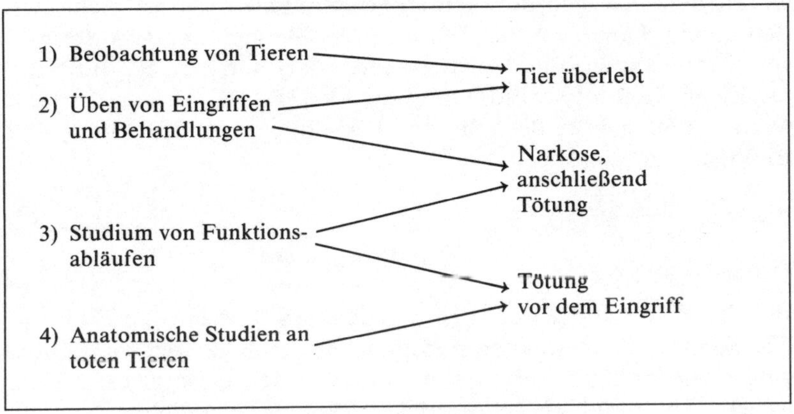

Bewertung durch das Tierschutzgesetz

Die Verwendung von Tieren zu Ausbildungszwecken wird in den §§ 2, 4, 7, 8 und 10 des Tierschutzgesetzes behandelt. Im einzelnen sind folgende Regelungen vorgeschrieben:

1) Für die Beobachtung von Tieren im Laboratorium und für einfache Eingriffe und Behandlungen, die nicht mit Schmerzen,

Leiden oder Schäden verbunden sind, gibt es keine einschränkenden Vorschriften. Es sind lediglich, wie bei jeder Tierhaltung, nach § 2 Tierschutzgesetz eine artgemäße Ernährung und Pflege sowie eine verhaltensgerechte Unterbringung sicherzustellen und das Bewegungsbedürfnis zu befriedigen.

2) Für Eingriffe und Behandlungen an Tieren, die mit Schmerzen, Leiden oder Schäden verbunden sein können, ganz gleich, ob sie an wachen oder an narkotisierten Tieren durchgeführt werden, besteht nach § 10 (1) Meldepflicht. Ein verantwortlicher Leiter muß vorhanden sein. Dieser muß bei Experimenten an Wirbeltieren eine abgeschlossene naturwissenschaftliche Hochschulbildung und Fachkenntnisse besitzen. Für operative Eingriffe (das sind mehr als punktförmige Durchtrennungen der Oberhaut) ist eine Ausbildung als Tierarzt, Arzt oder Biologe erforderlich. Außerdem gelten die Bestimmungen des § 9 mit der Beschränkung auf das unerläßliche Maß, der Berücksichtigung der Spezies und der dringenden Auflage zur Narkose, wo immer es nur möglich ist.

3) Die Tötung von wirbellosen Tieren für die Zergliederung oder Organentnahme erfordert keine Fachkenntnisse und ist nicht meldepflichtig. Die Tötung ist jedoch unter Vermeidung von Schmerzen vorzunehmen. Ein Wirbeltier töten darf nur, wer die dazu notwendigen Kenntnisse und Fähigkeiten hat (§ 4 [1]). Das muß erlernt werden und gehört deshalb zur Ausbildung von Tierärzten und Biologen.

Ethische Gesichtspunkte

Bei der Betrachtung der vorher genannten Vorschriften fällt auf, daß ethisch gleichermaßen bedenkliche Vorgänge vom Tierschutzgesetz unterschiedlich bewertet werden. Nach meiner Auffassung ist jede Tötung eines Tieres ethisch schwerwiegend. Ich sehe keinen Unterschied zwischen der Tötung eines Tieres zu anatomischen Studien und der Verwendung eines narkotisierten Tieres zur Organentnahme und zum Studium physiologischer Funktionsabläufe. In beiden Fällen läßt ein Tier für Unterrichtszwecke sein Leben. Ob ein Frosch im physiologischen Praktikum zur Gewinnung eines Nerv-Muskel-Präparates sein Leben verliert oder im zoologischen Großpraktikum zum Studium seines Körperbaus getötet wird, ist ethisch nicht unterschiedlich zu bewerten. In beiden Fällen verliert das Biotop ein Lebewesen. Nach dem Tierschutzgesetz ist aber der Eingriff für physiologische Studien meldepflichtig und mit Auflagen versehen, der für morphologische Studien aber nicht. In dieser Hinsicht stehen also Tierschutzgesetz und Artenschutzgesetze relativ beziehungslos nebeneinander. Das erstere möchte Tiere vor Schmerzen, Leiden und Schäden bewahren, das letztere gefährdete Tierarten schützen. Ein einheitliches ethisches Grundanliegen, der Schutz des Lebens an sich, wird nicht erkennbar.

Gründe für Tierexperimente im Unterricht

Bei der Diskussion der letzten Jahre haben sich vor allem folgende Gründe herausgestellt, die dafür sprechen, Studenten der Veterinärmedizin sowie weiterer biologischer Studiengänge im Rahmen ihrer Ausbildung an Tieren experimentieren zu lassen. Sie können hier nur kurz erläutert werden. Für ein eingehenderes Studium der Begründungen sei auf folgende Veröffentlichungen verwiesen: Juhr 1983, Merkenschlager 1982, Ten Bruggencate 1982, Wittke 1983.

1) Biologisches Wissen kann nicht allein aus Büchern und Filmen erworben werden. Diese können nur ein stark vereinfachtes und damit unwahres Bild der Naturvorgänge vermitteln. Nur durch eigenes Experimentieren erhält man einen Eindruck, wie komplex der Bau und die Funktion tierischer Organismen sind.

Die biologischen Wissenschaften sind die Summe der durch Experimente gewonnenen Erkenntnisse. Im Gegensatz zu den Geisteswissenschaften hat das aus Büchern vermittelte Wissen nur sekundäre Bedeutung. Es wird ständig durch die Ergebnisse neuerer Experimente und Beobachtungen in Frage gestellt und aktualisiert. Es wäre ein Rückfall in die mittelalterliche Scholastik, wenn medizinisch-biologische Kenntnisse in Zukunft nur noch aus Büchern, Filmen und anderen Aufzeichnungen erworben werden könnten. Alle diese Medien müssen aus didaktischen Gründen stark vereinfacht sein. Daher vermitteln sie ein unzutreffendes Bild der Natur, eine modellmäßige Abstraktion. Es ist uns unmöglich, die Formenvielfalt und die ungeheuer komplexe Funktionsweise der Organismen in Worten oder Bildern auch nur annähernd zutreffend zu beschreiben. Deshalb ist es unerläßlich, das aus Büchern gewonnene Bild durch eigenes Beobachten und Experimentieren zu ergänzen.

2) Eine Einführung in die biologische Versuchstechnik ist notwendig, um zu verstehen, wie biologische Erkenntnisse gewonnen werden, und um selber fähig zu werden, Erkenntnisse experimentell zu gewinnen.

Wer eine Wissenschaft verstehen will, muß wissen, wie ihre Erkenntnisse gewonnen werden. Er muß wenigstens einige der klassischen Experimente selber durchgeführt haben. Nur so kann er abschätzen, in welchem Maße die Resultate Vereinfachungen der in der Natur ablaufenden Vorgänge sind und an welche Rahmenbedingungen sie gebunden sind. Nur mit einer solchen Erfahrungsbasis kann er selber später zum Wissensfortschritt beitragen oder neues Wissen kritisch prüfend einordnen.

3) Wer keine Möglichkeit erhält, angelesenes Wissen an der Wirklichkeit zu überprüfen, gewöhnt sich daran, Lehrmeinungen unkritisch zu übernehmen.

Dieser Punkt ist in unserer Zeit besonders ernst zu nehmen. Wir begegnen einerseits einer unkritischen Wissenschaftsgläubigkeit, andererseits einer Wissenschaftsfeindlichkeit. Beide sind darauf zurückzuführen, daß Menschen zuwenig Gelegenheit haben, angelesenes oder durch Medien erworbenes Wissen an der Wirklichkeit zu überprüfen. Naturwissenschaftler und die Vertreter biologischer Hilfsberufe sollten die Möglichkeit haben, zumindest an einigen charakteristischen Experimenten überprüfen zu können, »ob es sich wirklich so verhält, wie es gelehrt wird«. Dies gehört zum Einüben einer kritischen Grundhaltung Aussagen gegenüber, die mit dem Anspruch wissenschaftlicher Autorität vorgetragen werden.

4) Das aus der unmittelbaren Anschauung bei selbständigem Experimentieren gewonnene Wissen prägt sich viel tiefer ein. Der spanische Neuroanatom und Nobelpreisträger Ramon y Cajal schreibt 1938 in seinem Buch »Regeln und Ratschläge zur wissenschaftlichen Forschung«: »Als Beispiel für den überwältigenden Eindruck, den man bei der Betrachtung eines unmittelbar wirkenden Naturvorganges gewinnt, sei mir erlaubt, jene Gefühle zu schildern, die ich empfand, als ich die Erscheinungen des Blutkreislaufes zum erstenmal vor Augen sah. Ich war schon im dritten Jahre meiner medizinischen Studien und kannte bereits aus Büchern die Einzelheiten der erwähnten Erscheinung, ohne daß diese Beschreibungen meine Aufmerksamkeit erregt oder meine Gedanken besonders geweckt hätten. Eines Tages hatte einer meiner Freunde die Freundlichkeit, mir den Blutkreislauf des Frosches zu zeigen. Beim Anblick dieses Schauspiels fühlte ich mich wie erleuchtet... Ich bin überzeugt, daß dieser lebhafte Eindruck, den die unmittelbare Betrachtung der feinsten Lebensvorgänge in mir erweckt hatte, eine der Haupttriebfedern für meinen Drang zu biologischer Arbeit gewesen ist.«

5) Es bedarf eines Höchstmaßes an Kenntnissen und Fähigkeiten, um in die hochkomplexen Systeme des menschlichen und tierischen Organismus verantwortlich diagnostisch und therapeutisch eingreifen zu können. Diese Kompetenz kann nur durch theoretisches *und* praktisches Lernen erworben werden.

Organismen reagieren nicht in so einfacher Weise, wie es nach den Darstellungen in Lehrbüchern erscheint. Verantwortliches ärztliches Handeln setzt ein Verständnis für die differenzierten Reaktionsweisen des Organismus voraus. Die ärztliche Ethik verbietet es, diese Erfahrung erst beim Umgang mit Patienten zu erwerben.

6) Das Arbeiten mit lebender Materie gibt unmittelbare Eindrükke von der Variabilität biologischer Prozesse, also von ihrer »beruhigenden Funktionssicherheit einerseits und von ihrer stark beunruhigenden Verletzlichkeit andererseits« (Wittke 1983).

In diesem Punkt wird das in den vorhergehenden Argumenten Ausgesagte noch einmal vertieft. Im Gegensatz zum Film und zum Lehrbuch vermittelt ein Tierexperiment die Erfahrung, daß das gewünschte Resultat nur dann erreicht wird, wenn eine ganze Reihe von Vorbedingungen eingehalten wird. Der Lerneffekt eines mißlungenen Experimentes ist im allgemeinen größer als der eines Versuches, der auf Anhieb klappte. Sind alle Bedingungen günstig, so erhält man die lehrbuchmäßige Reaktion. Dennoch verläuft kein Versuch wie der andere. Auch für den erfahrenen Experimentator gibt es kaum ein Praktikum, in dem er nicht neuartige Beobachtungen machen kann oder auf Fragen stößt, die bisher nicht beantwortet wurden.

7) Die direkte Konfrontation mit der Problematik des Tierversuchs führt zum Erleben der moralisch-ethischen Dimension und fordert zur persönlichen Stellungnahme heraus.

Für Studenten ist es eine viel tiefer gehende Erfahrung, mit eigener Hand einen Frosch oder eine Ratte töten zu müssen, als über die Tierschutzproblematik nur zu lesen oder zu sprechen. Jetzt ist spätestens eine persönliche Stellungnahme gefordert. Jetzt besteht Gelegenheit, die ganze Vielschichtigkeit ethischer Entscheidungen im Zusammenhang mit Tierversuchen zu erläutern. Geschieht dies in verantwortlicher Weise, dann kann dem Tierschutz ein großer Dienst erwiesen werden. *Ein* im Physiologiepraktikum getöteter Frosch kann auf diese Weise in der späteren beruflichen Karriere des Praktikumsteilnehmers Hunderten von Tieren Leiden oder Tod ersparen.

8) Rechtzeitige Teilnahme an Tierexperimenten gibt Studenten

die Möglichkeit, ihre Berufsentscheidung noch in einem frühen Stadium zu überprüfen.

Manche Studenten werden in der Begegnung mit dem Tierexperiment zum erstenmal bewußt mit Aspekten ihrer zukünftigen Berufstätigkeit konfrontiert, die sie möglicherweise mit ihrem Gewissen nicht vereinbaren können. Sie haben dann die Möglichkeit, ihre Studienrichtung zu wechseln.

9) Die Approbation erschließt den Zugang zu einer Reihe von Berufsfeldern. Auch wenn der Student später nicht tierexperimentell tätig sein will, muß er doch alle durch die Approbation bescheinigten Befähigungen erwerben.

Genauso wie ein Arzt oder Tierarzt sich einer Ausbildung und Prüfung in Chirurgie unterziehen muß, auch wenn er nicht vorhat, Chirurg zu werden, genauso muß er Tierexperimente durchführen, auch wenn er nicht beabsichtigt, tierexperimentell zu arbeiten. Es gehört zu den Voraussetzungen einer verantwortlichen Berufstätigkeit, zu wissen, wie in den Nachbardisziplinen die Ergebnisse erhalten werden.

10) Erwerb von Fertigkeiten, bevor diese an Patienten eingesetzt werden: Die Notwendigkeit, bestimmte Fertigkeiten durch das Üben an Tieren zu erwerben, bevor die gleichen Eingriffe an Patienten durchgeführt werden, dürfte eigentlich unbestritten sein. Die Wiederherstellung der Gesundheit des Patienten ist hier das deutlich höhere Rechtsgut im Vergleich zum Leben des Versuchstiers.

11) Erwerb von Sachkunde in Fragen des Tierschutzes, wie sie vom Tierschutzgesetz bei Ärzten, Tierärzten und Biologen vorausgesetzt wird: Nur so können sie Versuche leiten, Tiere fachgerecht betäuben oder töten und die tierschutzgerechte Durchführung verschiedenster Maßnahmen beurteilen. Auch die Öffentlichkeit erwartet von den Vertretern dieser Berufsgruppen fachliche Auskünfte in Tierschutzfragen. Durch eine sachliche Aufklärung könnten sie viel zur Versachlichung der öffentlichen Diskussion beitragen. Dazu müssen sie aber über eigene Erfahrungen verfügen können.

Voraussetzungen für einen sinnvollen Einsatz von Tierexperimenten im Unterricht

Die hier für die Durchführung von Tierexperimenten in der Lehre aufgeführten Gründe haben nur dann Gültigkeit, wenn von seiten der Lehrenden und der Lernenden die Voraussetzungen für einen echten Lerneffekt geschaffen werden. Ich möchte einige Ursachen nennen, die den Nutzen tierexperimentellen Arbeitens beeinträchtigen können:

1) Die großen Studentenzahlen führen dazu, daß mehrere Studenten an einem Experiment beteiligt sind. Meistens nimmt nur einer von ihnen die Manipulationen am Tier vor. Die Unmittelbarkeit der Erfahrung bleibt dann bei den nur passiv Beteiligten gering.

2) Immer wieder erscheinen Studenten unvorbereitet zu den Praktika. Sie haben dann nur vage Vorstellungen von Sinn, Ziel und Ablauf des Experimentes. Solche Nachlässigkeiten und Interessenlosigkeiten können durch Eingangsklausuren oder ähnliches nur wenig beeinflußt werden. Die Motivation muß von innen heraus kommen, aus echtem Interesse, wenn das Experimentieren fruchtbar sein soll.

3) Die vorbereitende Hinführung auf das Lernziel ist gelegentlich unzureichend, weil nicht genügend Zeit vorhanden war, weil das Praktikum dem Vorlesungsstoff vorauseilte oder weil der Hinführung nicht genügend Aufmerksamkeit gewidmet wurde.

Quantitative und qualitative Grenzen

Die vorher genannten Argumente sprechen – auch bei Berücksichtigung der Einschränkungen – dafür, in einem gewissen Umfang Tierexperimente in der Ausbildung durchzuführen. Die beim tierexperimentellen Arbeiten gewonnenen Erfahrungen werden als eine Voraussetzung für eine verantwortliche tierärztliche Tätigkeit angesehen. Darüber hinaus ermöglichen sie ein sachgemäßes Einhalten der Tierschutzbestimmungen. Die vorgenannten Gründe geben aber keine Kriterien für den zahlenmäßigen Umfang der Experimente an die Hand. Dieser ist daher der Entscheidung der Lehrperson anheimgestellt. Auch die Qualität der Experimente ist nicht angesprochen, insbesondere das Maß an Schmerzen und Angst, das den Tieren zugemutet werden darf. Bei allen Versuchen an narkotisierten Tieren und überlebenden Organen dürfte dies kein Problem darstellen, denn bei fachgerechter Narkose und Tötung sollten Angst und Schmerzen nicht auftreten. So muß sich die Aufmerksamkeit darauf konzentrieren, daß bei den Versuchen an wachen Tieren (siehe Tab. auf S. 190, erste Spalte) nicht geängstigt und gequält wird. Hier ist das Gewissen der Lehrenden und der Lernenden angesprochen, damit diese Eingriffe sorgfältig durchgeführt werden. Nach Möglichkeit sollten im Unterricht alle solche Experimente ganz fortgelassen werden, bei denen Angst und Schmerzen nicht vermeidbar sind.

Wenn Übereinkunft darüber besteht, daß Tierexperimente für die Qualität der Ausbildung erforderlich sind, dann ist es eine standespolitische Entscheidung, wie weit man diese Qualität erhalten und fördern will. Wenn die Prüfungsordnung nichts darüber aussagt, dann ist die Entscheidung den Lehrpersonen auferlegt. Sie unterliegen dabei dem Schutz der Freiheit der Lehre nach § 5 GG. Für einige Berufsgruppen werden Notwendigkeit und Ausmaß von Eingriffen und Behandlungen im Rahmen der Ausbildung durch standespolitische Gremien im Einvernehmen mit staatlichen Organen festgelegt. In dem heutigen öffentlichen Klima wäre es gut, wenn alle Ausbildungs- bzw. Prüfungsordnungen klare Rahmenaussagen darüber enthielten, ob und wie weit Tierexperimente erforderlich sind. Ein Schritt in diese Richtung war die Empfehlung des Tierärztlichen Fakultätentages vom 12. November 1983 mit dem Wortlaut: »Eingriffe am Tier zu Ausbildungszwecken sind in bestimmten Stufen des veterinärmedizinischen Studienganges unerläßlich. Voraussetzung für die Übung von Eingriffen am Tier sind außer der selbstverständlichen Beachtung tierschutzrechtlicher Vorschriften und der Wahrung ethischer Grundsätze eine hinreichende praktische und theoretische Vorbereitung.«

Vorschläge zur Verbesserung der Qualität und zur Verminderung der Zahl der Tierexperimente für Unterrichtszwecke

1) Einführungsseminare über ethische Fragen und Tierschutzgesichtspunkte vor jedem Praktikum: Dabei könnte so etwas wie eine Solidargemeinschaft zwischen Lehrenden und Lernenden in Richtung auf ein Bemühen entstehen, die Versuche sorgfältig auszuführen und den Einsatz von Tieren niedrig zu halten.

2) Bessere Vorbereitung der Versuche durch themenbezogene Einführungsseminare und Filme: Das für manche Versuche erforderliche Wissen ist in den Vorlesungen in dieser Form nicht vorgekommen und aus Lehrbüchern nicht leicht zu entnehmen. Dann sind Einführungsstunden angebracht.

3) Schaffung neuer Unterrichtsfilme, in denen der Ablauf und

die Ergebnisse der klassischen Unterrichtsexperimente an Tieren dargestellt sind; zentrale Bereitstellung ausreichender Kopien dieser Filme: Obwohl die Forderung nach geeigneten Lehrfilmen schon oft erhoben wurde, besteht noch immer ein großer Mangel gerade an solchen Filmen oder Videoaufzeichnungen, die zur Vorbereitung oder zum Ersatz von Praktikumsexperimenten geeignet sind. Manche Institute haben Filme in Eigeninitiative erstellt, die aber nicht allgemein zugänglich sind. Von den verfügbaren Filmen hat das Zentralinstitut für den wissenschaftlichen Film in Göttingen nicht genügend Kopien, um jeden Film während des Semesters termingerecht senden zu können.

Tierschutz und Artenschutz

Abschließend möchte ich ein heißes Eisen anfassen und starke Bedenken gegen die in § 9 (2) Tierschutzgesetz vorgenommene Stufung in höhere und niedere Tiere sowie in Warmblüter und Kaltblüter erheben. Sie ist weder wissenschaftlich noch ethisch zu vertreten. Jedes Tier ist ein in sich harmonisch gestalteter Organismus und seiner natürlichen Umwelt vollkommen angepaßt. Es gibt keine wissenschaftlichen Kriterien, durch die ein Versuch an einem Affen ethisch als bedenklicher anzusehen wäre als ein Versuch an einer Ratte. Ebenso ist eine Ratte nicht schützenswerter als ein Frosch. Aus der Sicht des Artenschutzes bestehen aber wesentliche Unterschiede zwischen diesen Tierarten. Affen und Frösche sind gefährdete Tierarten, Ratten können in beliebiger Zahl nachgezüchtet werden.

Die ethische Grundforderung Leben zu erhalten besteht unabhängig davon, ob ein Tier höher oder tiefer in der Systematik steht, warm- oder kaltblütig ist, und davon, ob es mehr oder weniger Schmerzempfindungsvermögen hat. Wenn wir auf die Verwendung von Tieren in Forschung und Lehre nicht verzichten können, dann sollte uns der Artenschutz darin leiten, welche Tierarten auszuwählen sind. Die derzeitige Fassung des Tierschutzgesetzes steht Belangen des Artenschutzes entgegen.

Ich möchte deshalb für die Verwendung von Tieren folgende Abstufung vorschlagen. Sie entspricht nüchternen Überlegungen und erfüllt die Forderungen des Artenschutzes. Die Gesamtzahl der zu tötenden Tiere wird reduziert.

1. Präferenz: Verwendung von Haus- und Nutztieren, die ohne-

hin getötet würden (z. B. überzählige Hunde und Katzen, männliche Eintagsküken)

2. Präferenz: landwirtschaftliche Nutztiere (z. B. Schafe, Kaninchen, Karpfen...)

3. Präferenz: Tiere, die eigens für Versuchszwecke gezüchtet werden (z. B. Ratten, Mäuse, Wachteln, Krallenfrösche, Stabheuschrecken...)

4. Präferenz: Tiere aus der freien Natur, sofern sie sich dort so vermehrt haben, daß eingegriffen werden muß (z. B. Feldmäuse, Bisamratten, Wanderheuschrecken...)

Eine solche Präferenzliste wird zweifellos erhebliches Befremden auslösen, weil sie bisherigen Denkgewohnheiten widerspricht. Sie stößt auch an emotionale Barrieren (Gärtner et al. 1983). Sie orientiert sich aber ausschließlich an dem Prinzip, insgesamt sowenig Tiere wie möglich zu verwenden und Wildtiere nicht zu gefährden. Nach diesen Kriterien ist eine Züchtung von Tieren zu Versuchszwecken dann zu vertreten, wenn Wildtiere in ihrem Bestand gefährdet sind.

Für viele Aufgaben in der Forschung ist die Qualität der Tiere aus den Präferenzgruppen 1, 2 und 4 nicht ausreichend, weil keine definierten und standardisierten Eigenschaften vorliegen. Für solche Aufgaben kommen dann nur die gezüchteten Versuchstiere (Gruppe 3) in Frage. Für die Verwendung im Unterricht und erst recht für morphologische Studien spielen solche Qualitätsforderungen keine Rolle. Daher kann für Tierexperimente in der Lehre nach dieser Präferenzliste verfahren werden.

Schlußfolgerungen

Es gibt gewichtige Gründe für die Beibehaltung von Tierexperimenten in den biologisch-medizinisch ausgerichteten Studien- und Ausbildungsgängen. Tierexperimentelles Arbeiten trägt zur Qualität der Ausbildung bei, indem es einen Realitätsbezug vermittelt und Einblick in den Erkenntnisgewinnungsvorgang dieser Wissensgebiete gibt. Nicht zuletzt ist das eigene Experimentieren eine Voraussetzung, um Sachkunde im Bereich des praktischen Tierschutzes zu gewinnen. Generelle Kriterien für ein unerläßliches Maß bei Eingriffen und Behandlungen im Rahmen der Aus- und Weiterbildung lassen sich nicht festlegen. Es wäre eine Aufgabe standespolitischer Organisationen, im Einvernehmen mit den zuständigen staatlichen Stellen in den jeweiligen Ausbildungsordnungen, ein vertretbares Maß von Tierexperimenten zu umschreiben. Zahl und Art der durchzuführenden Experimente müssen der Entscheidung der Lehrpersonen überlassen bleiben. Lehrende und Lernende sind gleichermaßen dafür verantwortlich, daß die Zahl der verwendeten Tiere niedrig gehalten wird und daß die Versuche ohne Angst und Schmerzen für das Tier ablaufen. Es ergeben sich zahlreiche Möglichkeiten, die Versuche zu verbessern und die Tierzahlen zu reduzieren. Bei der Novellierung der jeweiligen Gesetze und Ausführungsverordnungen sollten die Belange des Tierschutzes und des Artenschutzes besser in Einklang gebracht werden.

III.

Tierschutz und gesetzliche Bestimmungen

Klaus Gärtner

Konsequenzen verschärfter Tierschutzbestimmungen für die Forschung und den Tierschutz

In die Tierschutzgesetzgebung aller europäischen Länder fließen seit Anbeginn – das sind für Deutschland die Jahre 1870 bis 1885 – zwei Motive in unterschiedlicher Intensität ein:

- die Sorge um den Schutz von Leben und Wohlbefinden der Tiere und
- das Mißtrauen gegen die Wissenschaft und die Redlichkeit der sie ausübenden Wissenschaftler.

Beide Motive finden sich auch in den bisher vorgestellten fünf Novellierungsvorschlägen der laufenden Legislaturperiode des Bundestages (Bundeslandwirtschaftsminister, Land Hessen, Deutscher Tierschutzbund, Die Grünen, Bonner Arbeitskreis für Tierschutz, Deutsche Forschungsgemeinschaft und Max-Planck-Gesellschaft). Für die Abschätzung ihrer Konsequenzen ist es wichtig, jeden dieser Änderungsvorschläge nach den beiden eingangs genannten Motiven zu bewerten und die damit verbundenen finanziellen Lasten abzuschätzen.

Für diese Beurteilung der Novellierungsvorschläge ist es vorteilhaft, sie im *historischen Zusammenhang* mit der Entwicklung der Tierschutzgesetzgebung in Deutschland zu sehen:

Im Jahre *1883* verabschiedete der Reichstag die Goßlersche Verordnung, die schon alle auch heute noch entscheidenden fünf Bestimmungen enthält, die wirksam zum Schutze der in der Forschung verwendeten Tiere beitragen:

- Versuche mit Tieren nur zu ernsten wissenschaftlichen Zwecken,
- Narkoseverpflichtung, wo immer es geht,
- nur Sachkundige dürfen experimentieren,
- Reduzierung des Versuchsumfanges auf ein unerläßiches Maß,
- Berücksichtigung der Spezies bei der Auswahl von Versuchstieren.

1883 wurde unterstellt, daß Wissenschaftler in Eigenverantwortlichkeit alle diese Aspekte berücksichtigen.

1933 bekennt sich das erste deutsche Tierschutzgesetz erneut zu diesen fünf Festlegungen, bringt aber nun eine erste bürokratische

Einschränkung. Es wird notwendig, für die mit der tierexperimentellen Methodik forschenden Institute eine Generalerlaubnis einzuholen. Verstöße gegen die gesetzlichen Auflagen können nunmehr mit Geldstrafen und Haft (bis zwei Jahre) geahndet werden.

1972 kommt zu den fast unveränderten fünf Festlegungen (1883) noch die dieses Gesetz charakterisierende Auflage für tiergerechte Haltung und Schutz des Wohlbefindens aller Tiere hinzu. Außerdem findet das allgemeine Mißtrauen, daß Versuche ohne wissenschaftliche Relevanz und ohne die nötige Vorsicht durchgeführt würden, erheblichen Einfluß auf die Gesetzesformulierung. Nunmehr muß jede wissenschaftliche Fragestellung (Versuchsvorhaben) im einzelnen durch die Aufsichtsbehörde genehmigt werden und dabei die wissenschaftliche Zielrichtung und anderes mehr dargelegt werden. Den Aufsichtsbehörden und den Wissenschaftlern werden 1972 bürokratische Auflagen angelastet, auf die sie nicht vorbereitet sind. Eine Ausfüllung des Gesetzesrahmens durch Verordnungen usw. unterbleibt. Die behördliche Kontrolle bleibt deshalb weiterhin vornehmlich durch die Überwachung der Experimentalbedingungen vor Ort charakterisiert. Im Gegensatz dazu schaffen die Wissenschaftseinrichtungen vielerorts durch die Einstellung von speziellen Tierärzten für die Betreuung von Versuchstieren und den Aufbau zentraler Tierlabors die Voraussetzungen für optimale Unterbringung und möglichst streßarme Manipulation der Versuchstiere.

1982 scheitert eine erneute Novellierung des Tierschutzgesetzes an der Auflösung des Bundestages. Viele der dazu geäußerten Ideen finden sich in den Novellierungsvorschlägen der jetzigen Legislaturperiode (1983–1987) wieder.

Vergleicht man die gesetzlichen Entwicklungen von 1883 bis 1984, dann sind die Ergänzungen, die 1933 und 1972 hinzugekommen sind und heute hinzukommen sollen, fast ausschließlich Ausdruck des Zweifels an der schonenden Durchführung und wirklichen Notwendigkeit der tierexperimentellen Methodik. Alle diese gesetzlichen Entwicklungen haben keine weiteren Verbesserungen der Fürsorge für das leidende Tier gebracht. Fast alle Ergänzungen der den Tierversuch betreffenden Gesetzesauflagen waren Ausdruck eines tiefen Mißtrauens gegen die biomedizinische Forschung und sind von Wissenschaftsfeindlichkeit geprägt.

Konsequenzen der 1984 vorgeschlagenen verschärften Tierschutzbestimmungen für die Forschung

In den zur Zeit vorliegenden *Novellierungsvorschlägen* zum Tierschutzgesetz der *Bundesregierung*, der *SPD*, des Landes *Hessen*, der *Grünen* und des *Deutschen Tierschutzbundes* findet sich eine Fortsetzung dieser seit 1933 deutlichen Tendenz, die Tierschutzgesetzgebung zu benutzen, um forschungsfeindlichen Bestrebungen in unserer Gesellschaft zum Ziele zu verhelfen. In den Erläuterungen zu den genannten Novellierungsvorschlägen wird kein Hehl daraus gemacht, einen Reduktionseffekt auf alle Tierversuche dadurch zu erzielen, indem die Forschung, die auf diese Methodik angewiesen ist, undifferenziert und pauschal durch bürokratische Auflagen und finanzielle Belastungen behindert wird. Es wird angestrebt, daß die Polizeibehörde nun selbst entscheidet, ob die mit dem Tierversuch verfolgte wissenschaftliche Fragestellung notwendig ist, die Auswahl der Tiere für den Versuch wird gesetzlich festgelegt und vieles andere mehr. Viele Einzelbestimmungen werden bei Überschreitung nicht nur mit Strafen bedroht, sondern ihr ordnungsgemäßer Einsatz bedarf der vorherigen Zulassung durch spezielle Genehmigungen.

Diese pauschale Behinderung der Forschung wird zu erreichen versucht durch die folgenden fünf Maßnahmen, die sich in ähnlicher Form bei allen genannten Novellierungsautoren finden:

a) erhebliche Verschärfung und Komplizierung der Genehmigungsprozedur und die Einführung zusätzlicher Sondergenehmigungen,
b) Verteuerung durch zusätzliche Personal- und Bürokratieinvestition,
c) Verteuerung durch gesetzliche Festschreibung der teuersten Versuchstiere auch dort, wo es nicht notwendig ist,
d) eine Sonderabgabe bei Durchführung von Tierversuchen,
e) direktes Verbot bestimmter Versuchsanstellungen in der Grundlagenforschung.

Die verschiedenen Novellierungsvorschläge unterscheiden sich in der Schwere dieser Pauschalbehinderungen.

Konsequenzen der 1984 vorgeschlagenen verschärften Tierschutzbestimmungen für die Tiere im Versuch

Die genannten Novellierungsvorschläge entwickeln leider die eingangs genannten, seit 1883 festgeschriebenen Maßnahmen praktisch nicht weiter. Ein »Tierschutzeffekt« wird durch pauschale Forschungsbehinderung zu erreichen versucht. Sie alle verzichten auf eine Nutzung der inzwischen in der Forschung gewachsenen Strukturen und realistischen Formen zur Schonung von Tieren. Sie bringen keine neuen Ideen, die tauglich sind, z. B. den in etwa 10% der Tierversuche besonders schwer belasteten Tieren gezielt zu helfen und anderes mehr.

Hier setzt der *Novellierungsvorschlag von DFG und MPG* an. Effektiver Tierschutz im Tierversuch wird nicht durch Aufblähung der Aufsichtsbürokratie, sondern durch praktisches Handeln am Tier realisiert, indem z. B. Versuchstieren, die erhebliche und andauernde Schmerzen und Leiden erdulden müssen – das sind etwa 10% –, diese zu ertragen durch einen versuchsbegleitenden Spezialisten erleichtert wird. – Oder durch den Ausbau tiergerechter und sachkundiger Betreuung, Pflege und Haltung von Tieren vor, während und nach dem experimentellen Einsatz. – Oder durch die kritische Erörterung durch die Wissenschaft von umstrittenen Prüfverfahren, die von der Behörde bei der Durchführung genehmigungsfreier Versuchsvorhaben gefordert wird. – Oder durch zusätzliche zielgerechte Maßnahmen zum Schutz von Hund und Katze aus familiärer Bindung und ihre Rückführung dahin. – Oder durch die Sicherung für eine tierschutzgerechte Durchführung und Anwendung von schmerz- und angstmindernden Verfahren durch kollegiale Vorabsprachen.

Finanzielle Folgen für die Länder

Die Durchführung der unter a) bis e) angestrebten Gesetzesauflagen (BML, SPD, Land Hessen, Die Grünen, Deutscher Tierschutzbund) obliegt den Aufsichtsbehörden der Länder und Gemeinden und den Einrichtungen, in denen Forschung betrieben wird (Universitäten, Forschungszentren, Industrie). Letztere werden häufig ebenfalls durch die Länder finanziell unterhalten. Aus einer Schätzung des BML geht hervor, daß für die Aufgaben der Aufsichtsbehörde der Länder Mehrausgaben von 20 bis 30 Millionen DM jährlich veranschlagt werden müssen. Die Kosten, die innerhalb der öffentlichen Forschungseinrichtungen selbst entstehen, werden noch einmal einen ähnlichen Betrag erfordern, so daß *auf die Länder Folgekosten von jährlich 50 bis 80 Millionen DM* zukommen.

Die Mehrkosten für den Universitätsbereich werden im folgenden abgeschätzt. Zur Erledigung der Punkte a) und b) wird vorgeschrieben, sogenannte Tierschutzbeauftragte einzustellen, die in der tierexperimentellen Forschung wissenschaftlich nicht eingesetzt werden dürfen. Sie müssen die erhebliche komplizierte Beantragungs- und Genehmigungsprozedur vorbereiten. Für die geforderte Glaubhaftmachung und die Auseinandersetzung mit der Aufsichtsbehörde benötigen größere Forschungseinrichtungen nun einen Sachkundigen, der die Unterlagen so vorbereitet, daß sie den Ansprüchen entsprechen. Eine Verkürzung der Genehmigungsdauer auf zwei Jahre sorgt für eine kontinuierliche, intensive Arbeitsanflutung in einem entsprechenden Büro. Schließlich sind hier Kosten zu berücksichtigen, die durch die Erstellung von Sondergutachten entstehen werden. Die Aufsichtsbehörde und die ihr angeschlossenen sogenannten »Ethikkommissionen« werden häufig überfordert sein, um allein die Problematik und Methodik einer Fragestellung vom Standort des wissenschaftlichen Sachverstandes und der bioethischen Notwendigkeit sachkundig abschätzen zu können. Sie werden dafür Gutachter bemühen müssen. Die Bereitstellung solcher Gutachten wird erhebliche Mehrkosten verursachen, die am Ende den experimentell tätigen Wissenschaftlern angelastet werden sollen. Schließlich müssen sie die umfangreichen, besonderen Protokoll- und Berichtsauflagen über tierexperimentelle Eingriffe erledigen, die nunmehr der Aufsichtsbehörde im jährlichen Abstand vorgelegt werden müssen.

Erhebliche Verteuerung ist weiterhin durch die unter c) genannte Auflage zu erwarten. In Zukunft dürfen Tiere für wissenschaftliche Versuche nur noch aus zweckentsprechenden Versuchstierzuchten erworben werden. Das bewirkt eine Verteuerung bei Katzen pro Tier von 500 DM, bei Hunden pro Tier von 400 DM. Die Verteuerung betrifft Tiere für solche Versuche, bei denen der vom Gesetz geforderte extremste Grad der Standardisierung aus Versuchsgründen nicht erforderlich ist.

Die unter d) genannte Belastung wird von den Grünen, von Hessen und dem Deutschen Tierschutzbund gefordert, von der SPD und der Regierung in Aussicht gestellt. Ein Betrag von 25% bis 50% der Kosten entweder für das ganze Forschungsprojekt oder für die benötigten Versuchstiere soll in einen besonderen Fonds abgeführt werden. Damit will man die Entwicklung von sogenannten »Alternativmethoden« fördern. Diese Forderung basiert auf der falschen Vermutung, daß die Bearbeitung eines wissenschaftlichen Problems, für das ein Versuch am Ganztier notwendig ist, ohne weiteres auch an schmerzfreier Materie erfolgen könnte, wenn nur eine geeignete Methode entwickelt wäre. Dieser Gedanke ist falsch, weil der Einsatz des Ganztieres nicht vom Mangel an einer Methode, sondern von der wissenschaftlichen Problematik abhängig ist. Wo das Problem es erlaubt, werden Methoden an schmerzfreier Materie immer bevorzugt und kurzfristig entwickelt. Es stehen dafür Förderungsmittel wie für jede andere wohlüberlegte Forschung durch die Forschungsförderungseinrichtungen zur Verfügung.

Einige Wissenschaftsorganisationen haben erste Kalkulationen über die Mehrkosten durchgeführt, die zum Beispiel auf die Universitäten zukommen werden. Sie wurden für eine medizinische Fakultät mittlerer Größe, an der etwa vierzig bis sechzig genehmigte Versuchsvorhaben laufen, in Höhe von 500000 bis 700000 DM pro Jahr veranschlagt. Das ergibt für die Bundesrepublik einen Betrag von 20 bis 30 Millionen DM, der in erster Linie durch die Bildungs- und Wissenschaftsministerien der Länder den Universitäten zur Verfügung gestellt werden müßte.

Die Folgelasten, die sich aus dem Vorschlag von DFG und MPG ergeben, sind wesentlich geringer. Sie liegen bei weniger als einem Drittel. Ein Ausbau der Aufsichtsbehörde entfällt. In den Universitäten werden die inzwischen gewachsenen personellen Strukturen – Ansiedlung von akademischen Spezialisten für Versuchstiere – und entwickelten Einrichtungen genutzt. An einigen Universitäten besteht dafür jedoch noch Nachholbedarf.

Konsequenzen für den Forschungsablauf

Neben den genannten finanziellen Konsequenzen verschärfter Tierschutzbestimmungen gibt es weitere, bei denen der induzierte Schaden für die Forschung nicht durch Bereitstellung entsprechender Mittel kompensiert werden kann. Hierher gehören das Verbot der tierexperimentellen Bearbeitung bestimmter Fragestellungen in der Grundlagenforschung und der unabsehbare Schaden, der durch eine verschleppte bürokratische Bearbeitung abzusehen und beabsichtigt ist.

Wolfgang Schaper

Tierschutzgesetzgebung und Wettbewerbsbehinderungen für deutsche Wissenschaftler

Es ist zu befürchten, daß die geplanten Änderungen der Tierschutzbestimmungen deutsche Wissenschaftler aus dem internationalen Wettbewerb in der biomedizinischen Forschung herauswerfen. Dies ist sicher nicht die primäre Intention der Bundesregierung, aber es wird die Folge der unvermeidbaren Verlängerung des Instanzenweges sein, welcher in Zukunft der Genehmigung vorausgehen soll.

Es wird hier Biomedizinern eine weitere Hürde auf dem ohnehin schwierigen Wissenschaftsparcours in den Weg gelegt, die abschreckend wirken wird. Es wird ein Konflikt erzeugt zwischen dem Auftrag zur Forschung und der Ausführung dieses Auftrags. Es scheint hier angebracht zu sein, kurz zu erläutern, welche Motive (außer dem Auftrag der Gesellschaft) Forscher dazu beflügeln, wissenschaftliches Neuland zu betreten.

Wissenschaft wird nicht im Elfenbeinturm betrieben, und die Antriebe von Wissenschaftlern sind nicht nur die zweckfreie Sehnsucht nach Erkenntnis. Ein handfester und äußerst effizienter Antrieb ist der Wettbewerb mit anderen, z. B. um den Preis der Priorität. Daß dieser Aspekt nicht als eine Selbstverständlichkeit bekannt ist, mag daran liegen, daß es der Gesellschaft gleichgültig ist, *wer* eine wichtige Entdeckung macht, wichtig ist nur, *daß* sie gemacht wurde. Dies nun ist für den Wissenschaftler keineswegs gleichgültig, er selbst möchte etwas entdecken, und natürlich möchte er es früher tun als seine Konkurrenten, national und international. Er steht dabei nicht nur unter dem Druck seines eigenen Ehrgeizes, sondern auch unter dem Druck der Kritik einer äußerst wachen und überdurchschnittlich intelligenten kleinen Öffentlichkeit, d. h. wieder seiner Konkurrenten, die natürlich auch daran interessiert sind, die Resultate anderer zu widerlegen. Ohne dieses Wechselspiel von ehrgeizigem Antrieb und scharfer Kritik gibt es keine wissenschaftliche Erkenntnis. Von Kritikern dieses Prozesses (z. B. auch von Tierschützern) wird oft nur die oberflächliche Erscheinungsform des »publish or perish« gesehen und kritisiert, als ob Tiere nur für Zwecke der persönlichen Karriere geopfert würden.

Selbstverständlich ist die Karriere eines Wissenschaftlers auch vom persönlichen wissenschaftlichen Erfolg abhängig, wovon sollte sie es sonst wohl sein? Aber gleichzeitig damit entsteht durch diesen Prozeß wissenschaftliche Erkenntnis – und es gibt nur diesen einen Weg. Auch in totalitären Systemen, wo der Wettbewerb unter den Wissenschaftlern aus ideologischen Gründen gezügelt wird, kommt es zu wichtigen Fortschritten in der Regel nur dann, wenn der Wettbewerb mit anderen Gesellschaftssystemen dazu herausfordert (Beispiele: Raumfahrt als Wettlauf der Supermächte, sowjetische Landwirtschaft unter dem Dogma von Lyssenko als Beispiel für den konkurrenzlosen Irrweg).

Experimentelle Forschung lebt von der Tatsache, daß sie überprüfbar ist; Jedes andere ähnlich ausgestattete Labor in der Welt kann Berichte der Konkurrenten überprüfen oder widerlegen. Der Ruf nach dem Verbot der Wiederholung bereits ausgeführter Experimente und die Glaubhaftmachung der Neuartigkeit von Experimenten bei der Beantragung von Projekten ist daher ein Fehlschluß. Viele Mißstände in der Forschung beruhen darauf, daß nicht genug nachgeprüft wird. Methodischer Fortschritt gebietet es häufig, daß alte Befunde mit verbesserter Technik nachgeprüft werden.

Die Konkurrenzsituation in der Wissenschaft existiert national und international. Die nationale Konkurrenz ist ein wichtiger Faktor bei der Beantragung der Forschungsmittel. Hier schauen einem die Konkurrenten mitunter tief in das Geheimfach, und nur der praktische und theoretische Vorsprung bei unbezweifelbarer Qualität des Antrags sichert die Kontinuität der Arbeit. Ausgetragen wird der Wettbewerb vor internationalem Publikum, auf Kongressen und in Zeitschriften in englischer Sprache. Der Wettkampf beginnt schon lange vor dem Auftritt: Über die Annahme des Vortrages oder des Manuskripts entscheiden die »peers«, also wieder die Konkurrenten. Vieles bleibt in diesen engmaschigen Sieben hängen, die großen internationalen Kongresse lehnen bis zu 75% aller Vortragsanmeldungen ab, die Zeitschriften nehmen nur jede vierte eingereichte Arbeit an.

Um in diesem Wettbewerb mithalten zu können, bedarf es vernünftiger Vorschriften, so wie sie das jetzt existierende Tierschutzgesetz bietet. Man bedenke, welche verheerenden Folgen die Verlängerung des Antragsweges durch bürokratische Verzögerung für die Wettbewerbsfähigkeit deutscher Wissenschaftler hätte. Schnelle Reaktionen auf neue Erkenntnisse, auf methodische Fortschritte, auf die Kritik der Konkurrenz und auf die Nachprüfbarkeit wären unmöglich geworden. Wir könnten uns verabschieden von den internationalen Wissenschaftsgremien, weil die Beantragung von Projekten und danach von Forschungsmitteln national, »zu Hause«, erst verzögert, dann aber später zu Recht wegen mangelnder Aktualität abgelehnt werden würde.

Damit hätte man die betroffenen Forscher in die Emigration getrieben. Einige werden sich sicher um einen Platz in einem amerikanischen Labor bemühen (die Amerikaner kennen und schätzen den mehr oder weniger kontinuierlichen Zustrom von trainierten Köpfen seit 1933), und andere gehen in die innere Emigration. Sie werden sich Nischen suchen oder sich blauäugig mit den »Alternativmethoden« befassen, mit denen dann ja der Bestand des Labors erst einmal finanziell gesichert ist.

Auswirkungen auf die medizinische Versorgung der Bevölkerung

Während der Einfluß neuer restriktiver Tierschutzgesetze verheerende Folgen für die experimentelle medizinische Forschung hat, werden sich negative Auswirkungen auf die Versorgung von Patienten erst viel später auswirken. Andere Politiker und vielleicht sogar andere Wähler werden sich mit den Folgen auseinanderzusetzen haben.

Amerikanische, japanische, französische und andere Wissenschaftler werden auf der Basis von grundlagenwissenschaftlichen Erkenntnissen, die nicht aus Deutschland stammen, Erfolge in der Bekämpfung von Krebs, Arteriosklerose, multipler Sklerose, Seuchen in der Dritten Welt etc. erringen. Medikamente werden als Lizenzen aus Amerika eingeführt werden, der Unterricht der Medizinstudenten wird von nicht forschenden Lehrern besorgt. Mit Video- und Tonband und am Computer werden Ärzte ausgebildet, die dann am (noch) lebenden Menschen ihre praktischen Fähigkeiten üben müssen. Es werden Mediziner sein, die ihre Fähigkeit zur Lösung eines wissenschaftlichen Problems nie durch experimentelle Arbeit im Labor geübt haben.

Wie schon eingangs gesagt wurde, ist es der Gesellschaft gleichgültig, *wer* die neuen Erkenntnisse besorgt, wichtig ist nur, *daß* sie beschafft werden. Wenn dieser Gesellschaft tatsächlich so viel am Tierschutz liegt, daß der Verlust von zu erwartendem medizinischen Fortschritt hingenommen wird, wenn obendrein dieser Fortschritt aus anderen Ländern leicht importiert werden kann – dann müssen sich die betroffenen Wissenschaftler dem Willen der Gesellschaft fügen. Vielleicht werden sie mit den Füßen abstimmen oder sich Nischen suchen – aber eines sollten diejenigen wissen, die heute entscheiden: Sie werden nicht für diese Generation entscheiden, sondern für die Zukunft, und diese Zukunft wird nicht gut aussehen, unsere Wissensressourcen werden heute begrenzt, und erst morgen werden wir unser Wissen aus zweiter Hand betrauern.

Selbstverantwortung der Patienten?

Oft hört man bei Befürwortern einer restriktiven Tierschutzgesetzgebung, daß die meisten Krankheiten vom Patienten selbst verschuldet werden, daß Tierversuche überflüssig wären, würden sich die Menschen nur vernünftiger verhalten. Diese Einstellung ist zutiefst inhuman, sie kann nie Grundlage ärztlichen oder medizinischen Handelns sein, sie befindet sich im Gegensatz zur ärztlichen Ethik und verstößt gegen den Hippokratischen Eid. Ärztliches Handeln bedeutet die unkonditionelle Hilfe bei Leiden, Ärzte helfen, ohne moralisch über den Kranken zu urteilen, Schmerzen müssen gelindert werden, ganz gleich, wie sie entstanden sind. Soll dem Infarktpatienten und dem Lungenkrebskranken beschieden werden, er sei selbst schuld wegen seines Zigarettenkonsums? Kaum jemand wird einem Kranken jetzt Hilfe verweigern (auch die extremen Tierschützer nicht), weil er in der Vergangenheit zuviel geraucht, gegessen oder getrunken hat.

Mit welchem Recht aber wollen wir schon heute die Hilfe für die Kranken von morgen einschränken? Wir müssen zugeben, daß es keine besonders wirksamen Medikamente gegen Herzinfarkt, Hirnblutung, Lungenkrebs, Leberzirrhose etc. gibt. Vielleicht gelingt es, durch Aufklärung zu einer besseren Prophylaxe zu kommen. Aber warum hat diese emotional ausgerichtete und ratiofeindliche Gesellschaft sowenig Verständnis für Menschliches?

Außerdem sollte man statistische Erhebungen nicht überinterpretieren. Die Zusammenhänge zwischen Lebensgewohnheiten und Krankheiten gelten stets nur für größere Menschengruppen, nicht aber notwendigerweise für Individuen.

Mit der gleichen Art von logischer Konsequenz müßte man dann auch den mutmaßlichen Trägern erblicher Fehlinformation verbieten, sich fortzupflanzen. Die ethische Fragwürdigkeit solchen

Handelns ist besonders kraß bei den unscharfen Relationen der Arteriosklerose.

Behinderung der Forschung in spezifischen Bereichen

Die neuen Gesetzesentwürfe treffen die experimentellen Biologen und Mediziner auf unterschiedliche Weise. Wissenschaftler, deren Forschungsthemen sich an humanmedizinischen Problemen orientieren, werden relativ am wenigsten unter den zu erwartenden Einschränkungen leiden, weil sie die Genehmigungsgremien mit den großen ungelösten Problemen unserer Zeit beeindrucken können. Wenn im Antrag die Vokabeln »Krebs«, »Herzinfarkt«, »plötzlicher Tod« im einleuchtenden Zusammenhang erscheinen, wird dies auch (oder gerade) die Laien in der Kommission überzeugen.

Grundlagenforscher, deren Themen sich nicht so leicht einer existierenden Krankheit zuordnen lassen, werden große Schwierigkeiten haben, die komplexen Zusammenhänge so darzustellen, daß auch den Nichtspezialisten und den Laien der Erkenntniswert solcher Untersuchungen aufgeht.

Jedoch selbst bei unbestrittenem Erkenntniswert und unbestrittener Einsicht wäre die Güterabwägung zwischen Erkenntnis auf der einen und tierschützerischen Intention auf der anderen Seite schwierig wegen der Unvereinbarkeit der jeweiligen Entscheidungskategorien.

Die Gefahr für die Grundlagenforschung wird erhellt durch die in den Änderungsentwürfen fast einhellig exkulpierte experimentelle Chirurgie: Krasses Nützlichkeitsdenken rechtfertigt hier vieles. Wer möchte sich auch gerne im Ernstfalle einem Chirurgen »zum Üben« zur Verfügung stellen?

Allzuoft wird übersehen, daß praktisch immer grundlagenwissenschaftliche Erkenntnis der Beschäftigung mit klinischen Problemen vorangegangen ist.

Kriminalisierung der experimentell arbeitenden Wissenschaftler

Die Formulierung, daß Tierversuche auf das unabänderliche Mindestmaß reduziert werden müssen, unterstellt, daß jetzt aus nichtwissenschaftlichen Antrieben zu viele Versuche stattfinden, daß Wissenschaftlern also das Handwerk gelegt (oder eingeschränkt) werden muß. Einbrüche in Universitätsinstitute mit Fernsehbegleitung erzeugen dann die »Öffentlichkeit«, um die Regierung in gesetzgeberischen Zugzwang zu bringen. Die resultierende Pogromstimmung gegen eine Randgruppe der Gesellschaft (die theoretischen Biomediziner) führt zu deren Verunsicherung, zum Opportunismus oder zur Isolation dieser Berufsgruppe, die bisher glaubte, auch einen gesellschaftlichen Auftrag zu erfüllen.

Die Beschränkung auf das Allernötigste, wenn diese nichtwissenschaftliche Antriebe hat, wird unter anderem zu einem Verlust an Standards in der experimentellen Technik führen. Als Analogie sei es gestattet, sich vorzustellen, man würde Chirurgen drohen, jeder Eingriff sei eine vorsätzliche Körperverletzung, und er müsse die Zahl dieser Eingriffe auf das absolute Minimum reduzieren. Der Ausgang dieses Experiments brauchte nicht abgewartet zu werden: Kaum einer würde noch Chirurg werden wollen, und die existierenden hätten eine ungenügende Technik.

Experimentelles Denken und Handeln wird vom Lehrer auf die Schüler übertragen. Wenn die heutigen Lehrer den gesellschaftlichen Stellenwert von Scharfrichtern im Mittelalter bekommen, dann braucht man sich um den Nachwuchs keine Sorgen mehr zu machen – es wird ihn kaum noch geben.

Martin Kramer und Dieter Mayer

Tierversuche für Arbeits- und Verbraucherschutz im Rahmen gesetzlicher Bestimmungen

Die Bedeutung der chemischen Industrie für das Überstehen von Krisensituationen, die Rohstoffarmut in unserem Land und das Bedürfnis nach Verbesserung der Lebensqualität haben bewirkt, daß dieser Industriezweig eine rasche Entwicklung erfahren hat und sich in Deutschland zu einer »Schlüsselindustrie« entwickelte. In der Bundesrepublik entfallen heute 11% des gesamtindustriellen Umsatzes auf die chemische Industrie.

Mit der Vielzahl der neuen Produkte wuchs die Erkenntnis über die Risiken, die mit der Herstellung und Anwendung der neuen Stoffe verbunden sind. Es ist daher nicht verwunderlich, daß die Geburtsstunde der gezielten toxikologischen Untersuchungen, meist in Tierexperimenten, in Deutschland schlug. Bald entstanden Labors in Ludwigshafen, Wuppertal und Frankfurt. Gross, Oettel, Hecht und Scholz waren die Väter der Gedanken, neue Stoffe systematisch auf Wirkungen an biologischen Systemen zu prüfen. Wie die Forscher an Hochschulen waren sie nicht nur an den quantitativen, sondern auch an den qualitativen Merkmalen der Giftwirkung interessiert.

Das Verantwortungsgefühl der Industrie und der Forschergeist waren die Motive dazu, nicht gesetzliche Anforderungen; es gab sie damals noch nicht.

Im Vordergrund stand primär der Schutz der Arbeiter beim Herstellungsprozeß und bei der Weiterverarbeitung. Mit der Verbreiterung der Produktpalette kamen Anwender- und Verbraucherschutz dazu. Schließlich erreichte die Produktion mancher chemischer Produkte Größenordnungen von kumulativ Millionen von Tonnen und ließen Probleme des Verhaltens in der Umwelt, der Beeinflussung von Ökosystemen und der Exposition breiter Bevölkerungsschichten immanent werden.

Die Fortführung des Gedankens, der ursprünglich aus der Industrie stammte, erfuhr in vielen Ländern, vor allem nach dem Zweiten Weltkrieg, eine Belebung in Form von Kommissionen, welche die Weltliteratur gezielt nach schädigenden Eigenschaften von Arbeitsstoffen analysierten und aufgrund von wissenschaftlichen Überlegungen maximale Werte festlegten, denen der Mensch am Arbeitsplatz 40 Stunden pro Woche schädigungslos exponiert werden darf (MAK-Wert). In Deutschland hat dazu im Jahre 1955 die Deutsche Forschungsgemeinschaft die Initiative ergriffen und die Senatskommission zur Prüfung gesundheitsschädlicher Arbeitsstoffe (MAK-Kommisson) ins Leben gerufen. In den dort vorhandenen Erkenntnispool gehen Informationen und Daten ein, die in der chemischen Industrie, an Universitäten oder staatlichen Forschungseinrichtungen erarbeitet wurden. Mitglieder dieser Kommission sind deshalb logischerweise Wissenschaftler aus den genannten Institutionen. In der 20. Mitteilung dieser Kommission ist angeführt, daß die Voraussetzung für die Aufstellung eines MAK-Wertes ausreichende toxikologische und/oder arbeitsmedizinische bzw. industriehygienische Erfahrungen beim Umgang mit den Stoffen sind. Analysiert man die Mitteilung der Kommission und die Dokumentationen der MAK-Werte, so wird deutlich, welche Rolle die tierexperimentelle Forschung bei der Festlegung dieser Werte spielt. Stets findet man Angaben zur akuten, subakuten oder chronischen Toxizität an den verschiedenen Tierspezies, häufig auch zur möglichen krebserzeugenden oder erbgutverändernden Wirkung.

Das Tierexperiment spielt vor allem für neue Stoffe eine dominierende Rolle, da man aus kurzzeitigen Erfahrungen am Menschen keine Schlüsse auf eine Dauerexposition ziehen kann und epidemiologische Untersuchungen nicht vorliegen. Zur Absicherung der Übertragbarkeit der Ergebnisse aus tierexperimentellen Untersuchungen für die schädigungsfreie Konzentration beim Menschen sind vergleichende Untersuchungen an Tieren und freiwilligen Versuchspersonen zur Kinetik und zum Stoffwechsel erforderlich. Diese Art der Untersuchung spielt eine ganz entscheidende Rolle, da mit ihr auch die Entstehung reaktiver Metaboliten geprüft werden kann, die eine mutagene oder karzinogene Wirkung haben könnten. Der karzinogenen Wirkung von Arbeitsstoffen mißt die Kommission offensichtlich eine ganz besondere Bedeutung zu. In der 20. Mitteilung der Kommission wurde eine Liste von zirka fünfzig Stoffen veröffentlicht, bei denen eine Überprüfung auf krebserzeugende Wirkung erfolgt, mit der Absicht, die Stoffe klar als krebserzeugend zu klassifizieren und entsprechende Maßnahmen an den Arbeitsplätzen treffen zu können. Obwohl heute schon in-vitro-Testmethoden existieren und diese auch zur Erkennung eines möglichen qualitativen karzinogenen Risikos herangezogen werden, bleibt die Ermittlung des quantitativen Risikos, also die Frage nach der Dosis-Wirkungs-Beziehung, dem Lebenszeitversuch an Nagetieren (Maus und Ratte) vorbehalten.

Ähnliche Institutionen wie die DFG-Kommission existieren in den meisten westlichen und östlichen Industrienationen. Sie arbeiten nach vergleichbaren Prinzipien, d. h., sie fällen ihre Entscheidungen im wesentlichen aufgrund von Tierversuchen, die in der Literatur veröffentlicht sind, um zu vermeiden, daß Untersuchungen doppelt oder mehrfach durchgeführt werden. Bei größeren Projekten, z. B. der Überprüfung von bedeutenden Arbeitsstoffen, die weltweit produziert werden, bilden die Hersteller Expertengremien, die die notwendigen toxikologischen Untersuchungen koordinieren. Dadurch wird erreicht, daß weltweit Tierversuche auf das vernünftigerweise notwendige Maß reduziert werden.

»Das Chemikaliengesetz« und die 6. Änderung der EG-Richtlinie

Im Unterschied zu den Kommissionen, die keine legislative Funktion haben und deren Tätigkeit auf den Arbeitsschutz konzentriert ist, gab es auf nationaler und internationaler Ebene eine ganze Reihe von gesetzgeberischen Maßnahmen, die bereichsübergreifend folgende bisher meist getrennt behandelte Gebiete zusammenfassen:
- Umweltschutz,
- Arbeitsschutz,
- allgemeiner Gesundheitsschutz,
- Verbraucherschutz.

Im nationalen Bereich liegen die gedanklichen Grundlagen für das *»Chemikaliengesetz«* (Gesetz zum Schutz vor gefährlichen Stoffen) im Umweltprogramm der Bundesregierung aus dem Jahr 1971 sowie in den Koalitionsvereinbarungen von 1976. Im Jahre 1978 wurde eine interministerielle Arbeitsgruppe eingesetzt (BMI, BMWi, BML, BMA und BMJFG), die den Gesetzentwurf entwickelte, der am 16. September 1980 vom Deutschen Bundestag beschlossen wurde.

Dem Chemikaliengesetz vergleichbare Regelungen bestehen z. B. in:

Schweiz:	Bundesgesetz über den Verkehr mit Giften
Schweden:	Gesetz über gesundheits- und umweltgefährdende Produkte
Japan:	Gesetz über die Prüfung chemischer Stoffe und zur Regelung ihrer Herstellung
Kanada:	Gesetz zum Schutz der menschlichen Gesundheit und der Umwelt vor umweltverunreinigenden Substanzen
Norwegen:	Gesetz über die Kontrolle von Produkten
Frankreich:	Gesetz über die Kontrolle chemischer Produkte
USA:	Gesetz über die Kontrolle toxischer Substanzen

Der Rat der EG hat am 27. Juni 1967 eine Richtlinie zur Angleichung der Rechtsvorschriften der Mitgliedsstaaten für die Einstufung, Verpackung und Kennzeichnung gefährlicher Stoffe erlassen. Besonders bedeutend ist die 6. Änderungsrichtlinie vom 18. September 1979 zu der Richtlinie aus dem Jahre 1967, denn dort sind die wesentlichen Regelungen des Chemikaliengesetzes genannt.

Das Beispiel der Harmonisierung von Chemikaliengesetzen hat auch auf der Ebene der OECD, ein Zusammenschluß von 24 Industrienationen, Anerkennung gefunden und zur Ausarbeitung der sogenannten *OECD-Guidelines* geführt (Paris 1981).

Das Chemikaliengesetz betrifft Stoffe und Zubereitungen. Diese unterliegen der Einstufung. Es wendet sich primär an Hersteller und Einführer, die Stoffe in den Verkehr bringen. Es definiert und erläutert toxikokinetische Eigenschaften.

Es beinhaltet den sogenannten Stufenplan. Der anmeldepflichtige Hersteller oder Einführer muß Prüfnachweise über Untersuchungen erbringen, die er entweder in eigenen Laboratorien oder in damit beauftragten Laboratorien durchführen lassen muß. Der Umfang der Untersuchungen richtet sich nach der Menge des in den Verkehr gebrachten Stoffes. Auf die Prüfung kann verzichtet werden, wenn jährlich weniger als eine Tonne des Stoffes in den Verkehr gebracht wird.

Wird diese Menge überschritten, ist die *Grundprüfung* (Stufe 0) durchzuführen. Sie besteht in:
- der Bestimmung der akuten Toxizität nach oraler Aufnahme, nach Einatmen oder nach Aufnahme durch die Haut,
- der Erarbeitung von Anhaltspunkten für eine krebserzeugende oder erbgutverändernde Wirkung,

- ein bakterieller Test,
- ein nicht bakterieller Test,
- der Bestimmung der lokalen Verträglichkeit,
- der Bestimmung der Toxizität an Ratten nach wiederholter oraler, dermaler oder inhalativer Verabreichung. Es ist eine Dosis zu ermitteln, bei der keinerlei toxische Wirkung festgestellt wird.

Der Umfang der *Zusatzprüfung* (Stufe 1) orientiert sich an den Ergebnissen der Grundprüfung. Vor allem erfordert sie eine intensivere Prüfung auf krebserzeugende und erbgutverändernde Wirkung sowie die Ermittlung der Toxizität bei länger dauernder Verabreichung und die Prüfung auf Beeinträchtigung der Fruchtbarkeit. Die Prüfungsnachweise der Stufe 1 werden in der Regel erst dann gefordert, wenn die in Verkehr gebrachte Menge eines Stoffes jährlich 100 Tonnen oder seit Beginn der Herstellung 500 Tonnen insgesamt erreicht hat.

Der Umfang der *Zusatzuntersuchung 2* (Stufe 2) richtet sich nach den Ergebnissen aus den vorausgegangenen Prüfungen. Die Prüfnachweise werden in der Regel erst dann gefordert, wenn die vom Anmeldepflichtigen innerhalb der EG-Mitgliedsstaaten in Verkehr gebrachte Menge eines Stoffes jährlich 1000 Tonnen oder seit Beginn der Herstellung 5000 Tonnen erreicht hat.

Zu den Zusatzuntersuchungen der Stufe 2 gehören unter anderem:
- Untersuchungen zur Resorption, Verteilung, eventuelle Speicherung, Ausscheidung von Stoffen, deren Umwandlung im Organismus und die Aufdeckung eventueller Wirkprinzipien.
- Chronische Toxizität und krebserzeugende Wirkung: Sie wird in Langzeitversuchen, z. B. in über mehrere Jahre laufenden Untersuchungen, an Kleinnagern bestimmt.
- Akute oder subakute Toxizität an zwei Tierarten: Diese Untersuchungen werden vor allem dann notwendig, wenn die Ergebnisse an Nagetieren aufgrund von Stoffwechselunterschieden eine Übertragbarkeit für die Risikoabschätzung beim Menschen in Frage stellen.
- Verhaltensstörende Eigenschaften: Dabei ist in gesonderten tierexperimentellen Untersuchungen die Wirkung eines Stoffes auf das Nervensystem zu untersuchen.
- Fruchtbarkeitsverändernde und fruchtschädigende Eigenschaften: Erfordern es die Untersuchungen aus Stufe 1, ist z. B. ein Test über drei Generationen durchzuführen, etwa eine Teratogenitätsprüfung an Nichtnagern, wenn die Prüfung in Stufe 1 solche Wirkungen erkennen lassen.

Sinngemäß enthält die EG-Richtlinie vergleichbare Anforderungen. Aus dem Vorstehenden wird deutlich, daß im Verlauf der Anmeldung von neuen Stoffen eine ganze Reihe von Tierversuchen erforderlich sind. An erster Stelle steht die Bestimmung der akuten Toxizität, aufgrund derer eine Einstufung des Stoffes in die Klassen *sehr giftig, giftig* und *mindergiftig* erfolgt.

Diese Werte sind schlecht normierbar und erfassen oft nicht wichtige toxikologische Wirkungskriterien. Die Bestimmung der akuten Toxizität wird auch aus tierschützerischen Gründen stark angegriffen. Es gilt, die Tierzahl für diese manchmal qualvollen Untersuchungen drastisch zu reduzieren. Ziel der Untersuchungen soll sein, das akute toxikologische Wirkungsbild eines Stoffes zu ermitteln und nicht eine Zahl, die lediglich Auskunft über die Letalitätsrate einer Tierspezies gibt. Die Autoren des vorliegenden Beitrags konnten zeigen, daß dies mit weniger Tieren als manchmal gefordert möglich ist.

Im Unterschied zum Entwurf des Chemikaliengesetzes und zur 6. EG-Änderungsrichtlinie hat der Gesetzgeber den Hinweis auf Tierversuche ganz aus dem Text des Gesetzes gestrichen. In § 10 Abs. 3 hat der Gesetzgeber ermächtigt, Tierversuche durch andere Prüfverfahren zu ersetzen, wenn dies nach dem Stand der wissenschaftlichen Erkenntnis im Hinblick auf den Prüfzweck vertretbar ist. Moderne Methoden der Toxikologie, wie die Verwendung von Bakterien, Hefen und Gewebekulturen für die Ermittlung einer mutagenen oder kanzerogenen Wirkung, haben ganz erheblich zum Vermindern der In-vivo-Tierversuche beigetragen. Der die modernen Entwicklungen verfolgende, in der Industrie tätige und an Tierschutz interessierte Toxikologe wünscht sich oft, daß Behörden vor allem auf dem Gebiet der Kanzerogenitätsprüfung Methoden akzeptieren, die das In-vivo-Experiment mit Hunderten von kleinen Nagetieren ersetzen können.

Wie effizient das System zur Erkennung und der Vermeidung von Arbeitsplatzrisiken bereits vor dem Inkrafttreten des Chemikaliengesetzes war, zeigt folgende Statistik:

*Erstmals mit Rente entschädigte Arbeitsunfälle und Berufskrankheiten in 1979**

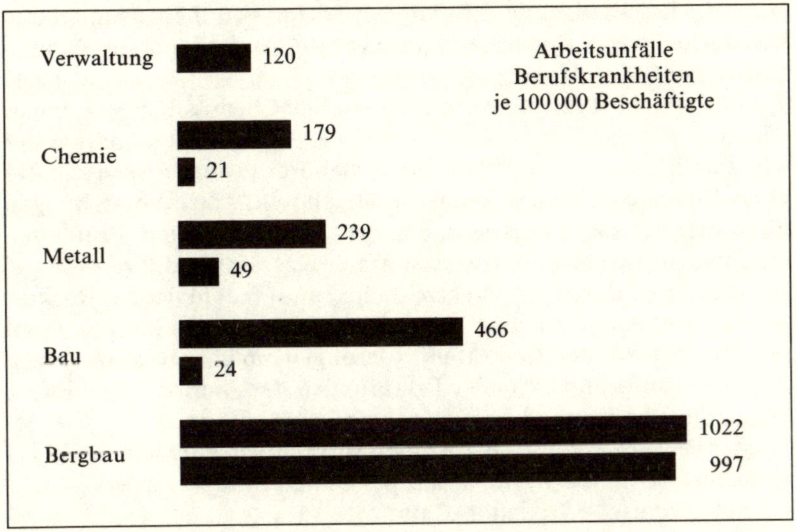

Fraglich bleibt, ob die umfangreichen Tierexperimente aufgrund des Chemikaliengesetzes und der 6. EG-Änderungsrichtlinie, eine Verbesserung der Situation herbeiführen können. Anzustreben ist eine flexible Auslegung der Anforderungen, die sich am Risikopotential und an tierschützerischen Gesichtspunkten orientieren soll.

Verbraucherschutz: Lebensmittel

Im deutschen Lebensmittelgesetz (Gesetz über den Verkehr mit Lebensmitteln, Tabakerzeugnissen, kosmetischen Mitteln und sonstigen Bedarfsgegenständen, 15. August 1974) ist in § 8 ausgeführt, daß Lebensmittel und Bedarfsgegenstände nicht die Gesundheit des Verbrauchers schädigen dürfen.

In der Bundesrepublik Deutschland war auf diesem Sektor des Verbraucherschutzes ebenso die Deutsche Forschungsgemeinschaft aktiv und hat die Kommission zur Beurteilung fremder Stoffe in Lebensmitteln ins Leben gerufen. Diese Kommission, die in regel-

* Wiedergabe des Balkendiagramms mit freundlicher Genehmigung des C. H. Beck Verlages, aus Radek/Friedel, »Das neue Chemikaliengesetz« aus der Reihe »Aktueller Betrieb«, 1981.

mäßigen Abständen tagt, beurteilt ähnlich wie die MAK-Kommission aufgrund neuester wissenschaftlicher Erkenntnisse mögliche gesundheitsschädigende Effekte vor allem von Lebensmittel-Zusatzstoffen, wie z. B. Konservierungsstoffe, Antioxidantien, Aromastoffe und Süßstoffe etc.

Verbindliche Prüfpläne, ähnlich wie im Chemikaliengesetz, existieren hierfür in Deutschland nicht, doch hat die Kommission der Wissenschaftler aus Universitäten, Behörden und wissenschaftlichen Instituten, die der Industrie angehören, klare Vorstellungen über die Art der tierexperimentellen toxikologischen Prüfungen von neuen Lebensmittelzusatzstoffen. Das Prüfverfahren ist gekennzeichnet durch die Vermeidung jedes erdenklichen Risikos, welches mit der Aufnahme dieser Stoffe einhergehen könnte. Logischerweise sind hier die Prüfanforderungen am höchsten. In kurzen Zügen sei aufgrund aktueller Erfahrungen der Autoren geschildert, wie in der Bundesrepublik Deutschland ein experimentell-toxikologisches Prüfprogramm z. B. für einen Süßstoff gestaltet sein muß:

1. Akute Toxizität (Ratte, Maus, per os und intraperitoneal).
2. Subchronische Toxizität (Ratte).
3. Chronische Toxizität (Hund).
4. Kombinierte chronische Toxizität und Kanzerogenität (Ratte).
5. Kanzerogenität (Maus).
6. Teratogenität (Ratte und Kaninchen).
7. Drei-Generations-Versuch (Ratte).
8. Mutagenität (Punktmutationen, Chromosomenmutationen).
   - Indikatortests, (unprogrammierte DNA-Synthese, Tests auf die Bindung an DNA).
   - Zelltransformation.
9. Pharmakologischer Test: Hier ist die Abwesenheit einer pharmakologischen Wirkung zu zeigen, wie z. B. das Fehlen
   - einer antimikrobiellen Wirkung,
   - einer Wirkung auf das zentrale und periphere Nervensystem,
   - eines Effekts auf das Vegetativum und das Herz-Kreislauf-System,
   - von Entzündungshemmung und Schmerzbeeinflussung.
10. Kinetik- und Metabolismusstudien nach einmaliger und mehrmaliger Applikation, mit dem Ziel, eine mögliche Kumulation im Organismus zu erkennen, die Entstehung biologisch aktiver Metaboliten zu erforschen und Ausscheidungsmechanismen zu identifizieren. Der plazentare Übertritt und die Ausscheidung über die Muttermilch spielen dabei eine wichtige Rolle.

Vertreter des Bundesgesundheitsamtes in dieser Kommission nehmen die Diskussionsergebnisse zur Kenntnis und formulieren an das Bundesgesundheitsministerium Empfehlungen. Erster Schritt in der Zulassung ist normalerweise eine Ausnahmegenehmigung gemäß § 37 LmBG, die einzelnen Lebensmittelproduzenten für einen begrenzten Zeitraum und limitierte Mengen erteilt wird.

Eine europäische Richtlinie für die Prüfung von Lebensmittelzusatzstoffen ist in Ausarbeitung.

Im Jahre 1982 hatte die Food and Drug Administration der USA eine *Guideline* erlassen, die direkte Lebensmittelzusatzstoffe und Lebensmittelfarbstoffe betrifft (Toxicological Principles for the Safety Assessment of Direct Food Additives and Color Additives Used in Food – Red Book).

Der Umfang des Einsatzes und die chemische Struktur definieren das toxikologische Prüfprogramm. Das »Red Book« beinhaltet das modernste und umfassendste tierexperimentelle toxikologische Prüfprogramm.

Der Bedeutung von Lebensmittelzusatzstoffen und dem möglichen Gefährdungspotential für breiteste Bevölkerungsschichten entsprechend, sind das umfangreiche Prüfprogramm und der Einsatz Tausender von Versuchstieren gerechtfertigt. Spricht man in diesem Zusammenhang von der »ethischen Notwendigkeit« der Tierversuche, ist sie hier ähnlich gerechtfertigt wie auf dem Gebiet der Arzneimitteltoxikologie.

Verzicht auf Konservierungsstoffe, hygienische Verpackungsmittel und kaloriensparende Zusatzstoffe hätten kaum vorstellbare Konsequenzen für die Lebensmittelhygiene und die Volksgesundheit.

Verbraucherschutz: Kosmetika

Kosmetika sind im Sinne des deutschen Lebensmittelrechtes Bedarfsgegenstände. Somit ist für sie auch der § 8 des Lebensmittel- und Bedarfsgegenständegesetzes anzuwenden.

Im März 1981 erschienen im Bundesgesundheitsblatt die »Empfehlungen des Bundesgesundheitsamtes zur Prüfung der gesundheitlichen Unbedenklichkeit von kosmetischen Mitteln«. Diese Empfehlungen wurden in der Kommission für kosmetische Erzeugnisse des Bundesgesundheitsamtes, insbesondere in den Arbeitsgruppen für toxikologische und dermatologische Methoden, erarbeitet.

Danach obliegt es dem Hersteller von Grundstoffen und kosmetischen Mitteln, die gesundheitliche Unbedenklichkeit bei bestimmungsgemäßen oder vorauszusehenden Anwendungen sorgfältig, zumeist im Tierversuch, zu überprüfen.

Die Empfehlung unterscheidet deutlich zwischen der toxikologischen Prüfung von Grundstoffen und kosmetischen Mitteln.

Für Grundstoffe bedarf es der Bestimmung des toxikologischen Profils einer neuen Substanz. Darunter ist zu verstehen die

- Feststellung der akuten Toxizität vornehmlich an Ratten per os oder perkutan oder per inhalationem;
- Feststellung der subakuten Toxizität mit regelmäßig wiederholter Applikation während 28 bis neunzig Tagen vornehmlich an der Ratte;
- Feststellung der chronischen Toxizität mit regelmäßig wiederholter Applikation (drei Dosen) über einen Zeitraum von mehr als sechs Monaten, in der Regel zwei Jahre oder Lebenszeit der Versuchstiere (Nager); damit lassen sich im Prinzip auch tumorerzeugende Eigenschaften einer Prüfsubstanz erkennen;
- Feststellung der Toxikokinetik, d. h. Resorption, Verteilung, Stoffwechsel und Ausscheidung;
- Feststellung besonderer Wirkungen, wenn sich aufgrund der vorausgegangenen Prüfungen ein Verdacht auf beispielsweise mutagene oder embryotoxische Wirkung ergibt.

Dermatologische und allergologische Prüfungen sind sowohl für Grundstoffe als auch für kosmetische Mittel durchzuführen. Das Ziel ist haut- und schleimhautreizende, sensibilisierende (allergische), phototoxische und photosensibilisierende, eventuell auch akneerzeugende Wirkungen zu erkennen. Diese Untersuchungen können an geeigneten Tieren (meist Kaninchen und Meerschweinchen) durchgeführt werden.

In den Vorbemerkungen zu dieser Empfehlung wird ausgeführt, daß auch andere Methoden anwendbar sind, wenn sichergestellt ist, daß nach allgemein anerkannten Grundsätzen gleichwertige Ergebnisse erhalten werden. Damit wird angedeutet, daß ein Abweichen von diesen Empfehlungen möglich ist. Bei der Prüfung von kosmetischen Mitteln sollte aus ethischen Gründen davon ausführlich Gebrauch gemacht werden. Zur Zeit wird deshalb vor allem auf dem Gebiet der Untersuchungen zur Haut- und Schleimhautreizwirkung intensiv nach Alternativmethoden geforscht.

Im engen Zusammenhang mit dem Verbraucherschutz stehen die Reglementierungen für Pflanzenbehandlungsmittel, denn diese können im Falle von Rückstandsbildung auf Nahrungspflanzen zu indirekten Lebensmittelzusatzstoffen oder indirekten Futterzusatzstoffen werden. Außerdem können Pflanzenbehandlungsmittel eine Gefährdung für den Personenkreis darstellen, der diese Mittel auf die Felder ausbringt.

Um diesen möglichen Risiken vorzubeugen, hat die in der Bundesrepublik zuständige Behörde, die Biologische Bundesanstalt, im Jahre 1975 das sogenannte »Merkblatt 33« veröffentlicht, in dem sich die für die erste Zulassung von Pflanzenbehandlungsmitteln erforderlichen tierexperimentellen Untersuchungen finden.

Dort wird unterschieden zwischen:

a) vorrangig erforderlichen Unterlagen
   - akute orale und intraperitoneale Toxizität des technischen Wirkstoffes
   - lokale Reizwirkung an Kaninchenauge und -haut
   - akute Toxizität an Fischen
   - kumulativ toxische Wirkung des technischen Wirkstoffes
   - Neunzig-Tage-Fütterungsversuch an der Ratte
   - Neunzig-Tage-Fütterungsversuch am Hund

b) Unterlagen, die erforderlich werden können
   - Fütterungsversuche über längere Zeiträume (Langzeitfütterungsversuche: Zwei Jahre an der Ratte und entsprechend verwertbare Versuche an einer weiteren Tierart)

c) speziellen Untersuchungen
   - Generationsversuche, Sensibilisierung, Neurotoxizität, kanzerogene, teratogene und mutagene Wirkung
   - akute Toxizität des Handelspräparates

In den meisten Staaten, in denen die Agrarwirtschaft und die Produktion von Pflanzenbehandlungsmitteln eine bedeutende Rolle spielen, existieren ähnliche umfangreiche Prüfanforderungen.

Leider sind die Methoden in den verschiedenen nationalen Richtlinien nicht immer identisch. Darüber hinaus wird z. B. von japanischen Behörden gefordert, daß ein Teil der toxikologischen Untersuchungen in Japan durchzuführen ist. Somit kann der Fall eintreten, daß bei Zulassung eines Pflanzenschutzmittels in mehreren Ländern für die Untersuchungen einer bestimmten Wirkung mehrere Versuche notwendig sind. Dies ist aus Gründen des Tierschutzes, der Wirtschaftlichkeit und des Selbstverständnisses der experimentell tätigen Toxikologen zu bedauern.

Zusammenfassung und Schlußfolgerung

An Beispielen internationaler und nationaler *Guidelines* und Empfehlungen wird die gesetzliche Notwendigkeit für Tierversuche aufgezeigt. Sie dienen dem Schutz des Arbeiters in der Industrie und dem des Verbrauchers. Die Vergangenheit hat gezeigt, daß Tierexperimente ein wesentliches Werkzeug dafür sind. Die moderne Gesetzgebung hat in diesem Bewußtsein Art und Umfang der Experimente festgeschrieben. Die Festschreibung erfolgte nur teilweise unter Berücksichtigung potentieller und kalkulierbarer Risiken und läßt unterschiedliche Freiräume offen, von der festgeschriebenen Norm abzuweichen. Mehr Flexibilität in der Auslegung der *Guidelines,* internationale Harmonisierung von *Guidelines* und gegenseitige Anerkennung von Untersuchungsergebnissen können die Anzahl der Versuche an schmerzempfindlichen Organismen reduzieren.

Erheblich dazu beitragen könnten Alternativmethoden an schmerzfreien Prüfsystemen. Sie sind jedoch aus wissenschaftlichen Gründen oft nicht geeignet, das In-vivo-Experiment zu ersetzen. Andererseits ist die Entwicklung für manche Fragestellung erst im Anfangsstadium, oder das In-vitro-Experiment wird von den Zulassungs- oder Anmeldebehörden (noch) nicht akzeptiert.

Im Prinzip ist eine Reduzierung der Tierexperimente möglich, ohne daß Einbußen der Sicherheit des Verbrauchers oder Arbeiters hinzunehmen sind.

IV.

Anhang

Werner Wilk

Bibliographie zur Zielsetzung und Durchführung von Tierversuchen

Internationale Leitlinien der Wissenschaftsorganisationen zum Schutz der Versuchstiere

In Anbetracht der besonderen ethischen Probleme, die den Tierversuchen innewohnen, haben sich die internationalen Wissenschaftsorganisationen Leitlinien für das Experimentieren mit Tieren gegeben, deren Einhaltung z. B. bei der Begutachtung von Forschungsanträgen durch die Gutachter der Deutschen Forschungsgemeinschaft sowie durch die Herausgabe der wissenschaftlichen Zeitschriften kontrolliert wird, in denen Forschungsergebnisse publiziert werden. Diese Leitsätze (»Guide for the Care and Use of Laboratory Animals«, U. S. National Institute of Health, Publication No. 78–23) lauten:

1) Tierversuche dürfen nur dann durchgeführt werden, wenn durch sie der Stand wissenschaftlicher Erkenntnis vermehrt wird.
2) Die Angemessenheit des experimentellen Vorgehens und der benutzten Tierspezies sowie die Zahl der Tiere sind zu berücksichtigen.
3) Es dürfen nur rechtmäßig erworbene Tiere in den Versuch genommen werden.
4) Sowohl die Haltung der Versuchstiere als auch die Durchführung eines Tierversuches hat unter strikter Berücksichtigung der geltenden gesetzlichen Vorschriften zu erfolgen.
5) Das Wohlbefinden der Versuchstiere ist oberstes Gebot: Komfortable Ställe, gutes Futter und angemessene sanitäre Vorkehrungen sind unabdingbar.
6) Bei chirurgischen Eingriffen muß völlige Schmerzausschaltung durch Anästhesie gewährleistet sein. Muskelrelaxanzien oder Muskelparalytika allein genügen nicht. Sie dürfen nur im Verein mit Anästhetika benutzt werden. Wiederholte chirurgische Eingriffe an ein und demselben Tier sind zu vermeiden. Nur in Ausnahmefällen, z. B., um seltene Arten zu schützen, sind sie gerechtfertigt.
7) Soll ein Tier nach dem Versuch getötet werden, so muß dies auf humane Weise geschehen. Soll jedoch ein Tier nach der Operation aus der Anästhesie aufwachen, so muß jedwede Fürsorge getroffen werden, um eventuelle Schmerzen und Unbehagen so gering wie möglich zu halten. In jedem Falle sind die in Tierkliniken üblichen Pflegemethoden anzuwenden.
8) Verbietet das Versuchsziel den Gebrauch von Anästhetika und Narkotika, so darf ein Versuch nur unter direkter Aufsicht des verantwortlichen Wissenschaftlers durchgeführt werden.

Bestimmungen, Verordnungen, Gesetze etc. in der Bundesrepublik Deutschland, die Tierschutz und Tierversuch beinhalten

Tierschutzgesetz (TierSchG)
vom 24. Juli 1972 (BGBl., Teil I, 29. Juli 1972, S. 1277–1283)
Erster Abschnitt: Grundsatz
Zweiter Abschnitt: Tierhaltung
Dritter Abschnitt: Töten von Tieren
Vierter Abschnitt: Eingriffe an Tieren
Fünfter Abschnitt: Tierversuche
Sechster Abschnitt: Eingriffe zu Ausbildungszwecken
Siebenter Abschnitt: Tierhandel
Achter Abschnitt: Verbringungs-, Verkehrs- und Haltungsverbot
Neunter Abschnitt: Ermächtigungen, Mitwirkung von Zolldienststellen
Zehnter Abschnitt: Durchführung des Gesetzes
Elfter Abschnitt: Straf- und Bußgeldvorschriften
Zwölfter Abschnitt: Übergangs- und Schlußvorschriften

Verordnung über das Halten von Hunden im Freien
vom 6. Juni 1974 (BGBl., Teil I, 1974, S. 1265)
1. Sachlicher Geltungsbereich
2. Anbindehaltung
3. Zwingerhaltung
4. Sonstige Haltung
5. Wartung und Pflege
6. Verbotsvorschriften
7. Ordnungswidrigkeiten
8. Schlußvorschriften

Übereinkommen über den internationalen Handel mit gefährdeten Arten freilebender Tiere und Pflanzen (Washingtoner Artenschutzübereinkommen, WA)
vom 3. März 1973 (BGBl., Teil II, 1975, S. 777)
in Kraft seit dem 20. Juni 1976

Begriffsbestimmungen – Grundprinzipien – Regelung des Handels mit Exemplaren der in Anhang I bzw. der in Anhang II bzw. der in Anhang III aufgeführten Arten – Genehmigungen und Bescheinigungen – Ausnahmen und sonstige Sonderbestimmungen in bezug auf den Handel – Maßnahmen, die von den Vertragsparteien zu treffen sind – Vollzugsbehörden und wissenschaftliche Behörden – Handel mit Staaten, die nicht Vertragsparteien sind – Konferenz der Vertragsparteien – Das Sekretariat – Internationale Maßnahmen – Auswirkungen auf innerstaatliche Rechtsvorschriften und auf internationale Übereinkünfte – Änderung der Anhänge I und II – Anhang III und Änderungen dieses Anhanges – Änderung des Übereinkommens – u. a.

Anhang I: Enthält alle von der Ausrottung bedrohten Arten, die durch den Handel beeinträchtigt werden oder beeinträchtigt werden können. Um ihr Überleben nicht noch weiter zu gefährden, muß der Handel mit Exemplaren dieser Arten einer besonders strengen Regelung unterworfen und darf nur in Ausnahmefällen zugelassen werden.

Anhang II: Enthält alle Arten, die, obwohl sie nicht notwendigerweise schon heute von der Ausrottung bedroht sind, davon bedroht werden können, wenn der Handel mit Exemplaren dieser Arten nicht einer strengen Regelung unterworfen wird, damit eine mit ihrem Überleben unvereinbare Nutzung verhindert wird, und andere Arten, die einer Regelung unterworfen werden müssen, damit der Handel mit Exemplaren gewisser Arten im Sinn der obengenannten Arten unter wirksame Kontrolle gebracht werden kann.

Anhang III: Enthält alle Arten, die von einer Vertragspartei als Arten bezeichnet werden, die in ihrem Hoheitsbereich einer besonderen Regelung unterliegen, um die Ausbeutung zu verhindern oder zu beschränken, und bei denen die Mitarbeit anderer Vertragsparteien bei der Kontrolle des Handels erforderlich ist.

Gesetz zu dem Übereinkommen vom 3. März 1973 über den internationalen Handel mit gefährdeten Arten freilebender Tiere und Pflanzen (Gesetz zum Washingtoner Artenschutzübereinkommen, GWA)
vom 22. Mai 1975 (BGBl., Teil II, 1975, S. 773–833; GVBl., 24. Juli 1975, S. 1630) in Kraft seit dem 20. Juni 1976
1. Zustimmung, Inkraftsetzung von Änderungen
2. Durchführungsvorschriften
3. Schlußvorschriften

Allgemeine Verwaltungsvorschrift zum Gesetz zum Washingtoner Artenschutzübereinkommen
vom 19. Juli 1976
Bundesanzeiger *28*, Nr. 147, S. 2f.

3. Verordnung zur Änderung der Anhänge I und II des Washingtoner Artenschutzübereinkommens
vom 22. Mai 1981 (BGBl., Teil II, 1981, S. 221; GVBl., 30. Juni 1981, S. 659) in Kraft seit dem 6. Juni 1981

4. Verordnung über die Inkraftsetzung von Änderungen der Anhänge I und II des Washingtoner Artenschutzübereinkommens
vom 28. Juli 1983 (BGBl. II, S. 488, vom 4. August 1983, GVBl., 1. September 1983)

2. Verordnung zur Änderung des Anhanges III des Washingtoner Artenschutzübereinkommens
vom 22. Mai 1981 (BGBl., Teil II, 1981, S. 246, GVBl., 30. Juni 1981, S. 660) in Kraft seit dem 6. Juni 1981

3. Verordnung über die Inkraftsetzung von Änderungen des Anhangs III des Washingtoner Artenschutzübereinkommens
vom 28. Juli 1983 (BGBl. II, S. 482, vom 4. August 1983, GVBl., 1. September 1983)

Gesetz zur Durchführung der Verordnung (EWG) Nr. 3626/82 des Rates zur Anwendung des Übereinkommens über den internationalen Handel mit gefährdeten Arten freilebender Tiere und Pflanzen in der Gemeinschaft
vom 22. Dezember 1983 (BGBl. I, S. 1571 vom 24. Dezember 1983; GVBl., 30. Dezember 1983)
Anwendungsbereich – Ausnahmen – Mitwirkung der Zollbehörde – Verfahren bei der Ein- und Ausfuhr – Beschlagnahme und Einziehung durch die

Zollstellen – Auskunfts- und Zutrittsrecht – Ermächtigung – Zuständigkeiten – Kosten – Ordnungswidrigkeiten – Einziehung – Änderung des Gesetzes zum Washingtoner Artenschutzübereinkommen

Verordnung über besonders geschützte Arten wildlebender Tiere und wildwachsender Pflanzen (Bundesartenschutzverordnung, BArtSchV)
vom 25. August 1980 (BGBl., Teil I, 1980, S. 1565; GVBl., 2. Oktober 1980, S. 2136–2155)
Anlage 1: Die besonders geschützten einheimischen oder europäischen Tier- und Pflanzenarten (Besonders geschützte Tierarten – Besonders geschützte Pflanzenarten)
Anlage 2: Die in den Anhängen I und II des Washingtoner Artenschutzübereinkommens aufgeführten Tier- und Pflanzenarten

Europäisches Übereinkommen zum Schutz von Tieren während des internationalen Transports (1968)/
European Convention of the Council of Europe for the Protection of Animals during International Transport (1968)
(BGBl., Teil II, 1973, S. 721)
in Kraft seit dem 12. Juli 1973

Übereinkommen zum Schutz wildlebender Pflanzen und freilebender Tiere und ihrer natürlichen Lebensräume in Europa (1979)

Bekanntmachung der OECD-Grundsätze der guten Laborpraxis (GLP)
vom 4. Februar 1983
Bundesanzeiger, Jg. 35, Nr. 42a
vom 2. März 1983, S. 6–16
Anwendungsbereich – Begriffsbestimmungen – Organisation und Personal der Prüfeinrichtung – Qualitätssicherungsprogramm – Prüfeinrichtungen – Geräte, Materialien und Reagenzien – Prüfsysteme – Prüf- und Referenzsubstanzen – Standardarbeitsanweisung (Standard Operating Precedures) – Prüfungsablauf – Bericht über die Prüfergebnisse – Archivierung und Aufbewahrung von Aufzeichnungen und Materialien

Durchführung des Tierschutzgesetzes; hier: Versuche an Hunden und Katzen sowie Berichterstattung über Tierversuche
RdErl. des Ministers für Ernährung, Landwirtschaft und Forsten vom 27. Mai 1980 – 109 – 42 502; 42 507/05 – 05;
Nds. MBl. Nr. 36, 1980

Durchführung des Tierschutzgesetzes; Tierversuche und Versuchstierhaltungen
RdErl. des Ministers für Ernährung, Landwirtschaft und Forsten vom 14. Dezember 1982 – 111 – 42 502/4–1
Nds. MBl. Nr. 3/1983, S. 43
Tierschutzbeauftragter – Anzeige- und Genehmigungspflicht – Ausnahmen von der Genehmigungspflicht – Antrags- und Genehmigungsverfahren – Überwachung von Einrichtungen, in denen Tierversuche durchgeführt werden, und Versuchstierhaltungen

Richtlinie für den Tierschutzbeauftragten in Einrichtungen, in denen Tierversuche durchgeführt werden
Nds. MBl. Nr. 3/1983, S. 43

Draft European Convention for the protection of vertebrate animals used for experimental and other scientific purposes and Draft Explanatory Report
Preamble – General Principles – General Care and Accommodation – Conduct of procedure – Authorisation – Breeding or Supplying establishments –

User establishments – Education and training – Statistical information – Recognition of Procedures carried out in the territory of another contracting party – Final provisions
vom 18. Mai 1983
CAHPA (83) 6, 26 Seiten
Council of Europe
Guidelines on accommodation and care of animals
vom 18. Mai 1983
CAHPA (83) 6, 40 Seiten
Introduction – The physical facility – The environment in the holding rooms and its control – Care
Statistical Tables
vom 18. Mai 1983
CAHPA (83) 6, 9 Seiten
Empfehlung 621 des Europarates über die Probleme im Zusammenhang mit der Verwendung von Tieren in Versuchen oder in der Industrie/
Recommendation 621 of the Council of Europe on the problem arising out of the use of animals for experimental or industrial purposes
vom 20. Januar 1971
International Guiding Principles for Biomedical Research Involving Animals
Genf 1985, Council for International Organisations of Medical Sciences (CIOMS), 1/85, 28 Seiten

Vorschläge zur Novellierung des Tierschutzgesetzes von 1972 bzw. Stellungnahmen zu Tierversuchen

Gesetzesanträge

Entwurf eines »Ersten Gesetzes zur Änderung des Tierschutzgesetzes von 1972« (mit Begründung)
Bundesminister für Ernährung, Landwirtschaft und Forsten (BML)
Stand: November 1984, 74 Seiten
BML, Postfach 14 02 70, 5300 Bonn 1

Gesetzesantrag des Landes Hessen:
Entwurf eines Gesetzes zur Änderung des Tierschutzgesetzes (mit Begründung)
Bundesrats-Drucksache 450/83 vom 14. Oktober 1983, 57 Seiten

Gesetzentwurf der Fraktion Die Grünen (zurückgezogen)
Entwurf eines Gesetzes zur Änderung des Tierschutzgesetzes (mit Begründung)
Bundestags-Drucksache 10/571, vom 7. November 1983, 9 Seiten

Anträge der Fraktion der AL des Abgeordnetenhauses von Berlin

1. Antrag auf sofortigen Baustopp der Zentralen Versuchstierzucht (ZVZ) des Bundesgesundheitsamtes (Drucksache 9/1964, vom 22. Juni 1984)
2. Antrag auf Verbot von Tierversuchen im Bereich der Wehrmedizin und der Rüstungsforschung, Initiative im Bundesrat (Drucksache 9/1962, vom 22. Juni 1984)
3. Antrag über Verbot von Tierversuchen, Initiative im Bundesrat (Drucksache 9/1961, vom 22. Juni 1984)
4. Antrag auf sofortige Schließung der Zentralen Tierlaboratorien der Freien Universität Berlin (Drucksache 9/1963, vom 22. Juni 1984)

Entwurf eines Gesetzes zur Verringerung der Tierversuche
Fraktion der SPD im Deutschen Bundestag
Bundestags-Drucksache 10/2703 vom 9. Januar 1985

Antrag der Fraktion der CDU und der Fraktion der F.D.P. über Durchführung von Tierversuchen
Abgeordnetenhaus von Berlin (Drucksache 9/1984 vom 7. September 1984)

Stellungnahme des Bundesrates zum Entwurf eines »Ersten Gesetzes zur Änderung des Tierschutzgesetzes von 1972«, Beschluß vom 20. Dezember 1984
Bundestags-Drucksache 10/3158 vom 10. April 1985
Gegenäußerung der Bundesregierung zur Stellungnahme der Bundesrats-Drucksache 10/3158 vom 10. April 1985

Max-Planck-Gesellschaft (MPG)
»Dem blinden Aktionismus gegen Tierversuche standhalten« –
»Das wissenschaftliche Fundament der Medizin erhalten« –
»Die Bad Nauheimer Thesen des Arbeitskreises ›Tierschutzrecht‹ der Biologisch-Medizinischen Sektion der Max-Planck-Gesellschaft«
MPG Presseinformation PRI 8/84 vom 18. April 1984, 10 Seiten
Pressereferat der MPG, Postfach 6 47, 8000 München 1

Bundesverband der Tierversuchsgegner e. V.
Postfach 17 01 10, 5300 Bonn 1
»Tierschutzgesetz und Tierversuche« (Drucksache, 2 Seiten) – Begründung der Ablehnung des Gesetzentwurfes vom BML durch den Bundesverband (Brief an das BML vom 14. November 1983 und 15. Dezember 1983, 9 Seiten)

Wissenschaftsrat
»Entschließung zu Fragen der tierexperimentellen Forschung und des Tierschutzes.« Drucksache 6550/84, Berlin, 11. Mai 1984, 2 Seiten

Deutsche Tierärzteschaft e. V.
Steubenstr. 34, Postfach 21 44, 6200 Wiesbaden
Änderungsvorschläge zum Entwurf des BML (im Entwurfstext eingearbeitet) vom 3. Januar 1984

Deutsche Forschungsgemeinschaft (DFG)
Max-Planck-Gesellschaft (MPG)
Gesellschaft Deutscher Naturforscher und Ärzte
Vorschlag zur Novellierung des Tierschutzgesetzes im Juli 1984, 35 Seiten
Gesellschaft zur Förderung der biomedizinischen Forschung e. V., Bonn

Gesellschaft für Nephrologie
Vorschlag des Vorstandes zur Novellierung des fünften Abschnitts, »Tierversuche«, des Tierschutzgesetzes von 1972 (im Gesetzestext eingearbeitet), 8 Seiten

Deutsche Pharmakologische Gesellschaft (DPhG)
Stellungnahme der DPhG zur Notwendigkeit von Tierversuchen in der pharmakologischen Grundlagenforschung, in der Entwicklung von Arzneimitteln und in der Beurteilung körperfremder, gesundheitsgefährdender Stoffe
Pharm. Ind. *45,* 1115 (1983)

Bonner Arbeitskreis für Tierschutzrecht
Gesetzesentwurf zur Novellierung des Tierschutzgesetzes mit Erklärungen der Wissenschaftlichen Studiengruppe Tierschutz, Schweizerischen Akademie der Medizinischen Wissenschaften, Schweizerischen Naturforschenden Gesellschaft – Nomos Verlagsgesellschaft, Baden-Baden, 1983, 57 Seiten

Wissenschaftliche Studiengruppe Tierschutz
An den Bundesgesetzgeber betr. Novellierung des Tierschutzgesetzes: Zur Leidensbegrenzung bei Tierversuchen, 1984, 1 Seite
über Ursula M. Händel, Bernsteinweg 10, D-7506 Bad Herrenalb

Deutsche Gesellschaft für Parasitologie e. V. (DGP)
Resolution der Mitglieder der DGP
vom 11. April 1984, 1 Seite
DGP

Wissenschaftlicher Beirat der Bundesärztekammer
Tierversuche in der Medizin
Deutsches Ärzteblatt, 47/1981, S. 2215–2220
Deutsche Physiologische Gesellschaft e. V.
Tierschutz und wissenschaftlicher Tierversuch – eine Richtigstellung
September 1984, 8 Seiten
Deutsche Zoologische Gesellschaft
Erklärung der Deutschen Zoologischen Gesellschaft zu Fragen des Tierschutzes
Juni 1984, 2 Seiten
Deutsche Veterinärmedizinische Gesellschaft
Presseerklärung der Deutschen Veterinärmedizinischen Gesellschaft zu aktuellen Fragen des Tierschutzes
17. Oktober 1984, 4 Seiten
Deutscher Tierschutzbund
Gegenüberstellung
Tierschutzgesetz vom 24. Juli 1972 – Änderungsvorschlag des Deutschen Tierschutzbundes – Gesetzesantrag des Landes Hessen – Gesetzesentwurf der Fraktion Die Grünen – Referentenentwurf des BML (Stand vom 25. Oktober 1983) – Stellungnahme des Deutschen Tierschutzbundes zum Referentenentwurf des BML
1983, 31 Seiten
Bundesverband der pharmazeutischen Industrie e. V.
Stellungnahme zur Novellierung des Tierschutzgesetzes (Bundestags-Drucksache 10/3158)
Frankfurt, Mai 1985

Katalog der beim Versuchstier u. U. durch Eingriffe oder Behandlungen bewirkten Schmerzen, Leiden oder Schäden – im Vergleich zu Manipulationen außerhalb des Tierversuches

(nach Schnappauf, 1984)

1.

Tierversuch	*Manipulation außerhalb des Tierversuchs*
a) Haltung in Käfigen gem. Richtlinien (Labornager, Kaninchen)	a) Nichtintensive landwirtschaftliche Nutztierhaltung, Heimtierhaltung: domestizierte Tiere
b) Tötung zur Organentnahme mit oder ohne schmerzlose Vorbehandlung (z. B. Colchicin für Mitosearrest) (alle Arten, meist Nager)	b) Schlachten von Nutztieren, Töten unerwünschter Heimtiere, Abschießen verwilderter Katzen, Hunde
c) Züchten von Tieren mit erblichen, geringgradigen Stoffwechseldefekten (nu, ob, db) (alle Arten)	c) Züchten und Halten mißgebildeter Heimtiere (z. B. Möpse, Pekinesen, Tanzmäuse, Hunde mit Hüftgelenksdysplasie)
d) Provokation leicht feststellbarer, nicht schmerzhafter Tumore, wenn Tiere bei Erscheinen des Tumors getötet werden und nicht Tod durch Tumor erfolgt (alle Arten)	
e) Kurzzeitige (<3 h) Immobilisierung z. B. in Röhre (Nager), in Fixationskasten (Kaninchen) oder anderen Vorrichtungen (Hunde, Katzen, Affen nach Adaptation: keine Gegenwehr)	e) Beschlagstand (Pferd), Hundesalon, Ausstellung
f) Haltung (nicht immobilisieren) in engen Behältnissen, Stoffwechselkäfigen für Tage bis Wochen (alle laborisierten Arten, außer Katzen, Affen, Hunde)	f) Intensive Nutztierhaltung

2.

Terminalversuche: Chirurgische u. a. traumatische Eingriffe in Allgemein-, Epidural- oder Lokalanästhesie (ohne Relaxation)

Töten noch in Allgemeinanästhesie oder sonst schmerzlos (alle Arten)	
3.	
Kleine chirurgische Eingriffe in Anästhesie (ohne Relaxation), z. B. zum Einlegen von Dauerkanülen in Gefäße, Biopsien, Exstirpation von Organen ohne schwere Folgen für das Wohlbefinden (Ovar, Hoden, Milz, Niere einseitig) Einpflanzen von Elektroden (Ableitung aus Hirnarealen), monokulare Deprivation durch Vernähen der Augenlider einseitig bei Katzen → 3 Wo. Alter Voraussetzung: keine bis geringe Komplikationserwartung, kurze Verheilzeit	Kastration von Ebern, Hauskatzen Bei vergleichbaren Eingriffen wird auch bei Menschen und Heim- und Nutztieren keine postoperative Analgesie für erforderlich gehalten.
4.	
Größere chirurgische Eingriffe in Anästhesie (ohne Relaxation) mit Folgen, die das Wohlbefinden für längere Zeit beeinträchtigen, Knochenchirurgie, Prothetik, Defektheilungsversuche, wenn Heilung experimentell verzögert, Hypophysektomie, Adrenalektomie ohne Substitution, Darmfisteln, -anastomosen Soweit postoperativ mit Schmerzen/Leiden zu rechnen ist, muß Verzicht auf Analgesie begründet werden.	
5.	
Herbeiführen pathologischer Zustände, die schwere Ausfallerscheinungen zur Folge haben, z. B. ionisierende Strahlung mit GI-Syndrom als Folge, Verabfolgung radiomimetischer, immunsuppressiver Substanzen; beabsichtigte und nicht beabsichtigte Erzeugung von GI-Ulcera,	Behandlung prognostisch aussichtsloser Krankheiten bei Heimtieren statt schmerzloser Tötung (Beispiel: Frischzelltherapie bei erblicher Hüftgelenksdysplasie)

Tumoren, bei denen schmerzhafte Zustände zu erwarten sind (anthropomorphe Beurteilung)	
Schwere Leber-, Nieren-, Pankreasschäden, Züchten und Halten von Versuchstieren mit schweren erblichen Störungen (Hämophilie, Autoaggression, Dystrophien)	
LD_{50}	Schädlingsbekämpfung (Wirbeltiere) mit Giften, Flächenbrände, Biotopzerstörung mit Umweltgiften aller Art

Tierversuche an Schweizer Hochschulen Klassifikation nach Schweregraden

(abgedruckt in der »Neuen Zürcher Zeitung« vom 2./3. März 1985)

		Bedarf 1983			
		Schweregrad			
Tierart	Total	0	I	II	III
Mäuse, Ratten	215 655	179 152	21 298	13 539	1 666
Andere Nagetiere	5 863	3 960	1 266	637	–
Kaninchen	3 913	3 683	192	38	–
Katzen	373	132	56	185	–
Hunde	694	369	171	154	–
Primaten	58	45	5	8	–
Andere Säugetiere	616	322	269	25	–
Andere Wirbeltiere	7 706	5 309	1 090	1 167	140
	234 878	192 972	24 347	15 753	1 806
in %	100	82,1	10,4	6,7	0,8

Die Klassifikation nach Schweregraden zeigt, daß 92,5 Prozent der Versuchstiere keinen (Schweregrad 0) oder geringen Schmerz (I) erleiden. Schweregrad II bedeutet »ausgeprägten, unvermeidbaren«, Schweregrad III »schweren« Schmerz. Die Prozentzahlen (letzte Zeile der Tabelle) sind für die deutschen Hochschulen, einschließlich Max-Planck-Institute, die gleichen.

Tierschutzforschungspreise in der Bundesrepublik Deutschland

1. Tierschutz-Forschungspreis (seit 1958)
   des Deutschen Tierschutzbundes, Bonn

Dotierung:	5 000,– DM
Ausschreibung:	im Abstand von 2 Jahren
Anschrift:	Deutscher Tierschutzbund Baumschulallee 15 (Prof. Neumann-Haus des Deutschen Tierschutzes)

2. Forschungspreis zur Förderung von methodischen Arbeiten mit dem Ziel der Einschränkung und des Ersatzes von Tierversuchen (seit 1982)
   des Bundesministers für Jugend, Familie und Gesundheit

Dotierung:	30 000,– DM
Ausschreibung:	jährlich
Anschrift:	Bundesminister für Jugend, Familie und Gesundheit Postfach 20 04 90 5300 Bonn 2

3. Felix-Wankel-Tierschutz-Forschungspreis zur Erarbeitung wissenschaftlicher Grundlagen des modernen Tierschutzes

Dotierung:	50 000,– DM
Ausschreibung:	jährlich
Anschrift:	Ortlindestr. 6/VIII 8000 München 81 z. Hd. Dir. H.-J. Weichert

4. Dr. Wilma von Düring-Forschungspreis zur Förderung des Tierschutzgedankens und seiner wissenschaftlichen Vertiefung sowie der Forschung auf dem Gebiet der Versuchstierkunde und Verhaltenslehre und zur Anregung der Forscher, den Einsatz lebender Tiere in Tierversuchen zu verringern.
   Der Gesellschaft der Freunde und Förderer der Veterinärmedizin an der Freien Universität Berlin (seit 1980)

Dotierung:	2 000,– DM
Ausschreibung:	jährlich
Anschrift:	Lindenstr. 44–47 1000 Berlin 61

5. Fond zur Förderung der Forschung ohne Tierversuche des Deutschen Tierschutzbundes und des Bundesverbandes der Tierversuchsgegner
   (gegründet Februar 1984, Startkapital 10 000,– DM)

Anschrift:	Bundesverband der Tierversuchsgegner e. V. Postfach 17 01 10 5300 Bonn 1

6. Erna-Graff-Stiftung für Tierschutz
Forschungspreis für Alternativmethoden
(gegründet 1983)

Hauptpreis:	50 000,– DM
5 weitere Preise zu je	10 000,– DM
Ausschreibung:	jährlich
Anschrift:	Tierheim Lankwitz Dessauer St. 21–27 1000 Berlin 46

Organisationen mit Schwerpunkttätigkeit im Bereich Tierschutz und Antivivisektion

Kommissionen, Ausschüsse, Arbeitsgruppen etc. mit vorrangig wissenschaftlicher Zielsetzung in der Bundesrepublik Deutschland

Tierschutzbeirat beim Bundesminister für Ernährung, Landwirtschaft und Forsten (BML)

»Fachgruppe Tierschutzrecht«
der Deutschen Veterinärmedizinischen Gesellschaft (DVG)
Leiter: Prof. Dr. G. v. Mickwitz
D-2053 Schwarzenbeck, Waldstr. 12

»Ausschuß Tierschutz und Verhaltenslehre«
der Deutschen Tierärzteschaft e. V.
D-6200 Wiesbaden, Steubenstr. 34

Fachgruppe Tierschutzrecht
der Akademie für Tierärztliche Fortbildung (ATF)
D-6200 Wiesbaden

Arbeitskreis Tierversuche in der Medizin des Wissenschaftlichen Beirats der Bundesärztekammer
D-2000 Hamburg

»Kommission für Tierschutz«
der Deutschen Zoologischen Gesellschaft
p. Adr.: Prof. Dr. D. v. Holst
Lehrstuhl für Tierphysiologie
Universität Bayreuth
D-8580 Bayreuth, Postfach 30 08, Universitätsstr. 30

Tierschutzkommission der Arbeitsgemeinschaft der planmäßigen Professoren für Pharmakologie in der Deutschen Pharmakologischen Gesellschaft
D-4000 Düsseldorf

Arbeitsgruppe »Tierschutz/Tierexperiment«
des Bundesgesundheitsamtes (BGA)
D-1000 Berlin 33, Thielallee 88–92, Postfach 33 00 13

Senatskommission für Versuchstierforschung
der Deutschen Forschungsgemeinschaft (DFG)
D-5300 Bonn-Bad Godesberg

Fachgruppe »Versuchstierkunde«
der Deutschen Veterinärmedizinischen Gesellschaft e. V. (DVG)
Leiter: Prof. Dr. W. Wilk
D-1000 Berlin 45, Krahmerstr. 6
(Institut für Versuchstierkunde und Versuchstierkrankheiten)

Vereinigung »Ärzte gegen Tierversuche« e. V.
D-6000 Frankfurt a. M. 55, Postfach 55 01 44
(p. Adr.: Ilja Weiss)

Bonner Arbeitskreis für Tierschutzrecht
p. Adr.: Frau U. M. Händel
D-7506 Bad Herrenalb, Bernsteinweg 10

Wissenschaftliche Studiengruppe Tierschutz
p. Adr.: Frau U. M. Händel
D-7506 Bad Herrenalb, Bernsteinweg 10
Arbeitsausschuß Forschung und Entwicklung
des Bundesverbandes der Pharmazeutischen Industrie e. V. (BPI)
D-6000 Frankfurt a. M., Karlstr. 21
Salem-Forschungsinstitut für Alternativen zum Tierversuch
D-8013 Haar (bei München), Hans-Pinsel-Str. 1

Ad-hoc-Arbeitsgruppen:

»Tierschutz – Versuchstier/Tierversuch – Alternativmethoden«
beim Bundesminister für Ernährung, Landwirtschaft und Forsten
(1972–1978)
»Tierversuche – Möglichkeiten ihrer Einschränkung und Ersetzbarkeit«
beim Bundesminister für Jugend, Familie und Gesundheit
(1979–1981)
»Vermehrter Einsatz von nichtschmerzfähiger Materie«
beim Bundesminister für Forschung und Technologie
(Projektträger für Biotechnologie)
(1981)
»Tierschutz und Tierversuch«
der Deutschen Physiologischen Gesellschaft, Göttingen
(1981)
»Tierschutz und Tierversuch«
der Max-Planck-Gesellschaft, München
(1981–1982)
Arbeitskreis »Codex Experiendi«
p. Adr.: Prof. Dr. Werner Wilk
Institut für Versuchstierkunde und Versuchstierkrankheiten
D-1000 Berlin 45, Krahmerstr. 6
Arbeitskreis »Tierschutzrecht«
der Biologisch-Medizinischen Sektion
der Max-Planck-Gesellschaft
D-8000 München 1, Postfach 647
Arbeitsausschuß Forschung und Entwicklung
des Bundesverbandes der Pharmazeutischen Industrie (BPI)
D-6000 Frankfurt a. M., Karlstr. 21

Kommissionen, Ausschüsse, Arbeitsgruppen etc. mit vorrangig wissenschaftlicher Zielsetzung außerhalb der Bundesrepublik Deutschland

Ad hoc-committee of experts for the protection of animals (CAHPA)
des Europarates (seit 1978)
Fund for the Replacement of Animals in Medical Experiments (FRAME)/
Fond für den Ersatz von Tieren bei medizinischen Experimenten
GB-London SW20 8QU, 312 a Worple Road
International Council for Laboratory Animal Science (ICLAS)/
Conseil International des sciences de l'animal de laboratoire
Internationaler Rat für Versuchstierforschung

Secretary General
c/o Department of Physiology
GB-Oxford OX1 3PT, Parks Road
(p. Adr.: G. J. R. Hovell)
Universities Federation for Animal Welfare (UFAW)/
Universitätsvereinigung für Tierschutz
GB-Herts, 230 High Street, Potters Bar
Ausschuß für Fragen der Versuchstierhaltung, der Ausbildung und des Tierschutzes der Gesellschaft für Versuchstierkunde (GV-SOLAS)
c/o CIBA-GEIGY AG
CH-4002 Basel
(Vors.: Dr. H. Bruhin)
Norwegian Experimental Animal Board
University of Bergen
N-5046 Radal, Ø Krohnasen
(p. Adr.: Mrs. Professor Flora Hartveit)
Société française d'expérimentation animale
Faculté de Pharmacie
F-75006 Paris, 4 avenue de l'Observatoire
(Vice-Président: Mlle. M. J. Laroche)
Service de Protection des Animaux Office vétérinaire fédéral/
Dienststelle Tierschutz des Bundesamtes für Veterinärwesen
CH-3097 Liebefeld, Schwarzenburgstr. 161
(Chef: Dr. Andreas Steiger)
Commission de surveillance des essais sur animaux
CH-1211 Geneve 3, 3 place de l'Université
(p. Adr.: H. Huggel)
Commission de la Bioéthique de l'Expérimentation Animale
Académie Suisse des Sciences Médicales
Anatomisches Institut
CH-Berne 9, Bühlstr. 26
(Président: Prof. Dr. Ewald R. Weibel)
Research Defence Society
Grosvenor Gardens House
Grosvenor Gardens
GB-London SW1W OBS
The Canadian Council on Animal Care's (CCAC)
Special Committee on Ethics of Animal Experimentation
CD Ottawa, Ont. K1P 5H3, 1105 – 151 Slater St.
Vereinigung Ärzte gegen Tierversuche
CH-8000 Zürich, Merkurstr. 61

Tierschutz- und Anti-Vivisektionisten-Vereinigungen in der Bundesrepublik Deutschland

Deutscher Tierschutzbund e. V.
D-5300 Bonn 1, Baumschulallee 15
(Präsident: Dr. Andreas Grasmüller)

Arbeitsgemeinschaft Deutscher Tierschutz e. V. (ADT)
D-4130 Moers 1, Dr.-Boschheidgen-Str. 20
(Präsidentin: Anneliese zum Kolk)
Bundesverband der Tierversuchsgegner e. V.
D-5300 Bonn 1, Postfach 17 01 10
(1. Vorsitzender: Ilja Weiss)
Bund gegen den Mißbrauch der Tiere e. V.
D-8000 München, Viktor-Scheffel-Str. 15
Deutsche Tierfreunde e. V.
D-8000 München 81, Ortlindestr. 6
Akademie für Tierschutz
D-8201 Beyharting, Kloster Beyharting, Maxlrainerstr. 13
Verband Niedersächsischer Tierschutzvereine
D-3000 Hannover, Jakobistr. 4
(Geschäftsführer: Dietrich Bethke)
Arbeitskreis Norddeutscher Tierschutzverbände
D-3000 Hannover, Jakobistr. 4
(Präsident: Wolfram Hartwich)
Bund der Tierversuchsgegner Bonn e. V.
D-5060 Bergisch Gladbach 2, Kempener Str. 203
(1. Vorsitzender: Rainer Gaertner)
Arbeitskreis Wissenschaftlicher Tierschutz
p. Adr.: Prof. Ingo Bingener
D-4320 Hattingen, Königsteiner Str. 82
Bürger gegen Tierversuche e. V.
D-2000 Hamburg 55, Marienhöhe 3
(1. Vorsitzende: Lisa-Maria Schütt)
Berliner Arbeitskreis gegen Tierversuche e. V.
Postanschrift: D-1000 Berlin 47, Lipschitzallee 55,
Geschäftsstelle: D-1000 Berlin 12, Bismarckstr. 3–4
(p. Adr.: C. A. Schorsch)
Arbeitskreis gegen Tierversuche e. V. Hannover
D-3000 Hannover 51, Postfach 51 01 50, Tollenbrink 28a
(p. Adr.: Frau Lange)
Akademie für Tierschutz
Kloster Beyharting
D-8201 Beyharting, Maxlrainerstr. 13
Arbeitskreis gegen Tierversuche Braunschweig
D-3300 Braunschweig, Gerresheimer Str. 28
(p. Adr.: Hannelore Kälz)
Tierversuchsgegner Hessen e. V.
D-6100 Darmstadt, Sieboldstr. 16a
(p. Adr.: Edith Klang)
Arbeitsgruppe des Internationalen Bundes der Tierversuchsgegner Wien
D-7530 Pforzheim, Humboldtstr. 18
(p. Adr.: Brigitte Eloi)
Initiative gegen Tierversuche e. V. (München)
D-8012 Ottobrunn (bei München), Putzbrunner Str. 40a
(Vorsitzender des Vorstandes: Johann Walter Baltus)

Arbeitsgruppe gegen Tierversuche
D-7102 Weinsberg
Lübecker Bürgerinitiative gegen Tierversuche
D-2419 Berkenthin, Birkenweg 1
(p. Adr.: Irmtraut Grube)
Arbeitskreis gegen Tierversuche
D-4800 Bielefeld 1, Lina-Oetker-Str. 1
(p. Adr.: Helga Thomas)
Arbeitsgruppe des Internationalen Bundes der Tierversuchsgegner
D-6466 Gründau
Arbeitsgruppe gegen Tierversuche Karlsruhe (AGT) e. V.
D-7500 Karlsruhe, Leopoldstr. 35
Arbeitskreis gegen Tierversuche Bremen
D-2800 Bremen, Kurt-Schumacher-Allee 73
(p. Adr.: Frau Mähring)
Hilfswerk Tier und Natur e. V. (Freiburg)
D-7801 Ehrenkirchen-Scherzingen, Lindenstraße
(p. Adr.: Herr E. A. Scheer)
Arbeitskreis Tierversuchsgegner
D-7801 Scherzingen, Lindenstr. 29
(p. Adr.: Ewald Scherer)
Tierhilfswerk Karlsruhe
D-7500 Karlsruhe, Kaiserallee 64
(p. Adr.: Frau Mannes)
Informationskreis Konstanz
D-7750 Konstanz, Säntisblick 13
p. Adr.: Eberhard Bachmann)
Bürgerinitiative gegen Tierversuche Lübeck
D-2400 Lübeck, Goerdelerstr. 41
(p. Adr.: Frau A. Tillmann)
Internationaler Bund der Tierversuchsgegner
(Geschäftsstelle Rosenheim)
D-8200 Rosenheim, Taxistr. 41
(p. Adr.: Alfred Lauterbach)
Initiative gegen Tierversuche (Straubing)
D-8440 Straubing, Inn, Passauer Str. 32
(p. Adr.: Edith Rubey)
Freundeskreis der Franz-Weber-Stiftung e. V. Trier
D-5500 Trier, Am Weidengraben 56
(p. Adr.: Herr Popellak)
Gegen Tierversuche im physiologischen Praktikum
D-6900 Heidelberg, Burgweg 9–11
(p. Adr.: Reiner Alting)
Bürgerinitiative gegen Versuchstierzüchtung
D-6105 Ober-Ramstadt/Ortsteil Nieder-Mondau, Am Mühlberg 49
(p. Adr.: Rita Rodewald)
Aktionsgruppe »Kampf der Tierfolter«
D-1000 Berlin 36, Ohlauer Str. 1
(p. Adr.: A. Wolff)

Arbeitskreis Tierschutz e. V.
D-1000 Berlin 31, Hektorstr. 20
(p. Adr.: Christiane Bernhardt)
Tierhilfswerk Heidelberg
D-6900 Heidelberg, Postfach 10/1502
(p. Adr.: J.-P. Moine)
Aktion Verantwortung für das Tier (AVT)
D-7270 Nagold, Marktstr. 1
(p. Adr.: Dr. Eisenhart v. Loeper)
Verein gegen Tierraub (VGT)
D-4000 Düsseldorf 1, Kruppstr. 100
(p. Adr.: Peter Kiesner)
Bürgerinitiative gegen Haustierdiebstahl
Heidelberg und Umgebung
D-6900 Heidelberg 1, Postfach 10 41 01
Bürgerinitiative gegen Haustierdiebstahl
D-7500 Karlsruhe 51
(p. Adr.: J. Götz)
Initiative gegen Tier-Diebstahl und Tierversuche
Riedel
D-6092 Kelsterbach, Friedensstr. 17
Arbeitskreis Tierversuchsgegner Freiburg
D-7801 Scherzingen, Lindenstr. 29
Stuttgarter Bürgerinitiative gegen Tierversuche
D-7000 Stuttgart 70, Paracelsusstr. 77
(p. Adr.: Magda Bubetz)
Arbeitsgruppe gegen Tierversuche (AGT)
D-8033 Krailling (bei München), Eichenstr. 4
Arbeitsgruppe gegen Tierversuche (AGT)
D-2800 Bremen, Am Wall 139
Arbeitskreis gegen Tierversuche
D-3300 Braunschweig-Wolfenbüttel, Rischkampweg 8
Arbeitskreis Mensch und Tier (Die Grünen)
D-4000 Düsseldorf 1, Volksgartenstr. 35
Autonome Tierschützer
D-1000 Berlin 33, Bingerstr. 82
Bürger gegen Tierversuche
D-6000 Frankfurt a. M. 56, Fasanenweg 8
Bürger gegen Tierversuche
D-7030 Böblingen, Gördelerstr. 8
Initiative gegen Tierversuche
D-8011 Kirchheim (bei München)
Mobilization for Animals
D-3400 Göttingen, Postfach 977
Tierrettungswerk Freiburg
D-7801 Ehrenkirchen, Ortsteil Scherzingen, Lindenstr. 29
Tierversuchsgegner München
D-8000 München 50, Henckystr. 3
Wissenschaftlicher Arbeitskreis Tierschutz
D-6200 Wiesbaden, Schumannstr. 5

Internationale und nationale Tierschutz- und Anti-Vivisektionisten-Vereinigungen (außerhalb der Bundesrepublik Deutschland)

Vereinte Nationen der Tiere (Tier-UNO)
CH-Genf
(gegründet am 8. 11. 1979 von Franz Weber)
International Society of the protection of Animals (ISPA)
D-8000 München 81, Ortlindestr. 6/VIII
(Advisory Director: Hans-Jürgen Weichert)
World Federation for the protection of Animals (WFPA)
D-8000 München 81, Ortlindestr. 6/VIII
(President: Hans-Jürgen Weichert)
World Society for the Protection of Animals/
Société mondiale pour la protection des animaux/
Welttierschutz-Gesellschaft (WSPA)
London/Boston/Zürich
CH-8002 Zürich, Drei-König-Str. 37
Weltbund zum Schutz der Tiere und gegen Vivisektion e. V.
D-6000 Frankfurt a. M., Georg-Speyer-Str. 5
Weltschutzbund e. V.
D-2000 Hamburg 61, Garstedter Weg 173
Organisation internationale pour la Protection des animaux pour l'abolition de la vivisection/
International Organisation of Animals Protection for the Abolition of Vivisection
CH-6963 Pregassona, Via Ceresio 8
(President: Dr. M. Schar-Manzoli)
International Fund for Animal Welfare (IFAW)
PO Box 193, Yarmouth Port.
USA – Massachusetts 02675
International Association against Painful Experiments in Animals (IAAPEA)/
Internationale Vereinigung gegen schmerzhafte Tierversuche (seit 1969)
B-1070 Bruxelles, 38 rue Georges Moreau
(p. Adr.: Dr. Robert Sharpe, Scientific Adviser)
Internationaler Bund der Tierversuchs-Gegner
A-1150 Wien, Kellinggasse 3/1/1
(Präsident: Dr. h. c. Renate Fitzmaier)
Giornata mondiale contro la vivisezione
I-00179 Roma, 69 Via Latina
(p. Adr.: Annamaria de Paolis)
Edizioni Civis
Centro Informazioni Vivisezioniste Internazionali Scientifiche
I-00179 Roma, Casella postale 150
(p. Adr.: Hans Ruesch)
Coalition mondiale pour l'abolition de la Vivisection/
World coalition for the abolition of vivisection/
Weltkoalition für die Abschaffung der Vivisektion
F-84550 Mornas (Vaucluse)
(Président: Jean Duranton de Magny)

Ligue internationale des droits de l'animal
F-92600 Asnieres, 10 rue Galliéni
(Président: Prof. Georges Heuse)
Ad hoc committee of experts for the protection of animals (CAHPA)
Council of Europe – F-67000 Strasbourg
Europäische Union gegen den Mißbrauch der Tiere (EUMT)
CH-8038 Zürich, Postfach 146, Salomon-Vögelin-Str. 3
(Präsident: Max Keller)
Eurogroup for Animal Welfare
B-1070 Bruxelles, 38 rue Georges Moreau
(p. Adr.: Dr. Judith Hampson)
Ligue Française des Droits de l'Animal
F-75013 Paris, 105 boulevard de l'Hopital
(Secrétaire général: Prof. Jean-Claude Nouet, Faculté de Médicine)
Société nationale pour la défense des animaux
F-94304 Vincennes Cedex, BP 105
Ligue Française contre l'expérimentation sur les animaux/
Französische Liga gegen die Vivisektion
F-84100 Uchaux
(Président: Jean Duranton de Magny)
Confédération Nationale des Sociétés de protection des animaux
F-69003 Lyon, 17 place Bellecour
(Présidente: Mme. Hasson)
Société protectrice des animaux
F-67000 Strasbourg, 8 rue Martin Bucer
(p. Adr.: Mme. M. Lauble)
Société protectrice des animaux
F-75017 Paris, 39 bld. Berthier
(Directeur: Mme. L. Sujansky)
Société Nationale pour la Défense des Animaux (S. N. D. A.)/
Section de Lutte contre les expériences sur les animaux
F-94304 Vincennes Cedex, B. P. 105
Schweizer Tierversuchs-Gegner
CH-8006 Zürich, Scheuchzerstr. 14 a
(Präsident: Max Keller)
Ligue suisse contre la vivisection et pour les droits de l'animal
CH-1224 Chene-Bougeries (Genève), 8 Chemin du Cèdre
(Présidente: Mme. Denise Pasternak)
Bund zum Schutz der Tiere und Verein gegen die Vivisektion
CH-4053 Basel, Schillerstr. 30
Civis-Schweiz (Verein für die Abschaffung der Tierversuche)
Sektion Basel
CH-4052 Basel, Urs Graf-Str. 7
Société Protectrice des animaux (SPa) Suisse / Schweizer Tierschutz
CH-4052 Basel, Birsfelderstr. 45
(Geschäftsführer: J. P. Hearing)
Tierversuchskommission des Schweizer Tierschutzes
Universität Basel
CH-4051 Basel
(Präsident: Prof. Dr. R. Schenkel)

British Union for the Abolition of Vivisection (BUAV)
GB-London WC2, 143 Charing Cross
National Anti-Vivisection Society (NAVS)
GB-London W1N 1DD, 51 Harley Street
Scottish Society for the Prevention of Vivisection (SSPV)
GB-Edinburgh EH2 4PG, 10 Queensferry Street
Scottish Anti-Vivisection Society (SAVS)
GB-Glasgow G2 2SD, 121 West Regent Street
Committee for the Reform of Animal Experimentation (CRAE)
GB-Edinburgh EH2 4PG, 10 Queensferry Street
(Secretary: Clive Hollands)
Royal Society for the Prevention of Cruelty to Animals (RSPCA)
Animal Experimentation Dept.
GB-London NW3 7LT, 3 Branch Hill
(p. Adr.: Mrs. S. Silcock)
Animal Liberation Front
GB-Nottingham, Box 190, 8 Elm Avenue
Animal Aid
GB-Tonbridgo, Kent TN9 1DL, 111 High Street
Organizzazione Naz Difesa Animali Ambiente (ONDAA)
I-00186 Roma, 58 Via dei Banchi Vecchi
(Presidente: Stefano Menicacci)
Lega Anti-vivisezione
I-00186 Roma, Via dei Portoghesi 18
(Sécrétaire général: Alberto Pontillo)
Lega antivivisezioniste Campana
I-80125 Napoli, Via Leopardi 90
(p. Adr.: Giuseppe Perrotta)
Nazionale Lega Antivisezionista Italiana
I-00182 Roma, Via Clelia 15
(Presidente: Giuseppe Parrelli)
Gruppo Antivivisezione
I-Forli, Via Cervese 53
(p. Adr.: Mrs. L. Casali)
De Anti Vivisectie Stichting
NL-2517 JC Den Haag, Stadhouderlaan 100
(p. Adr.: P. H. Schim von der Loeff)
Ligue Belge pour les Droits de l'animal
B-1940 Sint Stevens-Voluwe, Woluweveld 34
(President: B. Bulthe)
Help Animals
B-1190 Hoetlaart, 10 Amerikalaan
(Présidente: Mme. M. Demol)
Norwegian Association for the protection of animals
N-2201 Kongsvinger, PO Box 183, Toresheim veien 27
(Chairman: T. E. Metveit)
Institute for the study of animal problems
USA-Washington DC 20037, 2100 L Str. NW
(p. Adr.: Mr. A. Rowan, Associate Director)

The Canadian Society for the Prevention of Cruelty to Animals (CSPA)
CD-Montreal
Nordiska Samfundet Mot Plagsamma Djurförsök/
Nordic Society Against Painful Experiments on Animals
S-11160 Stockholm, Drottninggatan 102
Schweizer Gesellschaft für Tierschutz
CH-8002 Basel, Alfred-Escher-Str. 76
Société Genevoise pour la Protection des Animaux
Secrétariat
CH-1233 Bernex-Genève
Tierschutzbund Basel
CH-4053 Basel, Schillerstr. 30
CADAP Comité d'action pour la défense des animaux en péril
CH-1223 Cologny
Tierschutzbund Zürich
CH-8006 Zürich, Scheuchzerstr. 14a
Société vaudoise pour la protection des animaux
CH-1006 Lausanne, Boulevard de Graney 44
Stiftung Fonds für versuchstierfreie Forschung
CH-8032 Zürich, Merkurstr. 61
Stiftung Helvetia Nostra
CH-1820 Montreux, La Colline
Associazione Ticinese Antivivisezionista (ATA)/
Vereinigung der Tessiner und italienischsprachigen Graubündner Antivivisektionisten
CH-6900 Lugano, Piazza Monte Ceneri 14
Ligue Vaudoise pour la défense des animaux et contre la vivisection
CH-1005 Lausanne, Rue Mareterey 1
Società Protezione Animali Bellinzona e dintorni
CH-6500 Bellinzona, Sig. Alba Amadini
Weltbund zum Schutz des Lebens, Zweig Schweiz
CH-4133 Pratteln, Wartenbergstr. 45
Forum für Lebensqualität und Umweltschutz
CH-4123 Allschwil
Civis Schweiz
CH-8004 Zürich, Bullingerstr. 63/204
Amis pour le Futur
CH-2105 Travers
Arcadie, Association contre la pollution
CH-1200 Genève
Fondation Franz Weber
CH-1820 Montreux, Case Postale
Initiative gegen Tierversuche
A-5015 Salzburg, Postfach 40

Einschlägige Veröffentlichungen

Veröffentlichungen zur Diskussion in der Öffentlichkeit über den Tierversuch als Methode biomedizinischer Forschung

Die Vivisection. Ist die notwendig oder zu entschuldigen?
- Preisschrift
(Flemming, G., 1870, Theobald Grieben, Berlin)

Gemma oder Tugend und Laster - Novelle
(Melena, E., G. Franz, München 1877)

Die Vivisection, ihr wissenschaftlicher Werth und ihre ethische Berechtigung
(Iatpos, J. A. Barth, Leipzig 1877)

Die Folterkammern der Wissenschaft - Eine Sammlung von Tatsachen für das Laien-Publikum
(von Weber, E., Verlag von Hugo Voigt, Berlin und Leipzig 1879, 77 Seiten)

The Truth about Vivisection
(Rogers, Sir L., J. D. A. Churchill Ltd., London 1937)

Das Tierexperiment, seine Bedeutung und seine Berechtigung
(Mayr, K., in: Arzt und Christ 12, 1966, S. 28ff.)

Ethics and the exploitation of animals
(The Earl of Halsbury, Conquest 164, 1973, S. 2–11)

Experimental Model Systems in Toxicology and their Significance in Man
(in: Hrsg.: Duncan, W. A. M.; Proceedings of the Meeting, Zürich 1973; Excerpta Medica, Amsterdam 1974)

Victims of Science/Opfer der Wissenschaft, The Use of Animals in Research
(Ryder, R. D., Davis-Poynter 1975)

Painful Experiments on Animals
(Pratt, D., New York 1976)

Tierversuch und Tierexperimentator
(Stiller, H., und Stiller, M., Edition Hirthammer, München 1976, 100 Seiten)

Nackte Herrscherin - Entkleidung der Medizinischen Wissenschaft
(Ruesch, H., Edition Hirthammer, München 1978, 427 Seiten)

Der Tierversuch - Leid ohne Mitleid
Eine Dokumentation und Aufklärungsschrift des Deutschen Tierschutzbundes e. V. zur Bekämpfung der grausamen Tierversuche in einer gefühlsarmen Zeit
(Deutscher Tierschutzbund, Baumschulallee 15, 5300 Bonn 1, 1978, 47 Seiten)

Verbraucher und Tierschutz
(hrsg. von der Arbeitsgemeinschaft der Verbraucher e. V. (AgV), Bonn, Dezember 1979, 20 Seiten)

Tödliche Tests - Experimente mit Tieren und Menschen
(Stiller, H., Stiller, M., und Weiss, I., Edition Hirthammer, München 1979, 113 Seiten)

Tierversuche
Heft 1: Wissenschaft oder Verbrechen
Heft 2: Das Alibi-Gesetz
(Ärzte gegen Tierversuche, Edition Hirthammer, 7 Seiten, München o. F.)

Die Fälscher der Wissenschaft – technischer Rapport
Heft 1, Wissenschaft oder Verbrechen
(Ruesch, H., Edition Hirthammer, München 1979, 116 Seiten)
Die moderne Barbarei
(Ruesch, H., Edition Hirthammer, München 1979, 39 Seiten)
Müssen Tierversuche sein? – Informationen, Überlegungen, Argumente
(Stiller, H., und Weiss, I., Hrsg.: Vereinigung Ärzte gegen Tierversuche, 59 Seiten, Frankfurt a. M.)
Tierexperimente – Pro und contra
(Allgeier, K., Golmann Verlag, 1980)
Kritik der Tierversuche
(Weiss, J., Hrsg., Lampertheim 1980)
Froschkönig wird enthauptet – Müssen Medizinstudenten wirklich an lebenden Tieren üben?
(in: Die Zeit, 12. Dezember 1980, S. 56)
Tierversuche in der Pharmaforschung – Originaltexte der Fernsehfilme und neue Materialien
(Stern, H., Kindler Verlag, München 1979, 230 Seiten; Rowohlt Taschenbuchverlag, Reinbek 1981, 181 Seiten)
Zu wahr, um schön zu sein – Tierversuche in der Heilmittelforschung
(Ronner, P. M., Econ Verlag, Düsseldorf und Wien 1981, 46 Seiten)
Versuche an Tier und Mensch: Verantwortung gegenüber dem Leben
(aus dem Geschäftsbericht Roche/Sapac 1981, 4 Seiten)
Soll mit einem generellen Tierversuchs-Verbot das Kind mit dem Bade ausgeschüttet werden?
(Sandoz-Gazette – Gespräch mit Weber, H., Sandoz-Gazette Nr. 185, 25. Nov. 1981, 2 Seiten)
Wir können Tierversuche leider nicht entbehren
Zell- oder Organkulturen haben keinen hohen Blutdruck
(Theiss, E., Roche-Nachrichten 1981/6, S. 5f.)
Tierversuche – Wissenschaftler und Bürger vor der ethischen Frage
(Loccumer Protokolle 19/1982, Evangelische Akademie Loccum, 3056 Rehburg-Loccum 2, 1983, 220 Seiten)
Tierversuche zum Wohle des Menschen?
(Weiss, I., Bundesverband der Tierversuchsgegner, Postfach 17 01 10, 5300 Bonn 1, 1983)
Medizin ohne Maß
Plädoyer für gewaltlose Therapie
(Köhnlechner, M., Droemer Knaur, München 1983, 288 Seiten)
Tierversuche
(Schweizer Tierschutz, Du + Die Natur, Nr. 2, Juni 1983, 53 Seiten)
Die Ehrfurcht vor der Natur – Plädoyer für eine Selbstzensur der Wissenschaft
(Jonas, H., in: TAZ, 28. April 1983)
Leiden vermeiden – Alternativen zum Tierversuch
(Pratt, D., Bietigheim 1983)
Das Tier – Versuchsobjekt oder Mitgeschöpf
Überlegungen zum wissenschaftlichen Tierversuch im Licht christlicher Ethik
(Furger, F., Pharma Information, 1983, 15 Seiten)
Endzeit für Tiere – Ein Aufruf zu ihrer Befreiung
(Walden, S., und Bulla, G., Rowohlt Verlag, Reinbek 1984, 224 Seiten)

Tierversuche: so viele wie nötig- so wenig wie möglich
(in: Pro Pharma Inform 11, 1984, S. 9–26)
Der wissenschaftliche Tierversuch: eine bioethische Fallstudie; Anhang: Der wissenschaftliche Tierversuch im Spiegel der neueren Rechtsentwicklung
(Höffe, O., in: E. Ströker, Ethik der Wissenschaften? Philosophische Fragen, München 1984, S. 117–150)
Tierschutz – Testfall unserer Menschlichkeit
Worum es geht – Grundlagen für ein neues Verhältnis zur natürlichen Mitwelt – Verfassungsrechtliche Fragen zum Tierversuch – Entwicklung und Zukunft des Tierschutzrechts
(Händel, U. M., Hrsg., Fischer Taschenbuch Verlag, Frankfurt a. M. 1984, 171 Seiten)
Es geht auch mit weniger Tieren
(Günther, K., in: Natur 8, 1984, S. 42f.)
In Vorbereitung: »Tierversuche« in der Reihe »Fakten zur Chemie – Diskussion«
(Hrsg.: Bundesarbeitgeberverband Chemie e. V., Wiesbaden, und Verband der Chemischen Industrie e. V., Frankfurt, Dr. Curt Haefner Verlag, Heidelberg)
»Braking the cages« and »Animal rights: the painful decision«. London: The Times, May 21. und 22. 1985

Wissenschaftliche Veröffentlichungen zur Zielsetzung und Durchführung von Tierversuchen

Grundinformationen über zentrale Tierversuchsanlagen (Tierlaboratorien) an medizinischen Forschungs- und Ausbildungsstätten
(Kommission für Versuchstierforschung, Mitteilung II, Haraldt Boldt Verlag, Boppard 1976)
Anforderungen verschiedener medizinischer Disziplinen an die Haltung von Versuchstieren und die Durchführung von Tierversuchen – Organisationsformen in der Versuchstierhaltung – Detailbeschreibung der Betriebseinheiten einer zentralen Tierversuchsanlage – Wissenschaftliches Personal in Tierlaboratorien – Personalstruktur – Rahmenvorschläge für die Einordnung zentraler Tierversuchsanlagen (Tierlaboratorien) in die Hochschulstruktur medizinischer Forschungs- und Ausbildungsstätten – Schrifttum und Informationsquellen – Anhang
Der Wert tierexperimenteller Ergebnisse für die Beurteilung von Arzneimitteln
(Burkhardt, R., et al., in: Fortschr. Med. 94, 1976, S. 451–454, 482–486, 719–724)
The need for an animal model of chronic pain
(Sternbach, R. A., in: Pain 2, 1976, S. 2ff.)
Das Versuchstier im Dienst des Menschen
(Merkenschlager, M., in: Proc. Intern. Symp. Exp. Animals, »in vitro« Systems in Medical Microbiology, Hrsg.: WHO Collaborating Centre for Collection and Evaluation of Data on Comperative Virology, München 1977, S. 1–16)
Das Tier im Experiment der medizinischen und biologischen Forschung
(Gärtner, K., in: Universitas 33, 1978, S. 1073–1079)

Das Tier im Experiment
(Gärtner, K., in: DFG-Mitteilungen 2, 1978, S. 23–26)
Kanzerogenese, Teratogenese, Mutagenese: Beziehungen zwischen tierexperimentellen und klinischen Befunden
(Frohberg, H., in: Arzneim. Forsch., Drug Res. 28, 1978, S. 1984–2001)
Das Tier im Experiment
(Hrsg.: Weihe, W. H., Verlag H. Huber, Bern, Stuttgart, Wien 1978)
Guide for the Care and Use of Laboratory Animals
(National Institute of Health, NIH, Publication No. 78–23, Revised 1978)
Versuchstiere helfen Menschen
(Bruhin, H., und Gelzer, J., in: Ciba-Geigy Magazin 4/78, S. 9–15)
Bemerkungen zur Sachlage der Tierversuche
(Weihe, W. H., in: Schweiz. Ärzte Z. 48, 1978, S. 2160ff.)
Der Tierversuch in der Toxikologie – Derzeitige Situation und künftige Entwicklung
(Bolt, H. M., in: Fortschr. Med. 97, 1979, S. 1329ff.)
Die Bedeutung des Tierversuches für die Arzneimittelprüfung am Menschen
(Gross, F., in: Arzneimittelprüfung am Menschen. Ein interdisziplinäres Gespräch, 3. Essener Hypertonie-Kolloquium, Friedrich Vieweg & Sohn, Braunschweig, Wiesbaden 1980, S. 88–101)
Der Tierversuch in der Arzneimittelforschung
(Hrsg.: Kübler, K., Dietrich Reimer Verlag, Berlin 1980, 111 Seiten, BGA-Berichte 1/1980)
Why experiments on animals are indispensable in research, with special reference to drug development in Switzerland
(Bruhin, H., und Gelzer, J., in: Anim. Regul. Stud. 2, 1980, S. 283–295)
Tierexperimentelle Prüfung von Arzneimitteln
(Herken, H., in: Deutsches Ärzteblatt, Heft 44, 1980, S. 2617–2628)
WHO Position on the need for non-human primates in biomedical research
(World Health Organization, WHO, Division of Public Information, CH-1211 Geneva 27, Press Release WHO/29, 26. Nov. 1981)
Tierversuche in der Forschung und ihre Bedeutung für die Gesundheit des Menschen. – Eine Diskussion
(MPG, Berichte und Mitteilungen 1/1981, 52 Seiten)
Tierversuche in der Forschung und ihre Bedeutung für die Gesundheit des Menschen
(Berichte und Mitteilungen der Max-Planck-Gesellschaft, Heft 1, 1981)
Tierversuche – Eine Methode bei der Entwicklung zentral-nervös wirkender Arzneimittel
(Hrsg.: Sontag, K.-H., Editio Cantor, Aulendorf 1981, 96 Seiten)
The defined animal and the reduction of animal use
(Festing, M. F., in: Animals in Research, Sperlinger, D., Hrsg., J. Wiley & Sons Ltd., Chichester 1981)
Tierversuche in der Pharmaforschung
(Meister, G., Bayer-Berichte 46/1981, 11 Seiten)
Der Tierversuch
Nach dem Stand der wissenschaftlichen Kenntnis
Der Sachverständige und die Grundlagenforschung
(Sontag, K.-H., in: Pharm. Ind. 44, Heft 4, 1982, 5 Seiten)

Tiere in der Arzneimittelforschung – Nutzen und Grenzen von Tierversuchen und anderen experimentellen Modellen
(Hrsg.: Arbeitsausschuß Forschung und Entwicklung des Bundesverbandes der Pharmazeutischen Industrie, Karlstr. 21, Frankfurt a. M. 1982, 32 Seiten)

Die Kosmetikindustrie nimmt Stellung zu Tierversuchen – Unsere Verantwortung, unser Ziel
(Industrieverband Körperpflege- und Waschmittel e. V., Frankfurt 1982)

Tierversuche in der forschenden pharmazeutischen Industrie
Antworten auf wichtige Fragen
(Pharma Information, Informationsstelle der forschenden pharmazeutischen Firmen Ciba-Geigy, Roche und Sandoz, Birsigstr. 4, CH-4054 Basel, November 1982, 10 Seiten)

Zur Problematik der arzneimittelbedingten Nephrotoxizität
(Baß, R., Grosdanoff, P., Hebold, G., Stötzer, H., Dietrich Reimer Verlag, Berlin 1982)

Tierversuche in der Arzneimittelforschung – Möglichkeiten ihrer Einschränkung
(Hrsg.: Wilk, W., Gaudich, C., und Bulling, E., Dietrich Reimer Verlag, Berlin 1983, 155 Seiten, BGA-Berichte 1/1983)

Bedeutung und Notwendigkeit des Tierversuchs in der experimentellen Biologie
(Union Schweizerischer Gesellschaften für Experimentelle Biologie, Vesalgasse 1, Basel 1983, 60 Seiten)

Biomedical Research Involving Animals
(XVIIth CIOMS Round Table Conference, Geneva, Switzerland, 8.–9. Dezember 1983, 258 Seiten, Council for International Organizations of Medical Sciences, Geneva)

Forschung ohne Tierversuche?
(gsf mensch + umwelt, Juni 1984, 35 Seiten, ein Magazin der Gesellschaft für Strahlen- und Umweltforschung, 8042 Oberschleißheim)

Zur Bedeutung der tierexperimentellen Methodik in der Forschung
(Gärtner, K., in: Tierärztl. Umschau, 39, 1984, S. 879–884)

Tierversuche – aus der Sicht des experimentellen Chirurgen
(Arnold, G., in: Dokumentation Bad Nauheimer Gespräche, Bd. 2, 1984, S. 103–108)

Tierversuche – aus der Sicht des experimentellen Pharmakologen
(Sontag, K.-H., in: Dokumentation Bad Nauheimer Gespräche, Bd. 2, 1984, S. 109–114)

Tierversuche – aus der Sicht des Toxikologen
(Kemper, F., in: Dokumentation Bad Nauheimer Gespräche, Bd. 2, 1984, S. 115)

Tierversuche – Experten sagen ihre Meinung
Vorwort – Tierversuche auf dem Prüfstand von Öffentlichkeit und Politik – Die Bedeutung des Tierversuches in der Risikobewertung – Der Tierversuch, eine Voraussetzung in der prospektiven Arzneimittelforschung
(Pölnitz, W. von, Wolters, H.-G., Kramer, M., und Wasielewski, E. von, hrsg. von der Abteilung für Öffentlichkeitsarbeit der Hoechst AG, 1984, 68 Seiten)

Das Tierschutzgesetz vom 24. 11. 1933, zur Dokumentation der Vorgeschichte und der Änderungsvorschläge
(Schröder, B., Vet.-Med.-Diss., Berlin 1970)
Das künftige Tierschutzgesetz, seine Vorstellung und wissenschaftliche Begründung
(Schultze-Petzold, H., in: Berl. Münch. Tierärztl. Wschr. 85, 1972, S. 370–373)
Das Tier im neuen Recht
(Ennulat, K. J., und Zoebe, G., Verlag W. Kohlhammer, Stuttgart, Berlin, Köln 1972, 252 Seiten)
Das Grundgesetz der Tiere
(Bundesministerium für Ernährung, Landwirtschaft und Forsten, 1974, 33 Seiten)
Tierschutzpraxis
(Hrsg.: Drawer, K., und Ennulat, K. J., Gustav Fischer Verlag, Stuttgart, New York 1977, 415 Seiten)
Tierversuche – Zur Diskussion
(Beitrag des Bundesverbandes der Pharmazeutischen Industrie, BPI, zur öffentlichen Anhörung »Tierversuche«, pharma dialog 62, 1979, 65 Seiten)
Tierversuche – Öffentliche Anhörung
(Protokoll der 48. Sitzung des Ausschusses für Ernährung, Landwirtschaft und Forsten des Deutschen Bundestages, Bonn, 25. April 1979)
Tierschutzgesetz – Kommentar
(Lorz, A., 341 Seiten, C. H. Beck'sche Verlagsbuchhandlung, München, 2. neubearbeitete Auflage 1979)
Forschungsbegrenzung als verfassungsrechtliches Problem
(Dreier, R., DVBl., 1980, S. 471–475)
The use of Live Animals for Experimental and Industrial Purposes
(9th European Public Parliamentary Hearing, Straßburg, 8. und 9. Dezember 1982, 137 Seiten)
Role of Experiments on Animals in Research – Abuses and Alternative Methods – Rules
(Council of Europe, Parliamentary Assembly, Straßburg 1983)
Draft European Convention for the Protection of Vertebrate Animals used for Experimental and Other Scientific Purposes and Draft Explanatory Report – 1983, 26 Seiten
Guidelines on accomodation and care of animals – 1983, 40 Seiten Statistical Tables – 1983, 9 Seiten
(Ad Hoc Committee of Experts for the Protection of Animals/CAHPA, Council of Europe, 1983)

Wissenschaftliche Veröffentlichungen zum Themenbereich »Tierschutz und Tierexperiment«

The Principles of humane experimental technique – Grundsätze einer humanen experimentellen Technik
(Russel, W. M. S., and Burch, R. L., Methuen, London 1959, Charles Thomas, Springfield Ill. 1959)

Der Streit um die Vivisektion im 19. Jahrhundert
Verlauf – Argumente – Ergebnisse
(Bretschneider, H., Gustav Fischer, Stuttgart, 1962, 158 Seiten, 8 Abb., Medizin in Geschichte und Kultur, Bd. 2)
Tierschutz aus ethischer, ethologischer und physiologischer Sicht
(Wittke, G., in: Therapie der Gegenwart 115, 1976, S. 349–365)
Updating Veterinary Medical Ethics
(Rollin, B. E., in: J. Amer. Vet. Med. Ass. 173, 1978, S. 1015–1018)
Stellungnahme zu Fragen des Tierschutzes und der Tierversuche
(Wormuth, W., in: BGA-Tätigkeitsbericht 1978, S. 154–155, Dietrich Reimer Verlag, Berlin)
Ethical Committees for Laboratory Animal Experiments
(Obrink, K. J., and Wass, L., in: L'animal de laboratoire au service de l'homme
Compte-rendu du Congrès International organisé par la Fondation Marcel Mérieux à l'Ecole Nationale Veterinaire de Lyon dans le cadre de l'année Claude Bernard, Septembre 1978, S. 617–620)
Zur grundgesetzlich verankerten Freiheit von Wissenschaft und Forschung aus der Sicht des Abschnittes 5 – Tierversuche – des Tierschutzgesetzes vom 24. 7. 1972 (TierSchG)
(Schultze-Petzold, H., in: Tierärztliche Umschau 34, 1979, S. 525–531)
Tierversuch, seine Berechtigung, Einschränkung und Ersetzbarkeit sowie zur tierschutzgerechten Haltung von Versuchstieren
(Fachtagungs-Bericht, du und das tier, in: Archiv für Tierschutz 1/1979, S. 8–50)
Experimental study of pain in animals – Ethical aspects
(Iggo, A., in: J. J. Bonica, J. C. Liebeskind and D. G. Albe-Fessard, Hrsg. Advances in Pain Research and Therapy, Bd. 3, Raven Press, New York 1979, S. 773–778)
Gutachten über tierschutzgerechte Haltung von Versuchstieren – Gutachten über Tierversuche, Möglichkeiten ihrer Einschränkung und Ersetzbarkeit, erstellt im Auftrage des Bundesministeriums für Ernährung, Landwirtschaft und Forsten
(Hrsg.: Merkenschlager, M., und Wilk, W., Schriftenreihe Versuchstierkunde, Verlag Paul Parey, Berlin und Hamburg, Heft 6, 1979, 53 Seiten)
Präambel – Begriffe – Allgemeine Grundsätze – Spezielle Erfordernisse – Schlußbetrachtung
Tierschutz und Tierexperiment aus der Sicht der biomedizinischen Forschung
(Weihe, W. H., in: Schweiz. Med. Wochenschrift 109, 1979, S. 1577–1583)
Die Frage der Zulässigkeit des wissenschaftlichen Versuches an und mit lebenden Tieren. Eine Stellungnahme aus ethischer Sicht
(Teutsch, G. M., in: Studien und Dokumente der Himmelheber-Stiftung, Nr. 2, Verlag Langewiesche-Brand, Ebenhausen, 1979, S. 5–13 und 15)
Die Mensch-Tier-Beziehungen aus ethischer, soziologischer und psychologischer Sicht; ihre Bedeutung für das aktuelle öffentliche Tierschutzanliegen bei Tierversuchen
(Gärtner, K., in: Dt. Tierärztl. Wschr. 87, 1980, S. 249–288)
Ethical Standards for Investigations of Experimental pain in animals
(Hrsg.: Committee for Research and Ethical Issues of the International Association for the Study of Pain, IASP, Covino, B. G., Dubner, R., Gybels, J.,

Kosterlitz, H. W., Liebeskind, J. C., Sternbach, R. A., Vyklicky, L., Yamamura, H., Zimmermann, M., in: Pain 9, 1980, S. 141ff.)
Ethics and animal experimentation
(Bowd, A. D., in: American Psychologist, February issue, 1980, S. 224f.)
Immoral and moral uses of animals and vice-versa
(Hoff, C., in: New Engl. J. Med. 302, 1980, S. 115–118)
The Right Animal for the Right Reason
(Rowsell, H. C., and McWilliam, A. A., in: Proc. 1978–1979 Convention, Canadian Association for Laboratory Animal Science, 1980, S. 211–220)
Aktuelle Probleme der Tierversuche – Aufsätze zur gegenwärtigen Situation
(Bard, S., Ganser, B., und Raisch, K., Salem Forschungsinstitut, Haar b. München 1980, 60 Seiten)
Aktuelle Veterinärmedizin
(Wittke, G., in: Dt. Tierärzteblatt 28, 1980, S. 490–496)
Ethics and Animal Experimentation
(Bowd, A. D., in: American Psychologist, February issue, 1980, S. 224 f.)
Der Tierversuch aus ethischer Sicht
(Scharmann. W., in: Tierärztl. Umschau 36, 1981, S. 819–824)
Zu den gesellschaftspolitischen und wissenschaftlichen Leitlinien eines neuzeitlichen Tierschutzrechtes
(Schultze-Petzold, H., in: Berl. Münch. Tierärztl. Wschr. 94, 1981, S. 144–147)
Tierversuche aus rechtlicher Sicht
(Sojka, K., in: Recht der Landwirtschaft 33, 1981, S. 57ff.)
Untersuchungen über den Einfluß des neuen Tierschutzgesetzes vom 24. 7. 1972 auf die Beschreibung von Versuchstieren und Versuchsabläufe in tierexperimentellen Dissertationen der Veterinärmedizinischen Bildungsstätten in der Bundesrepublik Deutschland
(Haas, L. W., Vet.-Med. Diss., Berlin 1981, 84 Seiten)
Tierschutz und Tierexperiment – Durchführung, Bewertung und Aussage von Tierversuchen und alternativen Verfahren
(Fiebelkorn, J., und Lagoni, N., Dietrich Reimer Verlag, Berlin 1981, 45 Seiten, BGA-Berichte 3/1981)
Tierexperimentelle Forschung und Tierschutz
(Hrsg.: Kommission für Versuchstierforschung der Deutschen Forschungsgemeinschaft, Bonn, Harald Boldt Verlag, Boppard 1981, 53 Seiten)
(Einführung – Tierschutzempfinden und Tierschutzidee als Ausdruck ethischer, sozialer und psychischer Mensch-Tier-Beziehungen – Der Tierversuch als wissenschaftliche Methode – Tierschutz bei der Durchführung der Forschung – Freiheit der Forschung und Tierschutz – Die wichtigsten Bestimmungen des Tierschutzgesetzes bei Tierversuchen – Tierschutzrechtliche Begriffe mit Erläuterungen – Anhang: Hinweise zur Beachtung der tierschutzrechtlichen Bestimmungen bei Forschungsvorhaben mit tierexperimenteller Methodik
Animal rights and animal experimentation
(Cohen, B. J., in: Basson, M. D., Hrsg., Rights and responsibilities in modern medicine: the second volume in a series on ethics, humanism. and medicine, Liss, New York 1981, S. 85–92)
Animal rights and animal experimentation
(Regan, T., in: Basson, M. D., Hrsg., Rights and responsibilities in modern

medicine: the second volume in a series on ethics, humanism, and medicine, Liss, New York 1981, S. 69–83)

Tierschutzaspekte bei der Begutachtung von Forschungsprojekten (Rüffer, H., in: Dt. tierärztl. Wschr. 89, 1982, S. 159)

Ethik-Kommissionen
Informationen/Antrag auf Genehmigung von Versuchen an lebenden Wirbeltieren
(BGA-Informationen, November 1982)

Ethics of Animal Experimentations
(Canadian Council on Animal Care/CCAC, 1105–151 Slater St., Ottawa, Ont. K1P 5H3, November 1982)

Ethik-Kommission Tierversuche im Bundesgesundheitsamt
Informationen – Antrag auf Genehmigung von Versuchen an lebenden Wirbeltieren – Verfahrensregel
BGA, November 1982

Tierversuche – Forscher im Dilemma
(Akert, K., in: Ciba-Geigy Magazin 2/82, S. 34–37)

Tierversuche
Probleme und Lösungsmöglichkeiten
(Der Bundesminister für Jugend, Familie und Gesundheit, Bonn 1982, 41 Seiten)
Auf der Suche nach dem rechten Weg (Einleitung) – Seit wann gibt es Tierversuche? (Historischer Rückblick) – Sind Tierversuche heute noch sinnvoll? (Fragen und Antworten) – Zu welchen Resultaten können Tierversuche führen? – Möglichkeiten zur Einschränkung von Tierversuchen (Vermeidung von Doppelversuchen/verstärkte Forschung nach »Alternativmethoden«)

Zur rechtlichen Regelung wissenschaftlicher Tierversuche in ihrer Polarisation zwischen Naturgesetzlichkeit und Sittengesetz
(Schultze-Petzold, H., DTW Okt./Nov. 1982)

Tierschutz als Grenze ökonomischen Nutzens und medizinischer Forschung – zur ethischen Problematik von Tierversuchen
(Krapp, R., Kirchenkanzlei der EKD, Postfach 21 02 20, 3000 Hannover 21, 1982, 8 Seiten)

Aspekte der Mensch-Tier-Beziehungen im Bereich wissenschaftlicher Tierexperimente
(Gehrke, W., und Wiezorrek, R., Med. Diss., Hannover 1982, 150 Seiten)

Tierschutzaspekte bei der Begutachtung von Forschungsprojekten
(Rüffer, H., in: Dt. tierärztl. Wschr. 89, 1982, S. 137)

Ethical Guidelines for Investigations of Experimental Pain in Conscious Animals
(Zimmermann, M., in: Pain 16, 1983, S. 109f.)

Medizin und Ethik – Ein Frosch, wer keinen Frosch töten will
(Hildebrand N., in: Psychologie Heute, Heft 6, 1983, S. 68–71)

Zum subjektiven Empfinden des Menschen gegenüber Tieren – eine orientierende sozialempirische Befragung von Personen in der Versuchstierforschung
(Gärtner, K., Gehrke, W., Malzahn, P., Rhode, J. J., und Wiezorrek, R., in: Deutsches Tierärzteblatt 33, 1983, S. 608–615)

The Ethical Dilemma of Some Classical Animal Experiments
(Sechzer, J. A., Ann. N.Y. Acad. Sci., 406, 1983, S. 5–12)

Ethical Considerations of Pain Research in Animals
(Zimmermann, M., 1983, 14 Seiten; XVIIth CIOMS Round Table Conference, Geneva, 8.–9. Dezember 1983)
Möglichkeiten zum Abbau von Tierversuchen in Forschung und Industrie – Wo stehen wir heute?
(Bard, S., Ganser, B., Salem Forschungsinstitut für Alternativen zum Tierversuch, Implerstr. 38, 8000 München 70, 42 Seiten)
Auf Tierversuche kann noch nicht verzichtet werden
Wie sinnvoll ist eine bundesdeutsche Versuchstierstatistik?
(Gärtner, K., in: Umschau 83, Heft 7, S. 213–218)
Tierversuche und Tierschutz
(Teutsch, G. M., Verlag C. H. Beck, München 1983, 163 Seiten)
Monitoring of Animal Experimentation – Ethical Review Commitees
(Öbrink. K. J., 1983, 16 Seiten; XVIIth CIOMS Round Table Conference, Geneva, 8.–9. Dezember 1983)
Ethische Grundsätze und Richtlinien für wissenschaftliche Tierversuche
(Schweizerische Akademie der Medizinischen Wissenschaften, Schweizerische Naturforschende Gesellschaft, vom 6. und 7. Mai 1983)
Rechtliche Grundlagen – Ethische Grundlagen – Ethische Anforderungen an die Zulässigkeit von Tierversuchen – Ethische Anforderungen an die Durchführung von Tierversuchen – Verantwortlichkeiten
Tierversuche/Tierschutzgesetz
Novellierungsentwürfe zum Tierschutzgesetz vorgelegt
(in: Pharm. Ind. 45, 1983, S. 111–115, und 46, 1984, S. 37–42)
Monitoring of Animal Experimentation – Codes of Practice
(Rowsell, H. C., 1983, 22 Seiten, XVIIth CIOMS Round Table Conference, Geneva, 8.–9. Dezember 1983)
Welchen Sinn haben Ethik-Kommissionen?
(Scharmann, W., in: Deutsches Tierärzteblatt 3/1984, S. 153–156)
Novellierung des Tierschutzgesetzes: die Endrunde
(Sontag, S., in: Pharm. Ind. 46, 1984, 3 Seiten)
Tierversuche – ein Gespräch zur Ethik in der Forschung
(Wilk, W., Dokumentation Bas Nauheimer Gespräche, Bd. 2, 1984, S. 88f.)
Tierversuche – ein Gespräch zur Ethik in der Forschung – Seminar
(Bad Nauheimer Gespräch vom 29. Februar 1984, in: Dokumentation Bad Nauheimer Gespräche, Bd. 2, 1984, S. 81–134)
Ethische Grundsätze und Richtlinien für wissenschaftliche Tierexperimente
(Deutsche Physiologische Gesellschaft, 1984, 10 Seiten)
Codex experiendi – Leitsätze für Experimente mit Tieren
(Stand vom 27. September 1983, Deutsche Tierärzteschaft e. V., Steubenstr. 34, 6200 Wiesbaden, 52 Seiten; Teilveröffentlichung in: Pharm. Ind. 45, 1983, S. 1112ff.; 46, 1984, S. 37–42; Pro Pharma Inform 11, 1984, S. 25f.)
Grundsätze und Richtlinien für wissenschaftliche Tierexperimente
(Deutsche Physiologische Gesellschaft e. V., München 1984, 8 Seiten)
Zur Beurteilung des unerläßlichen Maßes bei Tierversuchen sowie bei Eingriffen an Tieren zu Ausbildungszwecken
(Loeffler, K., und Brehm, H., in: Tierärztliche Umschau 39, 1984, S. 841f.)
Novellierung des Tierschutzgesetzes: Die Endrunde
(Sontag, K.-H., in: Pharm. Ind. 46, 1984, S. 802ff.)

Tierversuche und die Ethik in der Forschung
(Kerger, H., in: Fortschr. Med. 102, 1984, S. 24–28)
Kriterien für die Beurteilung des unerläßlichen Maßes bei Eingriffen und Behandlungen im Rahmen der Hochschulforschung
(Schnappauf, H., in: Tierärztliche Umschau 39, 1984, S. 870–879)
Kriterien für die Beurteilung des unerläßlichen Maßes bei Tierversuchen zur Entwicklung von Arzneimitteln
(Stille, G., in: Tierärztliche Umschau 39, 1984, S. 862–870)

Wissenschaftliche Veröffentlichungen zu Tierversuchen in Aus- und Fortbildung

Der Tierschutz im Lehrplan des Studiums der Veterinärmedizin in Deutschland und sein Niederschlag in veterinärmedizinischen Dissertationen
(Hölter, J., Vet.-Med. Diss., Hannover 1979)
CVMA Statement on the Use of Animals in Research, Teaching and Testing
(Canadian Veterinary Medical Association, 339 Rue Booth Street, OHanra ONTARIO K1R 7K1, Juli 1983, 3 Seiten)
The necessity of animal experiments in teaching, needs in the field of comparative physiology
(Kristofferson, R., in: Proc. 13th Scandlas Symp. Laboratory Animal Science, Publ. Univ. of Kuopio, Medicine, Series Statistics and Reviews, 4, 1983, S. 237–241)
The necessity of animal experiments in the teaching of physiology
(Stenberg, D., in: Proc. 13th Scandlas Symp. Laboratory Animal Science, Publ. Univ. of Kuopio, Medicine, Series Statistics and Reviews, 4, 1983, S. 242–246)
The use of animals in teaching science
(Juhr, N.-C., in: Proc. 13th Scandlas Symp. Laboratory Animal Science, Publ. Univ. of Kuopio, Medicine, Series Statistics and Reviews, 4, 1983, S. 247–257)
On the necessity of animal experiments in the teaching of pharmacology
(Klinge, E., in: Proc. 13th Scandlas Symp. Laboratory Animal Science. Publ. Univ. of Kuopio, Medicine, Series Statistics and Reviews, 4, 1983, S. 232–236)
Das Tierexperiment in der medizinischen Ausbildung
(Wittke, G., in: Berl. Münch. Tierärztl. Wschr. 96, 1983, S. 113–116)
Kriterien für die Beurteilung des unerläßlichen Maßes bei Eingriffen und Behandlungen an Tieren im Rahmen der Aus- und Fortbildung
(Hörnicke, H., in: Tierärztliche Umschau 39, 1984, S. 853–862)
Bedeutung und Begründung des Tierversuchs in der medizinischen Ausbildung
(Wittke, G., Tierlaboratorium, 1984, in Vorbereitung)

Wissenschaftliche Veröffentlichungen zur Methode und zum Einsatz von Ersatz- und Ergänzungsmethoden

Tissue Culture Models of Epileptiform Activity
(Crain, S. M., Purpura, D. P., Penry, J. K., Tower, D. B., Woodburg, D. M., Walter, R. D., in: Experimental Models of Epilepsy – a Manual for the Laboratory Worker, Hrsg., Raven-Press., Publ., New York 1972, S. 291)

Alternatives to Animal Experiments in Medical Research
(Gowans, J. L., Br. J. Med. 3, 1974, S. 557 ff.)
Proceedings of the symposium on the Future of Animals, Cells, Models and Systems in Research, Development, Education and Testing
(NAS-ILAR, Washington, D. C., 1975)
Bibliography of selected tissue culture experiments under the aspect of replacing animal experiments
(Baasch, M.-L., Frenkel, J., und Krämer, G., Salem Research Institute, Implerstr. 38, 8000 München 70, 1976, 549 Seiten)
Alternative zum Tierversuch
(Projektteam des Österreichischen Bundesministeriums für Wissenschaft und Forschung, Wien. o. J.)
Bakterien: Der Einsatz von Versuchstieren und »in vitro«-Systemen bei wissenschaftlich-diagnostischen Problemen
(Raettig, H., in: Proc. Intern. Symp. Exp. Animals »in vitro«, Systems in Medical Microbiology, Hrsg.: WHO Collaborating Centre for Collection and Evaluation of Data of Comparative Virology, München 1977, S. 214–220)
Alternatives to Laboratory Animals in Biomedical Programmes
(Rowan, A. N., in: Anim. Regul. Stud. 1, 1977, S. 103–128)
The Future of Animals, Cells, Models and Systems in Research, Development, Education and Testing
(Hrsg.: National Academy of Science, NAS, Washington, D. C., 1977)
»In vitro« Systems in Medical Microbiology
(Hrsg.: Collaborating Centre for Collection and Evaluation of Data on Comparative Virology, Proc. Intern. Symp. Exp. Animals, München 1977)
The future of animals, cells, models and systems in research, development, education and testing
(National Academy of Sciences, 1977)
Alternatives to Laboratory Animals – Definition and Discussion
(Rowan, A. N., The Institute for the Study of Animal Problems, Washington, D. C., 1979)
Report of a Workshop on Alternatives to the Use of Laboratory Animals in Biomedical Research and Testing
(Hrsg.: The Canadian Society for the Prevention of Cruelty to Animals, CSPA, Montreal, Quebec, 1980, S. 1–30)
The Use of Alternatives in Drug Research
(Hrsg.: Rowan, A. N., und Stratmann, C. J., The Macmillan Press Ltd., London 1980)
Prospektive in-vitro-Modelle als Ersatz für Langzeituntersuchungen
(Neubert, D., Schnieders, B., und Grosdanoff, P., in: Zur Problematik von chronischen Toxizitätsprüfungen, Hrsg., Dietrich Reimer Verlag, Berlin 1980, S. 277–287, AMI-Bericht 1, 1980)
Der Stellenwert bakteriologischer Kurzzeit-Tests als Alternativmethode zum Tierversuch in der Prüfung von Stoffen auf gesundheitliche Unbedenklichkeit Mutagenitätstests mit Bakterien
(in: Fiebelkorn, J., und Lagoni, N., Tierschutz und Tierexperiment – Durchführung, Bewertung und Aussage von Tierversuchen und alternativen Verfahren, Dietrich Reimer Verlag, Berlin 1981)

Krebstest im Reagenzglas? Schneller und billiger als Tierversuche – aber noch nicht so sicher
(in: Chemie Journal, Nr. 1, 1981, S. 7)
The Test Tube Alternative – Outdated toxicity tests waste millions of dollars and animals lives – and should be replaced
(Rowan, A. N., in: The Science, November 1981, S. 16–19, 34)
Alternativen zu Tierversuchen
(Smyth, D. H., Alternatives to Animal Experiments, Scolar Press., London 1978; dt. Ausgabe übers. und hrsg. von Spiegel, A., mit einem ergänzenden Beitrag von Wilk, W., Gustav Fischer Verlag, Stuttgart, New York 1982, 158 Seiten)
Tierische Zellkulturen
(BMFT-Statusseminar, 2. und 3. November 1981, veranstaltet vom Projektträger Biotechnologie in der Kernforschungsanlage Jülich GmbH, hrsg. vom Bundesministerium für Forschung und Technologie, Bonn 1982, 565 Seiten)
Bibliography of Cell and Tissue Culture Methodology
Vol. 1 (A–L), 71 Seiten
Vol. 2 (M–Z), 70 Seiten
(Frenkel, J., Uzon, Z., Just, E., Salem Research Institute, Implerstr. 38, 8000 München 70)
Bibliography of selected publications of life sciences under the aspect of replacing animal experiments
Vol. 3, 1980–1981
(Bard, S., und Kressel, E., Salem Forschungsinstitut, Hans-Pinsel-Str. 1, 8013 Haar bei München 1982, 230 Seiten)
Das Problem der Alternativen zum wissenschaftlichen Tierversuch
(Weihe, W., in: Fortschr. Med. 100, 1982, S. 2162–2165)
Alternative Techniques
A Summary of Methods that replace Living Animals in Research and enhance the effectiveness and safety of Medicines on other Products
(Lord Dowding Fund, 51, Harley Street, London, W1N 1DD)
Cell cultures or animal experiments?
(Renner, H. W., in: Z. Versuchstierk. 25, 1983, S. 1–5)
Versuchstierfreie Methoden in der Toxikologie
(Zbinden, G., Friedrich, U., Reinhardt, Ch. A., Holderegger, Ch., Maier, P., Graf. U., Schlatter, Ch., Institut für Toxikologie der ETH und Universität Zürich, 1983, 46 Seiten)
Ersatzmethoden zum Tierversuch – Projekte in der Biotechnologie, gefördert durch den Bundesminister für Forschung und Technologie
(hrsg. vom Bundesministerium für Forschung und Technologie, Bonn 1983, 128 Seiten)
Neuropharmakologische Forschung an Nervenzellinien in der Kultur. Ein Weg zur Einschränkung von Tierversuchen
(Herken, H., in: Funkt. Biol. Med. 2, 1983, S. 125)
Cellular Systems for Toxicity Testing
(Williams, G. M., Dunkel, V. C., und Ray, V. A., Hrsg., Annals of the New York Academy of Sciences, Vol. 407, 1983, 484 Seiten)
Der Tierversuch und sein »unerläßliches Maß« – Möglichkeiten und Grenzen von Ergänzungs- und Ersatzmethoden
(Wilk, W., in: Tierversuche – Wissenschaftler und Bürger vor der ethischen

Frage, Loccumer Protokolle 19/82, S. 86–130; Berl. Münch. Tierärztl. Wschr. 96, 1983, S. 121–127)

Prüfung zytostatischer und zytotoxischer Arzneistoffe mit klonalen Stammzell-Testen (Zell-Kulturen): Ein Beitrag zur Verringerung aufwendiger Tierversuche
(Maurer, H. R., Preisträger des Felix-Wanckel-Tierschutzforschungspreises, Institut für Pharmazie, Königin-Luise-Str. 2–4, 1000 Berlin 33, 1983)

Feasibility of Developing Complementary of Alternative Methods: in vitro methods
(Meignier, B., XVIIth CIOMS Round Table Conference, Geneva, 8.–9. Dezember 1983, 3 Seiten)

Tierschutzrelevanz von Datensammlungen über Tierversuche und Alternativmethoden
(Fiebelkorn, J., Lagoni, N., BGA Schriften 1/84, MMV Medizin Verlag, München 1984, 75 Seiten)

Möglichkeiten zur Einschränkung von Tierversuchen durch sogenannte Alternativmethoden
(Wilk, W., in: Tierärztliche Umschau 39, 1984, S. 842–852)

Literaturverzeichnis zu den Beiträgen dieses Bandes

Otto Detlev Creutzfeld
Einleitung
Ethik, Wissenschaft und Tierversuche

Arehart-Treichel, J.: Animal science from the animals' perspective, Science *122,* 59–61 (1982)

Bentham, J.: On the principles of morals and legislation (1780). (Die hier relevanten Überlegungen finden sich im Kap. VII, Anmerkung 1, pp. 310–311 der Ausgabe der Clarendon Press, Oxford, 1879).

Böckle, F.: Das Tier als Gabe und Aufgabe. pp. 50–58 in: Händel, U. M. (Herausg.), a. a. O.

Clark, S. R. L.: The morel status of animals. Oxford University Press, Oxford, New York (1984)

Coile, D. C. and N. E. Miller: How radical animal activists try to mislead humane people. Laboratory Primate News Letter *23,* 11–13 (1984)

Deutsche Forschungsgemeinschaft. Tierexperimentelle Forschung und Tierschutz. Kommission für Versuchstierforschung, Mitt. III. Haraldt Boldt Verlag, Boppard (1981)

Deutsche Physiologische Gesellschaft e. V.: Grundsätze und Richtlinien für wissenschaftliche Tierexperimente. München (1984)

Deutsche Tierärzteschaft e. V.: Codex experiendi (Leitsätze für Experimente mit Tieren). (1983)

Guide for the Care and Use of Laboratory Animals. Committee on Care and Use of Laboratory Animals. First edition 1963, latest revision 1978. National Research Council. 2101 Constitution Av. NW, Washington/DC 20418 (USA).

Händel, U. M. (Herausg.): Tierschutz. Testfall unserer Menschlichkeit. Fischer Taschenbuch Verlag (1984).

Hess, B.: Wir brauchen mehr Grundlagenforschung – und nicht weniger. Anhörung zu Novellierungsvorschlägen der Tierschutzgesetze. In: Max-Planck-Spiegel Heft *3,* Seite 26 (1982)

Höffe, O.: Ethische Grenzen der Tierversuche. pp. 82–97 in: Händel, U. M. (Herausg.), a. a. O.

Huxley, A.: Anniversary Address by the President. Suppl. Royal Soc. News *26:* pp. I–VII, Nov. 1983.

Institute of Laboratory Animal Resources (ILAR) der National Academy of Sciences: National Survey of Laboratory Animal Facilities and Resources. Publication 802 091, National Institute of Health.

Jonas, H.: Das Prinzip der Verantwortung. Versuch einer Ethik für die technische Zivilisation. Frankfurt/M. (1979).

Kuhn, T. S.: The structure of scientific revolutions. University of Chicago Press (1962)

Max-Planck-Gesellschaft: Bad Nauheimer Erklärung zur Frage Tierschutz und biomedizinische Forschung. München (1984).

Meier-Abich, K. M.: Wege zum Frieden mit der Natur – Praktische Naturphilosophie für die Umweltpolitik. Karl Hauser Verlag, München (1984).

Morgan, R.: Love and Anger. An organizing handbook for activists in the struggle for animal rights and in other progressive political movements. Westport/ Connecticut (USA), Animal Rights Network (1980)

Owens, Ch. E., R. Davis and B. H. Smith: The psychology of euthanizing animals: The emotional components. Int. J. Stud. Anim. Probl. *2,* 19–26 (1981)

Paton, W. D. M.: Animal experiment and medical research: A study in evolution. Fortyseventh Stephen Paget Memorial lecture. Conquest *169:* 1–14 (1979).

Patzig, G.: Ökologische Ethik innerhalb der Grenzen bloßer Vernunft. Vandenhoeck und Ruprecht, Göttingen (1984)

Popper, K. R.: Logik der Forschung. Wien (1934)

Rowan, A. N., Institute for the Study of Animal Problems (ISAP). Zitiert nach Loew, F. M.: Selection of experimental animal models. Lab Animal, Sept. 1982.

Schweitzer, A.: Die Ethik der Ehrfurcht vor dem Leben. Kap. 26 in: Kulturphilosophie, Bd. 2: Kultur und Ethik, München 1923. Zitiert nach der Amerikan. Ausgabe: Philosophy of Civilisation. Mac Millan, New York (1959).

Seamer, J.: Historical basis of British Veterinary Association policy on animal experiments. ILAR News *27,* 11–20 (1983)

Singer, P.: Animal Liberation. Random House, New York (1975).

Stern, H.: Tierversuche. Rowohlt Taschenbuchverlag GmbH Hamburg (1981)

Struppler, A. und R. Schmidt: Der Schmerz. Piper-Verlag München (1983)

Teutsch, G. M.: Tierversuche und Tierschutz. C. H. Beck, München (1983)

Tiere in der Arzneimittelforschung. Verlag Pharma. 2. Aufl. (1982)

Ulrich Tröhler
Die Geschichte des wissenschaftlichen Tierversuchs, seiner Begründung und Bekämpfung

Bacon, F. (1605), *The twoo bookes of Francis Bacon of the proficience and advancement of learning, divine and humane,* in: The works of Francis Bacon, hrsg. von I. Spedding, R. L. Ellis und D. D. Heath, Longman, Vol. III, London 1857, S. 253–491

Benguigui, I., *Théories électriques du XVIII*[e] *siècle. Correspondance Nollet-Jallabert,* Georg, Genéve 1984

Berghaus, A., *Die Entwicklung der Methoden zur physiologischen Wertbestimmung von Digitalispräparaten,* Matthiesen, Husum 1982

Bestelmeyer, H., *Die Vivisektion vom strafrechtlichen Standpunkt aus,* Diss. jur. Günzburg, Erlangen 1935

Bretschneider, H., *Der Streit um die Vivisektion im 19. Jahrhundert,* G. Fischer, Stuttgart 1962

Bulloch, W., *The history of bacteriology,* Oxford Univ. Press, London 1960 (Neudruck, 1. Aufl. 1938)

Buess, H., Die Entwicklung der experimentellen Forschungsmethode in der Medizin, in: *Schw. med. Wschr. 77,* 1947, S. 1005–1015

Bruhin, H., und Gelzer, J., Tierschutz und wissenschaftliche Tierversuche in öffentlicher Debatte, *Swiss Pharma,* 1985, Nr. 1–2, n. p.

Chauvois, L., *William Harvey: his life and times; his discoveries; his methods,* Hutchinson, London 1957

Ciaburri, G., *Die Vivisektion* Reissner, Dresden 1933
Duhamel Dumonceau, H. F., Observation sur la réunion des fractures, in: *Hist. (Mém.) Acad. Roy. Sci.* Paris 1741, S. 97–112
Duncum, B. M., *The development of inhalation anaesthesia,* Oxford Univ. Press, London, New York, Toronto 1947
Ebstein, W., *Der medizinische Versuch mit besonderer Berücksichtigung der »Vivisektion«,* Bergmann, Wiesbaden 1907
French, R. D., *Antivivisection and medical science in Victorian society,* Princeton Univ. Press, Princeton, London 1975
French, R. D., Animal experimentation, Historical aspects, in: W. T. Reich (Hrsg.), *Encyclopedia of Bioethics,* Bd. 1, The Free Press, Macmillan, New York 1978, S. 75–79
Galen, *On anatomical procedures,* übers. v. W. L. H. Duckworth, hrsg. v. M. C. Lyons und B. Towers, Cambridge Univ. Press 1962
Graaf, R. de, *Disputatio medica de natura et usu succi pancreatici,* Hack, Leyden 1664
Haller, A. von, *Mémoires sur la nature sensible et irritable des parties du corps animal,* Bousquet, Lausanne 1756
Heyde, A. de, *Anatome mytuli belgice massel. Subjecta est centuria observationum medicarum,* 1684
Karger-Decker, B., *Ärzte im Selbstversuch. Ein Kapitel heroischer Medizin,* Koehler u. Amelang, Leipzig 1967
Körbler, J., *Strahlen, Heilmittel und Gefahr,* Renner, Wien 1977
Lausch, E., *Diabetes. Siege, Hoffnungen und immer neue Rätsel,* Verlag Chemie, Weinheim/Bergstr. 1971
Loew, F. M., Animal experimentation, in: *Bull. Hist. Med.* 56, 1982, S. 123–126
Maehle, A.-H., Johann Jakob Wepfers experimentelle Toxikologie, in: *Gesnerus* 42, 1985, S. 7–18
Mani, N., Ärzte und Naturforscher des 17. Jahrhunderts über die medizinische Forschung ihrer Zeit, in: *Zusammenhang,* Festschrift für Marielene Putscher, Bd. 1, Wienand, Köln 1984, S. 353–365
Mani, N., Das Werk von Fr. Tiedemann und Leopold Gmelin »Die Verdauung nach Versuchen« und seine Bedeutung für die Entwicklung der Ernährungslehre in der ersten Hälfte des 19. Jhs., in: *Gesnerus,* 13, 1956, S. 190–214
Meyer, R. M., Vivisektionsdebatten im 18. Jahrhundert, in: *Vossische Zeitung* (Sonntagsbeil.), Nr. 51, 1903, S. 405–407
Mylius, C., Untersuchung, ob man die Thiere, um physiologischer Versuche willen, lebendig eröffnen dürfe? In: *Vermischte Schriften* ges. von G. E. Lessing, Haude und Spener, Berlin 1754, S. 188–204
Nagel, F., *Nicolaus Cusanus und die Entstehung der exakten Wissenschaften,* Aschendorff, Münster 1984
Neuburger, M., *Die historische Entwicklung der experimentellen Gehirn- und Rükkenmarksphysiologie,* Enke, Stuttgart 1897 (Neudruck Bonset, Amsterdam 1967)
Keele, K. G., *William Harvey. The man, the physician, and the scientist,* Nelson, London, Edinburgh 1965
Oppenheimer, J. M., Taking things apart and patting them together again, in: *Bull. Hist. Med.* 52, 1978, S. 149–161
Pagel, J., Über den Versuch am lebenden Menschen, in: *D. Aerzte-Z.,* 1905, S. 193–198, und S. 219–228

Pagel, W., Paracelsus' ätherähnliche Substanzen und ihre pharmakologische Auswertung an Hühnern, in: *Gesnerus* 21, 1964, S. 113–125
Paton, W., *Man and mouse. Animals in medical research,* Oxford Univ. Press, Oxford, New York 1984
Passmore, J., The treatment of animals, in: *J. Hist. Ideas,* 36, 1975, S. 195–218
Platter, F., *Observationes. Krankheitsbeobachtungen in drei Büchern,* hrsg. von H. Buess, Huber, Bern, Stuttgart 1963
Rothschuh, K. E., Zur Geschichte der physiologischen Reizmethodik, in: *Gesnerus* 23, 1966, S. 147–160
Rothschuh, K. E., *Physiologie. Der Wandel ihrer Konzepte, Probleme und Methoden,* Alber, Freiburg, München 1968
Rothschuh, K. E., *Physiologie im Werden,* G. Fischer, Stuttgart 1969
Schiller, I., Claude Bernard and Vivisection, in: *J. Hist. Med.* 22, 1967, S. 246–260
Schmid, A., Die Geschichte der Elektrotherapie vom Altertum bis zum Beginn des 19. Jahrhunderts, in: *Festschrift Brodbeck-Sandreuter,* Schwabe, Basel 1942, S. 73–121
Shugg, W., Humanitarian attitudes in the early animal experiments of the Royal Society, in: *Ann. of Sci.* 24, 1968, S. 227–238
Senn, G., *Die Entwicklung der biologischen Forschungsmethode in der Antike und ihre grundsätzliche Förderung durch Theophrast von Eresos,* Sauerländer, Aarau, Leipzig 1933
Shaw, G. B. (1911), Preface on doctors, in: *The doctor's dilemma,* Penguin Plays, Harmondsworth 1982, S. 9–87
Steudel, J., Das Experiment in der Medizin des 17. Jahrhunderts, in: *»Die Entfaltung der Wissenschaft«,* Vorträge, gehalten auf der Tagung der Joachim-Jungius-Gesellschaft der Wissenschaften, Hamburg 1957, S. 79–96
Stevenson, L. G., Religious elements in the background of the British antivivisection movement, in: *Yale J. Biol. Med.* 29, 1956, S. 125–157
Temkin, O., Merrem's youthful dream. The early history of experimental pylorectomy, in: *Bull. Hist. Med.* 31, 1957, S. 29–43
Tissot, S. A. (1755), Discours préliminaire, in: Haller 1756, S. I-XLVIII
Tröhler, U., *Auf dem Weg zur physiologischen Chirurgie. Der Nobelpreisträger Theodor Kocher 1841–1917,* Birkhäuser, Basel, Boston 1984
Turner, J., *Reckoning with the beast,* John Hopkins Univ. Press, Baltimore, London 1980
Wangensteen, O., und Wangensteen, S., *The rise of surgery,* Dawson, Folkestone 1978
Weber, E. von, *Die Folterkammern der Wissenschaft,* Voigt, Berlin, Leipzig 1879
Weihe, W. H. (Hrsg.), *Das Tier im Experiment,* Huber, Bern, Stuttgart, Wien 1978
Winau, R., Experimentelle Pharmakologie an der Universität Göttingen im 18. Jahrhundert, in: *Med. hist. Journal* 7, 1972, S. 135–145

Bonner Arbeitskreis für Tierschutzrecht: Gesetzesentwurf zur Novellierung des Tierschutzgesetzes, Nomos-Verlagsgesellschaft, Baden-Baden 1983; Anhang II: Schweiz. Akademie der Wissenschaften

Craig, G. A.: Über die Deutschen, C. H. Beck, München 1983

Deutsche Forschungsgemeinschaft. Tierexperimentelle Forschung und Tierschutz. Kommission für Versuchstierforschung, Mitt. III, Harald-Boldt-Verlag, Boppard 1981

Deutsche Tierärzteschaft e. V.: Codex experiendi (Leitsätze für Experimente mit Tieren). 27. September 1983

Finbert, E. J.: Wir hatten einen Hund, Ehrenwirth-Verlag, München 1957

Huch, R.: Die Romantik – Ausbreitung, Blütezeit und Verfall, Rainer-Wunderlich-Verlag, Tübingen 1951

Jaspers, K.: Drei Gründer des Philosophierens: Plato – Augustin – Kant, Deutscher Bücherbund, Stuttgart, Hamburg 1957

Jodl, F.: Geschichte der Ethik als philosophische Wissenschaft, Magnus-Verlag, 4. Auflage 1930

Jonas, H.: Das Prinzip Verantwortung. Versuch einer Ethik für die technische Zivilisation, Frankfurt a. M. 1979

Jonas, H.: Warum wir heute eine Ethik der Selbstbeschränkung brauchen, in: H. Lenk, H. J. Staudinger, E. Ströker (Hrsg.): Ethik der Wissenschaften. Bd. I, Wilhelm-Fink-Verlag, 1984

Lüst, R.: Rede bei der 35. Jahreshauptversammlung der Max-Planck-Gesellschaft in Bremen, zit. SZ No. 149, S. 5, 30. Juni 1984

Max-Planck-Gesellschaft: Tierversuche in der Forschung, Berichte und Mitteilungen 1/81

Meyers Großes Taschenlexikon, Bd. 6, Bibliographisches Institut, Mannheim, Wien, Zürich 1983

Patzig, G.: Ökologische Ethik – innerhalb der Grenzen bloßer Vernunft, Vortragsreihe der niedersächs. Landesregierung zur Förderung der wissenschaftlichen Forschung in Niedersachsen, Heft 64, Vandenhoeck und Ruprecht, Göttingen 1983

Raddatz, F. J.: Die Aufklärung entläßt ihre Kinder, in: Die Zeit Nr. 27, S. 9, und Nr. 28, S. 14 (1984)

Scharmann, W.: Der Tierversuch aus ethischer Sicht, in: Tierärztliche Umschau 36, 1981, S. 819

Schopenhauer, A.: Werke in 2 Bänden, Carl-Hanser-Verlag, München 1977

Smyth, D. H.: Alternativen zu Tierversuchen, G.-Fischer-Verlag, Stuttgart 1982

Teutsch, G. M.: Tierversuche und Tierschutz, Bd. 272, C. H. Beck, München 1983

Warnock, J.: The Object of Morality, London 1971

Weihe, W. H.: Tierschutz und Tierexperiment aus der Sicht der biomedizinischen Forschung, in: Schweiz. med. Wschr. 109, 1979, S. 1577

Weizsäcker, C. F. v.: Deutlichkeit. Beiträge zu politischen und religiösen Gegenwartsfragen, Hanser-Verlag, München 1978

DFG: Grundinformationen über Zentrale Tierversuchsanlagen (Tierlaboratorien) an medizinischen Forschungs- und Ausbildungsstätten. Mitteilung II der Kommission für Versuchstierforschung der Deutschen Forschungsgemeinschaft, Boldt Verlag, Boppard 1976

DFG: Tierexperimentelle Forschung und Tierschutz. Mitteilung III der Kommission für Versuchstierforschung der Deutschen Forschungsgemeinschaft, Boldt Verlag, Boppard 1981

Gärtner, K., W. Gehrke, P. Malzahn, J. J. Rohde und R. Wiezorrek: Zum subjektiven Empfinden des Menschen gegenüber Tieren – eine orientierende sozialempirische Befragung von Personen in der Versuchstierforschung, in: Deutsches Tierärzteblatt 31, 1983, S. 608–615

Geiger, Th.: Das Tier als geselliges Subjekt, in: Forschungen zur Völkerpsychologie und Soziologie (Leipzig) 10, 1931, S. 283–307

Hediger, H.: Verstehens- und Verständigungsmöglichkeiten zwischen Mensch und Tier, in: Schweiz. Z. Psychol. 26, 1967, S. 234–255

Herre, W.: Bemerkungen zur Evolution von »Sprachen« bei Säugetieren. Zur Variabilität innerartlicher Kommunikation bei Caniden, in: Z. f. zool. Systematik und Evolutionsforschung 17, 1979, S. 151–173

Herre, W., und M. Röhrs: Domestikation und Stammesgeschichte, in: Heberer, G. (Hrsg.): Die Evolution der Organismen, Bd. II/2, G. Fischer, Stuttgart 1971

Illies, J.: Anthropologie des Tieres, Deutscher Taschenbuch Verlag, München 1977

Katcher, A. H., und A. Beck: Safety and intimacy: physiological and behavioral responses to interaction with companion animals, International Symposium on the human-pet-relationship on occasion of the 80th birthday of Nobel prize winner K. Lorenz, Wien, 27./28. Oktober 1983

Kidd, A. H., und R. M. Kidd: Personality characteristics and preferences in pet ownership, in: Psychological Reports 46, 1980, S. 939–949

Kruska, D.: Domestikationsbedingte Hirngrößenänderungen bei Säugetieren, in: Z. f. zool. Systematik u. Evolutionsforschung 18, 1980, S. 161–195

Messent, P., und St. Horsfield: Pet population and the pet-owner bond, International Symposium on the human-pet-relationship on occasion of the 80th birthday of Nobel prize winner K. Lorenz, Wien 27./28. Oktober 1983

Norling, I.: Vergleich zwischen Hundebesitzern einer Großstadt (Göteborg) und einer ländlichen Gemeinde (Härryda), International Symposium on the human-pet-relationship on occasion of the 80th birthday of Nobel prize winner K. Lorenz, Wien, 27./28. Oktober 1983

Rosenthal, R.: Der kluge Hans. Eine Fallstudie für Forschungsmethoden, in: Pfungst, O. (Hrsg.): Der kluge Hans; ein Beitrag zur nicht-verbalen Kommunikation, Fachbuchhandlung für Psychologie, Frankfurt 1977

Teutsch, G. M.: Soziologie und Ethik der Lebewesen, P. Lang, Frankfurt 1975

Helmut Greim
Tierversuche in der Toxikologie
Weiterführende Literatur

Altner, H. (1985) Tierschutz und Tierversuche: Probleme und Lösungsansätze, Naturwissenschaften *72,* 57–61.

Balls, M., Riddell, R. J., Worden, A. N. (1983) Animals and Alternatives in Toxicity Testing, Academic Press, New York.

Golberg, A. M. ed. (1984) Acute Toxicity Testing: Alternative Approaches, Alternative Methods in Toxicology, Vol. 2, Mary Ann Liebert Inc, New York.

Tierexperimentelle Forschung und Tierschutz (1984) Mitteilung III der Kommission für Versuchstierforschung der DFG, Hsg. Deutsche Forschungsgemeinschaft, VCH Verlag, Weinheim.

Versuchstierfreie Methoden in der Toxikologie (1984), Hsg. Inst. f. Toxikologie der ETH Zürich, CH-8603 Schwerzenbach.

Wissenschaftsrat: Entschließung zu Fragen der tierexperimentellen Forschung und des Tierschutzes (1984) Hsg. Wissenschaftsrat, Köln.

Heiko Hörnicke
Tierschutzgesichtspunkte bei Eingriffen an Tieren im Rahmen der veterinärmedizinischen Ausbildung

Deutsche Physiologische Gesellschaft: Ethische Grundsätze und Richtlinien für wissenschaftliche Tierexperimente, Schreibmaschinenschrift, 1984, 10 Seiten

Deutsche Tierärzteschaft: Codex experiendi – Leitsätze für Tierexperimente, Deutsches Tierärzteblatt 33, 1983, S. 776–780

Gärtner, K., W. Gehrke, P. Malzahn, J. J. Rhode und R. Wiezorrek: Zum subjektiven Empfinden des Menschen gegenüber Tieren – eine orientierende sozialempirische Befragung von Personen in der Versuchstierforschung, Deutsches Tierärzteblatt 33, 1983

Hörnicke, H.: Kriterien für die Beurteilung des unerläßlichen Maßes bei Eingriffen und Behandlungen an Tieren im Rahmen der Aus- und Fortbildung, in: Tierärztl. Umschau 39, 1984, S. 853–862

Juhr, N.-C.: The use of animals in teaching science, in: Proc. 13th Scandlas Symp. Laboratory Animal Science, Hrsg.: Univ. of Kuopio, Medicine, Series Statistics and Reviews 4, 1983, S. 247–257

Merkenschlager, M. (1982): Stellungnahme zu § 10 Tierschutzgesetz – Eingriffe zu Ausbildungszwecken, Schreibmaschinenschrift, 13 Seiten, München, 7. Januar 1983

Niedersächsischer Landtag: Kleine Anfrage der F.D.P. vom 15. 6. 83; Antwort der Landesregierung vom 21. 9. 83. Niedersächsischer Landtag, Drucksache 10/1649, 1983, 5 Seiten

Ramon y Cajal, S.: Regeln und Ratschläge zur wissenschaftlichen Forschung, Verlag Ernst Reinhardt, München, 2. Aufl. 1938, S. 63 f.

Stenberg, D.: The necessity of animal experiments in the teaching of physiology, in: Proc. 13th Scandlas Symp. Laboratory Animal Science, Hrsg.: Univ. of Kuopio, Medicine, Series Statistics and Reviews 4, 1983, S. 242–246

Ten Bruggencate, G.: Stellungnahme zu den Novellierungsvorschlägen zum Tierschutzgesetz, Schreibmaschinenschrift, München, 19. April 1982, 14 Seiten

Wittke, G.: Das Tierexperiment in der medizinischen Ausbildung, in: Berl. Münch. Tierärztl. Wschr. 96, 1983, S. 113–116

Autorenverzeichnis

Walter Brendel, Prof. Dr. med. Dr. h.c.
ist Direktor des Instituts für Chirurgische Forschung, Universität München, Klinikum Großhadern

Otto Detlev Creutzfeldt, Prof. Dr. med.
ist Direktor am Max-Planck-Institut für biophysikalische Chemie Göttingen

Eberhard Frömter, Prof. Dr. med.
ist ordentlicher Professor am Zentrum für Physiologie der J. W. Goethe-Universität Frankfurt/Main

Klaus Gärtner, Prof. Dr. med. vet.
ist Leiter des Zentralen Tierlaboratoriums der medizinischen Hochschule Hannover

Helmut Greim, Prof. Dr. med.
ist Leiter der Abteilung Toxikologie, Gesellschaft für Strahlen- und Umweltforschung München

Peter Gutjahr-Löser
ist Referatsleiter in der Generalverwaltung der Max-Planck-Gesellschaft München

Heiko Hörnicke, Prof. Dr. med. vet.
ist ordentlicher Professor für Zoologie der Universität Hohenheim Stuttgart

Martin Kramer, Prof. Dr. med.
ist Leiter der Pharma Forschung Toxikologie der Hoechst AG, Frankfurt/M.

Dieter Mayer, Dr. med. vet.
ist in der Abteilung für Toxikologie der Hoechst AG, Frankfurt/M.

Gerhard Riecker, Prof. Dr. med.
ist Direktor der Medizinischen Klinik I, Klinikum Großhadern München

Wolfgang Schaper, Prof. Dr. med.
ist Direktor am Max-Planck-Institut für physiologische und klinische Forschung Bad Nauheim

Wolfgang Schaumann, Prof. Dr. med.
ist Leiter der medizinischen Forschung der Firma Boehringer Mannheim

Wilhelm Schoeppe, Prof. Dr. med.
ist Geschäftsführender Direktor des Zentrums Innere Medizin der Universität Frankfurt

Ulrich Tröhler, Prof. Dr. med. (Ph. D., University London)
ist Professor für Medizingeschichte und Direktor des Instituts für Geschichte der Medizin der Universität Göttingen

Karl Julius Ullrich, Prof. Dr. med.
ist Direktor am Max-Planck-Institut für Biophysik Frankfurt/M.

Werner Wilk, Prof. Dr. med. vet.
ist Professor im Institut für Versuchstierkunde und Versuchstierkrankheiten und Direktor der Zentralen Tierlaboratorien der Freien Universität Berlin

Glossar

abdominal	den Bauch betreffend
Aceton	ein »Ketonkörper«, der bei Stoffwechselentgleisungen im Harn gemessen wird
Acetylcholin	wichtige Überträgersubstanz im Nervensystem
Acidose	Übersäuerung
ACTH	Hormon der Hirnanhangdrüse, das die Nebennierenrinde beeinflußt
ADI (acceptable daily intake)	tägliche Zufuhr einer Menge, die unbedenklich ist
Adrenalektomie	Entfernung der Nebennieren
Adrenalin	Hormon aus dem Nebennierenmark
adrenerge Betablocker	siehe Betarezeptorenblocker
Adriamycin	ein Antibiotikum, das gegen Krebs eingesetzt wird
Affenstuhl, sog.	Versuchsstuhl für Affen bei Untersuchungen
Affinität	die Neigung, mit etwas anderem zu reagieren oder sich an etwas Bestimmtes zu binden
AIDS	durch Infektion erworbene Immunstörung
allergologisch	Allergie betreffend
Allopurinol	hemmt die Bildung von Harnsäure (gegen Gicht)
Alloxan-Diabetes	Zuckerkrankheit (experimentell), durch Verabreichung von Alloxan, das die insulinproduzierenden Zellen in der Bauspeicheldrüse zerstört
Ames-Test	Test unter Verwendung von Mikroorganismen zum Nachweis von erbgutändernden Eigenschaften
Aminonukleosid-Nephrose	Nierenschädigung durch Aminonukleosid
Anästhesiologie	Lehre von der Schmerzausschaltung
Analgesie	Schmerzausschaltung
Analgetikum	schmerzstillendes Mittel
Anaphylaxie	allergische Sofortwirkung
anatomisch	den Bau des Lebewesens betreffend
Aneurysmen	Aussackungen der Gefäßwände oder auch der Herzwand
Angina pectoris	»Enge« der Herzkranzgefäße, anfallsweise Schmerzattacken des Herzens
Angiopathie	Erkrankung der Blutgefäße
Angioplastik	operativer Ersatz eines Blutgefäßes

Angiotensin I und Angiotensin II	kleinmolekulare Eiweißkörper, von blutdruckregenerierender Wirkung
Angiotensin-Converting-Enzym	wichtiges Enzym im Angiotensin-Mechanismus
Antagonismus	Gegensatz
Anthropomorphismus	Übertragung menschlicher Gestalt und Eigenschafte auf nichtmenschliche Dinge oder Wesen
Antidepressiva	Arzneimittel, die bei Depressionen therapeutisch wirksam sind
Antigene	Stoffe, die eine Immunantwort (Bildung von Antikörpern) auslösen
Antihistaminika H_1	blockieren den durch Histamin auslösbaren Schock und Krampf der Bronchien
Antihistaminika H_2	blockieren die durch Histamin auslösbare Salzsäuresekretion im Magen
Antihypertensiva	Stoffe, die den Blutdruck senken
Antimalaria-Mittel	Stoffe, die gegen die Malariaerreger (einzellige Lebewesen) wirken
antimikrobiell	gegen Keime gerichtet
Antioxidantien	Substanzen, die die Reaktion mit Sauerstoff (Oxidation) verhindern
Antipsychotika	Arzneimittel, die bei Gemütsstörungen wirksam sind
Antisepsis	Hemmung bzw. Vernichtung von Infektionserregern durch chemische Mittel
Antiseren	Blutseren, die »Gegengifte« (Antikörper) enthalten
Antivivisektionisten	Tierversuchsgegner, die vorgeben, daß grausame Tierversuche an nichtnarkotisierten Tieren auch heute noch durchgeführt werden
Applikationsweg	Weg der Zufuhr eines Arzneimittels
Asepsis	Keimfreiheit aller Gegenstände (Hände, Instrumente, Verbandsstoffe), die mit Wunden in Berührung kommen
Autoimmunerkrankungen	Erkrankungen, bei denen im immunologischen Abwehrsystem Antikörper (Gegenstoffe) gegen körpereigene Eiweiße gebildet werden
Betarezeptorenblocker	Substanzen, die die Betarezeptoren des sympathischen Teils des vegetativen Nervensystems blockieren
Betazellen	Zellen in der Bauchspeicheldrüse, die Insulin produzieren

Bioelektrizität	elektrische Erscheinungen an Zellmembranen
Biopsien	Entnahme von Gewebeproben
Bypassoperation	Umgehung eines verschlossenen Blutgefäßabschnittes durch ein Transplantat
Calcium-Antagonisten	Substanzen, die dadurch therapeutische Wirkungen ermöglichen, daß sie den Einstrom von Kalzium-Ionen in die Zellen hemmen
Cardiomyopathie	Herzmuskelerkrankung
Cephalosporin	gleicht dem Penicillin
Cerebral	Zum Gehirn gehörend oder vom Gehirn ausgehend
Chemotherapie	Therapie mit synthetischen chemischen Substanzen
Chemotherapie der Krebserkrankung	Anwendung wachstumshemmender, gegen Krebszellen gerichteter synthetischer Stoffe
Chemotherapie der Leukämie	Behandlung der Leukämie (tumorartiges Überhandnehmen der weißen Blutkörperchen) mit chemischen Arzneimitteln
Chilusgefäße	Lymphgefäße im Darmgekröse
Chloroformnarkose à la reine	es handelt sich dabei um die Chloroformnarkose, die Königin Viktoria 1853 bei der Geburt ihres siebten Kindes, des Prinzen Leopold, erhielt
Chlorpromazin	typischer Vertreter einer Klasse von psychisch ausgleichenden Arzneimitteln
Chromosomenmutationen	Strukturänderungen an den Chromosomen, die Träger der Erbsubstanz sind
chronische Exposition	dauerndes Ausgesetztsein
Colchicin	Wirkstoff aus der Herbstzeitlosen
Dacron	Kunststoff
Darmanastomosen	operative Verbindung verschiedener Darmschlingen
Darmmotilität	Eigenbeweglichkeit des Darms
Dauerdialyse	nicht nur vorübergehend, sondern für längere Zeit notwendige Anwendung der künstlichen Niere
db	von dibutyryl: mit zwei Blutsäureresten

dermatologisch	die Haut betreffend
Dialyse	(»künstliche Niere«) Blutwäsche
Digitalis	Arzneimittel, die aus dem Fingerhut gewonnen werden (z. B. Digitalis)
Diphtherie	durch Bakterien hervorgerufene Infektionskrankheit, bei der es zur Membranbildung in den Luftwegen und toxischen Schädigungen des Herzens kommt
Doca-Hochdruck	Bluthochdruck, der entsteht, wenn man den Tieren das Steroidhormon Desoxycorticosteronacetat verabreicht
dopaminproduzierend	Zellen, die Dopamin, einen im Zentralnervensystem wichtigen sog. Überträgerstoff produzieren
Draize-Test	Test, ob Chemikalien, inklusive Kosmetika, das Kaninchenauge reizen
Ductus thoracicus	Gang der Lymphe aus dem Bauchraum durch den Brustraum in die obere Hohlvene
Dysplasie	Fehlbildung
dyssynchrones Schlagen der Vorhöfe	ungeordnetes Schlagen verschiedener Herzabschnitte
Dystrophie	Ernährungsstörung
Eiweißstoffe	aus Aminosäuren zusammengesetzte Moleküle
embryotoxisch	schädlich für das ungeborene Kind im Mutterleib, besonders während der ersten drei Entwicklungsmonate
endogen	ohne erkennbare äußere Einwirkung oder Verursachung
endokrin	in die Blutbahn abgegeben
Enzymaktivität	Angabe für die Wirksamkeit von Biokatalysatoren (Enzyme)
enzymatische Reaktionen	Reaktionen, bei denen biologische Katalysatoren (Enzyme) beteiligt sind
Epiduralanästhesie	Schmerzausschaltung durch Injektion von Lokalanästhetica an das Rückenmark
Epilepsie	Cerebrales Anfallsleiden, häufig mit Muskelkrämpfen Bewußtseinsstörungen. Ursachen uneinheitlich
Erkenntnispool	Summe der Erkenntnisse
Erregungsfähigkeit	Ansprechbarkeit auf einen Reiz
Ethologie	Verhaltensforschung
euthanasieren	schmerzlos töten

exogenes Asthma	Asthma = Krämpfe der Bronchialmuskulatur, von außen ausgelöst
Exposition	Ausgesetztsein
Exstirpation	Entfernung
extrakorporale Stoßwellentherapie	das Prinzip besteht darin, daß einem Nierensteinträger in einer Badewanne energiereiche Druckwellen, sogenannte Stoßwellen, so durch den Körper geleitet werden, daß seine Nierensteine zu Grieß zerfallen
ex vivo	aus dem lebenden Organismus heraus
Fibrose	Überhandnehmen des Bindegewebes
Fixationskasten	Kasten, in dem ein Tier fixiert wird
Folsäure	biologisch, z. B. für die Blutbildung wichtiger Nahrungsbestandteil
forensische Pathologie	Pathologie mit besonderem Bezug zur Rechtsmedizin
forensische Serologie	Anwendung der Erkenntnisse über Blutseren im Rahmen der Rechtsmedizin, z. B. Blutgruppenuntersuchungen beim Vaterschaftsnachweis
forensische Toxikologie	Erforschung von Giftwirkungen im Rahmen der Gerichtsmedizin
Froschdosen	am Frosch wirksame Dosen
Froschschenkelpräparat	Präparat zur Demonstration der Nervenreizung und Erregungsleitung im Nerv
Fütterungsregime	Verabreichungsschema von Futter nach Art, Menge sowie Verteilung über den Tag und die Dauer
genetische Determinierung	Erbabhängigkeit
genetische Erkrankung	Erkrankung, die durch Störungen in den Erbanlagen bedingt ist
genetische Selektion	Auslese auf der Grundlage ererbter Merkmale
GI-Ulcera	Geschwüre im Magen-Darm-Kanal (Gastrointestinal)
Glutathion	ein Peptid, das aus 3 Aminosäuren, Glutamin, Cystin und Glycin, zusammengesetzt ist
Goldblatt-Hochdruck	hoher Blutdruck, der entsteht, wenn die Blutzufuhr zur Niere gedrosselt wird
Grundlagenforschung	beschäftigt sich mit dem Phänomen, ohne auf eine Nutzanwendung zu zielen

Hämophilie	Bluterkrankung
Halothan	Narkosegas
Hepatitis B	durch den Hepatitis-B-Virus übertragbare Leberentzündung (mit Gelbsucht)
Herzchirurgie	chirurgische Eingriffe am Herzen
Herzglykoside	z. B. Digitalisstoffe, die die Herzkraft steigern
Histamin	Substanz, die bei Immunreaktionen, z. B. bei Asthmaanfall, aus Zellen freigesetzt wird
histokompatibel	mit einem bestimmten Gewebe verträglich
Histologie	lichtmikroskopische Untersuchung, Gewebelehre
histologisch	im Gewebeschnitt
Homöopathie	im Gegensatz zu dem auf experimentelle Erfahrung basierenden therapeutischen Vorgehen der Schulmedizin beruht die homöopathische Behandlungsweise auf der 1796 von Hahnemann aus Halle aufgestellten Behauptung, daß »Gleiches mit Gleichem« zu heilen sei. Ein zweites Prinzip der Homöopathie ist die Überzeugung, daß Arzneien selbst in unendlicher Verdünnung noch wirksam sind
Hormone	von Drüsenzellen hergestellte Substanzen, die ans Blut abgegeben werden und Wirkungen an anderen Zellen oder Systemen hervorrufen (z. B. Insulin)
Hypophysektomie	Entfernung der Hirnanhangdrüse (Hypophyse)
hypoxischer Krampf	vom Gehirn ausgehender Krampf bei Sauerstoffmangel

Imipramin	Antidepressivum
Immunologie	Lehre von der Immunabwehr des Körpers und den damit in Zusammenhang stehenden Krankheiten
Immunopathie	Erkrankung aufgrund fehlerhafter Immunreaktionen
immunsuppressive Medikamente	Medikamente, die die Immunantwort hemmen
Implantation	Einpflanzung
Indikatortest	Test, bei dem ein Stoff (Indikator) eine bestimmte Reaktion anzeigt

induktiv forschen	vom einzelnen zum Allgemeinen
inkubieren	einwirken lassen
Inokulation	Beimpfung, Einimpfung
Insulin	blutzuckersenkendes Hormon der Bauchspeicheldrüse
intramuskulär	in die Muskulatur
intraperitoneal	innerhalb der Bauchhöhle, in die Bauchhöhle
intravenös	in die Vene
Intubationsnarkose	Narkose durch ein in die Luftröhre eingeführtes Rohr (Tubus)
»In-Vitro«-Prüfmethoden	Prüfmethoden im Testglas
Ionentransportrate	Anzahl der Ionen (elektrisch geladene, gelöste Teilchen), die pro Zeiteinheit durch eine Membran hindurchdringen
Irritabilität	Reizbarkeit
Kaniden	Hunde und hundeartige Tiere
kanzerogen	krebserzeugend
Kanzerogenität	Fähigkeit, Krebs zu erzeugen
Kardiomyopathie	Herzmuskelschädigung
Kardioplegie	Stillstellung des Herzens
Kinderlähmung	durch Virus hervorgerufene, mit Lähmungen einhergehende Infektionskrankheit
Künstliche Niere	Dialyseapparat
LD 50	Dosis, bei der die Hälfte der behandelten Tiere stirbt
Letaldosis	tödliche Dosis
Ligaturen	Abbindungen
Lokalanästhetika	Stoffe, die die Nervenleitung und damit die Schmerzempfindlichkeit blokkieren
Lymphozyten	kleine weiße Blutkörperchen
Magenresektion	operative Entfernung eines Teils des Magens
Magensekretion	Absonderung von Magensaft
MAK-Kommission	medizinische Arzneimittel Kommission
MAK-Wert	maximale Arbeitsplatzkonzentration eines gefährlichen Stoffes
Medicina forensis	Rechtsmedizin
metabolisierend	abbauend
Metabolisierung	Abbau oder Umbau im Stoffwechsel

Metabolite	Stoffwechselprodukte – Umwandlungsprodukte
Mikrokosmen	die »Welt« des mit dem Mikroskop Sichtbaren
Mitochondrien	Zellorganellen, in denen die Zellatmung und Energiebereitstellung erfolgt
Mitosearrest	Anhalten der Zellteilung
monoklonale Antikörper	Antikörper von hoher Spezifität
monokulare Deprivation	Ausschaltung der Lichtreizung eines Auges
Mukoviszidose	angeborene Störung der Schleimabsonderung, z. B. der Bauchspeicheldrüse, der Bronchialschleimdrüsen und anderer Drüsen
Multiple Sklerose	chronische Nervenkrankheit mit schubhaftem Verlauf
Muskelparalytika	Arzneimittel, die die Muskeln lähmen
Muskelrelaxantien	Arzneimittel, die die Skelettmuskulatur zum Erschlaffen bringen
mutagen	eine Änderung an der Erbsubstanz auslösend
Mutagenität	erbgutverändernde Eigenschaften
Nativdroge	Arzneistoffe, die man durch einfache Verfahren aus Pflanzen etc. gewinnen kann
Nebennierenrinde	äußerer Teil der Nebenniere, produziert wichtige Hormone, z. B. Cortison
Neurophysiologie	Lehre von der Funktion des Nervensystems
Neurotoxizität	Giftigkeit für Nervengewebe
Neutralfette	Fette aus Glycerin und Fettsäuren (Speicherform)
non-effect level (NEL)	Blutspiegel einer Substanz, bei der diese keine Wirkung hat
Noradrenalin	Hormon des Nebennierenmarks und Überträgersubstanz im sympathischen Nervensystem
nu	von nudus: nackt
ob	von obsesus: fettsüchtig
olfaktorisch	den Geruchssinn betreffend
Organhalogene	organisch-chemische Verbindungen, die Chlor, Brom und Jod enthalten
Osteosynthese	Knochenvereinigung, z. B. mittels Platten bei Brüchen
Ovar	Eierstock

Pankreassaft	in den Darm abgegebene Flüssigkeit mit Enzymen der Bauchspeicheldrüse
passive Immunisierung	an Kranke verabreichte Gegenstoffe (Antikörper), die aus den Blutseren immunisierter Tiere oder genesender Menschen gewonnen werden
Pathologe	Forscher auf dem Gebiet des Krankheitsgeschehens
pathophysiologisch	sich auf krankhafte Abläufe beziehend
percutan	durch die Haut
perfundiert	durchströmt, z. B. mit Nährlösungen
per inhalationem	durch Einatmung
peripheres Nervensystem	Gehirnnerven und Rückenmarknerven
per os	durch den Mund
persistent	fortdauernd
persistente Kohlenwasserstoffe	Kohlenstoffe, die in der Natur nicht oder schlecht abgebaut werden
Pharmakodynamik	beschreibt die Wirkungsweise von Arzneimitteln
Pharmakokinetik	beschreibt Aufnahme, Verteilung und Ausscheidung bzw. Metabolismus von Arzneimitteln und ihre zeitlichen Abläufe
photosensibilisieren	gegenüber Licht empfindlich machen
phototoxisch	durch Licht verursachte Schäden
physiologisch	normale Lebensfunktionen betreffend
plazentarer Übertritt	Übertritt einer Substanz durch den Mutterkuchen auf die Nachkommen
Polyarthritis	Entzündung, die mehrere Gelenke befällt
polychlorierte Biphenyle	chemische Substanzen mit zwei Benzolringen, an denen mehrere Chloratome sitzen
Procain	ein Lokalanästhetikum, das die Schmerzleitung in den Nerven unterbricht
Prostaglandine	in vielen Geweben vorkommende Substanz mit unterschiedlichen biologischen Wirkungen (z. B. blutdrucksenkend)
Prothetik	Herstellung von künstlichen Gliedern, Zähnen
Punktion	Einstich mit einer Kanüle, z. B. in ein Blutgefäß
Punktmutationen	Änderung an nur einem Baustein der Erbsubstanz

Radioimmunoassay	Testverfahren, bei denen Stoffe in sehr geringer Konzentration mit Hilfe von radioaktiven Substanzen nachgewiesen werden
radiomimetische Substanz	Substanz, die eine ähnliche Wirkung hervorruft wie ionisierte Strahlen
reaktive Metaboliten	Stoffwechselprodukte, die ihrerseits chronische Verbindungen eingehen
rectal	durch den Mastdarm (Rectum)
Relaxation	Erschlaffung
Renin-Angiotensin-System	auf den Blutdruck wirksames System, bei dem in der Niere freigesetztes Renin durch Aktivierung von Angiotensin zur Erhöhung des Blutdrucks führt
Reserpin	blutdrucksenkendes und beruhigendes Arzneimittel
Resorption	Aufnahme von Stoffen in die Blutbahn
Reversibilität	Umkehrbarkeit eines Vorgangs
Reversibilität der toxischen Wirkung	Rückbildungsfähigkeit einer Giftwirkung
Rezeptor	hochspezifische Bindungsstelle für eine Substanz
Ringversuche	regional vorgeschriebene Kontrollversuche der Ärztekammern in den analytischen Labors
RNA-Tumorviren	Tumorviren, durch Ribonukleinsäure charakterisiert
Röntgenkinematographie	Röntgenuntersuchung . . ., bei der das sichtbar gemachte Geschehen gefilmt wird

Salvarsan	von Paul Ehrlich hergestelltes Therapeutikum gegen Syphilis
Schädel-Hirn-Trauma	durch äußere Einwirkung verursachte Verletzung bzw. Schädigung von Schädel und Gehirn
Schilddrüse	unterhalb des Kehlkopfes gelegene Drüse, die das stoffwechselregulierende Hormon Thyroxin produziert
Schistosomiasis	Bilharziose, durch Würmer hervorgerufene Erkrankung in Afrika und Ostasien
Scholastik	die auf die antike Philosophie gestützte, christliche Dogmen verarbeitende Philosophie und Wissenschaft des Mittelalters

Sedation	Beruhigung
sedierend	dämpfend
Sensibilität	Empfindungsfähigkeit
Sexualhormone	von den Keimdrüsen erzeugte, die Fortpflanzungsfunktionen beeinflussende Stoffe
Skinner-Box	von dem amerikanischen Psychologen B. F. Skinner beschriebener Versuchskasten für Lernstudien
spontan-hypertonisch	Blutdruckanstieg ohne erkennbare Ursache
Stereoidhormone	Gruppe von Hormonen der Nebennierenrinde und Keimdrüsen
Streptomycin	Antibiotikum
Streptozotocin-Diabetes	siehe Alloxan-Diabetes
subakute Toxizität	Untersuchung der Giftigkeit bei wiederholter Anwendung (zwei bis vier Wochen)
subchronisch	zwischen akut und chronisch einzuordnen
subkutan	unter die Haut
Submamalier	Tiere, die im Stammbaum unterhalb der Säugetiere stehen
Substitution	Ersatz
subtoxisch	Giftwirkung, die sich nicht deutlich manifestiert
subzellulär	Zellbestandteile betreffend
subzelluläre molekulare Funktionen	Funktionen, die sich auf der Ebene der Moleküle abspielen
Sulfonamide, Antibiotika	Arneimittel, die das Wachstum von Mikroorganismen blockieren
Systemparameter	Parameter (Meßgrößen), die Veränderungen in einem geregelten System anzeigen
TCDD	Dioxin (Sevesogift). Verursacht Leber- und Gefäßschäden, Magengeschwüre, Chlorausschlag der Haut und Keimschädigungen
teratogen	Mißbildungen erzeugend
Teratogenität	die Fähigkeit, Mißbildungen zu verursachen
Terminalversuche	Versuche, bei denen die Tiere voll narkotisiert und, ohne daß sie aus der Narkose aufwachen, getötet werden
Tests für die Bindung an DNA	Tests für die Bindung an den Träger der Erbsubstanz (= DNA)
Thalidomid	Schlafmittel, das in der 4. – 6. Woche der Schwangerschaft gegeben, Mißbil-

	dungen, hauptsächlich solche der Gliedmaßen, hervorruft
Thrombosierung der Darmgefäße	Verschluß der Darmgefäße durch Thromben (Blutgefäße)
Toxikokinetik	beschreibt Aufnahme, Verteilung und Ausscheidung eines Gifts
Toxizitätsprüfung	Prüfung der Giftigkeit
Toxoplasmose	durch Protozoen hervorgerufene, häufig von Haustieren auf den Menschen übertragene Erkrankung, verursacht insbesondere Gehirnschäden bei transplazentarer Infektion
Tranquilizer	Arzneimittel, die beruhigend wirken
Transplantationsantigene	Eiweißstoffe, die vom transplantierten Organ an den Empfänger abgegeben werden und dort die Bildung von Antikörpern veranlassen
Tubus	Röhre
Typhus	durch Salmonellen hervorgerufene Infektionskrankheit
ultimum refugium	Operation als letzter Notbehelf – letzte Zuflucht
Uterusmotilität	Bewegungen der Gebärmutter
Vegetativum	für: vegetatives Nervensystem = der Teil des Nervensystems, der autonom Lebensfunktionen wie Atmung, Stoffwechsel und Verdauung regelt
Venenpunktion	Anstechen der Vene zum Zwecke der Blutentnahme oder der Verabreichung von Arzneimitteln
Verhaltensforschung	Forschung, die die Gesetzmäßigkeit des Verhaltens von Mensch und Tier analysiert
Verhaltensregime	ein streng eingehaltenes Schema des Verhaltens
Vitalismus	philosophische Lehre, nach der das organische Leben einer besonderen Lebenskraft zuzuschreiben ist. Je mehr Lebensphänomene durch physikalische und chemische Gesetzmäßigkeit erklärt werden konnten, desto mehr Anhänger hat der Vitalismus verloren
vitalistische Furcht	Lebensfurcht
Vitalitätsprüfung	Prüfung auf Lebensfähigkeit

Vitamin A	für die Synthese des Sehpurpurs notwendiges Vitamin
Vitamin B_1	Thiamin, Vitamin, bei dessen Mangel insbesondere das Nervensystem und die Muskulatur betroffen sind
Vitamin B_2	Riboflavin, Vitamin, bei dessen Mangel vor allem Haut und Nerven betroffen sind
Vitamin B_{12}	lebenswichtiger Nahrungsbestandteil (Vitamin)
Vitamin D	Vitamin, das im Calciumstoffwechsel wirksam ist. Bei Mangel kommt es zu Rachitis
Vitamin E	auf vielfältige Weise wirksames Vitamin, dessen Mangel bei Tieren zu sehr unterschiedlichen Krankheitserscheinungen führt
Vitamin K	für die Synthese der Gerinnungsfaktoren notwendiges Vitamin
vivisezieren	große Eingriffe (Sektion) an einem lebenden Tier zu wissenschaftlichen Zwecken
Wachstumshormon	in der Hirnanhangdrüse gebildetes, das Körperwachstum anregendes Hormon
Zahnpulpa	Mark des Zahnes, das Blutgefäße und Nerven enthält
Zellfraktionen	Gruppen von Zellbestandteilen, die meist durch Zentrifugation getrennt werden
Zellkulturen, permanente	durch Vermehrung von Zellen in der Kultur über Jahre fortführende Zellzüchtungen
Zellkulturen, primäre	aus frisch gewonnenen Organen gezüchtete Zellen. Sie wachsen in der Regel über einige Tage und sterben dann, d. h., für jede neue Kultur muß ein neues Organ verwendet und damit ein neues Tier geopfert werden
zentrales Nervensystem	Gehirn und Rückenmark
zentralnervös	das Zentralnervensystem betreffend
Zytologie	elektronenmikroskopische Beurteilung, Zellehre

Personenregister

Sachregister